U0164042

作文即時通

從立意取材到錦字繡句

陳嘉英 著

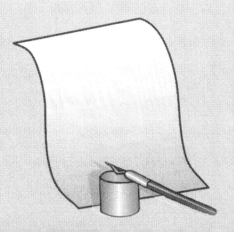

創造學習的天堂

　　景美，真美！這是每一個人走進校園的第一聲讚歎。但景美人知道它的美不僅在杜鵑含笑草叢新綠，其實它真正的美，在椰林間穿梭的太陽兒女，更美在殷勤耕耘撒種灌溉的教師們。作育英才的喜悅是每一位選擇教育為終生事業者最大的成就，與一群群學生結緣，為她們注入智慧，為她們指引探索的意義與目的，是所有從事教育工作者的心願。在景美看見陳嘉英老師認真執著的身影，讓我由衷敬佩與感動。

　　陳嘉英老師於民國七十二年進入景美女中任教，當時我是教務主任，她教學上用心而投入，對於行政事務也全力配合，不僅擔任導師、景女青年校刊指導老師、辦理各類國文研習營，並積極參與各項研究發展計劃。

　　陳老師在教學上，展現令人驚奇的創意，充滿彈力的實驗。以活潑的教學方式，將課文和現實生活的結合，拉近學生和生硬課文的關係，讓「國文課」成為學生最期待與喜愛的課，如融合中外現代作家作品，流行廣告歌詞，讓文學生活化、生活文學化；以網路資源激發興味，使學生有更寬闊的視野。

　　除卻專業學習，讓學生終身受用無盡的是她積極服務的人生態度。陳老師跟學生成為好朋友，讓班級如家庭。她傾聽學

I

生的心聲，真心而熱烈的給予讚美與鼓勵，讓學生打從內心溫暖起來，也讓學生從老師那裡得到莫大的能量。儘管養兒育女的家庭負擔沉重，但晚自習時，她不畏辛勞的陪同；體育競賽時，她熱烈加油；高三停課時，她騎著腳踏車帶著親手做的點心來給學生打氣，讓學生得以暫時拋開考試的壓力，細細感受老師的愛心，無怪乎她帶的班總創造出高升學率。離校之時，陳老師會畫小卡片送給班上每位同學，因為對陳老師而言，每位學生的成就是她最光榮的獎盃，每位學生都是她重要的子女。

即使陳老師教學多年，依然擁有一顆赤子之心，擁有發現新事物的敏銳直覺與享受生活的心。前瞻廣闊地引導學生在追求智慧中開發自我，不忮不求、全心全意的在盡職之外打開新格局，讓機會、信任緊隨著工作上的創意與成就，降臨在陳老師身上。近年來，她不僅再度回大學讀研究所，並時刻將心得化為教材，與全省教師分享經驗，由場場暴滿，許多老師遠道而來，甚至一路相隨場場皆聽，足見其學養魅力。

陳老師引領學生走入知識殿堂，努力支持學生超越自我極限，就是學生的貴人，而這本以文字所留駐的教學記錄，讓我們得以見到她所創造的學習天堂。

景美女中第六任校長
北一女中第十七任校長

國文教學魔法師

　　《尋找空間的女聲》、《感官的獨奏與越界》、《凝視古典美學》、《作文課上的加減乘除》、《課堂外的風景》、《悅讀飛行》、《未竟的文學之旅》、《凝視人間圖像》以及這一本《作文及時通》，好吸引人的書名，是不是？還有許多未收入書中的單篇論著，這一本本、一篇篇玉綴錦織的佳作組構成一座繽紛多姿的國文教學花園，辛勤但快樂的耕耘者是陳嘉英老師。

　　自民國七十二年至今服務於景美女中，悠悠二十多年歲月裡，嘉英老師不僅對工作熱情，對生命盡情，與學生相處如友如師，備受家長及學生肯定，並榮獲台北市教育愛表揚老師、九十五年臺北市語文特殊優良教師、九十七年台北市 power 教師。

　　在景美女中，只要遇見嘉英老師的學生，不管畢業的沒畢業的，她們總是眼神發亮、滿臉光彩飛揚地說道「嘉英姐如何如何」，令我深深覺得，當嘉英老師的學生真是莫大的幸福。

　　國文教學之於嘉英老師，不只是高明的技術、藝術，更是神奇奧妙的巫術、魔法術。

　　舉凡這個領域中所有不同內涵面向，這一位國文教學魔法師無不嫻熟精擅：於教學上，除對古典文學細心探究，企圖以新觀念、新視角審析出不同的詮釋；在現代文學的領域，更時

時帶領同學以創意的雙翼優游翱翔，使國文課生動而豐富。她學養豐厚、思緒活絡、觀察力敏銳，活動設計與規劃無不從生活面、書籍間滋潤學生視野與重審自我歷程，觸發學生閱讀深度與寫作興趣。她的授課內容深具文學素養與多元內涵，將信手拈來的延伸資訊與文化現象融入課程當中，於是熱門的流行歌曲、世界名畫、當紅電影、暢銷好書及經典名著毫不扞格地通通成為學生學習的養分。

在指導學生方面，她更是不遺餘力。自八十九學年度起景美女中開始成立國文資優班，後來改為語文班，嘉英老師一直擔任指導教師，發展各項專題課程，竭力培養一屆屆學生走入文學藝術的領域。學生在她的栽培之下，參加國語文五項競賽表現優異、參加「臺灣學校網界博覽會」國際網頁比賽獲得金獎、指導的景美女中校刊《景女青年》榮獲全台北市特優、參加詩歌朗誦比賽獲臺北市特優、參加臺北市青少年文學獎更是成果斐然。

在這一座花園之中，特別值得一提的奇花異卉是作文教學。這一位教學魔法師悉心灌溉栽培的豐碩成果，曾多次於公開場合發表分享，想必也已在全臺許多學校散佈了分株或種子。據我所知，的確有老師援引嘉英老師的作文教學設計，在校內熱熱鬧鬧辦了系列活動而深獲好評。這一部分的智慧結晶呈現在上述《感官的獨奏與越界》、《作文課上的加減乘除》以及這一本《作文即時通——從立意取材到錦字繡句》中，翻開書頁，從學生文字所散發的動人魅力，我們可以得知這一位教學魔法師法術之神乎其技。

當社會大眾為年輕一代語文能力衰退而憂心時，我知道其

實有很多可敬的老師在各自崗位與這股強大的潮流拔河，他們的努力是值得肯定的。現在，欣然見到嘉英老師毫不藏私地分享自己的教學成果，必然帶給有心的老師許多啟發與引領。

在此，特別推薦這一位我最心儀的國文教學魔法師的新作。

黃郁宜

景美女中第七任校長

現任中山女高校長

智慧的推手

　　一趟北京教育旅行與一場「聽見原鄉的聲音」，原住民服務活動讓我見識到「於教育、於生命、一點心、一點情、滴滴滋養」。老師的用心，孩子看得見，學得真實，學得踏實，深入體會，搔到癢處，無時不為學，無地不可學，無物不能學。課堂上真情流露，師生間熱血匯流，莊嚴的傳薪續火，使班上滋長著相互砥礪，共同進步的氛圍，這一切感應著，也感動著。

　　高三學測的二場作文指導，座無虛席，只見老師深入淺出的講解，學生潛移默化的吸收，心神交會中傳遞著知識的火炬，使作文由單調的平面到活潑的立體，在考前殷勤相顧它，含英咀華，一點靈明，同學們閃著清亮的眼神，無限滿足的輕輕頷首。老師以一己之悟，助學生之悟；以一己之力，助學生之力；人、心在，情在，如此晶瑩美好。

　　第一、二屆青少年文學獎，「二樂」同學們在台北市青少年文壇上大放異彩。家長告訴我：午夜一、二點發現孩子還在電腦前，正要催促她早點睡，卻聽見她說：「不行，老師還在線上替我改文章…。」一個人學養充實，閱歷豐富之後，仍能堅定的為理想奮鬥，勇敢承擔，充滿樂觀、進取、充實、希望與同學共同成長，幫助彼此開拓生命；生活，在盡責、奉獻與

付出，令人欽佩。

　　中華文化浩如煙海，老師帶領學生觀照生活，親身體驗，事事留心，萬物靜觀，感受前哲之苦心、聖賢之生命智慧，在長時期涵泳啟發中，領略自我生命之苗壯。一篇篇作品如實反映人生，作品裏有歡愉的笑聲，也有悔悟的淚水，而文學也在心中萌芽，天地間最美的風景就在自己的心中呈現；文心、詩心、生命有了據點。

　　小時候很喜歡看武俠小說及改編的電影，也把劇中人物當做偶像，更欣賞那些大俠們一身俠骨柔情。老師的特質正是一身的俠骨柔情，可穩住狂飆歲月的動盪不安，克制青春少女的心猿意馬，並內蘊為自我護持的力量，進而增長自我創造能力，嘉英老師，這一切都因您在，有您真好！

林麗華

景美女中現任校長

從規矩、方圓到字在自行

　　在這個全民寫作的時代裡，發表介面從作文簿、稿紙、筆記本到部落格、無名小站……，文字在網路上公布，在流通的對談中開放評點與觀摩，足見以文字表述自我是多麼原始的本能！然而就在某些人迷上流洩自如、淋漓盡致舞動情思的同時，國語文能力降低的陰影似鬼魅般籠罩，國中基測作文、大學學測語表、指考寫作的緊箍咒讓無數學生蒼白窘困。

　　從現象到原因、由緣起到緣成總是眾說紛紜：有的人認為寫作靠天份，譬如歌德就曾說：「我只能集柴置於祭壇，火必須由天而降」；有的認為作家無路可由：「寫作是見不到路標的航海，是看不到軌跡的飛行」，人之不同各如其面，寫作戲法無從學起；但更多人承劉勰「凡操千曲而後曉音，觀千劍而後識器」的觀點，主張努力積墊的精熟，以杜甫「讀書破萬卷，下筆如有神」的創作精神做為通則。或許得天獨厚者的確不需教導，也不需規則，但大部份人仍需從別人的經驗中學習變成內行人，熟悉必要規則掌握基本範式才能游其中而騁其外。

　　有鑑於寫作要解決的問題是創作的材料、創作的方法，亦即有什麼話說？怎麼說？如何說得巧而好？前者關乎立意取材、後者是結構技巧。是以本書則就國中基測所設寫作評分標準為方向，就審題、立意基礎訓練，進而開拓取材面向。當思

考源頭能從全面觀察角度出發，想像與創意就能無邊無際，不斷從生活周遭內容取材、不斷精進思想源頭，則筆下風姿自然韻趣橫生。其次運用各式圖形將結構立體化，以鞏固行文間邏輯性與連貫性，繼之輔以修辭之工，期待透過構思引導，從中得到參考座標，而能開開心心的寫好作文。

對我而言，景美女中歷屆校長與同仁們所創造的優質教學環境，讓教與學在一片和諧美善的情境裡展開，師生得以在課堂上心靈交會，在彼此的旅程裡，共同經營絕妙的風景，這，便是最永恆的美好。特別是陳富貴校長在人生轉折時的精神後盾、黃郁宜校長提攜看重的眼神、林麗華校長給予廣大的空間與全力的支持，否則我必然沒有如此勇氣奔赴，創造無限可能。

魔術師的帽子忘了怎麼飛，於是將它帶到海邊，希望風，喚起飛行的記憶。她們就是那喚起飛行的風與海，讓許多夢想得以飛翔，我只是依循著腳步，讓台下的生命因書寫而豐沛。

目　錄

創造學習的天堂／陳富貴
國文教學魔法師／黃郁宜
智慧的推手／林麗華
從規矩、方圓到字在自行／陳嘉英

從一粒沙看世界
——立意取材廣角鏡

穿針引線經緯交錯
——組織結構立體派

搖曳生姿的高跟鞋
——文字的華爾滋

從一粒沙看世界

——立意取材廣角鏡

納須彌於芥子

分解式見招拆招

　　〈越寫越聰明〉這篇文章裡說道：人的大腦神經元基本上是「用進廢退」。聽說讀寫，都是大腦主動獲取知識及整理知識的訓練，其中寫作是心智綜合能力的展現，它至少牽動三項能力，包括觀察感受力、想像創造力以及邏輯思考力，因此寫作最能活化大腦，促進神經迴路高度連結。尤其邏輯思考力更是作文訓練腦力的關鍵。哈佛大學的教育改革研究自一九九七年開始，進行長達四年的寫作追蹤報告，結論是：「好的思考，得自於好的寫作」。於是從二○○二年起，規定大一新生規定必須參加十二人一班的「新鮮人寫作輔導」，目的在訓練未來領袖的思考、組織和邏輯表達能力。

　　然而，企求達到這個目標之前是條漫漫長路，正如從看見題目思想方向、構思內容到完成寫作，其間充滿許多惶惶不安的不確定感與不知所措的茫然感。如果把寫一篇文章視為一種設計，那將是一個整合的過程，如何透過訓練發現材料、安排重點、整理想法、開展脈絡？如何讓腦海裡湧現千樹銀花，在靈光一閃間點燃引信，帶出燦爛點子？或許透過這些簡單的表格圖象能打通任督二脈，讓左右腦連線快速而有效地網羅想

法；藉由活動設計出其意料的撞擊會擊碎恐懼，會發現繽紛多姿的折射光茫！

一、發現元素——從一個需求開始

好的作文，立意深刻肯定是重要因素。但有時立意過深，或過於艱澀，反而容易導致誤解、造成誤判；立意薄弱，則無法開展題目；老生常談，人云亦云，則乏味無趣。如何從普通的立意出發，尋常中取得材料，卻能透過高明的技巧點化、深入的觀點呈顯，達到充分表達與強力說服的效果？

從一個願望開始吧！

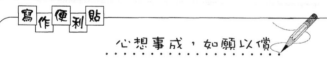

心想事成，如願以償

1. 如果上帝要給你一個願望，你想要什麼？那可以是一個具體而又實在的東西，也可以是抽象的感覺，請務必於白紙中央的圓圈裡，寫上這個願望。

2. 以這個願望為圓心，向四面八方伸出一條條實現願望的條件，一個條件將帶出另一個條件，請不斷在紙上拉出實現這願望的地圖。

就拿最尋常的為例吧！我想要漢堡，紙上不久便如蜘蛛網般填上各種材料：

漢堡　材料：麵包、牛肉、蕃茄醬、小黃瓜、cheese，鹽、油

必備器具：瓦斯爐、鍋子、菜刀、刮刀、砧板、碗盤湯匙等

必備物品：瓦斯、電、包裝盒、包裝紙

人員：廚師

麵包 材料：麵粉、奶油、膨鬆劑、鹽、糖、發酵粉、香草粉

必備器具：烤箱（需要材料：鐵、溫度計、馬達、電源、隔熱板）、烤盤

麵粉 必備生產條件：土地、麥、水、農夫、耕耘機、收割與磨粉機器

牛肉 必備生產條件：土地、牛、水、農夫、牧草

他如：品管員、營養師、售貨員、送貨員、銷售員

政府監督：主計處物價平衡、食品衛生管理

消費者基金會：監督品質、保護消費者權益

店面：建築物、招牌、櫃臺

在這樣一層層分解之下，將赫然發現無論多麼微小的願望，多麼簡單的慾望，其所牽涉出的條件就如紙上盤根錯節的線條，拉出數不盡的條件，這些具體而又深刻的震撼，說明「一日所需，百工斯為備」，呈現「他人」具體的「辛勞」。

95 年國中基測作文「體諒他人的辛勞」，如果能以這樣一網打盡的事實立意，何患無法廣泛取材，分層敘說？他如「雖然我不認識你，但要謝謝你」談「長懷感謝心」（73 台北高中聯考）、「常懷感恩心」（81 南五專）、多讚賞別人（76 省聯）為題，都可運用這些元素。

這些材料也可用以解說任何小小的角色都能發揮不可或缺

的力量，被作為「做個有用的人」（78 北五專）、「凡事看重自己」（76 北職聯）這類題目中有力的說服例證。

同樣的說明在結論時歸結於個人與群體，則可作為「群與己」（63 基隆、台北、宜蘭區聯考）、「服務人群苦即是樂」（67 中五專）的素材。若就接受者、享用者面相而言，則成為「飲水思源」（69 桃竹苗聯考）、「幸福的來源」（69 屏東聯考）的理由……由此可見一魚有多種吃法，相同材料因為用法不同、取用重點不一，而各成為不同題目裡的零件，端賴視個人是否能靈活運用。

二、筆劃造型——望文生義

「符號類推」是創造思考的方式之一，亦即運用符號象徵化的類推，形成「直指人心，立即了悟」的作用。例如：說到「咖啡」、「花」、「海」，立即可感受到浪漫；「婚紗」給人一種幸福之感、微笑表友誼、鼓掌表歡迎讚賞、藥瓶上的白骨標記危險致死的警告、紅燈停綠燈行。

語言學家索緒爾認為「語言是一種表達觀念的符號系統」，每個語言都存在一些透過約定俗成的規則所補充的邏輯性圖象，而許多符號都有視覺上的溝通現象，如某人的肖像、交通標誌符號、顏色、廣告箭頭、十字架，甚至一個姿勢、聲音都可成為意義下的圖象。

如果把題目當成謎面，那麼謎面文字便是找出答案的線索，為激起興趣，可由燈謎、文字謎簡單的詞語開始鬆動思索，改變慣性描述方式、思考路徑，如文字謎語：

從字形上作文章：

哑子沒有口，惡人沒有心——亞

木字有一口，要猜你來猜，既不得猜杏，也不能猜呆——杳

一點一橫長，一撇到南洋，十字對十字，太陽對月亮——廟

一點一橫長，一撇到南洋，南洋有個人，只有一寸長——府

一點一橫長，二人站中央，十字來墊底，非相亦非將——卒

頭上水放漂，足下大火燒，歡樂我無份，苦難我全包——災

色字當頭，必有厄運——危

說他忘，他沒忘，心眼長在一邊上——忙

有人才能成其大，無大怎能成為天——一

覆巢之下有八口，覆巢之上難立足——商

寵妾壓妻。打一字——尖

六十天。打一字——朋

十八日卯時。打一字——柳

割稻的鐮刀。打一字——利

魏武嘗過曹娥碑下，楊脩從，碑背上題：「黃絹、幼婦、外孫、虀臼」八字。脩曰：「黃絹，色絲也，於字為絕；幼婦，少女也，於字為妙；外孫，女子也，於字為好，虀臼，受辛也，於字為辭，所謂絕妙好辭也。」

宋筆記（雞肋篇）：「兄弟四人兩人大，一人立地三人架；坐中更有一兩口，便是凶年也好過」。打一字——儉

落花人獨立，微雨燕雙飛。射字一——倆

學生們藉文字分合的拆字、合字以及象形、會意間也自創以字射文、以字射字的謎面，如：

果樹上有三隻小鳥，猜一字。——巢（王琦雁）

春天的小蟲蟲。猜一字——蠢（吳慰慈）

目字加兩點，不作貝字猜——賀（羅芸軒）

這個遊戲的目的是讓我們看見字可以有另一種解釋方式，同時在解謎的過程中，以另一種方向分析。事實上這樣的文字謎，曾是昔日文人鬥智磨技的遊戲，如以一字射一句、一詞射一句、詩文射詩文的詩詞謎：

蓬門不識綺羅香——應憐寒女獨無依

經營不讓陶朱富——千金散盡復還來

臨行密密縫——針線猶存未忍開

或在字的結構與詩詞間互別苗頭，如同窗好友間的對答：

困字不透風，木字在當中；木字移上去，杏字算一功；

杏花三月滿枝紅。

田字不透風，十字在當中；十字移上去，古字算一功；

古今多少白頭翁

回字不透風，口字在當中；口字移上去，呂字算一功；

呂布匹馬戰三雄

囹字不透風，令字在當中；令字移上去，含字算一功；

含情脈脈玉屏東

相傳唐伯虎為追秋香入華太師家當書僮，華太師曾出題：「十口心思，思國思家思社稷。」唐伯虎對曰：「八目加賀，賀花賀月賀嫦娥」、「八目尚賞，賞花賞月賞秋香」，在一言一語間透露心思。另如某位官家小姐出聯招親，上聯是：「一人為大，一大為天，天公出頭我為夫」，有位王姓才子以這樣的對子娶得美嬌娘歸：「一二為三，一三為王，王家添點是汝主」。至於莫愁湖楹聯也以此說景：

山人為仙，谷人為俗。人居山谷，半仙半俗

良月為朗，日月為明；月當良日，又朗又明。

又如乾隆皇帝一日偕紀曉嵐出遊，在一座古寺休憩，靈機一動，運用合字為上聯以難紀昀：「寸土為寺，寺旁言詩，詩曰：『明日掛帆離古寺』。」紀曉嵐應聲答道：「雙木成林，林下示禁，禁曰：『斧斤以時入山林』。」凡此不僅妙趣橫生，也凸顯中國字的組合性，在拆合之間變化無窮。

對今人而言，啟動的可能是一首新詩的創作，如王潤華〈早〉：「太陽站在白茅上／飲著風／吃著露／將黑夜的影子／吐在落葉底下」。這首詩由「站」→「飲」→「吃」→「吐」的動作演繹出情節發展歷程，而「白茅草上」以及「落葉」，藉植物表現「成長」與「衰老」，並以太陽在空間上的移動顯示時間的流動，而周而復始的景象正說明不變的生命循環。蕭蕭〈水與懸崖──象形詩〉則以英文符號別開蹊徑：「P 是懸崖，風起的地方／雲歸回的懷抱／根與藤蔓緊緊攫抓，枯，韌，瘦，老」。

林亨泰：「中國文字不但是一種記錄語言的工具，同時也可當作客觀的存在看待。也就是說：可把文字當作物，乃至『對象』，借文字的多態、筆劃、大小、順序等的感覺效果來指揮詩的效果。」經過這樣點撥之後，不妨讓作文課成為文人間行酒令，或句或詩或文，無所不可！

三、說文寫文——字形表情

寫作便利貼

讀字解字

1. 請凝視一個字，以六書分解之，以形象意義品味之，以詩歌賦
   嗟詠之。
2. 從這個單字可以造出哪些詞彙？請以這些研發出來的詞語、成
   語或俗語，寫一段文章，或造出一段有頭有尾有情節的故事。

　　文字創造之源不正是仰觀天地之象而得？因此結合文字學
概念，或聯想詩詞畫面與意境，從一個字出發，也可以迸生想
像所馳騁的卷頁，如從門形的形聲字，玩出的情事：

　　門（《說文》）：「門，聞也。從二戶，象形。」

　　門中有月　閒

　　閒閒沒事去賞月

　　門中有人　閃

　　擋路啦～

　　門中有耳　聞

　　正所謂隔牆有耳……

　　門中有口　問

　　為何不找我？（姜安璟）

　　敏之感覺中的傘，沒有蓉子以鳥喻傘的直接比襯，也沒有
陳黎「家」的責任與形象，年輕的她看見的傘不是「物品」，

而是「憐惜」、「寵愛」的對象，使得「雙手合十」的祈禱下敞開「完美的弧」，既是撐開的傘，也是幸福的彩虹！

　　憐惜妳身上的雨滴

　　寵愛落在妳身上的艷陽

　　雙手合十

　　祈禱上天為我們敞開一道

　　完美的弧（劉敏之　傘）

　　96年台北模考即以文字為題：《英國文化協會》前幾個月公佈了一項全球性的調查，結果顯示，「母親」被公認為是最美麗的英文字眼。另外前十個最美麗的英文字依序是「熱情」、「微笑」、「愛」及「永恆」，「太棒了」、「命運」、「自由」及「寧靜」。請你挑選出最美的中文字眼，你心目中的前二名是什麼？請說明原因。（可由字形、字音、字義等各角度討論）

　　有了這些想像力、創造力訓練，再結合文字學課程，無論是扣合《說文》的解法，或個人另類解釋，都各臻其妙，如

　　「珊」像一串串美玉垂下來，微風輕輕撥動，那如玉撞擊的聲清脆聲，如春花般絢麗，夏蟬般繁複。

　　「鬱」字筆劃雖多寫起來反在空間上找到平衡，它的本意是樹木茂盛，但因為筆劃繁雜造就窄狹空間，悶鎖擠塞得好像一個人心緒繁亂，蜷曲角落無法呼吸的樣子。（吳品宣）

　　「森」由三個木堆疊成三角狀，「三」表多數，兼顧字形、字義上，形成一種和諧而綠意盎然鬱鬱蒼蒼的景致。

　　「圍」由囗與韋組成，囗部表形，韋表聲，當韋被放入囗中時就像被囗包覆，完整地表現出字義。（張維芳）

　　「忘」者亡心也，亡失對外物的慾望，拋棄對外在名利權

勢的嚮往，回到最初最原始的心以追求精神上的富足。忘，使人坦然不以物傷性，將何適而非快？（溫筠）

就我而言，最美的字眼莫過於「歸去」和「擺渡」。

「歸」是回歸，是向著過去，追本溯源地尋向來處；「去」則是離開，朝向嶄新的未來，那充滿未知與希望的彼方。

「擺」是罷、手的結合，表示放下、卸除；至於「渡」則是以水度過。應之於人生，不也是必須放下，脫去些什麼，方能渡過挫折與失意。那就放下吧！卸下吧！以水的形式。（傅一茜）

正如朱湘在〈書〉一文所說：「美麗的單字，每個字的構成都是一首詩，每個字的沿革都是一部歷史。」譬如「飆」是三條狗的風：在秋高草枯的曠野上，天上是一片青，地上是一片赭，中疾的獵犬風一般快的馳過，喚著受傷之獸在草中滴下的血腥，順了方向追去，聽到枯草颯索的響，有如秋風卷過去一般。

玩字、看字、觀享字的形與義，從文字的前世今生、初文的組合而衍生新義的過程，見到的不僅是文字的源流及演變，更是符號展演的歷程背後有創造者的慧心、文化現象與世態展示。如雨軒觀字的說解：

創造文字這麼劃時代的偉大發明，不可能是單獨一個人突然發明出來的，應是人類智慧的累積，因生活上的需要演變而成。

例如「番」的上半部是鳥的爪印，下半部是野獸的腳印，充分呈現大中國主義，認為其他國家是沒有文化的野蠻人，都像野獸一般粗野，所以用「番」來指外國人。「歷」：「厂」

是山石向外突出所形成的巖洞、「歷」表示雙足踏過高山，穿過人類栽種的禾苗，所以有足跡遍布很廣之義。「奮」字中的「大」是一個人站立，抬高雙手的姿勢；「隹」是鳥、「田」是農田，所以「奮」是一個人張開雙手，驅趕田中的鳥，小鳥受驚，振翅高飛的樣子。「冷」字左半部是冰的痕跡，「令」是人跪在地上聽皇上發布命令，不能違抗，所以「冷」是冰冷得難以抵抗。（周雨軒）

很少人認真讀字典，更少有人會從生硬的字典中找到創作的靈感，並由中展開鋪陳，陳大為卻以字翻出新意〈木部十二劃〉獲聯合報文學獎散文第一名。文以「木部，十二劃；這個字是我最討厭的生字」，切入主體與童年糾纏不清的記憶，在字的家族裡，建構出對想像與敘述。評述者是這樣說：「作者用詩的語言和筆法來經營散文，由生動的意象架設起事物的圖景，富有創意的敘述結構中，展現了他獨特的文學視野和風格。」

正如陳芳明在〈開創散文新可能——評陳大為〈從鬼〉〉一文中所說：「文字是一種符號，而符號則又是一種迷宮；它放射出來的意義，常常使人感到困惑混亂。不過，倘能專心沉浸於迷宮世界，在疑雲重重的曲徑中摸索探測，則往往能夠在神秘的符號中找到豐富的想像。」

對字典的迷戀是源於對字形、字義的好奇吧!?如「隻」是一隹在手、「旦」是太陽自地平線升起、「呂」為脊髓之象形、「厭」古字為「猒」，狗嘴刁著肉，其味甘美，飽食而滿足，後被借為討厭之厭，只能再造「饜」字……。由此在字的家族裡，建構出對名詞的想像與對實物的認識，無論由世俗在

運用中所拉出的引伸義、假借義到作家以隱喻、轉喻、望文生義、斷章取義的名號所增衍的意義莫不在證明文字的迷人，也因而演變成其豐富性。於是在由字連詞，近而衍生出句與文的創作裡，往往能以出人意外的取材方式切入，使得平凡的題材，因為聯繫字的形象、對字的記憶與心緒而不凡。

宛廷便以解字拆字勘驗字而入選第九屆金陵文學獎：

在所有的文字當中，讓我最為感興趣的，其實是「靈」這個字。小時候還不認得這個字，但看它的模樣，彷彿可以從密密麻麻的筆畫當中萃取出一連串的故事：天神發怒，怎麼也不肯給人間降雨，人們只好依靠能以心靈通達天頂的巫師，請求向天空祈雨，解救地上困苦無辜的人們啊！在地上的巫師於是嗚嚕嗚嚕唸起了咒語，手中捧著珍貴玉珮，向天上的神虔誠地敬拜，懇求降水。

中間三個口我老是搞不懂其中的涵義，只好異想天開地給它編造個奇幻的意象：個口其實不是「口」，而是巫師施展法術的時候，無形之中幻化出的三團雲霧，雲霧裡滿是人們心裡的不安，祈禱的話語緻密地被混進雲霧當中，藉著巫師的法術升騰至空中，傳進天神的耳裡。

天神終究是被大家的誠心給感動，降下大雨……我又將三個口想成了人們張著大嘴的口，大家齊聚一堂不約而同向天空望去，望向一陣迷濛的空泛當中竟然有聚寶盆若隱若現著，如針的雨絲凝聚成如豆的雨滴，如豆的雨滴又匯集成如球的雨團，向上望著這些雨絲雨滴雨團相互溶合又牽動四周下所凝結而成的景致，實在足以讓我的眼眸也隨之凝結這種迷幻的氛圍……。（何宛廷　談靈）

　　自美麗的單字延伸出的當然可以在《說文解字》詮釋之外，而因為個人的觀察與想像，另生新意，如：

花——「草」是一心想成為光采奪目的花，便在心裡期待，終於有一天，像蛹成蝴蝶一般「化」成了花。

星——每個人一生下來，都有一顆星星守護著，生日是伴隨著星子下凡來的。

歌——不知是我前輩子欠了哥哥，抑或哥哥前輩子欠了我，我們總是得徘徊在歌聲當中。

悲——心裡願望無法達成時，人人都會有悲傷的慾望吧！所謂的「心想事不成」啊！

煙——西方極樂世界之土，外表看似著了火，實際上只不過是神仙的煙花罷了！

雲——雨聚在一塊兒談天說話，便成了一朵朵雲了。（洪瑋玲）

至於由單字連出的詞如：素本是白色的生絲，後指植物性的食物，站在這兩個基點上衍生素食、營養素、樸素、素錦、素布、素質、平素、素昧平生、素養、訓練有素、尸位素餐……也可以這些詞語為材料，連綴成文。

四、音音相親——義連境轉

1. 請任選一個單字，想想這個單字有哪些同音字？請以這些字寫一段文章。

2. 請選擇一種植物或動物、昆蟲，從其音讀相同字展開聯想。

　　依靠語言環境的幫助，利用語言的聲音或意義上的聯繫，使一句話同時關涉兩個事物，如《紅樓夢》中元春、迎春、探春、惜春，諧音為「原應嘆息」、千紅一窟暗示「千紅一哭」的命運。另如〈虯髯客傳〉：「此局全輸矣！於此失卻局，奇哉！救無路矣」，「棋局」與「世局」語意雙關。秦失其「鹿」，天下共逐之，「鹿」與「祿」同音雙關、長鋏歸來乎，食無魚！（〈馮諼客孟嘗君〉），「魚」與「餘」同音雙關。

　　第一次用諧音、同音字的人是有創意，因為他對於文字做了重新思考，撞擊出閱讀趣味，如妍君從役、億、益、曳、逸、悒、毅、義、意、邑、異、憶等同音字玩出來的故事：

　　戰「役」是殘酷的，奪走了成千上「億」無辜者的生命。為了生存權「益」，沒有任何人棄甲「曳」兵逃「逸」，沒有人「悒」鬱怨懟。憑著士兵們的「毅」力，有些人可以熬過這艱困的歲月，有些士兵就像搶救雷恩大兵這影片一般，為了「義」氣，救同伴而犧牲自己的生命，這一切都是自己的「意」念，也可以是天「意」。對於有幸平安回到縣「邑」的老兵而言，這在「異」域的一切都是永難忘懷的回「憶」。（林妍君）

　　廣告及現代表演活動中時而可見諧音之趣，如默默無蚊（滅飛蚊香）、紙有春風最溫柔（春風面紙）、「玩美女人」（內衣廣告）、跨越　跨樂（木樓合唱團）、「菲」比尋常（王菲精選集）、絲毫不「岔」（洗髮精廣告）、莫失良「雞」（香雞排）或如標題「連勝文潛（錢）力無窮」、「看了無數頂尖美術家的畫作，欽佩之言不在話（畫）下」、「紙」要和你在一起（偶偶偶劇團）、光影嘻遊記之《孫悟空大戰蜘蛛精》、鳶家路窄：

「英雄難過美人關，才子潘安皆一般。白髮難求有情郎，月老頑心來相綁。千里姻緣一線牽，紙鳶寄情錯成對。歡喜冤家窄相逢，清風塞上把婿招。」（文化大學藝術學院）

　　得過國內外多種創意獎的鄭以萍曾說：「創意應該是具有一種不可預期性，對創意人而言，最大的挑戰應該是主動去創造一種新的對話方式」，是以廣告運用視覺思考和符號思考，帶給觀眾全新的東西。如美白商品廣告中的女子非常喜歡白，身邊的東西都是白的：白的貓、白的電話、白的家，是「白癡」。文案「我是白癡」，癡情於白的人，與「白癡」意思全不同。這以簡單的字刻鏤出特色也強調商品，並賦予文字新的意義，展現思考模式吊詭的趣味，同時肯定中國字在簡單後的華麗豐富空間，令人驚奇而引發閱讀時的感情思考。

　　句義雙關如張籍〈近試上張水部〉：「洞房昨夜停紅燭，待曉堂前拜舅姑，妝罷低聲問夫婿，畫眉深淺入時無。」

　　張小虹〈衣性戀徵候群〉：「想『衣』葉落而知天下秋」、「想『衣』言以蔽之」、「滿園春色關不住，衣之紅杏出牆來」以「衣」之諧趣寫對衣飾的迷戀偏執。簡媜〈夏之絕句〉以「蟬亦是禪」，所結合的聯繫：「高踞樹梢，餐風飲露，不食人間煙火。那蟬聲在晨光朦朧之中分外輕逸，似遠似近，又似有似無。一段蟬唱之後，自己的心靈也跟著透明澄淨起來，有一種『何處惹塵埃』的了悟」。

　　鄭愁予〈錯誤〉：「那等在季節裡的容顏如蓮花的開落」，「蓮」有「憐」等愛情的兩性象徵。蓮的開放不是永恆的，而是隨著季節有開有落的，所以採蓮要及時；青春也不是常在的，過了一個時節就會消失。

「蓮」另有「聯歡」之意，如夐虹〈我已經走向你了〉：「你立在對岸的華燈之下／眾弦俱寂，而欲涉過這圓形池／涉過這面寫著睡蓮的藍玻璃／我是惟一的高音／惟一的，我是雕塑的手／雕塑不朽的憂愁」涉過，其實就是「採蓮」的意象，採蓮的行動暗示著一種追求愛情的過程。

以諧音、雙關啟動的聯想，如藕／偶、荷／合、桔／吉、梨／離、瓶／平、蝙蝠／福……加上傳說民俗故事，往往能開展出有深厚文化底層的篇章：

柳、留諧音，以柳條送行人，是希望柔柔的柳能繫著對方，但被絆住的人怎能走得瀟灑？本該到外頭闖天下的人，身上纏了千絲萬縷，千萬留意反牽掛猶豫。留不住的，就放下吧！就讓柳長長的髮，為灞陵原上添春意吧！

柳，對我而言，不是留而是世外淨土。青青楊柳綠了大地，揭開柳葉垂成的帘幕，是一個屬於自己的小小世界，管它外面是風是雨，是戰亂是歌舞昇平，柳下的小世界只屬於我自己，風吹柳葉飛，我的想像奔馳。（楊子宣）

五、穿梭伸縮門——字意顯影

寫作便利貼

……意的寫真

任選一個字，以一句話就其字義寫出曾發生過、曾見過、曾經驗過、曾感覺過的事件或畫面。

　　快樂不該只是一個形容詞，它應該是可以看見的真實畫面，可以觸摸到的溫度質感，可以大口吃的色香味道，就像「忍」：

＊忍就是當鄰居的狗在狂吠時，不會一直罵「死狗……」。
　（蘇宣綺）

＊忍就是校長在長篇大論時，我們能不像毛毛蟲一樣動來動去，還要站在太陽底下拍手。（王鈺婷）

＊忍就是你明明努力，卻被老師認為偷懶時不沮喪。
　（陳曉然）

＊忍就是別人都撐不下去時，再多堅持一秒鐘。（王湘雯）

＊忍就是睡覺時，討厭的蚊子在耳邊嗡嗡嗡地擾人清夢，秉持著不殺生的原則，任牠繼續搗蛋。（劉倩伶）

＊忍就是人家罵你笨，你要誠懇地說：「謝謝指教」。
　（王惠婷）

＊忍就是容納別人的短處，並竭力去發掘他的長處。（羅婷丰）

＊忍是一種控制自己慾望的理性行為。（李佩璇）

＊忍，是保險栓，緊緊扣住不定時炸彈的鎖，抗拒猛爆的核子火力飛出。（翁于斯）

＊忍是在攝氏10度的清晨，掀開溫暖的棉被，起床上課！（李佩璇）

＊忍是快憋不住的膀胱。（羅婷丰）

＊忍就是中樂透兩百萬，不能說出來。（王惠婷）

＊忍是讓錢停留在錢包三天以上。（賴欣欣）

＊忍就是實在想不出有什麼好寫的，卻仍要絞盡腦汁，發揮想像，完成這禮拜的週記。（詹惠婷）

＊忍其實是一種「術」——「忍術」啦！（邱怡嘉）

六、一言箴言——繞字開示

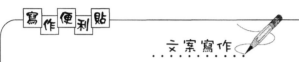

寫作便利貼

文案寫作

任選一個字，結合字音、字形、字義展開造句工程。

如年輕學子喜歡「炫」、「絢」等視覺流行，將一頭青春秀髮染得五顏六色，既違反校規又會傷害皮膚，得不償失。請以「護『髮』運動」為主題，製作「警語」一則，提醒青年同儕在求學階段不要蓄意染髮，字數以不超過五十字（含標點符號）為原則。（91台北模考）

以下為當時優選之作，大抵分為著重於法而論、兼法與身而呼籲以及就染髮對身體之害、護髮護青春發揮，同時善用諧音方式，在成語名言間改編，製造雙義相襯的效果：

護髮護法

＊要護「髮」，不要違「法」。

＊違「髮」亂紀，傷身害己。

＊「髮」網恢恢，疏而不漏，刻意違「髮」，必遭「髮」禁。

＊護「髮」不忘護「法」。

＊變髮圖強，違法犯禁，髮枯法辦，欲哭無淚。

＊「髮」律自由，賴你維護；一時衝動，終生遺害。

＊護髮，就是別讓畢卡索的調色盤在太歲頭上潑彩。

* 鑽「髮」律漏洞，傷身記小過；護「髮」最前線，自信在裡面。
* 搞炫、搞酷、搞新潮；染紅、染金，染流行。染出了紅紅的操行成績，染出了爸爸綠綠的臉，染出了教官白白的口沫橫飛。
* 「髮」律之前，人人平等，若有違「髮」情事，必繩之以「法」。切勿以「髮」試「法」。
* 「髮」律之前人人平等，教官面前事事安心；不染不燙頭皮健康，警告違記不上身。
* 當年，國父以護臨時「法」為己任——革命；現今，教官以護同學的黑「髮」為畢生之職——小過乙次。
* 彩髮蒼蒼，教官欲抓；炫麗其表，慘慘內傷。
* 染頭髮，染頭髮，既傷荷包又損髮，違反校規又被罰；莫染髮，莫染髮，烏黑亮麗真美麗，護髮運動一起行！
* 護髮令：為維護學子之身體健康，舉凡染、燙髮者，將以破壞黑「髮」之罪名，處以大過乙支，並於三日內強制回復黑髮。

擁護黑主張

* 眾色紛紜，未若黑之獨雅……
* 染髮傷身傷髮，護髮保身保髮。
* 今天你成為「金毛獅王」，明天就可能成為「無毛禿王」。
* 年輕新主張，護「髮」新運動；青春不留「彩」，自然就是美。
* 染你的頭髮，染你的看法！請不要用鮮艷的色彩掩蓋你單純

的髮。

* 只要自然髮色，不要七彩「澀」髮。

* 染髮酷，染髮炫，十八歲的你，卻有三十六歲的頭髮。

* 要「秀」髮，不要「銹」髮。

* 莫使頂上草變色，化學顏料毀其真，春風一度新草生，新草粗澀質地差，浮華不實易生厭，傷毛傷皮犧青春。

* 若想「光耀門楣」，當然可以「大肆渲染」，但千萬別讓「鏽髮」取代秀髮。

* 青春尚在，烏絲且留——「髮」網「黑黑」，「梳」而不「落」。

* 五顏六色染染染，秀髮炫炫炫，頭皮痛痛痛，教官盯盯盯，見到師長逃逃逃。

* 身體「髮」膚，受之父母，把秀髮當成畫布，有失青春之純，更有辱父母。

* 青春飛揚正年少，勿染青絲成稻草，髮膚受之於父母，何苦傷以化學藥，待至韶華驟然去，白頭自伴君到老。

* 護「髮」護青春，不要「染」上任何汙點。

* 多年苦讀聖賢書，身體髮膚不毀傷，莫羨彩顏頭上染，青春即是絢爛色。

* 群起護「髮」，討伐染「髮」之徒，還原「髮」色。

* 頭髮正在哭泣，它不喜歡戴上五顏六色的面具，請還給它最真實的面貌吧！

* 烏黑秀髮正流行，挑染全染變顏色，進出校門心驚驚，花錢傷身髮枯澀。

* 推翻犯「髮」意識，力抗有色叛「髮」者。

　　張愛玲說：「我們對於生活的體驗往往是第二輪的」，這是因為我們常複製大眾經驗，依循刻板化的模式思考、生活而不自知。2000 年米蘭精品區開新店標榜現代摩登，卻不見任何擺飾，而以白牆拉進顧客一起參與佈置裝潢、簽名推銷，讓每一個顧客的創意形塑最真實而獨特的造型。Camper 鞋沒有花俏的設計，沒有時髦的店面，活在現代而不追逐流行，反其道地奉行做好每一件小事，成就其結構嚴謹的風格。同樣的，由小處改變習慣和思考模式，在平凡題目創造不凡的內容及寫作策略，反能在細節或切入點上出奇制勝。

　　舞鶴在紐約哥倫比亞大學接受的訪談時說：「一個有才能的作家，不僅可以把內容表達得非常深或非常廣，同時作品在形式上也應該是創新的。既然是創作，內容應該是『創作』；同時，跟內容同等重要的，是對於形式的『創作』。形式本身應該創新，每一個作品都應該這樣。」希望藉圍繞字的形音義所設計引發繽紛多樣性的方法，目的正在於提供思考路徑，讓學生於遊戲中學習、在嘗試中激發創意，由片段拼貼成驚奇，以興趣建立寫作信心和創新立意。

元素嘉年華會

零件方程式

　　施工現場上散亂一地的零碎材料，是萬丈高樓的開始。微軟總公司牆上掛著大白板、留言板，吸引走過的人丟下幾個想法、貼上數片點子、撂了一連串問題⋯⋯這些都意外地引發討論，掀起革命性的巨變。同樣的，無論那是無中生有的自以為是、光怪陸離的奇招、老生常譚的俗事，但在寫作工廠裡，它們都可能落地生根發展主題、企劃成案，或在文字記錄包裝修整後形成賣點，散發吸引力！何不讓自己成為虛空大海，什麼都容納得下；讓邂逅的點子都被尊重，而被系統化成想法？

　　但創意的關鍵不是要想什麼？什麼時候想？什麼地方想？而是「怎麼想」。是以有以下顛覆經驗的活動設計，目的在激發學生學以彈性、幽默的角度發現自己的藍天；跳脫現實固有的想法，轉動學習動力，希望創意像阿米巴變形蟲，越變越多。

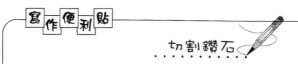

寫作便利貼　　　　切割鑽石

1. 以小組為單位，選擇一個詞（可以是名詞、動詞、形容詞）。

2. 想盡辦法以各種方式「玩」這個詞，尋找這個詞的存在、作用，

並寫出過程中的發現，定義它的方式、拍下它的容貌表情。

　　從多個角度想問題、將變化做不同組合的流暢力；舉一反三、觸類旁通、隨機應變的變通力；獨具匠心、與眾不同、標新立異的獨創力；深思熟慮、精益求精的精密力是創意的要素。欣見利用集體思考的方式，使想法互相激盪，發生連鎖反應，以引導出更多意見或想法的策略，使得這個活動讓大家因為放棄世俗定義的方式，遂擁有無邊創造的可能，在把玩尋覓間發現它的生命，如：

　　以「鏡子」為對象玩的遊戲——自戀的水仙、照在牆壁上光的皮影戲、倒映在迴廊的玻璃窗、燭火與手的情話綿綿、揭露真相的底牌、……

　　以「地圖」為黏土的形塑——看地圖、玩地圖、撕地圖、畫地圖、貼地圖、以石頭樹枝在沙土上立成地圖、哥倫布遇見鄭和的地圖……

　　以「高腳杯」為模特兒的造型——紅酒搖晃的暈眩、窗台上孤芳自賞的風景、失戀與暗戀的透明驕傲、等待唇印的背影、玻璃櫃的木乃伊擺飾……

　　透過已知的事物作媒介，將毫無關聯的、新奇的知識或事物結合起來，以產生新知的方法，亦即擷取現有事物的特質創造出新事物、以新的途徑去思考所熟悉的事物，就是創意思考。

　　有人說創意是像樹上的蘋果，如果我們需要樹上的蘋果，我們不應該是拿個籃子在樹下等，而是去搖晃樹幹或者是敲打樹枝。因為這個撞擊，讓每個人體會永遠有新的可能性，永遠

能以文字構築自我創造的世界，如宜嘉的構想與創作：

一只看得出曾裝過飲料的流線玻璃瓶，微弱地動了幾下，空曠的瓶口幾隻嫩綠條葉狀的光影，怯怯地探出。而後像是幻燈片播放般，室內場景覆上一層光影合成材質的物體，轉瞬已掠成一間單身套房的樣貌：簡單的兩張米白帆布導演椅充當沙發，再加上一只金屬冷藍色小桌就是客廳了。純黑絲質床包覆著的單人彈簧床，倒臥橡木地板，和裝在飲料罐中心形葉片的萬年青沉默相對。

座落桌上的電話震出聲響，清脆地粉碎對峙的冷默：「我是 XX，現在剛好不在家。請在嗶聲後留下您的號碼或留言，我會和您聯絡的……嗶—」「喂，你不在家啊？真可惜。今天晚上本來想找你一起去看流星呢！唉，你的手機沒開……要在哪裡才能找到你呢？記得回打給我喔！等你電話。嗯，就先這樣囉。」

萬年青心形的葉片微微晃著，彷彿被答錄機中流洩的那份孤寂給撼動了。瓶中水漾出圈圈漣漪，和迴盪在斗室中的聲音應和著……陽光小小的腳印碎碎地繞著瓶身走了一回，答錄機的主人還沒有回來。

靜默觀望一切的植物和容器，只是把思念和尋而不遇的失落融入每個光合作用的吸吐間。只是，瓶子的記憶又有誰會在意？（翁宜嘉　瓶夢）

瓶與夢，似乎不相關，卻因為巧思的聯結，而讓瓶作夢。正如宜嘉現身說法道，這是一個被敲打鍵盤，浮現在螢幕，排版於書頁間的夢：「夢，心理和環境在交互作用後經淺意識反射後的產物。縈繞在你周遭的物品是有夢的，甚而在瑣碎事物

上記得比你還更仔細。你相信嗎？因為我相信，所以我寫下瓶夢。凡你遺忘的片段，自會有更加細心並關注的人替你拾起。沉默，並不代表遺忘。周遭的瓶瓶罐罐，總習慣裝些甚麼在心裡。醞釀久了，便會有些什麼發酵、成長。當是你在某個場合裡因著看到眼熟器皿而捕抓起某些往事，或你因著器皿而累積起回憶，那必是你被瓶子們堆砌成的氛圍凝成喚醒了。而那恰是我寫下這篇文的初衷——出現關於瓶子們呼喊的夢。」

一、偶然與巧合——與思緒相遇

瞬息萬變的不只是世事表相，更是心念。如何點燃引爆點，讓千頭萬緒集中專注？如何望題而迅速連結腦的終端機，喚出有用的檔案？如何在有限資源中，做出最創新而切用的產品？收集材料或許偶然與巧合，但選擇適當的材料則是必然的判斷與經驗，最重要的是，它必然也有法可循。

寫作便利貼

拆解題目，找出零件

1. 任選一個名詞，然後分解為單字，繼而從具體、抽象兩個方向延伸腦中所浮現的畫面、顏色、狀態、感情……等任何形容。
2. 將這些元素組織成一個個句子，或撿拾成一小段文章。

七寶樓臺拆解元素不過是各種形狀顏色的玻璃切片，逆溯文章源頭的碎屑，將發現滔滔之江起於濫觴之水。聯想就是由一事物想到另一事物的心理現象，但以分解、擴散為原則這麼

一個小小的起點，因為各說各話，因為大發奇想而展開不同脈絡與流向。以「海苔」為例：

海：　藍色、水藍、天藍（直觀）

　　　　一望無際、深廣無邊、波濤雄壯（直觀）

　　　　自由、無重量、飄浮（直覺）

苔：　水草、碧綠、嫩綠、水晶綠（直觀）

　　　　漂來漂去、流動柔軟、線條婀娜多姿、新鮮可口、生氣蓬勃（直覺）

順著這小小的點，追趕情思，筆像著魔似的流瀉不止……

　　手握住一片海苔就像擁有整個海洋，神秘黑的表皮下，藏著一縷飄著海風清淡的香。隨著舌頭不安分的潛入，浪漫的水晶綠，蕩出婀娜多姿的線條，純潔而柔軟。

　　記憶中的海苔，是那樣綿密……。小時候，爺爺常會給我片片海苔，帶著嫩綠的鹹味，讓大手牽小手的回家路上充滿水藍童話想像。

　　長大後，每當回爺爺家，他總會準備一疊海苔給我吃。我知道，我還是他心中那個懵懂無知、天真無邪的小女孩……。

（王星茹）

　　顏元叔說：「直覺是一剎那間便已完成的推理」。藉字面為謎，讓凝視字而得意或得語；將平日觀察累見的印象、心中湧現的想像、意念化為內容的方式，不但減低「不知寫什麼」的寫作焦慮，更使材料與靈感由「求之不得」到「不求自得」，而下筆如神。

X+Y

1. 請由名詞、形容詞、動詞組成為「X 的 Y」形式，如名詞的名詞、形容詞的名詞。

2. 由這個詞組展開拆解，分別就單詞聯想，再將彼此置入詞組中的意義聯想。

3. 以該詞組為題，從聯想的材料中，凝聚想法，組構成短文或短詩。

　　無論是見物生象、因象生意，或是有意識、無意識的想像，還是真想、妄想、假想，乃至放大縮小、變形扭轉的聯想都是創造材料，也是創造行為。讓意念自由無拘地、活躍奔放的分解、擴散、跳躍、旋轉……，往往能帶來新鮮而有活力的想像，如愛情與春天、水、燭火、蠟燭、蠶絲等看似不相干影像結合的想像，撞擊出「春蠶到死絲方盡，蠟炬成灰淚始乾」，何等動人的創造！

　　許多發現都源於一個意外，正如柏拉圖曾說：「所有發現都是這世界本然的存在，人類只是剛好發現」。那是冥冥之中的註定，又像可遇不可求的巧合，但所有的巧合都不是偶然；所有的偶然也不是巧合，而是被深深召喚而來的。在有意的設計下，讓無意的因子碰撞為一種美麗，如因此而遇見的詞組：

　　X 的 Y：青春的彩虹、歷史的顏料、心事的留聲機、落寞的街燈、浮沉的回響、失魂的古蹟、傲慢的雷雨、失魂的成績單、輝煌的角落、藍調的浪聲、釉綠的青春、狂妄的煙火、深

情的鐘、失魂的街燈、嫉妒的口水、光明的謊言……

這些跳脫平日固定模式所擊出的詞組已鬆動僵化，緊接著無厘頭的拼圖所帶來的新鮮感、弔詭的火花所潑濺的創意，讓接下來的文思飛翔便不再是不可能的任務，今生第一首詩就這麼誕生：

　　杜鵑花順著春天的風，／一路吹了下去（江佳蓉）

　　鏡中那不真實的自己／正在和鏡子吵架（邱孟瑄）

　　電視／杵在這裡／織就一堆荒蕪的人生（姜安璟）

　　一把梯子倚著牆／站成一個悠閒的午后（江佳蓉）

佳蓉這兩句詩頗有瓦歷斯‧諾幹〈下午茶〉之韻：「一杯茶喝了一下午的桌子，也沒喝出一行詩句，倒是庭院的李樹，紛紛坐在椅子上，想了一下午的心事。桌子什麼話也不說，靜靜的站著，站成部落第一幕人文風景。」

　　時空裏閒暇遊走
　　塵緣從旁擦身
　　敲響心裏的木魚

　　我雙手托缽化緣
　　滿心驚喜（張影升　巧遇）

　　沒有一米陽光願意在黑暗下俯首稱臣
　　沒有一絮塵埃願意在黑暗中輕舞展媚

沉默

造就城市傳奇壯烈犧牲（康涵菁　在這一個城市）

哈日的大頭貼是認同感的綁腿褲

不停的追

追華麗的虛榮

追注目的眼光

追迷惘的稱讚

追窒息的泡沫（劉敏之　追逐）

「深夜的犬吠」、「夏天的驟雨」（88 大學聯招）、「水族箱的魚」、「餐桌上的魚」（88 推甄）等題，都可以這樣的方式分解並結合聯想，而囊括更豐富的材料如下：

水族箱的魚

水族箱：長方形空間、水草、氧氣、水晶宮、佈景道具、棺材、囚房

魚：鰭鱗燦爛、線條美、被觀賞的明星、被豢養的寵物

　　滑入有人工氣泡的矩形空間，像玻璃瓶裡的透明汽水令人垂涎——所被貪戀的是游動的姿態嗎？所被供給的是精心揀選的飼料麼？在那掩飾性的佈景裡邊，穿梭浮沉而擄獲悠閒心境的是被拴住的我們？還是外面睜著眼瞧的人!?

　　不知是誰提出這麼一個謬論安慰我們：「在河或海，所謂的景致與結構，只是不斷地重複，不管往前或後退，都是石頭、沙及⋯⋯」是啊！我唯一存有的意見是：在這透明人工棺材裡，豈有劇碼？（陳怡靜）

餐桌上的魚

餐桌：口腹之慾、飽足、色香味美食

魚：蔥薑糖醋五花大綁、待宰的無奈絕望、回不去的大海心
　　　情、上刀山下油鍋酷刑伺候

　　當我離開海洋的那一刻我就知道，我再也回不去了。儘管
媽媽從小便告誡我要如何小心「人類」這種生物，只可惜天不
從魚願，我始終無法掙脫那張漁網。

　　被網住的那剎那，我看見媽媽眼中流下的眼淚。現在，我
所看見的，則是一群圍著餐桌談笑的人們因覬覦我的美味流下
的口水；滿腦子裡浮湧的是他們粗魯地刮去我身上美麗的鱗
片、再把赤裸裸的我抹上鹹鹹的鹽，麻得我全身發癢，豈料，
接著居然把我扔進了熱油鍋，天呀！燙得我猛然大叫。我試著
掙扎逃脫，但我不能，只能眼睜睜看著自己被紅椒綠蔥覆身盛
盤端上桌，任憑人們持筷洶湧地撕裂我。

　　我痛，我不甘，我恨，但我無能為力！（蔡宛伶）

　　這是從「魚」的角度寫「魚」兩種不同情境，但從「人」
的角度寫「魚」，同是被宰食，卻讓人見到魚慷慨從容的氣
勢，特別是壽司而結合的剖腹精神，格外見新意！

　　仍不死心的／仍義無反顧的／它臨刑前還向我示威著／最
後的／武士精神／凝滯成我眼前的——壽司／是鮪魚的剖腹自
殺（康涵菁　鮪魚壽司）

　　全國語文競賽作文題如「青春的夢想」、「成長中的喜悅與
煩惱」、「山與海的對話」、……都可以藉這個似雷達伸向無盡
穹蒼的方式，接收各方來的資訊，開啟新的組合，發展出文章
的廣度與厚度。

二、幅射狀的天線——由一斑而竟全豹

命題限制、約束思維，因此命題作文首重審題。審題之後是樹立本文主旨，原則上意要高遠不可低下、要正確不可偏執、要清新不可陳、要寬廣不可狹窄，是以在這個設計中，試圖水藉平思考（擴散性思考）多樣的「變通力」，企圖打通任督二脈以立意，上窮碧落下黃泉找材料，更要讓資料運用隨我意，以開拓創造思想，攀登文學創作高峰。

> **寫作便利貼**
>
> 任選一個名詞，向以下方向展開思考：
> * 有形的外在面貌、狀態。
> * 現實的功用、個人經驗或其他人處理運用它的情況。
> * 從時間與空間兩方面搜索其意義與價值、在形狀或形式上的變異思想；從象徵性、抽象性意義探索。

季弗德的智力結構論，將思考歷程區分聚斂性思考和擴散性思考兩個概念，前者指針對一個問題尋找一個可接受的最佳答案，後者指根據既有的訊息生產大量、多樣化的訊息。擴散性思考雖不等同於創造力，但被視為創造力的潛能或創造思考的主要歷程，可用來預測創造性成果或表現。

靈感是想像的結果，日本夏目漱石說：「文學產生於 F＋f，F 代表焦點的印象或觀念，f 則代表附隨在那印象或觀念的情緒」，說明創作是聚斂性思考和擴散性思考交互運用的結

果。在運用腦裡存積能量收羅材料時，不要想得太直接，也不要轉太多彎，畢竟單調沉悶的元素做不出令人驚豔的東西，精巧卻不相關的方式同樣無法得人青睞。

在設計上運用這樣的本然，正如奧國劇作家兼詩人格里爾帕徹所說靈感是「所有官能與性向在一點上的集中」。以題目為聚焦思考的中心，讓學生列舉所有該事物的各種特性或屬性，然後以思考方向引導出軸線，便能扣緊題目網羅繁複的材料。在選題上最好以開放性高的題目、生活化通俗的事物切入，較能創造成就感。以「地圖」為例，可開展出以下從立意到謀篇成文的過程：

地：大地、山川、空間景致、足跡

圖：曲線、照片、陰影、顏色、紙筆

地圖：航海圖、航空圖、公路圖、地區圖、旅遊觀光圖、古蹟圖、旅館餐飲圖、博物館圖、購物圖、賞櫻圖、地鐵圖、捷運系統圖、遊樂園圖、學校位置圖

余光中《憑那一張地圖》、小時候的塗鴉藏寶圖、葡萄牙人航海地圖、福爾摩沙地圖、舒國治的京都地圖、徐志摩走過的康橋地圖

高低起伏、稜線、經緯線、等高線、刻鏤時間的變化、空間的佔有與運用、世界的變異、人為的建設形塑

方向、價值、人生指南、感情迷津、子路問津、心中地圖、古道照顏色、偶像典範

由上以「地圖」所激盪出的素材中，可見常見地圖上經緯、方位等功能性材料，也有透過地圖畫分的權力、地形變動、文明進展。在鼓勵發揮想像前提下，任何天馬行空的點子

都被允許，甚至刺激靈感跑得愈遠愈好，讓跳得愈高愈棒，然後再檢視哪些概念是熟悉而與眾不同的？哪些觀念可以整理歸納成一個脈絡？可以安排成怎樣的層次？

　　如芸安從方向導航到抽象式延伸至人生方向：

　　依照地圖材料、目的不同而有地圖模型、地球儀、立體透視圖、等高線圖、剖面圖、空照圖⋯⋯等。然而地球上沒十全十美的地圖，將地表事物轉換到圖紙時，需透過投影方式，但投影時，勢必無法兼顧面積、方向、形狀⋯⋯等特性，如麥卡托的圓柱投影法雖方向正確，但高緯度地區面積卻放大太多；莫爾威相應投影法面積雖等於同比例地球儀面積，地圖周邊形狀卻不正確，他如比例尺大的地圖無法鉅細靡遺，比例尺小的地圖怕無法綜觀全覽。

　　不過各種地圖有其適用的向度，以航行而言，方向正確的麥卡托投影法較為合適；全球性的分布圖則以同比例面積的莫爾威投影法最為優先考量。想了解一個地方的高度，等高線圖可以為你做一目瞭然的解說；想了解一個地方的人口分布，則不妨以點狀圖做為探討。至於大範圍可借助地球儀、小範圍如學校則可參考剖面圖。

　　置身於陌生地方時，一張地圖可以提供最初步、完善的概念。假如蘇東坡有一張清楚的地圖，就不會發生「不識廬山真面目，只緣身在此山中」的感嘆了！（周芸安）

　　余光中不但愛收集地圖，更愛寫地圖所聯繫的旅途、鄉愁，均旻則以地圖寫成長，現實中的地圖從在記憶裡被緩緩捲起存放，也被許多人事情節改寫：

　　長長的一卷，在眼前慢慢展開，像是剛舒展的花瓣，禁不

住的往裡窺視；藍的、紅的、線狀、虛線……構成一種看似抽象的期待！這是地圖，一個在你我生活中都曾運用卻毫不起眼的東西！

小時候，地圖對我來說就像是個百玩不厭的玩具。在小小的白紙上，外公用蠟筆畫出一條條彎彎曲曲的線索，我沿著記憶帶著好奇，一步步找出寶物所在，有時是一塊糖果，有時一張貼紙。小小心靈裡，總覺得外公跟地圖的搭配就像是偉大的魔術師與神奇的白鴿，變出了我生命中無所不在的驚奇！

上了學，地圖成了我的老師。經線、緯線、數字、方向，彙成一幅偉大深奧的巨作，一圈又一圈，薄薄的一張紙上卻佈滿我的頭疼。短短的幾筆，就帶出了一個概略的地標熟悉的位置，對自幼方向感極不佳的我來說，這地圖是我的救星，也是剋星！

再長大了點，遇見那讓我心動的他，攤開大大的地圖，輕輕的指向圖面，一次次的玩起猜謎的遊戲。我的問題、他的答案，凌亂的足跡跨過大西洋的距離由美洲直達歐洲；跨過 90° 到 90° 的距離由北極熊直見企鵝；跨過懷疑與心的距離由你的起點來到我的終點。地圖上盡是兩個人的腳印，一步一步，雖然歪斜，卻更值得懷念。

各型各色的地圖陪伴我成長，也記錄我的腳步。但是，我心裡想的一直是找尋自己的地圖，前方有著無數條抉擇，而我卻只有一次的機會找出我的路。誰來為我打氣？誰來指引我？誰來為我畫一幅地圖？答案是我自己。我將憑藉著過往的經驗，累積的知識，堅定的心情，慢慢地舖出一條與眾不同的路，一張專屬我的地圖。（陳均旻）

　　立意是一篇文章關鍵，杜牧認為：「凡為文以意為主，以氣為輔，以辭彩章句為之兵衛。」（《答莊充書》）在寫作上固然可從一般性落筆，但若能出奇致勝，並「見人之所未見，發人之所未發」。若能從現象看到本質，由感性上升到理性，思想就會深刻。同時，立意要一以貫之，防止節外生枝蔓延龐雜；要和情思結合起來，使文意更加鮮明。

　　地圖是經選擇，符號化與概括化的縮小圖象，目的在讓人對一個地方有整體性的認識，對通往目標的路徑一目瞭然。沿著地與圖，以及地圖所聯想的字、詞、圖、景，形成最真實而具體的意與象，腦海中的敘述就這麼逐漸成形，而以〈失落的地圖〉展文如下，得到 97 年金陵女中文學獎比賽第二名：

　　一枝筆，一張紙，讓我們拓印大地。

　　兩千三百年前的巴比倫人，靠著草和泥塊粗率的替大地留下第一張照片，起起伏伏的雕刻著山川河水，或許，那是大地最真實的封存。地圖，是大地的身份證，一山一川，地圖上的縐摺，似海洋波動，又如山巒稜線詳細地記載著每一道皺紋的經緯度，以及每一方毛孔的粗細。

　　我們用地圖，圈住腳下的每一分每一毫。

　　桌上攤著皺摺的地圖，人類用透視法，以深淺差異的顏色設法在平面上創造三度空間的真實性。中國人在紙上談兵中逐鹿中原；英國人靠著這樣一張紙開創日不落帝國；而今，我們靠著書桌上這樣一張紙，企圖看見世界每一個角落。

　　但這終究只是一張圖罷了！筆跡勾勒出的流水，繫不住浮雲，留不住大地的音符。地圖是靜的，但凝神諦聽，是否在紛飛的圖畫中，也聽見了大地無聲的告白？

　　上億年前，世界地圖只能仰賴岩漿洪濤記憶：洪水流過這裡，於是地圖上出現深色的陰影；岩漿從這裡噴出，於是一個尖端浮現。多年前的大地，也許就是這麼簡單。隱隱約約，我們聽見萬馬奔騰，我們見到熱帶雨林的五色繽紛，數十公尺高的棕櫚搖曳著沙灘，在地圖上留駐一條不明顯的疤痕。

　　埃及人拿著蘆葦在泥版上劃上幾個三角形，多少血淚成河，人類才能用金字塔印證過去？太陽要怎麼的光輝，才能重建埃及隨尼羅河飄盪的過去？拿著放大鏡，地圖上曾清清楚楚的印著上千人如螞蟻般的步伐，在太陽神的眼底豎起一面嶄新的埃及地圖。原先平凡的黃色沙土上，多了幾筆深褐色的星點，埃及的地圖，逐漸廣闊而複雜。

　　東方擲起毛筆，一條長龍應運而生。揮汗如雨下，中華民族的血液，燃燒、沸騰，充斥在每一段微血管內，擴充著每一個毛細孔。飢渴的旱漠被風削著，漠北灰濛濛的沙塵暴，吹不過龍體堅甲般的鱗片，一片綠茵在中原萌芽。毛筆的尖端，繪製長安城、洛陽城，又興建了紫禁城，越來越多的筆在地圖上，為各朝各代留下註解。

　　鄭和的筆，早哥倫布一步畫下美洲的輪廓，讓世界的地圖又多了一角。這是另一塊豐土的淪落嗎？歐洲箭矢般的旗幟洗劫堆著白銀的聖地，馬雅淪陷了，歐洲毫不留情的在紙張上否定了這樣的過去。

　　華盛頓的鵝毛筆，不甘示弱的拔除英國滿地的旗幟。馬鈴薯、玉米在鵝毛筆下結果，筆尖跟隨拓荒民族的馬鞭開拓大西部；美國的鵝毛筆，在對岸戰火交鋒時刻，執拗的點燃了五十二顆星星。

　　大西洋對岸的地圖，天天都在重畫，躍動的國界，煽動著地圖上不斷升起的砲火。國旗被拔起，插下新旗，世界地圖開始了動感的一刻，地圖的筆鋒銳利無比，劃破多少紙張，看見紙張間滲出的血水。筆尖隨著人類殺戮，血洗歐洲碧草。工業機器擰出鮮豔叫人不忍目睹的黏稠液體，從大西洋滑向大海的另一端，逼得世界另一頭的中國，交出一份新的地圖。

　　中國百年換一次的地圖，在槍口的逼迫下，毛筆定義了新的國界。子彈般的旗幟，從西方毫不留情的飛來，槍槍皆是靶心。大清皇帝，固執的拿著毛筆在中原地區緩慢的逃亡，他們怎麼知道，毛筆從來不是鋼珠墨水的對手。

　　也許今日，地圖早已失真。單憑一張薄薄的紙，要如何營造出比衛星更實際的畫面？地圖學家廢棄的書桌上，散落著一把製圖筆，還有一張泛黃帶著潮濕斑紋的紙張。我伸出食指，在灰塵上畫下長江黃河、兩河流域，還有兩極的冰山川河。

　　一陣大風吹來，紙張再度被灰燼覆蓋。

　　或許，那不在，才是最大的現場。（曾馨儀）

　　朱炎教授在其〈歐美文學創作中的靈象〉中說：「靈象就是作家在創作過程中，所亟欲呈現的那片自我的心靈景象。它往往是一部傑作的核心，也是創作的原動力。它的呈現，雖然要借助於幻想，但它並不是幻想，……靈象所表現的往往是作家們靈目所見的一個生動而真實的境界……一個靠經驗與省察、哲學的默想與宗教的啟示而經過長期的醞釀而形成的人生觀或宇宙觀的形象化。」

　　這說明從「地圖」二字所引發的種種想像、意念，在形諸於文的創作過程裡，不只以文字將想法形象化、藝術化，更重

要的是意念化。從具象的地圖出發，所展開的卷軸還必須是抽象的哲理觀察、省思，藉以呈現自我心靈中的景象。

馨儀從地圖本身到地圖之外的歷史，從有形的描繪到抽象的省思，讓一張紙所承載的重量厚實而飽滿。讀地圖上人類所劃出的疆界地標、切割自然面貌所標示的文明進程，以及背後述說野心偏見仇恨所燃起的戰火屠殺，使得地圖不僅是圖，不僅是記憶。不禁問這世界真實的樣貌到底是怎樣的一張地圖？地圖呈現的是什麼樣的事實？當走出了思考所習慣的地圖後，方知地圖上還有一大片空白留待著我們去填補，因此結筆歸結於「一陣大風吹來，紙張再度被灰燼覆蓋，或許，那不在，才是最大的現場。」可不是嗎？圖上無法呈現的，或許才是最真實的存在。

正如義大利小說家伊塔羅・卡爾維諾《看不見的城市》裡，黃昏的御花園中，擁有歐亞大陸的蒙古之王忽必烈，「在皇宮的陽臺上，目光越過高高的欄杆，注視著帝國擴大」，但他卻必須透過凝神傾聽來自威尼斯的青年旅人馬可波羅的敘述，來認識他統領，卻似真似幻、看不見的城市。擁有象徵統治權力的地圖，卻只能靠著不斷想像、拆解去感覺版圖的真實，必須依賴子民親履的腳步、文字語言的描繪來認識江山面目，更殘酷的是在講述的同時已經正點點滴滴失去它。當記憶的形象一旦被詞語固定下來就會消失了，以至迷失在存在，與不存在的辯証間。

追趕跑跳碰

靈感因式分解

　　傳說中具有法力的塔羅牌可以用以預知未來，在洗牌的偶然，拿牌的巧合所顯示的命運徵兆裡被解讀，信者遂被占卜改寫，不信者則是改寫歷史。如果把塔羅牌視為知識，那是大多數人經驗所歸納的認定，在運用與流傳間形成揮之不去的規則，導致知識是限制的框架，思想的欄界。但創作中知識是用來思考的工具，正如創新大師克里斯汀生曾說：「成長的關鍵，在於成為破壞者，而不是被破壞者」。若不能拋棄對世界既有的看法，不能忘記規則、改變視角省視世界，便無法創新。

　　創意構想需要靈感，儘管「靈光乍現」、「撥雲見日」的剎那是多麼可遇不可求，但無論那來自神秘感應的外緣點撥，或靜定所修的內在智慧，其實都源於腦內所儲存的經驗、記憶；都因為一種開啟、連結、融合不同檔案的機制而被召喚引渡來世。基於把許多項創新集合一起，變成一種局面，相互之間加值結果會建立出一個價值高的產品，因此設計一系列以表格式圖示，讓許多想法引出的寫作材料被有效地整理運用；許多集點立意，藉新的連結方式帶出創造性思考方向：

一、點子派對——連連看，對對碰

材料無需奇，只消將異質性組合，就會意外地產生如雪泡冰淇淋、火山冰淇淋、冰淇淋三明治、香蕉船冰淇淋、馬鈴薯三明治……之類的新玩意。不同的串聯，如沙發與床結合變沙發床、牙線與牙籤結合變牙線棒、電視加電話變 3G 視訊電話、腳踏車加引擎變摩托車、手機加照相功能、衣服加帽子、衣服加褲子變連身衣、鑰匙圈加手電筒、瑞士刀與鑰匙圈……或者像魚骨頭造型的滑鼠、做成鞋子造型的蛋糕、在身上塗螢光劑跳螢光舞……。

創造和自我突破就是深刻的學習歷程，其中關鍵不在元素，而在於創作者對其關係的解釋、建立關係的想像，讓「立意」以更有巧思的方式律動。

寫作便利貼

A+B 奇遇記

1. 請隨意在紙上寫下腦海資料庫裡浮現的詞語，並組織成一種關係。
2. 隨意以其中一個詞語為主題，將一連串詞語連成數個句子。

創意來自於重新組合、另類切割，身邊任何事物都能因此酷而炫，如生活+葡萄乾：平扁的日子被行事曆碾成乾枯的葡萄乾，只有舌尖還記憶著那陽光烤炙的微甘所攀緣的生存。（駱宛萱）

　　古典批評家喜歡強調作品的「單純性」，近代新批評則期望在作品中看見「複雜性」，好的作品往往二者兼具。藉這種集中單一目標而向多面相、無聯貫性的自由組合，企圖打破原有的慣性聯想，而以一種新的材料達到創新，如：

生命——保麗龍＋回收＋城堡＋大海＋麻辣火鍋＋劇本

我的生活——夏天＋選美比賽＋諾曼地登陸＋石雕像＋賭徒

改善班風——爬山＋世界大戰＋陣痛＋偷襲珍珠港＋剉冰

個性——包裝紙＋四川變臉＋面具

　　跳離是尋覓創意的桃花源之法，雖是一個誇張的概念，出奇不意或天外飛來一筆的想法，卻往往是好主意的墊腳石。因為這些看似風牛馬不相及的東西，在刻意地，強迫地被串聯時，竟發揮酵素般的膨脹作用，讓立意閃耀著奇異的材料，而形成一種潑灑想像與事實編排的敘述：

　　披上金黃外衣的金莎巧克力立在暗色的棕色托紙上；百合先是繞上一層透明玻璃紙再外加輕飄的粉紅棉紙；薄如絲網的孔紙，就像蒙著面紗的女人，引逗玫瑰豔媚的姿色。我總耽溺於這樣的創造裡，喜怒哀樂便一如酒瓶、玻璃杯、風鈴被包裹在五顏六色的包裝紙裡，收納。

　　波濤洶湧的我，其實是不動聲色的，像玻璃紙或大紅或大紫，或七彩或半透明，除非陽光撞擊，否則那情緒便被鎖在幽微裡，就像在觀賞四川變臉，在眾人還來不及察覺之際，「唰！」變回一張素顏。（徐曼薰）

　　創意就在生活當中，把平常看似不相干的事物放在一起思考、讓不同元素碰撞、交換，讓玩耍的精神幫助想法推演到極致，產生新的想像；改變形貌，讓奇奇怪怪的事發生。這樣的

實驗精神與過程正如政治大學新聞系教授鍾蔚文所言：「發現
有點像旅行，從已知的國度到未知的國度探險，用已知的知識
遙想未知的世界，從已知聚焦到未知。」

　　當撒出魚網，懸掛魚餌時，等待的是一個問號，是無法預
知的未來，但幸運的是大海裡總有驚奇，正如腦海裡總漂浮
著、游蕩著無盡寶貝，等待上鉤，等待被烹調成各種美食佳
品，許多意想不到的精彩正如這麼被感知創作的！

寫作便利貼　不按牌理出牌

　　一張白紙就像一片無邊無際的草原，能引動無邊無際的想
像。

1. 將第一眼看見題目，所想到的敘述方向、描繪重點寫在表格最
   上面的橫欄中。
2. 隨意舉出具體的東西，分類，登錄縱欄中。
3. 在交錯的表格裡，配成組合，產生新的連結。

　　這個練習的目的在於歸納書寫重點，導引另類方向聯想，
以形成一種新的組合，因此題目宜簡單而普通，讓立意變得輕
鬆順手，才能重心轉移至取材與運材的訓練上。

　　以寫「我」為例，寫作的方向不外乎長相、家庭、個性、
習慣、脾氣、興趣……等，各人可取幾個要點列於表格中，另
將想到的類名也標誌表中，接著展開意義的浮動與串連：

我	長相、穿著	個性、習慣、動作	興趣、嗜好	能力、志向
動物	孔雀——與眾不同 蝴蝶——浪漫唯美	獅子——兇猛、自信 猴子——頑皮、靈敏 豬——安逸、順從	打球、游泳 模仿、變魔術	學習力強 創造設計 想輕鬆解決之道
植物	黑板樹——線條簡單俐落	石頭——堅持到底、擇善固執	做卡片、閱讀	爬藤般擴張 人際關係與學習網
卡通／漫畫／電影人物	一休和尚——機智果斷	變形金鋼——隨機應變 武士——自我約制	灌籃高手、蜘蛛人——身手矯健	偵探柯南—觀察入微，追根究底 超人——吃苦耐勞、堅毅有恆
顏色	奇幻自信的銀	唯我獨尊的紅	逍遙自在的藍	生機盎然的黃

　　表格式加上意外的組合，與自我解讀附會，形成新鮮而豐富的藍圖。王文華《蛋白質女孩》一書中將臺北的男人分成三種：蒼蠅、鯊魚、狼，遇到他們你會了解人和禽獸真的沒什麼兩樣；臺北的女人分成三種：冰箱、熨斗、洗衣機，追求她們像使用電器，一不小心就會遭到電擊。至於「蛋白質女孩」則「像蛋白質一樣，健康、純淨、營養、圓滿。和她在一起你會長得又高又壯」、「高維修女子像一部設計精密、需要時時維修的機器。她十分美麗，看到她你會震碎眼鏡」、「雷射頭女孩像雷射一樣精準、快速、銳利、聰明。只要她放出光束，絕對在千分之一秒內擊中目標。」這新穎亮眼的形容正由不按牌理出

牌而創造出來的！

在運用上可以單一地將家人動物化、植物化、物質化，並藉部分特質出發，帶出其他重點，如藉爸爸的手像蛇，描述其職業、工作性質與內容、能力、才藝、興趣；藉爸爸的臉似企鵝，進而描繪出其個性、表情、脾氣、說話神情、聲音、動作。他如爸爸在家中地位、親子關係、最常在一起做的事是（舉三件為證，並敘述心情）、心裡最想說的話……都可取動物特徵連結，讓形象鮮明而立體。或者綜合各種面向，將同學素描列表為：

年齡、整體印象飲食化、卡通化、物質化	長相植物化	個性動物化	能力社會行業化	相處關係顏色化
說話像印表機平板而直接、像紅燒肉飽滿	桂圓大眼蓮霧鼻西瓜臉	樂觀開心的海豹	外交尖兵	紅不讓的致命吸引力
交友如臺灣大哥大熱情哈拉	體型像榕樹張成安全庇蔭	忍辱負重，憨厚誠懇的大象	鴻海電子超連結	水藍的四海皆兄弟

二、名言牽線——引話題

1. 抄錄數則名言，分別寫出要旨，再就旨舉數例證，或反其道而行逆向思考，提出自我論證。
2. 摘取數段錦句，分別以其描寫的主題接續。
3. 引數則同樣情境或主題的詩詞歌賦，歸納其立意選材，取其素材為寫作原料寫一段短文。

有道是「站在偉人肩膀上，可以看得更高更遠」，善假物則省力而易成，是以藉名言佳語、詩詞歌賦、典故至論就像加值卡，無論構思取材帶出敘述，或支撐論述說明都是簡而有效的途徑。

如引俄國作家列夫·托爾斯泰說：「一個人就好像是一個分數，他的實際才能好比分子，而他對自己的估計好比分母，分母愈大則分數的值就愈小。」說明驕傲的人不易有成就，藉舉正反例證打開思路。

至於加爾各答兒童之家的箴言〈不管怎樣，總是要——〉做為〈義工〉這個題目的佐證，非但具說服力，也深切地道出義工無怨無悔的精神與信念：「人們不講道理，思想謬誤，不管怎樣，總是愛他們；如果做了善事，人們說你別有用心，不管怎樣，總是要做善事；如果成功之後，身邊全是假的朋友和

真的敵人，不管怎樣，總是要成功；耗費數年的建設可能毀於一旦，不管怎樣，總是要建設；將擁有的美好事物獻給世界，卻被踢掉牙齒，不管怎樣，總要將擁有的獻給世界。」

以臺北區 92 下學期第三次模考為例，其引導說明是：當我當我們拿花送給別人時，首先聞到花香的是自己。當我們抓起泥巴拋向別人時，首先弄髒的也是我們自己的手。請以「弄花香滿身」為題鋪陳出你自己的經驗及感悟。這個題目的重點是敘述個人的分享經驗與心得，除舉証說明外，尚必須引例為喻方能深入，如：

滿山海芋在風中挺立的白，叫人看了神清氣爽，摘一束送人，也讓自己被潔白的芳香所包圍。沒錯，當我們滿懷欣喜將美好事物與人分享時，先聞到花香，先感到愉悅的其實是自己！

同樣的道理，當我們誠懇地贊美他人時，不但肯定其善行，自己也因見賢思齊，而創造雙贏的局面。更何況方向帶動轉機，一個笑容讓世界轉為彩色，周遭的人也將沾染到這份幸福！

相對的，抓把泥巴拋向對方，一如怒言相向，必定兩敗俱傷，不但輸了友情，還賠上自己的情緒，甚至影響未來發展。因此何不學著釋放溫的善意，掬起一片芬香，讓祥和的氛圍擁抱你和我！（陳均旻）

一個人就算擁有整座山谷的花，還是會嫌少，其實少的永遠不是花，而是分享。少了肯定的眼神，歡喜的掌聲，擁有再多，不過是一片荒蕪，擁抱的只是孤寂。

送花，換來自己滿身香，受者滿心香，這樣的感覺一如為

送禮而精心設計，親手製作，對方驚喜感動的眼神最是動人。

送禮的人先享受包裝禮物或是製造創意的樂趣，然後把自己滿滿的喜悅以及祝福灑在別人心上。在散播快樂的同時，自己身上也沾了快樂，甚至比先前的快樂還濃郁，所以當一個灑香水的人，施予的人是最幸福的，因為你是有能力傳播快樂的人，是製造香氣的人！（黃梵雨）

三、拍立得寫真——穿上感官的雲裳羽衣

美學家說：「感覺是我們進入審美經驗的門戶。」因此，文學家多善用視覺、聽覺、嗅覺、味覺、膚覺等意象，藉以引起讀者的聯想，激動讀者的情緒。文章魅力來自獨特氣質所散發出的能量，風格來自滴水見海、杯水風波的靈敏智慧，而這一切都基於感覺細膩地洞悉真實與虛幻、凝神專注於五官所吸納吞吐的聲色情思。無論是白描素寫：「我覺得那竿竿挺直，最具神韻的竹子，是一枝枝的大筆，在天地之間，以青綠的顏色，寫出正直的定義。而一片片的竹葉，像是一隻隻綠色的鳥，是宋人詞句中的翠禽，小小尖尖的喙上，唧著的是永恆的春天。」（張秀亞〈竹〉）或水墨暈染都因此而見一番勝景，如「反反覆覆的鼓點像在訴說一個沒有言辭的傳說，喃喃吶吶。水色天光，變得灰暗了的屋頂，那屋場間接縫依稀可辨灰白的一塊塊石板……苦艾的氣味和飛鳴的蟲子，腳下表面曬乾了底下還鬆軟的泥巴，潛在的慾望和對幸福的渴求，鼓聲在心裡喚起的震動，也想打赤腳和坐到人家磨的烏亮的木門檻上去的慾望，都油然而生。」（高行健《靈山》）

寫作便利貼

與感覺親密接觸

1. 選取一個人、一件事、一樣物品、一方場景、一種心情作為感覺凝固膠著的對象。

2. 以色、香、味、聲、觸分別勾勒線條、素描輪廓、渲染明暗、構建想像。

作文問題不在複雜，而在簡易處，如「大自然之美」、「大樹之下」、「傾聽大自然的聲音」、「青春的夢想」屬於記人、記事、記遊、記物之類的觀察筆記，是最基本也是最重要的紮根訓練，看似簡易，卻能磨練描繪敘述的精細度與創新度。因此一方面從細微而切實的小物觀看世界，以加強經驗思維的濃度與密度；一方面洞察該物存在的意義，提煉出具有深度的意涵，賦予該物一個新的觀照和感受。不妨事前告知題目並要求實際觀察，或當下製造情境、就現場情況觀察，分鏡片段寫作，從寫實到想像。

如臺北區 92 第一次模考命題：朱自清曾以「綠」為題寫下一篇絕妙散文。在第一段中，他如是寫道：「我第二次到仙岩的時候，我驚詫於梅雨潭的綠了。」文章就此展開一連串視覺與感覺的遨遊。顏色彷彿容易引發人內心深處的某種感動，請你也以「單一顏色」為題（例如：紅、粉紅、藍、水藍、綠、蘋果綠）等等，寫出你的經驗與感動。自行命題，文長不限。

顏色的亮度質感與濃淡深淺自有其媚姿，它可以是斑斕繁

複的光彩五光十色，也可以是單一味道的固執與堅持，如：
「茫然的白毫無遺憾的白將一切網在一片惘然的忘記之中，目
光盡處，落磯山已把重噸的沉雄和蒼古羽化為幾兩重的一盤奶
油蛋糕，好像一隻花貓一舐就可以舐淨那樣。白。白。白。白
仍然是白仍然是不分郡界不分州界的無疵的白。」這是余光中
在遊記裡寫大雪深密的白，單純的白，卻因視覺和語氣的變
化、扣緊情感和情緒的起伏。三個連續的白接續三個句號的短
句，是贊嘆，同時是被那浩瀚的白所震懾的絕對與純粹。而思
好則獨鍾於藍，以旅行的腳步框起一個個藍藍的鏡頭：

藍藍的風吹過我髮梢

帶走了孤獨的分岔

白白的風吹起了我衣角

我把寂寞慢慢塞進了背包

伴著愛琴海的暖暖夕陽

喀嚓　用瞳孔拍下

雪白的建築

蔚藍的街道

夢幻又真實

坐在小巷尾端

大鬍子爺爺

吐了吐灰白的煙圈

向我揮了揮手

我才發現

他蘇格拉底般的氣質

一旁的黑貓

也入鏡了

喀嚓　心房裡的底片又少了一張

湛藍的樓梯上

衣服海藍的小女孩

朝我投了笑容和眼神

交心的感覺

我的臉頰悄悄地

多了一絲柔嫩

多了一絲濕潤

喀嚓　嗯——心肌忙著捲片

信箱裡

缺氧的頭髮

發霉的寂寞

甜甜的唇印

三張明信片

靜靜的熟睡著

等著不捨回家的我（陸思好　湛藍）

　　近距離的細節描繪往往能塑造深度的感動與印象，在練習時建議選擇日常觀察對象，或在作文課即時觀察，當下書寫，這有更貼近距離的省視、深厚相處時間的親身經歷，將使得筆下所搜索、解讀、纏繞的見聞真實而擁有獨特性，其列表可如下：

視	聞	摸	聽	想	心情
靜（外表、形狀、狀態）					
動（動作、言語、表情）					
聯想（畫面、情境、人事）					

　　俞潔以寵物為注目的對象，寫彼此相望、猜測、感應的鏡頭細膩而精緻：

　　貓是狡猾的動物，她假裝示好，跟你撒嬌，放大膽子在你面前撒野，然後在你面前睜著無辜可愛的大眼睛。有時還把家裡當做旅館，一天內搶著進出家門好幾次，你從來都想不透這些傢伙腦袋裡到底是怎麼想你這個主人的。

　　但是你仍舊喜歡在擁擠的書櫃、冰涼的大理石地板上、有股怪味的紙鞋盒裡、熱呼呼的掃描器上、鋪著破布的木板地角落、放著枕頭的藤椅上、樓上的花圃裡，發現懶洋洋的牠們，將自己雪白又毛茸茸的肚子很自然地袒露出，幸福的翻滾，像是在炫耀貓族獨有的愜意，然後用眯著的眼睛向你投以得意的微笑。

　　牠們趴在你身旁的地板，吹你的電風扇，告訴你其實牠才是這裡的主人。你欣賞牠們鼻子與嘴上那抹淡淡粉紅，撫摸牠粉白的、奶黃的、黑亮的、柔軟的毛，在電風扇的吹拂下不規律的搖動。靠近牠，聽牠熟睡的小小鼾聲，一廂情願地認定牠是一個依偎在你身邊，永遠需要被疼愛的嬰兒，頓時眼光裡漾滿甜甜的母愛。她腳掌上的那幾顆球似的指頭，軟軟的、粉紅色的，一些黑色斑點像是調皮的沾著墨汁，似乎都在對你眨著大眼睛笑著。

　　你也喜歡，看牠們用小巧的可愛的舌頭，清潔彼此的身體，接著用那白色的腳掌偷偷打對方，引燃一場狂野的奔馳競賽。追逐的腳步敲打地板發出響亮聲音，你不自覺地迷上了這可愛的咚咚聲。牠們調皮的追逐著繩子，彷彿是畢生最好玩的遊戲，最後死纏爛打地咬著繩子，示威似的到處遊走，有時候太興奮地把它給吞下肚。……

　　你發現你似乎是牠們世界的侵入者、偷窺者，牠們成為你生活的一部分？還是你是牠們生活的一部分？這點已經分不清了。也許你不但是貓的奴隸，你，也是貓的愛人。

（盧俞潔　愛貓）

心情圖象

以意說情——透過情節敘述情緒流動、思路變化。

以境顯情——藉感官呈現畫面，以顯內心情感。

　　心之波動是有風吹起，於是充滿慷慨激昂言志說理的音色、分手離別依依情切的斷簡殘編、纏綿悱惻糾葛牽絆的氣味以及縫縫補補的人間世態百衲圖，便這麼是情思蕩漾人事所敘述的集冊裡：

　　「醉別江樓橘柚香，江風引雨入舟涼。憶君遙在瀟湘月，愁聽清猿夢裏長」（王昌齡〈送魏二〉）、「霧失樓臺，月迷津渡，桃源望斷無尋處。可堪孤館閉春寒，杜鵑聲裡斜陽暮」（秦觀〈踏莎行〉）、「乘彩舫，過蓮塘，棹歌驚起睡鴛鴦。遊女帶香偎伴笑，爭窈窕，競折團荷遮晚照」（李珣〈南鄉子〉）、

「少年聽雨歌樓上，紅燭昏羅帳。壯年聽雨客舟中，江闊雲低，斷雁叫西風。而今聽雨僧廬下，鬢已星星也。悲歡離合總無情，一任階前、點滴到天明」（蔣捷〈虞美人〉）、「風飄飄，雨瀟瀟，便做陳摶也睡不著，懊惱傷懷抱。撲簌簌淚點拋。秋蟬兒噪罷寒蛩兒叫，淅零零細雨灑芭蕉」（關漢卿〈雙調‧大德歌〉）……。

　　情，附著於人與事間；是以如「幸福」、「快樂」、「孤獨」、「假裝」、「偷偷喜歡你」、「等待」、「寂寞」、「離別」……之類的題目，無論以什麼樣的文體或形式還魂，表述的重點不外乎表格所列：

喜	色	香	味	觸	嗅
感覺					
心境 想法					
事件過程					
畫面					

　　「酸梅湯沿著桌子一滴一滴朝下滴，像遲遲的夜漏──一滴，一滴……一更，二更……一年，一百年。真長，這寂寂的一剎那。七巧扶著頭站著，倏地掉轉身來上樓去，提著裙子，性急慌忙，跌跌絆絆，不住地撞到那陰暗的綠粉牆上，佛青襖子上沾了大塊的淡色的灰。」（張愛玲〈金鎖記〉）酸梅湯與夜漏相繫的畫面，讓流逝的時間形象化、聲音化。七巧跌跌撞撞的動作與牆、襖灰綠陰暗的色彩，無不敘說漫長等待與留戀的痛苦。

以象說意往往讓那深藏於心的情意不言而言盡一切，深刻而顯露，如廷芝、毅芩或直陳或以境託意，以孤獨作為書寫對象的敘述鋪陳：

什麼時候，我戀上了咖啡的甜、咖啡的香……？那，是一個冬天。起初，半信半疑的喝下學姊一再保證不苦的它……哪知，一喝，就此對它著迷。我想，也許就為了它甜而不膩，微帶苦味、孤獨的味道。

那次，是我第一次自個兒出國，一切都顯得新鮮。一直都以為，這種新鮮，不會讓我有任何時間去懷念人，思念家。沒想到，那種古人才有的思鄉病，竟在我身上應驗了。夜深了，當我發覺我有點想念臺北時，我笑了，有點孤獨的笑了。

那種孤獨的味道，就像我的心情……

我想，戀上一種東西，也許很簡單……。（顏廷芝）

臺北衰颯的靜夜，流動著一股憂鬱的深邃；紐約飄雪的冷街，是凝固的枯萎。03：43，天氣陰，心情雨。有風，有風自窗外擠了進來，擠進了我狹隘的心靈空間，拂亂了演奏中的黑鍵與白鍵，卻意外地和幽邈而飄忽的旋律不期而遇。有種虛冷的窒息感正點點滴滴在凝聚。孤單，彷若無處不在的塵埃，灑滿整座藍色憂鬱城市，瘋了一般。

默默倚在窗邊，闔上心與眼。空氣中流瀉某些糾結不休的氣味。冷灰的時刻、冷灰的咖啡、冷灰的天空。這夜，我淪陷在異鄉。（洪毅芩）

紀伯倫《先知‧說話》裡說道：「當你不能與你的思想和平相處時，你才說話；當你不再能安住於你心中的孤寂裡時，

你便靠你的嘴唇生活，聲音是一種解悶的娛樂和消遣。」「獨處的靜默對他們的心眼顯露了他們赤裸的自我」，說明唯有獨處時，人方能全然的面對自我，然而赤裸自我是需要勇氣，因為「從書中的符號，我創造了淫蕩的慾望，構築了邪惡的圖像，醞釀了憤懣的情緒。」所以我們總是逃避到人聲之中，藉群居、多話、交際來掩飾、壓抑體內惡靈的反射。

康德行在哲學小徑上沉思、貝多芬在孤獨的庇護下躲開喧囂，聽到心靈的聲音，譜寫天地的禮贊、梭羅在湖濱散記裡記下孤獨中的豐盛自在，道出在孤獨中所聽到不一樣的鼓聲。孤獨，可以是一種享受，一種選擇，也可以是另一種經營人生的方式。孤獨是因為修行，修行是為了入世，這樣的孤獨絕不孤傲，這樣的孤獨是謙卑，是慈悲，也是寂寞。蘇庭在這篇〈這份滋味，名為寂寞〉一文裡，由自我到古來聖賢多寂寞、山水不知音的蒼涼，從透視逃離寂寞的網路、電話到生命本質，立意縱橫，取材隨之廣闊，得到 97 年景美青年散文特優獎：

夜色早已濃烈得壓過黑咖啡的嗎啡味，連夜貓子也忍不住地小歇，疲倦襲捲上我的軀體，偏偏荷爾蒙被下了興奮劑，腦子清醒得如同深山湧出的清泉。我翻來覆去就像是鐵板上被滾油燙得咪咪作響的蔥油餅，伸手一把撈起鬧鐘，看著指針利刃般刺向三點半的位置。眼皮塗了層檸檬的酸，我卻逞能地撐著，瞪向發出慘澹青光的鐘面，傾聽時間死在被切割的方格裡，有規律性的哀嚎。

近來總是失眠，孤零零地躺在雙人床上，任憑玄黑與寒冽包覆我的軀體。夜空偶爾出現幾點星光，微弱地閃爍彷彿將死之人，遙遠的街道傳來幾聲因靜謐而清晰的狗吠，就這樣，幾

抹星子，幾道狗鳴，伴我共處不眠夜。……

　　孤獨與寂寞，是不同的。我享受孤獨，但我畏懼寂寞。

　　孤獨就像咖啡，儘管苦澀，卻有濃郁的香氣，入喉一段時日，尚會有股薄薄的回甘。然而寂寞卻是鴆酒，熱辣的燙得胃腸一陣沸騰，內含的劇毒順著升騰的溫度一點一丁地侵蝕五臟六腑，隨後是筋絡血管，最後吞噬骨髓，連骨灰都不剩。

　　世人都是恐懼寂寞的。若非如此，不需要寫電子郵件，不需要打電話，不需要發明手機，不需要有即時通，不需要安裝視訊。這一切聯絡方式，都是人類驅逐寂寞的避邪劍。

　　現代社會更趨冷漠，而營造這個世界的人類也越發害怕，唯恐所有人漠視自己的存在，於是無所不用其極，只為讓其他人看見自己，發現自己的存在；於是乎發明各種工具向世界嘶吼：我在這裡！有沒有人注意我？

　　其實有些悲哀，藉由著這些冰冷的機器，無生命跡象的程式，才得以建立存在感，但這些存在感就如同網絡般虛擬不真實，只要沒了電，斷了線，便是氫彈爆炸，軀殼瞬間蒸發，連個殘影都沒有留下。只有無盡的寂寞是刻骨銘心的，真切如刺青般，疼痛，且烙下傷痕，消不去，褪不掉。

　　即使如此，我也還是樂此不疲，一次次的寄信，一次次的對談，一次次的上線，一次次的通話，每一次每一次，期望，等待，失望，等待，一遍遍的輪迴，除了更深更重的寂寞我什麼也沒有得到。或許有點自虐，就像有時刻意讓瀕臨臨界點的寂寞達到飽和，硬是將自己擠入洶湧人潮，打電話到無人的家，聽著無止歇的鈴聲，如奪命的魔咒縈繞在耳邊始終不去，或是機械女音照著有規律的節拍娓娓道出：您撥的電話將轉接

到語音信箱，嘟聲後開始計費……

　　當寂寞終於超載，狠狠咒罵或痛哭失聲都比悶在胸口強，否則便像一截魚刺綑鎖在那兒，上也不是，下也不是，用力一咳，吐出的是那顆熱騰騰的心臟。

　　知道為什麼旋轉木馬和摩天輪的速度會這麼慢嗎？

　　因為它們與咖啡杯與雲霄飛車不一樣，不是要體驗狂風呼嘯而過的快感，而是要品茗同伴出遊的氣氛。家人之間的天倫之樂，情侶之間的甜言蜜語，朋友之間的笑語不斷，這些都是要在慢速度的熬煮之下，才能嚐味的。

　　獨自一個人坐過摩天輪或旋轉木馬嗎？那將會是無邊無際的寂寞充斥在細胞的每一寸，胸膛間難以言喻的悶，直到寂寞分子過飽和，瘋狂的自體內炸裂，尋求一個宣洩的出口。

　　摩天輪的狹小空間，在獨自一人的眼中，將會是最殘酷的牢籠，無法逃脫，空調釋出的是有毒的寂寞氣體，急速侵入肺臟，下方渺小的景物化為深不見底的山崖，連接著地獄的盡頭。旋轉木馬的樂音是奪人魂魄的魔韻，懸掛著絢麗彩帶的駿馬是攜人前往黃泉的黑白無常，寂寞將會伴隨著動聽的音樂，圍繞中心不斷不斷永無謝幕的輪迴，像那名受到天神處罰的少女，必須穿著紅色的舞鞋不停地跳舞，直到她的雙腿舞斷了，才可以停止無休止符的夢魘。

　　當寂寞來臨時，要記住，不可以找任何藉口支開它，因為它只會暫居一旁，不會離開。

　　刻意尋求熱鬧，可以得到短暫的安慰，然而在一切皆冷卻之後，寂寞只會更加凝重，不會減輕它的份量。寂寞就如失

眠，就如霸道的情人，佔有慾極強，強烈到要人自裡至外完完整整的都屬於它。不能做任何事，也無法做任何事，只能默默地安分地陪伴它，與寂寞共處。

除非心死了，失去知覺了，否則人們一輩子，都逃脫不了承受寂寞的痛苦。

喝溫熱牛奶時溢出的寂寞，看經典名著時躍出的寂寞，聽水晶音樂時流出的寂寞，嗅陽光氣息時傾出的寂寞，潛伏內心的寂寞，如影隨形的寂寞，隨時準備將人生吞活剝的寂寞。

每個人靈魂中都有一處青塚，埋葬著不為外人道的情思，而這座青塚，以寂寞上鎖。

寂寞湧上，青塚埋藏的情感蜂擁而出。這寂寞，造就了多少扣動心弦的詩詞，造就了多少空前絕後的青史。

諸葛亮鞠躬盡瘁死而後已的忠誠背後，是開朝老臣的寂寞，臨表涕泣，不知所云的辛酸，有誰明瞭？范仲淹滿腔孤臣孽子的寂寞，是先天下之憂而憂，後天下之樂而樂的胸襟，繫著家國危危，繫著眾生芸芸，他的寂寞，成為臣子文人一輩子追尋的理想。阮籍心中矛盾的痛苦不斷撕咬他的魂魄，只能借酒，澆熄滿腹的寂寞，提筆，將無人可訴的寂寞壓進一首首悲憤的詩句中。

元稹的一首「白頭宮女在，閒坐說玄宗」道出宮中三千佳麗的寂寞。王之渙的「羌笛何須怨楊柳，春風不渡玉門關」寫盡了離鄉的征夫，那淒涼思鄉的寂寞。張繼筆下「姑蘇城外寒山寺，夜半鐘聲到客船」是遊子不得歸去的寂寞。劉禹錫滄桑的「舊時王謝堂前燕，飛入尋常百姓家」，說的正是富貴如雲

的寂寞。寂寞，寂寞，中國五千年來輝煌的汗青，中國五千年來璀璨的文學，都是寂寞鑄成的啊！

　　我的寂寞，是糾結的蠶絲，彼端繫著筆，吐出文辭悠悠。不奢望留名，只期盼靈魂青塚深埋的情，與寂寞之人共享。

　　只是，天下之大，究竟有多少人，能聽懂高山流水所述說的寂寞呢？

　　勾起苦澀的弧度，我倒進棉被的懷抱，銀白色的月光灑進了臥房，映亮我身旁的空白，也點燃我潛藏的寂寞。己之溫暖，彼之冰涼，我擁抱著雙人床空蕩的冷，今夜，寂寞伴我入眠。

　　這份滋味，名為寂寞。（蘇庭）

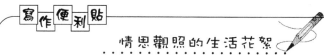

寫作便利貼

情思觀照的生活花絮

1. 特寫細節、微觀小處──以色彩線條勾勒形貌。
2. 拉長鏡頭、宏觀全局──以修辭妝點動作神態。
3. 虛擬實境、滲透想像──以歷史縱深、人文面相化簡易為豐厚、平面為立體。
4. 情思哲趣、涵蘊韻趣──融入個人觀察角度、感發見解。

　　生活中無處不是書寫材料，無時不見書寫題材，當題目不加限制，意味的是作者可以迅速進入構思狀態，可以有獨出心裁，自由發揮的廣大空間，為豐富文章內容創造了有利條件。是以沈從文曾說：「人生是一部大書」、錢鍾書以《寫在人生邊

上》為散文集名，林語堂《生活的藝術》呈現文人雅士的生活美學，在這些為人生作註解、為生活加眉批的文字裡，浸潤個人的學養，融合當下情趣、智慧，渾然天成的文人哲理與美學意境醇厚而靈動深睿。

得過芥川文學獎的日本新生代女作家柳美里（Yu Miri，1968-）曾說：「記憶只不過是某種故事，人們總是按照自己的喜好來編故事」。無論是從實到虛的寓理寄意，如蔣勳〈恆久的滋味〉從酸甜苦辣的食之味寫到生命歷程，轉筆至人生滋味、〈寒食帖〉由書法寫東坡生命情境與文人志性，都藉事理觀想、人情滲透而在敘述間展示自我的思維。

或在敘述描繪的筆墨之上，以鏡頭鋪陳，藉想像進行當下與過去跨越時空的對話，如林文義〈向晚的淡水〉敘述從八里到淡水上岸後所見，隨著路徑展開的是家居小鎮一角的想像：「看看那些日本式的木質房子，外頭是磚砌的小紅牆，紫色的藤花從牆裡延生到牆外，牆外是幽深的小巷，而小巷的盡頭是一片發亮的海，或許泊著幾艘美麗的小舢舨。」繼而從淡水暮色裡的歌謠懷想、龍山寺、紅毛城的歷史情境，移筆至夕陽下老人「入定端坐在褪色的門楣下方，悠閒地搖著蒲扇，丟給你一朵極為古老而又慈藹的微笑」……漾生一種精緻而從容的意境。

可見如何在尋常中見奇？如何將普遍素材煮成名貴宴席？如何眾聲喧嘩間唱出唯一的高音？如何使得平凡事景形成給人痛快淋漓之美？其關鍵便在於出其不意的新穎，入木三分的敏銳深刻。以 93 臺灣區指考模擬考題為例：

人，每天都在尋找快樂榮華富貴，使人性迷失；聲色犬

馬，使志向消磨；立德、立功、立言，目標似乎太高遠了；快樂的境地變得很難尋找、掌握。其實最重要的是自內在喜悅的那顆心：解出一道苦思已久的數學題，當作是小小的凱旋班師；閱讀一篇精彩的古文，當作是與古人神交閒聊；看到雨後絢麗的彩虹，當作是意外的美麗邂逅。留意生活中的小感動，點燃生活中的小火花，就能享受快樂的人生。請以「生活中的小火花」為題，寫一篇文章，抒發你的經驗和感想。

　　這個題目的重點是「小火花」，亦即平凡生活中的漣漪。那可以是人事，也可以是情境，取材方向及創意組合可列表如下：

鏡頭一　境	鏡頭二　人	鏡頭三　事	鏡頭四　時	鏡頭五　情
色——圖畫				
香——飲料				
味——菜餚				

　　「很久沒有聞到夏天的香氣了——海潮的香，遠處的汽笛聲，女孩肌膚的觸感，潤絲精的檸檬香，黃昏的風，淡淡的希望，夏天的夢 K……但這簡直和沒對準的描圖紙一樣，一切的一切都和回不來的過去，一點一點的錯開了。」（村上春樹〈聽風的歌〉）儘管「潮溼的街道如發光的湖面／在遠方的記憶裡浮動／不確定的情節／是否曾經發生？」然而書寫與想像卻從不放棄再現的可能，或許這正是對抗時間地唯一方式，如逸群取片段停格的鏡頭，點出生活火花：

　　「天地者，萬物之逆旅；光陰者，百代之過客。」在擠壓的生活中，我們能做的唯一，就是搜索須臾的歡愉，讓生活裡

小小的火花激濺出珍貴的喜悅。

喜歡佇足於街角的舊書攤旁，隨手翻開斑駁的書皮封面，以知識的甘霖滋潤高三疲乏的心緒；喜歡在便利超商買飲冰室茶集的名茗，茉莉凝芳的甜蜜交織綠茶沁涼，在唇齒間流成一抹清爽；喜歡走在路上邂逅久未見面的故友，即使是短短的問候，一個揮手的姿勢都令我雀躍不已……這些小小的火花就像黑夜裡的仙女棒，燃起無數感動。（藍逸群）

「創新大師」克里斯汀生說：「成長的關鍵，在於成為破壞者」。移覺，便是以全面顛覆固定模式，打散原有的運作方式而移位變調成一種創新局面，帶來感官書寫上的新穎變異。所運用的法則就像撲克牌般，抽換組合而形成意外的新鮮感。創作，是為尋找新的表現方式，不妨想像自己是一個冒險家，一個實驗者嘗試新構想，如珈儀、宜霓以飲料寫愛情：

愛情，是一杯汽水，在倒入杯中的瞬間即開始喧騰，一刻也閒不下來地轟轟烈烈。擱了一陣子，熱情不再沸騰，微弱的漣漪嚐多了只會讓舌頭麻痺，猶如最後地掙扎般有氣無力，等到終於決定放棄時，已是普通的液體。少了氣泡的平衡，汽水變成膩人的甜水，味道不再特別，膚淺得像一灘糖水。

人們對於愛情總有太多的憧憬，在想像的助長下，如夢似幻地在心中角落無限擴張希望，但過多的期待終歸失望，那美好僅限於最初。愛情不只是快樂和依偎，也不能只是索求和給予，沒有這層認知的人，感情很快就像汽水一樣，泡沫化了！（朱珈儀）

愛情就像一杯可樂，剛開瓶時，嗆鼻的氣味直衝腦門，每

啜一口，舌尖就像有千百個小釘子扎著，有點刺痛又有點新奇與誘惑，正如愛情越是刺激，人們越是喜歡，越是刺痛，人們越是無法割捨。直到時間久了，可樂變質氣泡散去，只好倒掉換一杯新的！（謝宜霓）

　　教學方法需建立於學生「既有經驗」之上，一方面重複既有經驗，從生活經驗中「延伸」、「深化」、「廣化」，賦予新意義，另則由既有經驗發現新經驗。最好的選擇往往是「質樸而原始」的，更接近「原意」，就如這部份以感官為方向的設計，便可確立的題材意義，在自我情思投射的線索間交錯穿梭為文。

抽換條件

排列組合的手印

在命題形式上限制性題目限制了角度、寫法、體裁,其框限性束縛思想和創造,必須訓練思維的準確性;開放性題目則角度、寫法、體裁不限,有利想像和創造,盡可打開思維的閘門,放縱思想飛舞。然而,如何在審題時不會錯意而「誤入歧途」?如何在侷限中開展,馳騁文思,發揮取擇重點?如何在彈性寬鬆尺度間自有重心,切題敘論而不至於天馬行空?如何迅速地多角度地構思立意,培養敏捷的思維和創新能力?必然有可依循的路徑,如:

一、人事時地拼貼敘事寫人

人事時地物的組合是記敘文、抒情文乃至論說文裡不可或缺的元素,差別端在比例多寡與筆調直曲之間。以琦君〈紅紗燈〉為例,文藉由外公親手糊製的紅紗燈訴說兒時溫馨的回憶,包括家鄉迎燈會的節慶氣氛、五叔英勇救人的義舉、外公對五叔的寬容鼓勵,一幕幕往事在紅紗燈溫暖明亮的光芒中閃爍著,藉人事物的聯繫,流露對節慶習俗的期待雀躍及回想時

悵惘不捨的跌宕心情。歸納藉物寫往事懷想、書人感念，可依下列表述立意取材：

物	人	事	時	地
人				
事				
時				
地				

　　以國中聯考作文而言，有關人物命題集中大人物、小人物、親朋為主，重點在最難忘、敬佩、感謝、影響最深，如最要感謝的人（82）、影響我最深的人（88）。高中則結合人事情思，如高雄中學 92 第三次模考：

　　人們通常會透過某個特別的事物來保存某種「記憶」。例如：琦君以「一對金手鐲」來保存對於昔日摯友的記憶；畢業生會以記住班號、保留制服來維持對母校的記憶；家庭的成員會以珍惜傳家寶、族譜來維持對家族的記憶；旅居海外的遊子會以聽家鄉歌、吃家鄉菜為維持對故鄉的記憶；我們平常也會藉著珍藏徽章、車票等物品，或者憑著對一條河流、一次旅行的印象來維持我們對人生某階段的記憶。

　　你透過什麼事物，來保存人生中哪個部分的記憶，請以〈一個關於□□的記憶〉為題，寫一篇文章，文長不限。如禹涵所寫〈一個關於肩穗的記憶〉：

　　掛在我房間牆上金色的肩穗，亮眼的金黃，是十七歲的豔陽。

那一年，夏天的豔陽嵌在蔚藍的天空上，斗大的汗珠像河流般溼了襯衫鞋底；刺骨的寒風凍紅了臉，教練學姐嚴格的要求、同儕間的壓力、達不到理想的挫敗……我們一起哭，一起笑，一起屏氣凝神的練習，只為走出一條完美的水平線，轉出一個無懈可擊的 45 度！

我像浴火鳳凰，接受最嚴酷的磨練，從光與熱陶鑄出驕傲的雙翅，穿著燦黃炫麗的隊服，踏著無比榮耀的步伐，肩穗扛的是美麗記憶，是向日葵般的青春！（潘禹涵）

二、W 導向說明敘述與論理的經緯

立意就是「決定中心思想」，一篇文章有了中心思想，才能確立寫作的重點和方向。原則上，環繞題目思考「是什麼」、「為什麼」、「怎麼做」，然後研審題目的重點，便能決定文章的中心思想。

大抵而言，說明文內容偏重於「是什麼」、論說文著重於「為什麼」的申理與「怎麼做」的方法、有些則強調定義「是什麼」和「如何做」的方法，如「打開內心一扇窗戶」、「成長中的喜悅與煩惱」、「當挫折來臨時」、「迎向光明」、「開拓心靈的無限空間」、「發現生活中的美」、「包容即是吉祥」之類的題目寫作方向都不外乎此三者。至於閱讀心得則可就說什麼、喜歡什麼、學什麼、想到什麼、感覺什麼、怎麼改……等方向層層進入。

（一）W 拉出記敘說明線條

記敘文中往往夾雜著敘述與抒情、說明成分，或重於說明現象及原因，如「我要做個有用的人」（77 國中聯）、「做一個受歡迎的人」（84 國中聯）、「讓生命更豐美」（86 國中聯）、「感恩的心」（85 國中聯）、「我最投入的事」、「我的嚮往」、「想飛」（95 指考）、「下課十分鐘」、「充實的一天」（87 國中聯）以及國語文競賽國中組作文題「逐夢、築夢、完夢」（89 國中）、「當挫折來臨時」（94）、「發現生活的美」（91 高中）、「開拓心靈的無限空間」（89 教師）。

或強調事件、人物及抒情，如「我愛家，我愛家鄉」（83 國中聯）、「淚與笑」（82 國中聯）、「傾聽大自然的聲音」（88 國中聯）、「第一次」、「從朋友身上得的啟示」（96 基測）、「心動」（89 國中聯）。

至於在題目中出現情緒字眼，如「最難忘的事」、「最喜歡的一首歌」、「印象最深刻的旅行」、「最令你印象深刻的廣告」、「最感動的電影」、「最想去旅遊的地方」、「最想見的人」、「最懷念的人」、「影響我最深的一句話」、「我最害怕發生的事」、「夏天最棒的享受」（96 基測）、「我最喜歡的季節」（90 全國語文競賽國小組作文題）、「啟示我的一句話」、「一則發人深省的新聞」、「最喜歡的一本書」、「影響我的一個作家」、「我最欣賞的歷史人物」、「最想從事的工作」、「最佩服的公眾人物」、「最佳禮物」……等題目清楚，立意即在字面中。取材與敘說描繪不外乎就是現象、場景、過程藉以顯現感受、感動的理由。這些題目具體，審題立意緊扣題面之意發揮即

可，書寫重點在題目的關鍵字，如「最享受」、「最難忘」、「印象最深」、「最佩服」……則必須詳盡地說明原因、程度與感受。

以國中基測預考題目「一次難忘的考試經驗」為例：其說明為：「每個人都有許多考試的經驗，考試的方式不一定只在教室利用紙筆寫作，你可能被要求在教室前進行樂器或歌唱的表演；你也可能在操場上進行運動技能的展現。」此段說明文字主要在敘說考試的形式，提醒考生可更開闊思索「考試」的範圍。

分析題目的重點有「一次」、「難忘的」、「考試」、「經驗」，在這四個關鍵詞中，「難忘」二字尤其重要。命題者的意圖是希望考生敘述考試過程，並說明其之所以難忘的原因，因此立意的焦點要放在哪一次考試經驗難忘，為什麼難忘？難忘的部分在考試前？考試中？還是考試結果？就此安排寫作篇幅以及時間順序。而所描繪的過程或事件則必須是自己的經驗，才能吻合「經驗」二字。此外，為強調「難忘」的特殊性，可與其他考試經驗略做比較，並充分說出自己的感受和理由，那麼其深刻性便能真切而有說服力。

這類敘寫生命經驗的題目時而可見，如台北區 93 上學期第一次模考題：

洪蘭女士說，人生最怕的是：「在你死前，躺在床上，回想自己的這一生；然後發現沒有任何人，因為你的影響而變得更好，那真是白活走了。」現在你還只是一個十七、八歲的青少年，這個使命對你而言太沉重了些。但，你卻可以思索：在你走過的生命軌跡裡，有甚麼人、事、物、話，曾經深深地影響著你年輕的生命，讓你成為現在的你。請以「生命中一個重

要的影響」為主軸，寫一篇作文，自由命題，文長四百字以上，段落要分明，並請注意文章的結構。

題目重點可拆解為「一個」、「重要的」（人事時地物）、「影響」（心情、感受、結果），據此可知取材方向，列為表格則如下所示：

（1）重點在描述過程與感受：

主題 What	原因 why	過程 thing /who	方式 how	心情　感受 result
人				
事				
時				
物				
地				

他如 94 國中基測公佈的示範題「一張舊照片」：請寫出一篇涵蓋下列條件的文章：選擇一張令你印象深刻的照片、說明令你印象深刻的原因、詳述照片中的影像、說明背後的故事。這個說明中的書寫條件其實就是文章內容要點，以表格陳列敘述方向即如上。

從題目上判斷「一張舊照片」立意的重心在「舊照片」，因此文章可由「舊」所意味的過去時空、對往昔的依戀懷想以及今天看舊照片時內心翻騰的情緒入手。如六級分樣本卷：

人為什麼要拍照？這個問題你有沒有好好思考過？這個問題在我的心中縈繞良久，直到最近，我才想出了答案；因為要回味。時光的流逝總是在指縫間悄悄離去，沒有一點聲響，所

以，照片最大的意義，是在於幫你留住那生命裡的點點滴滴。

從小到大，我拍過無數張充滿回憶的照片，其中，最令我不能忘記的，莫過於那張科學展覽作品完成的紀念照。

上個週末，我趁著太陽露臉的當兒，準備好好的清洗我的錢包。在拿去清洗之際，我下意識的拉起錢包上的拉鍊，從夾袋中抽出一張破爛的照片，那張照片還算新，又是在錢包開闔之際，已顯的殘破不堪，但，我卻被這張照片拉回了腦海中當時的情境……。

拍照的那一天，是個炎熱的晴天，照片中的人物有四個；我們科展的指導老師、我，還有另外二個同學，我不禁回想起製作科展的點點滴滴。那時，我們幾個人每天總是往實驗室跑，待在那兒思考的時間，比上課還多，但我們仍樂此不疲，每天中午、放學總是和我的同伴與老師們用著自己的雙手，演出了一幕幕的人生戲碼，創造出我們的夢想；這張相片，則是在我們的作品即將完成時所拍攝的。

照片中的我們，雖然蓬頭垢面、邊幅不修，但是，看得出來，每個人的臉上，沒有任何無精打采的神情，反而帶著有自信的笑容面對鏡頭……。

雖然，到了最後，我們並沒有如期進入縣賽，過去的一切只能放進心中，不過，每當我看著這張照片時，老師曾對我們說過的話：「人的價值，不在於他是否成功，而是努力的過程，有用心、努力的過程，就好。」這張照片，不只是讓我緬懷過去，而是讓我面對未知的未來時能勇於前進！

這篇文章突出之處除因為結構完整，段與段之間連接緊密，更在於能依據題旨取材。敘述上先總寫照片的意義，再帶

出這張印象深刻的照片，接著說明這張參加科展照片的故事背景，最後以這張照片帶來的生命體驗做終結。寫作時構思脈絡如下：

主題——科學展覽作品完成的紀念照

實寫　人：指導老師、我、還有另外二個同學

　　　　事：科展實驗

　　　　時：炎熱的晴天

　　　　地：實驗室

物：照片——事：科學展覽作品完成、時：在我們的作品即將完成時所拍攝的、表情：蓬頭垢面、邊幅不修、笑容自信

過程：回想起製作科展的點點滴滴、沒有如期進入縣賽，過去的一切只能放進心中、老師的鼓勵

方式：照片最大的意義，是在於幫你留住那生命裡的點點滴滴。

心情：這張照片，不只是讓我緬懷過去，而是讓我面對未知的未來時能勇於前進！

（2）重心在描寫景物：

人	事	景物	情
實（當下）			
虛（想像、聯想）			

　　記敘人事物景交疊的感覺和情緒、銘印在記憶與歷史某個角落的畫面、浮現種種特別體悟的思索。如宜蓁〈一段色情與情色——與顏色的邂逅在托斯卡尼艷陽下〉以寂靜之意態緩慢之鏡頭寫景，細緻凝煉而工整，陽光、日影、植物，在顏色中各具情懷與姿色；怡德則捕捉短暫的車程間情思起伏的畫面：

　　悠靜的夏日午後，金黃耀眼的陽光在磚紅色沉靜不語的矮牆上灑下了珍貴稀有的金粉。神秘慵懶的黑影，漸漸地、慢慢地襲上沉睡中的深綠。輕巧脈動的純黑與沉穩內斂的純白構成了中間地帶，在黑與白相遇的剎那，誨澀難解的灰白、灰黑，在流線型的軀體上，格外迷人。紅粉緋緋的日日春、高雅芬芳的茉莉，忍不住露出少女特有的嬌羞，駝紅的雙頰滴出血似的艷紅，令人心動。

　　「喵—」一聲帶著午後金黃色氣息的長叫，打破了炎夏午後的寧靜。天空藍的涼風溫柔地拂過，像母親散著慈愛的雙手，散著潔白的溫柔。太陽黃艷熾熱的金光被偷偷換成暗橘色。是小孩不小心打翻黑墨水，暈染了亮黃色？是月娘偷偷收回了金粉，蓋上了黑毯？像是留給晚歸的人的夜燈那樣的暈黃色調，提醒灰白滄桑的旅人，是時候回去了……回去那閃著暈黃色調，充滿愛的歸處。

　　一陣帶著墨黑色的涼風吹過……（林宜蓁）

　　爬上一格格的月台，轟隆隆！月台震動了好幾下，眼簾下浮出一點亮白燈泡的漣漪，踏進濃濃咖啡味的木柵線，無法隱藏的耀眼黃刺激秋眠中需要換氣的渾沌黑色腦袋，把我從灰藍的幻想裡拉了出來。擁擠的人群中，吸引目光的是一襲混搭檸檬黃與象牙白的短裙、鏤空的金色上衣鑲著珍珠白的蕾絲、髮間參雜著沉穩的暗紅與率真亞麻的女孩，兩者在晃動的列車裡充斥著實驗性的氛圍，疲倦的臉上黏著緊繃的黑框，手中緊抓著星巴克的外帶杯，應該是夜貓族吧！習慣於把夜晚寧靜的黑戳破成忙碌亢奮的白。

出了列車，霎間映入眼簾的是令人感到窒息的墨綠書包，隨著洶湧的腳步閃出車站，躲入花花綠綠的車陣中，走進那寂寞的長一巷一裡。（林怡德）

（3）重心在說明：

主題 What	原因 why	心情、感受 result
人		
事		

以高雄女中 92 第三次模考為例：

今天「周雖舊邦，其命維新」，一切「新學」都非常重要。但是人最好趁年輕的時候讀一點文言古典，時期最好在高中畢業之後。《禮記》、《春秋》，屈宋班馬，都是中華民族的「家珍」，倘若連摸也沒有摸一下，豈不枉為子孫？

文言古典最大的用處是，第一，增加青年人的厚度，使他們年老以後靈魂有自己的故鄉。今日工業社會的人，難免都要急功近利，浮躁不安，而晚景又相當「淒涼」，此時如有某種程度的古典修養，會有「眾鳥欣有託，吾亦愛吾廬」的安適之感。稱中國人者，一為血統上的中國人，一為法統上的中國人，還有一項就是文化上的中國人，三者合一為上，如果有人問做人的理想境地是什麼，就這答覆吧！

古人有一經傳家之說，在現代的家庭裡，這「一經」恐怕變成牛津字典了，不知道他們在「牛津」旁邊可騰出一點空隙來，放一部「四書和古唐詩合解」？（王鼎鈞〈現代經典〉）

高中畢業後，如果要讀一些文言古典，依既有的國文訓練

基礎，你將挑哪些著作？為什麼？

　　由說明可知題目的限制是「文言古典」著作，其次是「依既有的國文訓練基礎」，因此無論是「溫柔儒雅的宋詞，以豔麗的濃彩雕琢出才子佳人浪漫情愛，像一匹鏽龍織鳳的錦帛，是視覺上的饗宴，也是聲韻上的美境」。

　　但若「閱讀明代《三言二拍》，小說這些站在小百姓立場敘寫的故事，是真正從『人』的角度出發，寫平凡人的生活，從中得以窺見最真實的民生社會，隱藏了小人物百態」，立意雖佳，但可能在話本屬於白話而非文言引起爭議，是以最好緊密扣題要求，舉課本出現的書籍作者為主。如：

　　　　如果從文字中可以探索作者的內心，那麼我想認識屈原。

　　　　讀〈天問〉，看他是如何獨舞在濁世中；讀〈遠遊〉，想他如何從舞臺中心移到江湖；讀〈離騷〉，聽他自傲的長嘯；讀〈惜誓〉了解他如何瀟灑地投江。藉由優美的文字想像迎著逆風，皺著眉一身白衣的他；隨著一個個疑問，接近他憤懣無奈的心情。

　　　　從現代這樣遙遠的時空陪他得意，伴他失意，就像悄悄的談一場戀愛，有一點竊喜，有一點迷惘與更多的認真去讀他，思他。

　　　　讀古典文學，不為增進國文能力，不求蓄積涵養，只是單純地想認識他們，因為閱讀本身已是幸福。讀屈原的作品，只想偷偷將他納為密友，與他對話，也以這樣的想法與古人神交，那麼或許在不久的將來，我可以在心裡舉辦一場曲水流觴的盛會了！（顏廷芝）

　　這類題目考核對古典作家、作品認知程度，其重點都在對

所提出的選擇說明。如 90 指考作文以孟子、屈原、陶潛面臨生命的重要轉折，因其性格、際遇與修養而各有不同出處進退選擇。請就最欣賞者，試結合其生命情懷與作品加以說明。

也有些題目除要求說明並希望想像情境，如模擬考引屈原〈漁父〉說明這是屈原透過和漁父的對話，闡述自己的心志，讓外界更瞭解其思想與節操。閱讀古籍時，聖賢哲人的高德、英雄忠烈的豪氣、文人才子的風采，總令人敬仰。對於所欽慕的人物，由於時空阻隔，讀者只能大嘆生不逢時！倘若得以穿越時空，親自採訪一位中國歷史人物，你希望與哪位人物對談？

請模擬一個類似的情境，藉由你與古人雙方的對話，突顯出古人的情性與思想。不須命題，文長 300 字以上。

題目的重點除「突顯出古人的情性與思想」，必須「模擬一個類似屈原與漁父對話的情境」以及「雙方的對話」，因此敘述上可以境烘托情、鋪展過程藉用對話表現其心志風範，如：

我看著他，銬上腳鐐，坐在囚車中，人群自動劃成兩排眼裡充滿不捨。我悄悄跟在後頭，輕聲問道：「值得嗎？」他那似乎被風雪刻過的臉龐，閉成一線的嘴，難得掀起唇：「傻孩子，士可殺不可辱，若是向那番人投降，如何對得起列祖列宗？」

「但是您先投降，再進行復國的計畫不也行？留得青山在，不怕沒柴燒呀，少了您這樣的人才，是一大損失呀！」他的眼神瞬間銳利，大喊著：「這怎麼可以！我的君主永遠只有一個，我的國家也只有宋朝！沒有國，哪有家？國家亡，是臣子沒盡到保衛的責任，本應當死，豈有苟且偷生的道理？後人會如何笑我，說我是個貪圖榮利的人！讀聖賢書，所學何事？

仁盡取義，庶幾無愧。」我啞然。

「去去去！你在這幹什麼？走開！」一名士兵將我推開。他笑了笑，朝向南面一看，說：「我，文天祥，不屈服你們這些蒙古人！留取丹心照汗青！」劊子手的刀子在陽光反射下，照得人們張不開眼，只聽得話語在風中擺盪。（劉祐華）

（二）W 撐起說理分析骨架

說理性題目在審題立論的要求，首先，根據題目確立論點要準確。其次，要根據寫作者想法觀點立論，並提出周密解釋與實證，以免無的放矢，荒誕不經，或因證據薄弱而無法取信於人。

以題型而言，大致分為以下二種，立意取材的重點各有所異：

（1）比較與選擇題：

這類型題目立意的主軸在說明選擇的原因，無論哪種形式或標的之選擇，背後都隱藏著個人價值觀與生命態度。在「選擇」同時呈現的是取與捨，意味在比較後的偏好份量，因此全文重心在說明取捨間的理由、闡明意義。

如基測預試題：「有人說『鄉村的空氣新鮮，生活悠閒簡樸』；也有人說『都市資訊充足，生活多采多姿』。鄉村、都市各有偏好，如果可以選擇，你希望住在鄉村或都市？請就鄉村與都市生活的優缺點加以討論。」

引導寫作的說明用來規範立意和選材的大致範圍，以這段說明而言，第一個重點在「如果可以選擇，你希望住在鄉村或都市」，因此必須任選其一，而不能二者皆選，同時意味目前

住都市者可在選擇的彈性下住鄉村。第二個重點是「請就鄉村與都市生活的優缺點加以討論」，是以書寫時務必二者比較、評論，從欣賞的角度說出自己喜歡其一的感受和理由。

另如 87 大學甄試考題要求「就『追求流行，表現自我』或『追求流行，迷失自我』為題，選擇一個立場提出看法」。這類題目寫作重點及層次，大致可歸劃表格如下：

主題、主張、選擇 What	理由、原因、 why	言例、事證、對比、比較 why	心情、感受、收穫 result

雙軌題型也可以說是某種形式的比較，必須將兩個相反的意念分別闡釋，最重要的是表述二者或正或反或相輔相成的關係，敘述之間除分述二者意義、態度界定其範疇或條件、舉證說明，也會牽涉到結果、影響，是以重點亦如上表所列。如90 學測作文：

從前，「慢」是成事的基礎──好湯得靠「慢火」燉煮，健康要從「細嚼慢嚥」開始，「欲速則不達」是孔子善意的提醒，「慢工出細活」更是品質的保證，總之，「一切慢慢來！快了出錯划不來！」

現在，「快」是前進的動力──有「速食麵」就不怕肚子餓，有「捷運」、「高速鐵路」就不怕塞車，有「寬頻」就不怕資料下載中斷，有「宅急便」就不怕禮物交寄太晚，身邊的事物都告訴我們：「快！否則你就跟不上時代！」

不同的時代總有不同的想法，但「慢」在今天是否已經過時？「快」在今天又是否真的必要？試以「快與慢」為題，闡

述自己的觀點，文長不限。

另如指考 97 預試卷「捨與得」、高中北聯題「生活中的苦澀與甜美」、「榮與辱」，或如 94 臺灣區第三次模考：有人曾經這麼說：贏家看到每一個問題的答案輸家看到每個答案的問題；贏家總是說：「讓我來做」，輸家總是說：「那不干我的事」；贏家看到沙坑後的果嶺，輸家看到果嶺前的沙坑！

1. 引文中有輸贏的對比觀察，請寫下兩則個人的輸贏對比格言。
2. 請以「贏家哲學」為題，思考並申論個人的輸贏觀點、策略與生活體會，文長不限。

（2）說明分析、闡釋論理題：

這類題目，審題時如果能用哲學觀點去分析材料，認識問題，放在時間空間，由大處著眼，從表格所引導的方相展開思維，往往能洞若觀火，建立說理力道。同時以所提觀點為聯想中心，結合與觀點相似的古今中外的人和事例，生活閱歷和知識積累的材料就會紛至沓來。

是什麼	為什麼	證明	分析、說明
What	why	Who、how、when、result	why

以 93 臺南女中第一次模考為例：

請以「強者」為題，書寫一篇作文，文長約四百字。

何謂「強者」？是「霹靂」布袋戲中的葉小釵？還是《哈利波特》中的佛地魔？是擁有僅數百年歷史的美國？還是經濟

商品處處見的日本？是「萬獸之王」的獅子？還是「靈長類之首」的人類？「強者」可以是一個人或一種文化、一個國家、一種物種或是一種現象。「強者」該具備何種特質？到底怎樣的行為配稱為「強者」呢？請寫出你心目中的「強者」為何？並細細剖析因由。

引導文字舉了數個可能被定義為「強者」的人，國家並放寬範圍至文化現象，是以立意首當界定所謂「強者」意義是什麼？其次就此定義說明何以為然？並舉出事實支持觀點：

自古至今，人類社會就是強者獨霸的社會，不論是古代中國的天子世襲，或是中古西歐的君權神授，他們都藉由一種神聖不可侵犯的來源來確立自己的霸權——天。

然而，得到霸權是否就是強者？漢武帝以雄才大略，建立獨霸一方的大漢王朝，至今中國人仍以「漢人」自居，以身為漢族後裔為傲。唐太宗以聖德治世，收四夷而朝同列，被尊為至高無上的「天可汗」……但他們都只算是成功的「王者」，而不是真正的「強者」。

真正的強者也許沒含金湯匙出生，也未必是地方上聲名烜赫的大人物，但他們卻能在國家混亂，君王無道時，義無反顧地挺身而出，力挽狂瀾。孔子知其不可而為之、陳涉斬木為兵，揭竿為旗、孫中山歷經十次革命仍不屈不撓……乃至一次大戰後土耳其的凱末爾，將國家由列強瓜分的邊緣救回，並致力西化，促進國家進步、義大利的加里波底率領紅衫軍橫掃南義，只求國家統一，成功後他卻拒絕任何官職，帶著一包種子歸隱家鄉……。如此堅毅的精神，如此恢宏的氣度，造就其強者之不凡，奠定他們曠世之不朽！

也許正因為大多數人沒有這麼偉大，身居亂世寧願選擇溷泥揚波，與世推移，而不是積極挺身改變現狀，所以我們才會崇拜英雄、佩服強者。真正的強者不應限於現實界的成功者，權貴者，而是具有憂國憂民的仁心，為蒼生「先憂後樂」，天下「奮不顧身」，這就是他們永恆的霸業。（趙珮涵）

這類要求定義「強者」、「英雄」、「勇者」、「成功者」、「什麼是美」……的題目，雖可就個人認定發揮，但必須舉出足以說服眾人的立場與理由，因此盡量從大處著眼，易於取材便於開展內容厚度，如 95 台北模考題：

2001 年，《天下雜誌》公布「美感大調查」結果，民眾票選「台灣最美的人」是證嚴法師，因為她散播大愛，奉行聞聲救苦的佛陀精神；2006 年，全球第二首富「股神」巴菲特，決定捐出個人資產的百分之八十五，做為慈善公益用途。另外，清代畫家盛大士在《谿山臥遊錄》中說：「山中何所有？嶺上多白雲，只可自怡悅，不堪持贈君，自是第一流人物。」現代作家林清玄認為，第一流人物應具有「在污濁滔滔的人間找到清歡，在清歡裡體會人間有味」的生命格調。

「第一流」是一種典型，是一個標竿，它提升了我們的心靈層次，引領我們開拓更寬廣的視野，發現更深刻的意義。綜觀古今中外，什麼樣的人品、言語、事功或生命態度最令你敬仰，足以作為立身處事的表率？請以「第一流的人物」為題，論述你的觀點與見解，字數 500 字以上。

這類題型，首當對個人所認定的「第一流人物」界定，可俯瞰式排比式列出，或以層遞方式強化出場，提出最重要的言例、事例（古今中外）、物例，其要項列表如下：

審題 ——釋題意義	正論 ——闡釋表述	反論 ——推論說明	言例、事例 ——佐以說服	結論 ——強調觀點
What	why	why	Who、how、 when、result	What

　　92 年「全國語文競賽」以「榜樣」為題，國中組第一名作品即顯見以總說榜樣、分敘讀書榜樣、奮鬥榜樣、愛的榜樣，最後收筆於人生短暫當發揮自我價值，這樣的方式展開論說脈絡，而大量言例、事例不但有添翼之功，也讓榜樣的典範具體可觀：

　　榜樣，是心中的立體座標，猶如一艘船，使人們從狹小的港灣航向生活歷練的無限海洋。

　　讀書的榜樣使我在考場上遭遇挫敗的時候，心生放棄念頭的時候，鼓起勇氣重新振作。戰國蘇秦引椎刺股、漢朝孫敬以頭懸樑、祖瑩藏火苦讀、晉代孫康映雪苦讀等故事，這讓我的心緒掀起了巨浪滔天。他們惕勵自己激發潛能，忍受摧折熔鑄，踏著坎坷一路走來，我也應該發憤自強，把身為讀書人的傲氣彰顯出來。

　　愛的榜樣，是讓人在人生旅途中唯一留戀盤桓的理由。閃亮的生命源自於關懷別人，豐富的生活源自以開闊的胸臆去接納迥異的文化，包容各種族群，如同十九世紀出生的德蕾莎修女，願意走入印度加爾各答去服務病人及窮人；史懷哲醫生不顧家人勸阻，毅然遠赴非洲行醫救人。愛讓人雖死猶存，讓我們一直活在那些曾經被我們愛過，被我們扶持過的人心中，在他們的記憶中，旋即為美麗的永恆。

　　明代文學家洪自誠在《菜根譚》一書中曾這麼說:「天地有萬古,此身不再得,人生只百年,此日最易過,幸生其間者,不可不知有生之樂,亦不可不懷虛生之憂。」的確如此,人生不過數十寒暑,若深覺生命毫無方向,不妨豎立一個能隨時隨地鍛鍊自己靈魂的榜樣,展現個人清剛勁健之氣以及執著堅毅之節,把屬於自己的價值發揮到極致,在朝陽照耀下閃耀著熠熠光輝。(羅彩華(台中縣大雅國中))

　　其他開放題型如「向水學習」,在立意取材上則可化表如下:

客觀狀態	無所不在	柔弱	包容	洗滌	居下	流動
存在現象	山間地下、空氣中──固體、液體、氣體	抓不住、透明、圓潤──滴水穿石	污水、有色水	清潔污穢(環境、身體排毒) 有來源之水清澈	往低處流	形成自然之美、盈科而後進、不息、流逝
應証、引言、舉例		老子曰:「上善若水」、退一步海闊天空、忍一時得天下(漢高祖)	泰山不辭土壤,故能成其大;江海不擇細流,故能就其深;王者不卻眾庶,故能明其德	朱熹:「半畝方塘一鑑開,山光雲影共徘徊,問渠那得清如許,為有源頭活水來」、孟子:「有本者若是,是	江海下百川而成其大	流水不腐、天行健君子自強不息、子在川上曰:「逝者如斯夫,不舍晝夜。」李白:「抽刀斷水水更流」

				之取爾」、自戀的水仙		
啟發	適應環境、能屈能伸、彈性	以退為進、柔能克剛			謙虛、博覽、多元化、君子兼容並蓄	惜時、自強不息、剛健不已

　　以表格所呈現的立意取材方向，同時也使得資料形成關聯，一個關聯一個表格，資料安存在的關係中可見每個關係的屬性，依文體而形成不同的配件。這種將腦中混沌模糊的碎片，清楚地化為關係模式的設計，提供立意構思的路徑目的是讓學生於遊戲中學習、在嘗試中激發創意。這些練習讓大家在腦力激盪中分享點子，開闊視角，而片段拼貼成的驚奇，則引發興趣建立信心，讓一個平凡題目，因為創造不凡的內容及寫作策略而精彩亮眼！

加減乘除

伸縮廣角鏡

　　審題之後，要思考的是主題怎麼呈現？運用什麼樣的「形式」展開「內容」？以電影為喻，內容可以簡化成一個非常簡單的故事；可是電影它迷人的地方，在於它的「形式表現」。劇本上「男女主角在沙灘上漫步」如此最簡單的描述是內容，但勢必透過燈光、場景，透過男女主角穿的衣服來表現，這就是「形式表現」的地方，也就是導演或敘述者發揮功力的地方。

　　作者是用筆抒寫對世界的感受，而電影導演就是用攝影機來拍出他對世界的感受，試圖把電影創作和藝術價值，提昇到小說這個層級上去。寫作者要透過文字建構出圖像，透過圖像來表達心裡的意象，而且還要能夠把握住文字內在的意象，傳達出那個圖像，讓讀者接受進而感動，因此這個部份的設計便以運鏡作為寫作演鍊，試圖在尋找鏡頭的同時開發取景的深度與廣度。

一、建立鏡頭——修辭幻影術

單眼相機配上特別鏡頭的效果讓同樣的取景,在畫質上呈現迥然不同的立體明亮鮮度與清晰密度,轉化於寫作時,不同的修辭便如長短鏡頭,只要加強運用技巧的純熟度,任何人都能成功地拍攝出討好的畫面。換言之,把平鋪直敘的文句略加工添香便能展露出文字內在感覺,無論是色彩感、音樂感,內心的觀照,或是在特點上著墨,運用修辭摹寫都能讓文句立體而生動。

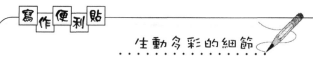

寫作便利貼

生動多彩的細節

從眼前具體的事物出發,恣意地擴展回憶、時空、情感和意念:

1. 在表格上欄寫下數種熟悉而常見的修辭法。
2. 隨意寫出數個類別作為聯聯看的方向。
3. 以加法連結數種想像方向,或以乘法標示比例、以減法或除法區分出立意中心。

在作品中見不到潛力,或是內容平凡僵化,往往是因為不願脫離熟悉的事物進入新的疆域,開拓未知的天地。有時候,迷路,反而能給自己龐大的漫遊空間;徜徉於陌生,冒險反而能讓自己更具生命力,因為時時保持警覺而更具現實感。

一如在黑白之間應該也有灰藍與黃褐的蹤影,在照章行

事、感受當下的同時，也必須抽身而出，像靶手般精準地擊中目標寬廣自我的知覺，或者不自我設限地嘗試偏鋒立意、嘗試結合各種方向的材料，組構成興味盎然而又蓬勃生發的視野與內涵。以飲食為例：

修辭法	譬喻	擬人	誇飾	排比	映襯
主題	人事	關係、情緒	動作	菜名	顏色

依上表格顯示的重點，如果列出「氣味×顏色×聲音＋口感＋料理動作＋人事」的寫作公式，將鋪陳出簡媜〈肉慾廚房〉的描寫：

當各種肥美的氣味飄浮在這間廚房裏：成熟蹄膀的鼾聲、清蒸鱈魚白皙的胴體、油燜筍嬌嫩的呻吟、乾貝香菇菜心的呼喚以及什錦豆腐羹發出孩童般的竊笑時，她已經準備好各式相襯的餐具與裝飾用的綠菜葉，並且剝好兩粒軟綿綿的紅柿，盛放在描花青瓷小碟上，多麼像得道高僧啊！……

我的廚房筆記忠實地記錄每一種食物與我的超友誼關係。包括最家常的新竹米粉如何讓我一面擒著大竹筷翻炒一面吞掉半鍋米粉，好似遇到烈火情人；染上重感冒的冬夜，因擤不完的鼻涕而睡不著時，獨自進廚房，拉出砧板菜刀，從牆角簍子內摸出老薑，狠狠一拍——像替寒窯裏的王寶釧拍死薄情郎，煮一壺黑糖薑湯，燈下，噓噓地喝出一身汗及淚花。

視覺與味覺是描繪食物的基本面相，寫作重點是呈現美味，以「食材×顏色×動作×溫度×味道×聲音＋心情」×譬喻，框住出來的鏡頭是：

臭豆腐的香氣，濃烈到縱使我身在夢中也留戀回味。當那

一塊塊白玉狀的臭豆腐，仗著它完美體態縱身躍入油鍋當中，在金黃色的油裡快速交融，化身為太陽神時。它閃爍耀眼的金黃光芒，就像古代埃及的法老王，讓人尊崇，進而生畏。（陳怡君）

「食材×顏色×動作×溫度×味道×聲音＋心情」×擬人的結果將是：

白嫩嫩的雞肉塊回頭望了一眼墨魚圈，豌豆也在一旁掙扎翻滾，原本像是溫泉一般的水溫慢慢升高至沸騰，想逃也逃不掉了！……啊！牛奶也加進來了，中式精燉的高湯加上濃郁的奶油，調和成華麗的圓舞曲。奶黃白的雞肉塊吸飽醬汁、油亮白 Q 的墨魚圈圈彈性十足，配著濃郁奶香的高湯白醬，裡面唯一的顏色是翡翠般的晶瑩豌豆、鮮橘粒粒方正的葫蘿蔔丁。

油鍋裡，噗滋噗滋作響，炸得金黃香酥的厚片吐司，中間挖空裝進華麗的內餡。「棺材板！棺材板！上菜囉！」

我們的喜悅就在翻開棺蓋的剎那；酥脆外皮加上滑順醬汁、中式高湯味加上了奶香、山珍加上海味，所有的完美就在眼前這小小酥盒中。（尹歆勻）

食材＋聲光色味×禮儀文化×中國功夫×神話×擬人×譬喻＋烹調戲法＋人事的湯圓會變成：

霹靂啪啦！成串紅嗆嗆的鞭炮在屋簷下吵，屋裡屋外都沸騰著喜氣，忙進忙出的阿嬤頭上戴著大紅花，瓣瓣像臉上微粉的腮紅般心花怒放。礙眼的小鬼頭在屋裡屋外追來鬧去，嘴饞了，一夥人拎起白紗紗的伴花童裝踮著小碎步跑進熱哄哄的廚房。

阿嬤用她的火雲掌，啪的一聲點響了火，一鍋熱水便咕嚕咕嚕的打著氣泡，接著用她修練許久的九陰神功喝令這軟綿綿的糯米團，一一散開，成四人一組，再八人一小隊。大篩網上的湯圓大軍揚起飛粉，上上下下踏著鏗鏘有力的步伐，如殺大敵，從壕溝裡一躍而起，排山倒海而下。咻咻咻！大珠小珠落玉鍋，粉嫩的花白的，像仙丹，被推入太上老君仙爐裡。大火不宜，小火不足，用慢火中庸，不被鍊上個七七四十九天是絕不見人的！

火候時間全在眉目間了然，只見阿嬤揚起瓢子，撈起渾圓的湯圓，顆顆熟得黏人，像上了一層釉光，滑溜溜，熱咚咚的在碗底擠來擠去。紅著臉的和小白臉和在一起，你儂我儂，情話綿綿，窸窸低語，甜到心坎的桂圓湯讓兩小無猜昇華為神仙眷侶。我端出一碗碗的幸福，新娘子伸出手來接過，我們倆會心一笑，這一笑藏了滿滿的祝福。（林怡德）

所有的書寫事實上是為表述自我，生活裡俯拾皆是的題材，都可拼湊成聲色俱全、情味兼美的文章。無論是藉飲食回憶人事者，如李欣倫〈藥罐子〉巧妙地以中藥材作為貫穿全文的主題，運用類似本草綱目的開頭，吸引讀者的目光，藉各類藥材編輯而成的歌謠，置在每一小節之前圍起一個城。城裡有著重現父聲哼唱的童年、父女倆煎煮藥湯、曬藥抓藥物語、書寫自我成長與父親的衰老。

或以飲食追憶似水年華、觀食之藝道、尋食覓味之趣⋯⋯，至於「用餐時分」這個題目如果能就情境上著力描繪，如周圍的環境，進食的氣氛，情感的交流⋯⋯將會讓用餐時分顯得特別。

　　《中國時報》針對國中基測作文廣泛徵題，臺中一中便以〈最難忘的滋味〉為題，請具體寫下生命中最難忘的滋味，以及這味道所伴隨的記憶。如果能以這樣的表格所列舉方向與配件調味，那麼點滴漾於心頭的口腹之足，何患不能暢所欲言?! 如下面這三段文章，羲和以奶奶做的點心寫記憶裡縈迴的滋味，著重於動作描寫、筠惠以正宮冷宮為喻，潑濺出一派靈巧、葉馨則以音樂＋舞蹈＋線條＋色彩＋師傅現身展手藝成就一場乾麵饗宴：

　　有股香味縈繞在心頭，濃不開化不掉，一絲一絲，融入在靈魂，滴在舌尖。

　　奶奶是我味蕾的戀，她那雙靈巧又具有魔幻的手，變出包子、饅頭、麵條、水餃、蛋餅、粽子、披薩，印象深刻的則是用麵團做成的小鳥。這是奶奶用牙籤細心地刻出翅膀，眼睛和尾巴，栩栩如生。

　　時間一分一秒過去，等待的時光總是令人心癢難耐。掀開蒸籠的那一剎那，白色的水蒸氣把奶奶的臉都弄濕了。她卻無緊要似的，專注地把一隻隻蓬著鬆軟的小鳥，飛著翅膀的小鳥、瞇著眼的小鳥、翹尾巴的小鳥……從蒸籠裡拿出來。捨不得浪費一秒，我們幾個饞鬼一擁而上，卻聽到那一聲「小心！燙！」這是奶奶對我們的憐愛。（周羲和）

　　當我還是個視線與餐桌同高的孩子時候，熱騰騰的玉米香總能引誘我向餐桌乖乖就範。一鍋香濃上桌，一碗接過一碗的魅力，歸功於恰到好處的濃稠不膩，蛋白積狀雲似飽實而不搶戲地散佈其中，玉米粒憑它的金黃飽滿，絲毫無畏細塊火腿搶

走焦點。此刻，不論正宮或佳麗三千，都只有打入冷宮的份。
（黃筠惠）

　　走過台北這個大鍋爐的每個角落，形形色色的麵條就有如
逝去的光陰，有粗得令我印象深刻的；也有細得令我毫不在意
的。其中我獨鍾情其於那潔白無瑕的乾麵，沒有義大利麵裙擺
上的華麗珍寶，沒有南洋飲食乘坐的高貴跑車，也沒有美國速
食噴的迷人香氣。乾麵的身軀有如剛出生的小北極熊，蜷曲成
一圈有如極光般的幾何圖形，在麵的同類中那種與眾不同反而
襯托出不凡的氣質。

　　琳瑯滿目的美食映入眼簾，眼前就像幻燈片般，一張一張
撥放著色、香、味交織的各種美食。只見老闆隨著麵條搖頭晃
腦，莫非是麵條譜出的樂章讓他聞雞起舞？還是麵條身為芭蕾
舞者，正在上演一齣天鵝湖？熱氣蒸騰有如演唱會的乾冰，轉
頭一瞧，魚丸在沸水中翻滾，如西門町街頭上演的街舞秀，
360 度的翻轉，來回舞動，看得我眼花撩亂。

　　端著手上的乾麵，青蔥有如窮畫家的顏料，密集的點綴在
碗中央，除此之外，再也沒有其他任何色塊，拌著黑醋一塊
吃，那不協調的黑醋淋在安祥的麵上，還認得出他曾經是芭蕾
舞者嗎？曾經在沸水中舞動他的青春嗎？

　　他以國際標準舞的舞步滑入喉頭，以芭蕾的姿勢踮起腳尖
滑過食道，嘻哈搖滾的輕快蹦跳到胃中，淡而不膩的質感擄獲
饕客的青睞。回頭一看，老闆又要下麵了，瞬間我彷彿看到，
老闆成為交響樂的團長，舉起指揮棒，又是一齣歌劇的開始。
（葉馨〈一場平凡無奇的豐盛饗宴〉）

二、轉動鏡頭——疊架漸層景

　　文學就是隱喻，用各種言語來作為核心主題的鋪陳，而不直接表述出來。以飲食作為文學的隱喻，如《莊子》庖丁解牛比喻人生的情境與應對之道、袁枚《食單》以文學創作的態度思考飲食創作、朱自清〈背影〉藉買橘子寄託父愛；飲食也可以作為政治隱喻，如《老子》治大國若烹小鮮。

　　因此除就食物色香味的特寫之外，還可以進入味覺的記憶，結合人事懷想以表現人生情調。其次，進入關懷社會與文化的層次，如歷史經驗、殖民時代的回顧、中西交流反映心靈，是以劉姥姥進大觀園見賈府以精美的器具飲食擺出豪門貴氣；在國際性都市中，透過各種飲食來進行異國情調消費與想像；國際性、本土性與中國傳統食物並陳，代表不同文化的推擠，呈現文化的多元型態。飲食也代表文化演進、經濟的發展，故可就經濟、政治、文化活動、族群遷移觀察不同時空的飲食型態。

　　以這樣漸層擴張的方式取材，以飲食拓展的書寫範圍還可以是：

　　味道×譬喻＋人情×示現＋畫面＋故事＋傳說＋民俗

　　食材×排比＋色彩×譬喻＋刀工×誇飾＋火候＋香味＋口感×擬人

　　食物＋店面＋裝潢×譬喻＋擺設＋理念

　　食物＋地理＋歷史＋風土民情

　　食物＋文學作品＋風流韻事

食物＋流行×譬喻＋風氣＋經濟

至於飲食開展的研究方向如〈從韓劇看韓國飲食文化〉、〈饑餓女兒的身份失憶——《喜福會》與《殺夫》的飲食與女性祭禮〉、〈《戴神的女信徒》：葡萄酒、酒神與狂歡〉、〈外來文化對土耳其現代飲食文化的影響〉、〈法國酒的文化〉、〈台灣飲食的麥當勞化研究〉……等等。可謂大令哉！如佑穎以「食物＋旅遊＋時間＋空間＋色香味」×排比×譬喻所鋪展的食情食景：

暑假、寒假、週休二日都是出遊的日子，是休閒的日子、冒險的日子，也是品嘗的日子。用眼看，用耳聽，用手去觸，用鼻去聞，用心感受，用唇、齒、舌去嚐！

九份的芋圓有古樸的味道，在嘴裡甜甜地彈跳紅瓦磚牆的老街回憶；新竹的米粉，是不是被風拉得這樣細、吹得這樣渴，所以貪婪的吸飽湯汁，纏繞香氣？台南擔仔麵，黃色油麵浸在茶褐色熬煮的肉燥湯汁裡，香味在古城裡繚繞，嚐一份歷史，也嚐一份台南人的熱情豪爽。

異國風情，是打從飛機上便開始期待的方向：法國油膩的炸魚、橘紅醬汁煮的豆子；阿拉伯羊肉做的黑布丁，單調無趣如矗立草原的灰色古堡；英國奶油餅乾，像皇宮裡的公主，在嘴裡溶化高雅的奶香；日本，碟滿案，紅黃綠醬菜酸又甜，生魚片鮮美甘潤，米飯香Ｑ，屬於環海島國的驕傲和認真，一吃無遺。

假期，休閒，享受，旅行——什麼都不挑的嚐盡美食，嘴裡，遊出感動。（林佑穎）

文學中的「再思考」是無時無刻都在進行的，如果列出顏

色＋氣味與溫度＋製作過程＋飲茶之處〈茶道之一庭院設計、茶道之二茶室擺設〉＋泡茶過程〈茶道之三飲茶用具、茶道之四泡茶過程〉＋味道＋歷史＋意義延伸＋季節＋地方特色與民族性……的結果會是：

氤氳縈繞在空氣中淡淡香氣，似少女秋水瑩眸般的溫柔；許許暖意，透過指尖傳遞至心窩裡，如少年唇邊和煦的笑意。

彷彿，看見茶葉攤平在溫暖的日光下，褪去多餘的水氣，歷經石子的輾壓，研磨成細緻的粉末。最後，沉睡在棗紅茶罐裡，等待著召喚，然後，甦醒，在溫水吻上的那一瞬間。

暈著木香的和室，懸掛詩與畫的合唱，墨水翩翩飛舞於白帛之上。繪著圖騰的紙門敞開心房，迎納溢滿庭院的綠，芭蕉葉上螢光閃爍的昨夜雨，海棠叢中晶瑩剔透的今朝露，以及山水的肅穆禪意，月琴吟唱的詩語。

雙手浸浴水缽內盛裝的沁涼泉水，跪上榻榻米上鋪的純白軟墊，儀式，開始。

風爐冒出火焰，泉水正吐著煙，茶杓置入茶碗的抹茶粉，在從柄杓內緩緩注下的微溫山泉中飄散旋轉。纖手旋動茶筅，漣漪波動，漾出了綠。置上瓷盤，是一碗碧色如瓊的抹茶。

捧起碗，飲下。溫潤的抹茶順喉而下，香氣撲鼻而來。不如奶茶的甜膩，不若香片的無味；不像花果的微酸，不似烏龍的苦澀。淡淡的口感滑過味蕾，輕薄，卻不失濃郁。像思念，僅一瓢，便足以媲弱水三千。

茶道乃是「審美的宗教」，從敏銳的感官體會如聲音、色調、味覺、嗅覺、身段等所傳達的訊息，在世俗的日常生活中體驗脫俗的「非日常」，藉由茶道的儀式完成藝術人生與修

道。茶道的最高境界，是一切盡在不言中之心領神會。主客之間雖然交談不多，但以「清淨」的動作與「聲音」傳達真情。

氤氳朦朧之際，我彷彿回到了鎌倉時代，看著臨濟宗的開山祖師榮西禪師自中國帶回了抹茶，並在宇治山種下了第一棵茶苗。看著宋代後，抹茶在中國逐漸被遺忘。看著茶聖千利休為抹茶書寫茶道，看著此後的歲歲年年，抹茶的在日本盛行不衰。

那碗抹茶，透著禪意。受戒儀式上，佛教徒們輪流飲茶，象徵今後將一心向佛，心如茶水絕無雜念，無雜質。

漫山漫谷的櫻紅，有如飛雪狂野起舞。低首，靜靜地望著手中那一抹靜謐的綠，我笑了。就算我對佛像經書總是不屑一顧，那又如何？就算我頸上懸掛的是十字架，那又如何？有什麼可以比抹茶在櫻花飄舞的妙春中，更適合的呢？（蘇庭）

焦桐曾以袁枚的「隨園食單」和莫內印象派主義為主題，設計菜餚宴請文學界朋友。2007 年飲食文學與文化國際研討會，焦桐再次設計「文學宴」，包括白居易蕨菜、陸羽蔥香餅、文思豆腐、張愛玲鍋巴蝦仁、東坡肉、左宗棠雞、李笠翁君子蘿蔔、李鴻章雜碎、陸游齋麵、鄭板橋朝天鍋、袁枚桂花蓮藕等，這套文學宴共有十二道菜，讓大家品嘗十二個故事。這種以文人風雅韻事添香的美食，讓品味與史味共舞，話舊與敘今齊飛。若能藉而訴諸於文，則使得筆下風景的立意與材料豐美，如陳亭以〈吃優雅風格，痴優雅風格〉以橫切面談現代人追求精緻美食的心理層面，以懷石料理展現的日本文化為縱深之觀察：

現代人追求奢華精緻的飲食，不僅食物要夠吸引力，裝

潢、擺設、整體氣氛……等都要講究。這成為現代人生活的一種特有文化，一種以飲食最貼切的實踐性文化。

就拿「懷石料理」來說，它的起源與茶道息息相關，所以有特殊的用餐禮儀及繁複的上菜程序，碗碟、餐具無不精巧細緻地透露日本優雅的文化。上菜順序是先上冷食、小菜，再上烤、炸、蒸等熱食，接著才是飯團、麵食，飯後則奉上綠抹茶。這些一道道的程序，正是品嚐道地懷石料理有趣的地方，也是了解日本正統文化的方式。

懷石料理講求精緻而味輕，其源頭是以前僧侶進行斷食之際，為免腹饑之苦，打坐時將爐側暖石置於懷中而來，再加上寺院飲食原本就清淡所致。不過，當時的懷石料理基本上以禪宗三菜一湯為主，演變至今，為了宴請賓客，已增加為五菜一湯或八菜二湯，但是每道菜份量仍然不多，為的是讓享用者在品嘗過後能夠意猶未盡，吃出最深沉的滋味。

對日本人而言，懷石料理是飲食藝術的表現，能否滿足口腹之慾並不重要，享用過程中的那份意境才是重點。懷石料理講究季節性，以當季的食材來製作，端出來時，冬天就要溫暖的，夏天就要帶涼意的，務使客人從中感受到亭主招待的誠意。此外食物原味的呈現、地方材料的運用與食物及器皿的擺設，都表現禪宗「自然、簡樸與優雅」的意境。

懷石料理文化中，書道、茶道樣樣都不能少，還要將四季特色展現在料理裝飾的雕琢上，讓品嘗者從磁盤配色、陪襯花藝及裝飾道具，一眼就能看出現在是什麼季節。

「吃飯皇帝大」、「民以食為天」是天下饕客之名言，當然，更是我偷懶不想減肥的最好藉口。古人如此，我亦如此，

我要吃出優雅風格，更要「痴」於優雅風格。（陳亭）

三、分鏡清單──拼貼元素圖

電影是時間與空間結合的藝術，運用連續的鏡頭及曝光捕捉連續的畫面，因此以聲光極度地提供感官經驗，如透過角色的衣著、家居擺飾、場景畫面……強調感官刺激。許多看似無關乎劇情的元素可能為電影中重要的關鍵，也正是表達敘述和情節的語言。

愛爾蘭詹姆斯‧喬伊斯《尤利西斯》用一個高倍數望遠鏡，將漫長的時間和巨大的空間濃到十八個小時之中和方圓十幾里的範圍內，觸及都柏林社會生活的每一個側面，被稱為現代社會的百科全書，其所運用的便是一幅幅寫實的分鏡與停格的切片。

另如狄更斯《孤雛淚》對雅各島地描述：「想去那地方，遊客必須穿過一大片稠密、狹窄、泥濘地街道，住在這裡的都是最下等、最窮的人家……店鋪裡堆著最廉價、品質最差的食品。商家門前懸掛著最蹩腳、最不值錢的衣服任其在住房欄杆、窗口迎風飄搖……」這是一幅寫實的觀察圖，反應城市階級生活面相。

同樣是以一個個鏡頭串聯景觀的取材方式，如果將司空見慣的畫面誇張扭曲若警匪槍戰片般，編織成變奏，便將成為馬丁‧艾米斯《金錢》所架構的畫面：「在洛杉磯，不開車你根本什麼事也幹不成。而現在，我不喝酒也什麼事都幹不成，但外頭根本不可能出現喝酒開車這個組合。如果你敢鬆開安全帶

或彈個煙灰或挖個鼻子，那就一定是先來頓惡魔島式的檢查，接著再盤問一堆問題。只要有什麼不規矩，你想，有任何一點不一樣，擴音器就出現啦，瞄準鏡也來啦，還有直昇豬仔會從小孔用眼睛對準你……。」

將電影分鏡畫面、停格處理、剪接轉場的技術運用於寫作可以是：

寫作便利貼

1. 將所要描繪的對象分解為數個重要的區塊，如窗外分為窗、窗簾、玻璃、鐵窗、穿透窗的光線、窗外的天空、窗外對街的人景事物……。
2. 分出主枝旁襯，加諸以不同比重的敘述份量，以修辭特寫強化主要鏡頭。

以空間為例：

這種將鏡頭關注於周邊情境者，如風雨之後、考試前後、暴風雨前……這類強調描繪環境氣氛的題目，如果能運用電影的分鏡手法來收集場景，列出敘述清單，藉以串連情節，敷衍為文，將可以藉空間裡所展現的各種元素凸顯其特殊性。

其取材與表現的立意方向大致可以是：

方向／修辭	色、香、味	心情、想像	人事、懷想	時空、情境
示現				
比喻				
說明				
誇張				
渲染				

　　如杜十三〈敦化南路的倒影〉以女人品味譬喻各街道的風景氣質，鮮明而亮眼：「每條街道都像具有不同品味的女人。西門町中華路、西寧南路像個逃家的十七、八歲少女，華西街像個遲暮的妓女，延平南路像個五、六十歲的殷實阿巴桑，迪化街像個倚門呆望悵茫老阿婆……，忠孝東路呢，像天天逛街、廿來歲的時髦俏女郎（難怪天天塞車），而敦化南路就像個富裕小康、講究高級品味的三十來歲美少婦了。」

　　第一屆台北青少年文學獎比賽題目〈感覺台北〉，重點在「感覺」，為勾勒出這抽象感覺，必須以具體所見來「襯托」可以建構出台北這空間的氣氛，場景。因此在取景上必須選擇代表性的地標、人事，相當關鍵性地扣緊「感覺」，就如電影場景在廢工廠與豪華酒店、穿著素樸與名牌、音樂是爵士或古典所產生的感覺不同。

　　下面兩篇文章，都提及台北新舊並陳的面貌，但前者以一個個鏡頭帶出人潮的熱烈情緒，歸結於「最完美的詮釋」所湧現欣賞的感覺，後者則以空間的喧囂與靜謐、老伯伯盯泛黃照片的插入鏡頭，歸於「清冷地散發沒有溫度的明亮」，暗示對舊的懷想：

你舉步，逆光也逆風，同時逆著左側襲捲而來的人潮。

那是一個陽光普照，微風輕拂臉龐的午後，熙來攘往的忠孝東路口，有爸媽牽著孩子的手心，有情侶纏綿的擁抱，有商家渾厚的叫賣聲。二○○七年的尾聲之際，雜夾著對未來無限期許與喜悅的心情，台北人聚集於廣場群眾狂喜的倒數聲裡，仰望高聳入雲的 101 在舊與新，去與來的接端綻放耀眼的火光。那熠熠的光點在夜空中劃下嶄新的起點，台北新生活在這裡展開延續。

台北，在歲月推移下不斷蛻變，在種種刻蝕中不斷被磨洗，時代轉折處的圓融、科技聳立的新興金融體系，過去與未來交縱錯疊，讓文化的生命力在這裡上演最完美的詮釋。

（游姿穎）

台北是一幅拼貼藝術，車聲人喧與龐雜炫麗的光電媒體，是前衛普羅風。廟埕露天野台上如夢幻的傳統戲碼，迥異的強烈訊號，交織成一種幸福而恍惚、疏離而親近的後現代感。雜亂無章中帶著條理分明，東拼西湊卻又抽象而立體，真實而具張力。

不過這樣斑駁而豔麗的街景、喧囂而熱鬧的腔調，在我推開一扇典雅大門時，消失得無影無蹤。澄淨透亮的落地窗，映著對街店家繽紛的色彩，苦澀的咖啡在奶泡翻攪下舞成一圈圈螺旋，好似徐志摩一個個彩虹的夢。若有若無的音樂迴盪在這靜謐空間，不遠處的晦暗角落，有一位老伯伯盯住泛黃的照片，靜靜地，沒有表情，我的心卻翻起了滔天巨浪。一幕幕老台北的景照，迅速地閃過眼前，刺痛心房。啜一口咖啡，溫存不在，徒留冷涼。

再度回到街頭，快樂早已典當給歲月，思緒縈縈於台北灰暗的天空。路燈亮起，清冷地散發沒有溫度的明亮。（莊子瑩）

四、光圈速度——情節說故事

義大利建築師及新理性主義大師亞德羅西說：「城市是市民的集體記憶。」以台北而言，在文學的國度裡，余光中的廈門街、王昶雄的中山北路、張系國的青田街、周夢蝶的成都路，都還留著作家曾經駐足的片爪鴻泥，沉澱著數不盡的台北文學經典。他們將生活裡與這座城市有關、有情的點滴都化為文字，共同串連起對台北的歷史記憶。

帶著這樣的期待與想像，讓每個人在推開巴黎花神咖啡館似乎看見沙特、西蒙的背影，觸碰到海明威低眉書寫的窗邊波特萊爾，深深地相信無論歲月移步、世事滄桑在這城市的某個角落必然停駛著極端情慾霸道的莒哈絲、極端理性與強韌的西蒙波娃和極端才情，與瘋狂的卡蜜兒的心情故事。走在倫敦，逐一尋訪艾略特、狄更斯、維吉尼亞‧伍爾芙、哈利波特作品裡的場景，心頭翻轉的是世紀與文化的戲碼。到了愛爾蘭，方明白葉慈的詩、貝克特荒誕派戲劇以及喬哀斯小說裡的顏色。

寫作便利貼

1. 拍立得：選擇一個習慣性的觀察位置，以各種角度框起所見所聞所感覺的狀態。
2. 架構事件：以現在式的時態，描述所觀察的對象，以及你作為敘事者的動作與心情。

3. 不一樣的出走：選擇一個從未接觸過的物品、地方、建築，以一個從未有過的方式去認識它，並記錄所發現的意象。

4. 藉書籍、網路、詢問查尋相關資訊或材料，包括其過去、未來、材質、作用、他人觀點……。

5. 請結合實地觀察、親身感受、口傳筆記、資料搜索……或加想像虛構，或寫實際情節組裝成故事性敘述。

描述空間狀態、氛圍、人事變遷，進而寄寓觀點、情思的命題時而可見出現於大型考試中，其立意取材的方向大致可分以下數種：

（一）客觀寫景，想像察覽

人對特定的「空間」往往有特殊的情感，如「康橋」對徐志摩而言，不啻其心靈永遠依戀之鄉。你的心中應當也有一個與你關係最深刻密切的空間，它也許是一個國度、一座城市、一座山、一道水……。請以「我所知道的○○」為題，寫一篇文章，文長不限。提示：1. 它可以是確實存在的，也可以是親身經歷或憑知識架構的。2. 抒情、記實、說理，皆無不可。（91 指定考科預試題）

題目的重點是「我所知道」，因此所描述的空間內容出發點是「所知」，而不盡然是「所見」、「所感」，是以取材的範疇無論想像勾勒、資料拼貼或在真假間跳躍，可隨心所欲，內容的取勝關鍵不是空間取鏡，而是如何在小中見大。

以張愛玲〈多少恨〉為例：「現代的電影院本是最廉價的王宮，全部是玻璃、絲絨，仿雲石的偉大結構。這一家，一進

門地下是淡乳黃的；這地方整個的像一隻黃色玻璃杯放大了千萬倍，特別有那樣一種光閃閃的幻麗、潔淨。電影已經開映多時，穿堂裡空蕩蕩的，冷落了下來，便成了宮怨的場合，遙遙聽見別殿的簫鼓。」其中「全部是玻璃、絲絨，仿雲石的偉大結構」、「有那樣一種光閃閃的幻麗、潔淨」是示現；「現代的電影院本是最廉價的王宮」、「地方整個的像一隻黃色玻璃杯放大了千萬倍」，運用了誇張而對比的譬喻，並藉以傳遞「冰冷觸覺」的虛筆；而「成了宮怨的場合，遙達聽見別殿的簫鼓。」的聯想，更能將實體的冷落的電影院穿堂，寫出那種「幽恨闇生」的情緒。

如一個關於捷運站與其名稱背後的故事：

「唭哩岸」在淡水線上，是個不太有很多人下車的站。這一天，只為了這個奇異的站名，我下了車。走向出口，四周人煙稀少，有點都市外郊區的感覺，回頭看看這被設計成仿古建築的車站，心裡翻滾著新奇與不解。

原來「唭哩岸」之名是因為在幾十萬年前，台北盆地是一個大湖，湖的四周住的是凱達格蘭社的平埔族原住民，而唭哩岸就是當時有名的平埔族村落。「唭哩岸」一詞是根據平埔族的語音翻譯而來，表示「海灣」的意思，那時候的淡水河向北突出，形成一個彎曲的地形，好像海灣的模樣，平埔族人於是稱這彎曲的地帶為「唭哩岸」。

淡水河早期河水很深，船隻可一直航行至現在榮民總醫院一帶，是以當時唭哩岸的水運十分便利。商人在此停靠船隻、裝卸貨物和休息，因此再加上此地為台北至淡水間往來必經通道，遂成為淡北地區最繁榮的一條街，街上住了許多大富翁。

當時這條熱鬧的「嘰哩岸」街，就是現在石牌地區的「立農」街。自水運沒落，陸路改道，嘰哩岸地位遂一落千丈。直到民國四十五年，嘰哩岸才發展出第二條街「吉利」街，「吉利」是「嘰哩」的諧音，代表吉祥順利的意思。

這一段追尋探問，讓走在舊街老巷的我恍如走入光陰的故事裡，而今捷運線以「嘰哩岸」為站名，似乎提醒我們回顧歷史，不忘根本。（許詩聆）

（二）身在其中，置身境外

「街景」（86 日大）、「用一位來自外地旅行者的眼光，重新看待你居住的家鄉，發掘它的動人之處」（92 學測補考）、或如 95 年台北模考等題：

城市就如一個永無重複的萬花筒，變化出一則一則令人驚嘆、令人低迴的風景。人工造作的公園綠蔭可以讀詩，美式連鎖速食店裡正好寫小說，在空無一人深夜地下道中，巨大的廣告美女對你流下眼淚，欲語還休；超市裡冷凍的馬鈴薯在立春後集體發芽……台北急促的節奏裡，我偏愛在一盅茶香裡欣賞天空陰晴不定的水墨煙雲。（改寫自徐國能〈城市新風景〉）

作者點出都市公共空間讓他產生的觀察及領會，而漫遊在城市中的你，除了家中、學校或補習班外，對哪裏最有感覺？為什麼？你在那做些什麼？又有何體察及感受？請寫一篇文章，用自己的眼光，重新看待你出入的城市，發掘一個你最喜歡的「城市公共空間」（凡舉公園、球場、車站、美術館、餐館、廣場、街道、地下道、圖書館……不拘），說說它的動人之處何在。

　　這類題目的重點都在跨越習慣，而以新鮮的心情與眼光，在平凡間發掘深微感受與視界，並設定立意位置與觀察角度必須是「動人」。

　　以描繪而言，可就沿街店家櫥窗景致、招牌商品、聲光人情敘述，如台北文化護照地圖所述：「松山路五分埔自搭品牌最有型，已在年輕人之間蔚為風潮；想要 DIY 首飾或工藝，長安西路手工藝品專賣店是朝聖地；博愛路是不變的旗袍西裝手工大本營；想找茶？非大稻埕茶商集中區莫屬；想結婚？愛國東路婚紗街已打出金招牌；和平西路三段的專業鳥街歷久彌堅；武昌街二段的電影街挽住一段段青春回憶；華陰街宛如台灣百貨批發史縮影；開封街一段是永遠的電子商城；西門町向來是流行音樂發表重地；重慶北路三段燈飾業者林立妝亮台北；復興南路二段的清粥街是夜貓族補給站；雙城街的台北越夜越美麗……」

　　當出走成為一種隱喻，當觀看形成辨證的過程時，「每個人都以自己為座標原點組成一幅地圖，下面是漂浮的冰雪板塊，有時它們會無聲的流走，有時流走的是我自己」。（張惠菁《流浪在海綿城市》）無論那是帶著浪跡天涯的頹廢，或是旁觀者清的檢閱，抑或是站在虛擬實境的位置，那都是一種超脫的凝視。這篇得到台北第二屆青少年文學獎散文首獎的作品，其中一段名為「旅程起點：預約的行李箱」便是以這樣的角度敘說：

　　住在一個城市太久，就像陽光直射在剛睡醒的瞳孔，一片亮白，看不見這個質變的世界；就像指南針，突然忘了北極在哪兒一樣，旋轉在失去方向的刻度裡。

　　我，感覺不到台北的變化，理應熟悉的城市，卻如此陌生。

　　背上空空的行囊，沒有衛星導航，我用雙腳感覺台北，用雙眼擷取台北。

　　黎明不是序曲，日落也不會是休止符，暫時的塵埃落定，只是間奏曲罷了。霓虹燈的微暈，盆地特有的濕氣，濕漉漉的隨著晚歸呼嘯的車輛震動。這城市是個活潑的有機體，充滿了各種化學元素，隨時準備和空氣來一場撞擊。這是一座雙面城，城裡人一面為搶救古蹟上街頭，一面競標東區的黃金地段；在西餐廳悠閒切牛排，同時對著藍芽下單；前一晚在路邊攤殺價，一早邊看爽報，邊趕著搭捷運，上微風搶 Hermes 限量包；水深火熱一整天後，又來到 Pub 聽爵士喝調酒。

　　這就是台北人。

　　這些人舉手投足間，總有令人無法忽視的氣味，他們有一種介於放鬆和緊繃的感覺，像隻貓，懶洋洋的曬冬陽，但又在老鼠經過時警覺的跳起。或許是因為都市的生活，流動的空間，川流不息的人群，處變不驚的氣息自然像強力膠一樣巴在他們身上。有些西裝肩線帥挺，頭上髮油閃亮；有些套裝剪裁合身，臉上香粉襲人。無論時尚派，抑或自成一派，任你隨意打量，他們毫不閃躲，個個都是超級名模，馬路就是伸展台。

　　你可以說台北人自恃過高，卻無法否認他們住在流行的尖端，擔任台灣的守門員。每一個想進駐台灣的國家，都得先和台北人簽約，並在盆地裡設立大使館——美國麥當勞、瑞典 IKEA、法國 LV、義大利 Gucci——台北人帶著 iPod，在海霞城隍廟前求月下老人結姻緣、穿著 Prada，在士林夜市吃小

吃、看完「曼哈頓奇蹟」，再瞄一眼廟會野臺戲。他們在新舊間伸縮自如，張揚自己無可取代的驕傲。

台北人大棘棘的壓過馬路，像拿破崙的軍隊，以凱旋歸來之姿，毫不害臊的宣告第一品牌——「台北」。透明的櫥窗，隨意一個姿勢，就是自信。商家、餐廳的大面落地玻璃，鎂光燈聚焦的不是產品，是一個個行過的台北人，他們是活動櫥窗，他們就是台北，台北像個名牌設計師，在他們身上簽名。（曾馨儀　捕捉記憶與時間的旅程）

在敘述者與空間觀察並置狀態下，各人的解讀自有其歧異性，如簡媜〈你看了嗎？六則城市速寫〉便以犀利的筆切割這俯視車陣中的生活現實面，結語短短的反問，諷刺性濃厚：「木柵線捷貫穿南京東、忠孝東、仁愛、信義、和平東路主幹道，於是在煙雨迷亂、繁華五彩隱入一片灰濛濛之中，你從疾行的高架車廂中登高臨下獲得鮮艷的視象：黃色，黃色計程車，空的計程車，塞滿主幹道，如蟲，如蛇，如無助的長龍。

你被這視象鞭笞，每輛車內有位認份討生活的爸爸（或兒子、丈夫），每輛車代表一個等繳房貸、付學費、籌三餐的家庭。你無法對照地慶幸自己不必如此奔波，你感到心痛。

那麼，前朝權貴、滿朝文武百官，看見了嗎？」

（三）主客交融，情隨境繫

臺北，這座繁華熱鬧的城市，我們生於斯、長於斯，每天往來穿梭於此舉凡臺北的街道、建築、節慶活動、飲食娛樂，莫不與我的生活息息相關。請以「大城小調」為題，鋪陳出你自己的臺北生活的風采神貌。（91臺北模考）

　　每一個城市都有一個故事，每一個城市中的人都有共同的生活記錄，但此題目要求「鋪陳出你自己的臺北生活的風采神貌」，因此立意處要顯現居息於城市中，自我的生活狀態，或於其間擺盪的行旅，既為「小調」，取材上無需太龐雜，可於小處注入深款情思。如這樣的起筆：「一棟簡陋私密的家屋，就像在古老版畫中的一樣，它只活在我心中；有時候我會回到那兒，坐下來忘掉灰暗的天空和雨水。」（1913 安德烈・拉豐（Andre Lafon）《家屋之夢》）或是「在苦修庵的庭院，／我徘徊、繾綣。／沐浴在那幽幽的微光，／品賞那飾著故事盡成門窗，……優美的音樂，／伴隨著悠揚的合唱，／悠然飄入我的耳中，／使我融入無窮的快樂。」（彌爾頓《悲哀的人》）分別示現庭院微光、門窗、音樂以形塑徘徊繾綣於那綴飾故事的快樂，如此帶出的城市裡種種屬於個人的生活感情，將更能貼近生命的獨特處。如台北第一屆青少年文學獎國中散文首獎，薇閣中學賴怡〈我的台北地圖〉以樂團團歌詠城市故事：

　　台北是水泥森林。但是這森冷虛假的森林裡，唱歌的鳥兒，卻都像王爾德童話裡的夜鶯，擁有那最熾熱純摯的紅心。

　　開始愛上這些到處歌唱的鳥兒—城市吟行詩人們，是在去年十一月底的「簡單生活節」。那一夜的華山藝文特區架起四座舞台，有丹尼爾和蔡健雅、伍佰等許多知名歌手在「藍天舞台」高歌，然而我們卻沉醉於搭在幾個小草丘的凹谷中的「草地舞台」。……歌裡有月亮星星、有馬戲團流淚的大象、有對心愛的人外套口袋的想像，……樂團成員穿著平常，跟聽眾一樣在冷風裡偶爾吸吸鼻子，搖擺身子，唱出親切的幻想，於是

我們忍不住跟著節奏，擺擺頭或搖晃擱在草地上的腳掌，輕輕想起自己的小故事。

那一夜被我反覆思念，思念明明是第一次聽見的音樂所了解，然後一切變得不可思議的簡單的感覺。於是當逛街遇上同樣聽都沒聽過的「拾參樂團」在敦南誠品演出時，我毫不猶豫衝往海報上說的地下二樓。

……就是這麼近。我看見，吉他手刷開弦，溫暖的金色民謠吉他音符汩汩流湧，蜿蜒過 CD 立櫃，挑著 CD 的老伯伯轉過頭來，樓上的客人走下樓梯來，剩下的就趴在樓梯扶手上聽；我看見貝斯手纖細的手指在四弦之間挑彈，和吉他手交換微笑暗號，一同欠身，一同拔高激昂，鼓點開始躍動，像河流上的金色水花，至此我們已經拔去身上所有綁縛，下一刻和主唱一起跳進音之河，擺動新長好的鰭，痛快泅泳。

「這城市的故事永遠不乏人歌詠。」上星期日我被活動海報吸引，買了一盒粉筆，跪在當代藝術館前的小廣場塗鴉地面時，聽到抱了把吉他坐在藝術館門口的大男孩這麼說。「雖然吉他彈得很爛，我只想唱我寫的歌給你們聽。」他朗朗笑了。很多路人在他面前的木椅坐了下來，對街的騎士也停好了機車走來。因為那個男生有乾淨的嗓子，還有像這城市的每一隻鳥兒一樣富有感染力的熱情。（賴怡）

至於得第二屆青少年文學獎優等的作品〈台北之音〉，則以行走間所觀看的紋理，透露出空間裡內在共鳴的情感：

台北自水中誕生，或許也因此繼承了水多變的基因。我想像台北是一個縮小的宇宙，看似毫無變化，每一秒卻都在更換它的樣貌。而居住其中的人們，以慾望夢想勾勒出屬於自己的

星球，形塑這小型的宇宙，彩繪出繽紛的台北城。

　　據說，這是我出生的地方。

　　在台北城內最古老的一隅，踏入萬華區，彷彿時空倒回了十九世紀，我看著先人以血汗築起的建築，就像樂譜的音符一般，不可更動或取代。輕觸石牆，與台北城初始繁榮的記憶接軌，血液在體內翻騰，無法從心中抹去的拓印有如甲胄，在一格格的小蜂房存檔資料夾裡，篆刻曾經。我正閱讀台北的一部分歷史，一部分因遺忘而逐漸崩解的歷史，彷彿古箏錚錚的琴音，南胡呀呀的絃聲，古老的旋律悠揚，卻凋萎在現代的風嵐颯聲。

　　龍山寺的香爐承載了多少信徒低喃的祈禱，壓艙石震住黑水溝噬人的風浪，廟宇一雕一鑿都是庇祐下的感謝。青草巷中充斥著中國五千年來未曾斷過的藥香，學海書院中依稀可以聽見悠揚的誦書聲與祭祀的裊裊之音在迴盪，依舊可以窺視那根深蒂固的儒家思想，以及深植人心的宗祀家族。腳步落在有些塵灰的地磚上，被沉重的過往吸去了跫聲，中西混血的廊柱與窗櫺吐納汗青老舊的氣息，偶一瞥見泛黃的春聯殘留在牆上，依稀可辨的楷書力道猶存，一磚一瓦一門窗，歷史軌跡刷洗不去。

　　煙霧繚繞的香火、藥草獨有的清香與空氣發潮的霉味混雜為一，深吸屬於台北回憶的氣息，我卻感到陌生。攤販叫賣的嘶啞、鼎沸人聲與車聲，本該深藏於我心底的刻痕，卻如淡影般在離我遙遠的那一端。

　　我的眼神掃過街道，宛若那是寫就的紙頁。此時的我，只不過是記錄了台北城用來界定自身以及各個部分的名號。暗巷

中穿著俗艷的女子，有些黯淡的姿色披上了時光的袈裟而顯露落寞，看破紅塵險惡似的雙瞳卻在黑影中熠熠發光。騎樓下蹲坐的遊民有泰然之姿，面上卻無半分閒情之容，沒落的斜陽在這風景上，澄黃的霞光將人與建築的倒影拖得好長，長得與過往一樣。金色的粉光讓視線迷惘，眼前的景色像黑白照片的褪色模樣，淡淡的憂傷，消失的舊時光有一些風霜。

只是，在老人布滿軀殼的皺紋裡，我嗅到熟稔的遺憾的氣味，在他們無神的雙瞳之中，我找到台北人都擁有的眼神——無垠的深沉的孤獨。

台北城的倒影，隱藏在熱鬧喧囂的影子裡，那份屬於自己的寂寞。

一直以來，馬奎斯筆下百年的馬康多與台北的影子總會在我的心上不斷重疊，我想就是因為這份難以言喻的孤寂。

（蘇庭）

（四）時空交錯，實虛映照

「或許你有過類似的經驗：熟悉的小吃店正在改裝，即將變成服飾店；路旁的荒地整理之後，成為社區民眾休閒的好所在；曾經熱鬧的村落街道，漸漸人影稀疏，失去了光采。……這些生活空間的改變，背後可能蘊藏許多故事或啟示。」請你從個人具體的生活經驗出發，以「走過」為題，寫一篇文章，內容必須包含：生活空間今昔情景的敘寫、今昔之變的原因、個人對此改變的感受或看法。（96學測）

這類題目的重心在渲染空間情境，無論是流動於空間裡穿梭於時間裡人事景象所上演的故事、個人對此變境的感觸想

法，或是以拉長的鏡頭召喚往昔，以特寫停駐當下，實虛對映，佳文自可期。

如從房間氣味喚起記憶的思念：「房裡很暗，百葉窗緊閉——從葉子縫隙間透進來的光線使我勉強能見。室內散發著一股清新、刺激，像亞麻子油氣味，使我想起晚上爸爸從瓷磚工廠下班後，衣服上殘留的味道，聞起來像木頭與新割的乾草混在一起。」（崔西‧雪佛蘭《戴珍珠耳環的女孩》）

或是將建築與形象結合形成永恆的象徵：「一看到平面高聳的影像，就想起外祖母家，想起外祖父的祖父在後院天井中間建造的堡樓，黑色的磚，青色的石板，一層一層堆起來，高出一切屋脊露出四面矩形的巨彈牆，像戴了黃冠一般高貴。四面房屋繞著他，他也晝夜看顧著它們。傍晚，金黃色的夕陽照著樓頭，使他變得安祥、和善，遠遠看去，好像是伸出頭來朝著牆外微笑。夜晚繁星滿天，站在樓下抬頭看它，又覺得它威武堅強艱難的支撐著別人不能分擔的重量這種景象，常常使我的外祖母有一種感覺，認為外祖父並沒有死去仍然和他同在。」（王鼎鈞〈失樓臺〉）

如果以表格呈現，則文字所描繪的畫面一如照相取景，陳述故事時流動的節奏則拍攝電影，在淡出淡入轉換場景間帶出整個敘述的韻律、或隨視點移動、或凝聚焦點、或俯瞰全景、或設定單一目標，其立意方式、取材重點與寫作方向，可如下示：

拉長鏡頭	時間	心中所想	歷史變遷	人情事跡
特寫鏡頭	空間	眼前所見	光線溫度	具體景觀
淡出	全景掠影	視點移動	轉換場景	陳述故事
淡入	單一目標	凝聚焦點	物件痕跡	動靜舉止

　　加斯東・巴舍拉（Gaston Bachelard）在《空間詩學》：「傳奇造就城市，城市創造傳奇，城市的故事說不盡，也道不了。」因此藝術家、文學家與哲學家都在巴黎找到靈感之源，這個都市藏著他們的謬思，也因而創造了藝術的巴黎、平民的巴黎、歷史的巴黎或是夜生活的巴黎，無怪乎海明威曾說道：「巴黎是一場流動的饗宴。」

　　這些塗鴉就像是在試探性的給你一個邀請、一條線索，或是某個神秘故事的一個片段。它靜逸的停留在空間裡，等待與你的秘密交談。這中間無所謂文化的差異或語言的隔閡，這些圖像與週遭環境融合在一起，只要你身處其中，那一刻的時空與心情，就只屬於你個人的感動。

　　如瑋晴以細緻有情的文筆介紹老台北的繁華面及人文風盛景：

　　我愜意的漫步在這塊繁榮的土地上。

　　身旁急促的腳步，和我徐徐的步伐強烈的對比著。像是懷疑著我的存在，幾個看來有要事在身的路人在快步之餘，向我丟來奇異目光，不過對於此刻正忙著觀望這片沃土的我而言，他們探視的眼神我輕易地視若無睹。

　　經過一家茶行，我嚐鮮的掬起一抹茶葉，聞著那由內而外散發出的淡淡茶香，茶桶上的牌子用著娟秀的字跡寫著「福爾

摩沙茶」。一個美麗的名字，如同這個繁華卻又不失人情味的地方。

行內的客人泰半是外國人，依衣著談吐研判該是英國商人，捧著獲利頗豐的茶葉愛不釋手，連老闆也笑得闔不攏嘴。茶之於他們無疑地是根點金棒，輕輕一揮——點亮了他們的「錢途」，也照亮了這原本不甚起眼，幾近被世人遺忘的地方。

至於老闆娘口中的「時髦洋樓華屋」，則大肆昭告因茶而建立起的顯赫家業。但我的眼光卻留戀坐在亭仔腳小板凳上，那聚精會神地挑揀籮筐內茶葉婦女的身影。

帶著一身茶味兒，我繼續在大街上閒晃。倏地，一家名為「波麗路」的西餐廳吸引我好奇探問，原來以法國作曲家拉威爾的舞曲為名，是因老闆對西洋古典音樂情有獨鍾。我懷著忐忑的心走進這北市第一家西餐廳，只見餐廳內懸掛大型畫布，供畫家們即興揮灑作畫，在場的文人雅士溫文優雅地談論創作。在這極富藝文風采的地方，我細細的品味著，咖啡、藝文。然而使我訝異的是許多桌次是一男一女相對而坐，「相親」這個字眼在我腦海閃過。

步出使我略感尷尬的相親氛圍，順著老字號店舖，像是著名的大千百貨、瀰漫著糕餅香的店舖、香客絡繹不絕的霞海城隍廟、精細雕花的巴洛克建築、布色繽紛的永樂市場……這些別具風味的商號、熏香裊裊的空間像黑白相片，企圖凝凍某一段曾經繁華的歲月。

望著絢爛萬分的大稻埕，想起百年前的它，心下不禁感慨，它見證先人的汗水、留下先人的智慧文化，如今卻在朝代

的更迭中，漸漸被歷史的洪流埋沒。

我，只是身處於此洪流的過客。

老宅洋樓整齊林立，布店商號櫛比鱗次，這是看得見的大稻埕；雜貨藥材香氣瀰漫，店攤小食美味飄出，這是聞得到的大稻埕；市井人情熱絡交流，歷史古意代代相傳，這是感覺得到的大稻埕。

大稻埕既看得見、聞得著也感覺得到。

走在交錯的巷弄裡，我明白——

自己只是個僥倖與它相會的過客。（劉瑋晴　古蹟密碼）

從清光緒十年冬，公元一八八四年打下的第一個石樁開始，台北，一路走來二甲子歲月物換星移，宛若一部壯闊的史詩電影。先民胼手墾拓為台北古城建立永續發展的政經制度，台北人的韌性與不凡使台北大幅躍升進入全球化，而糾葛堆疊歷史的記憶沉積岩、百聽不厭夢幻獵奇的傳說佳話、優美深邃時尚現代的人文櫥窗，亦雜然並陳其中。瑋晴以獨特的眼光凝視台北豐厚的歷史，詮釋穿梭於時間空間的旅程。

城市之所以美，是因為有風俗情思，有過去記憶。循著這些充滿情節的街道巷弄，探訪屋瓦樑柱迴廊壁間窗櫺的雕塑、門聯匾語鑲嵌的文字美學古蹟已不是物質面的建築，而是一頁歷史、一個回憶、一種文化：

如果攤開一張中國地圖，會看到右下方相連的兩省——江浙，靠海。

在那個神話的年代裡，這兒是楚地，是神話的故鄉。初民手裡輕輕捏出人類的起源，是一縷清煙，裊裊繚繞出最早的眷

戀。吳儂軟語的浪漫依舊潮濕；彎彎曲曲緊密的水網依舊纏綿著唐宋歲月，這小橋流水人家是江南韻曲。

口耳相傳的「上有天堂，下有蘇杭」，就融在這一片連綿的水鄉澤國裡，有種幽幽的、溫柔的、爛漫的、細膩的古典。這就是蘇杭的氣質，所有故事，都從一尾船開始……。

（韓克瑄〈小橋流水話蘇杭〉）

那些曾經被珍愛但如今已消散的聲音所產生的變調、深鎖於房間角落記憶裡氣習的印記以及繚繞歷史光線的音調……這些瑣碎細節則是另一番空間意象。若是將作家與城市聯繫書寫，融會其生命情節與作品風格內涵，則又是另一番風景，如立之所寫的〈江戶‧芥川龍之介〉：

芥川龍之介是江戶的，但絕對不是東京的，儘管江戶最後成了東京，東京也曾經是江戶，但芥川龍之介終究是江戶的芥川龍之介。綜觀芥川的一生以及其文學，芥川雖曾離開江戶移居鐮倉一段時間，其文學創作儘管形式多樣、題材千變萬化，在看似多樣難以一言以蔽之的表象下，芥川的文學源頭都在在指向了江戶，因此，儘管芥川生活於東京，他的文學依然是扎根於江戶。

芥川龍之介的身世可以說相當離奇，不，或許用欷噓較為恰當。芥川龍之介生於明治二十五年三月一日，曆交辰年辰月辰日，生後七個月，其母病瘋，芥川龍之介遂由母親娘家收養，十一歲正式當了母兄的嗣子。養父芥川家是舊式世家，位於江戶遺風多存的本所小泉町原是江戶時代騷人墨客聚集之處，因此，芥川家也常聚集不少文人雅士，充滿濃厚的江戶文人氣息。於此種環境的陶冶下，芥川龍之介很早便接觸了中國

小說、外國文學及江戶時代的文學作品，其中，江戶時代諧趣多姿的庶人文學更是芥川龍之介的文學泉源。

芥川小說中的名篇如〈羅生門〉、〈竹林〉、〈鼻子〉、〈地獄變〉都可以歸類為歷史小說，其背景大都在平安朝。平安朝的首都平安京即現代的京都，講到京都，便令人想起川端康成的名作《古都》，同樣以京都作為背景，我卻無法將川端歸為「京都的作家」，川端以及後來的三島由紀夫儘管都寫過一些關於京都的名作，但他們文學中的京都是籠罩在日本文化之下的京都，那樣的京都與芥川筆下的歷史小說中所呈現的京都有著截然不同的面貌。

芥川絕對是一個屬於江戶的作家，其文學作品中雖甚少有真正發生在江戶的故事，卻在每一個故事中都染上了一種屬於浮世繪那樣豔美卻凋零的色彩，那是絕對江戶式的美學，而不是被整個日本文化吞下的美感。歷史小說的場景雖然在京都，芥川描繪出的卻不是完全京都式的美感，而是有著浮世繪那樣有些粗俗、生猛、豔麗逐漸走向衰敗的美感。在芥川的歷史小說中，幾乎沒有一個主角是如同川端康成《古都》中的雙胞胎姊妹花近乎完美的形象，反而都是卑微醜陋的角色，他褻瀆了平安京那樣精雕細琢的美感，將高高在上的歷史中的平安京拉到污穢的平民程度。

在日本文壇，甚至可以說除卻芥川龍之介，幾乎很難找到一個可以和城市作對應的作家，或許可以說芥川龍之介之於日本文壇是一個很奇特的存在。（林立之）

有人說「一部好的電影，不是在電影院看，而是離開電影院後在腦海呈現」。電影的魅力不只在影像的變換，更在鏡頭

轉間呈現的驚喜、情節鋪陳時所帶來的情緒迴盪，借助這樣的視覺畫面、鏡頭轉移、剪接置入的拼湊技巧，當掩卷後，停駐的一句不經意的描述和對白、或是空間氛圍烘托的意境，就是最深的感動。

眼觀四方，耳聽八方

網路超連結

　　武林高手對峙時總會凝神目視對方眼睛，以便察覺其起心動念，搶得機先在對方出招前便迎面破解，乘隙而攻，或因能慧眼洞見招式而順勢破解，應勢得勝。從某個角度看，題目代表老師出招，就題作答的便是接招，考驗的是接招者如何見招拆招？展現的能量與反應的速度確度，就寫作而言即觀點的深度與觀察的廣度。

　　寫作時必然的階層模式是立意確定寫作方向、取材整理打算說什麼、安排與呈現材料的結構計畫，所有文字敘述都為呈現「意」而存在，所有結構組織都因凸顯「意」而生動。

　　就立意而言，題目的指示就像地圖首當看清楚，所立之意必須是精準的，否則錯誤的導航系統將使得寫作內容失去意義；美麗的風景勢必因失焦而模糊慘澹。然而有時候立意雖準確，卻往往內容向度不足，運材不當，而形成內容蕪雜、敘述零亂無章之弊，是以為開展面相而設計路徑，茲分別說明如下：

一、魔術方塊——天馬行空的開放式命題

開放式題目，顧名思義，即給予寫作者相當廣闊的自由，就像一塊璞玉，端在自我雕塑構建，目的在考驗創作者如何選材、運材，如何呈現自我的獨特性與開創性，藉以觀見其眼光深度、表現的密度。

「腸枯思竭」、「沒有靈感」通常是寫作時最大的困擾。事實上，大腦面對刺激時，迅速啟動網路模式，記憶檔案庫中，隨時有可以被叫出來的材料與訊息，藉此繼續連結許多其他檔案，這種自動的反應是生物本能，因此，不患無材料可運用，無意念可陳述，而患不知立意取材的方向，不熟悉超連結的路徑。以下設計的目的便是訓練對題目的反應能力、取材的速度與廣度，就像在 google 打下關鍵字，螢幕上便自動陳列出上千上萬個線索。

（一）從單一到天花亂墜

就像山水畫裡的留白，能提供畫者與觀者想像空間；生活裡的空檔，可以讓人擁有創造的自由，是以練習時盡量選擇單一字、簡單的詞、具體的東西，也可以開放讓大家一起聯想，以激出多元思考。

1. 任選一個名詞，向四面八方搜尋與此字相關的詞語。

2. 在這個名詞前加上五個形容詞。

3. 以這個名詞作為形容詞，後面加上任何不同的名詞。

4. 在這些名詞所連結出的詞組後，寫出任何你所想到的畫面、想法、感情。

5. 舉出與這些名詞所連結出的詞組相關的成語、格言、事例、詩詞歌賦。

6. 選擇其中最能與你呼應，或親切熟悉的點，更進一步延伸成段落。

（1）從段到文：

以「杯」為例：

杯＋異稱——尊、爵、觶、斝、觚

杯＋相關詞語——馬克杯、鋼杯、塑膠杯、瓷杯、陶杯、水晶杯、玻璃杯、紙杯、漱口杯、茶壺、茶漬、老人茶、茶海

形容詞＋杯——男人的杯、女人的杯、家人的杯、玫瑰花園下午茶典雅的杯、亞瑟王的聖杯

杯＋名詞——杯酒、杯緣、杯言杯語、杯情杯事、杯情城市、杯式物語、杯子劇團

杯＋畫面、想像、象徵——子宮的形狀像杯、杯與壺像六千粉黛圍繞君王、九龍杯的權力身分、破碎的情人杯

杯＋事例——酒逢知己千杯少、千杯不醉、莫使金樽空對月、舉杯邀明月、隔籬呼取盡餘杯、今夕是何夕，共此燈燭光、陶淵明飲酒、劉伶酒德頌、魏晉名士清談、陸羽茶經、杯酒釋兵權、一尊還醉江月、綠蟻新醅酒，紅泥小火爐、結婚時喝的交杯酒、妙玉以陳年梅花雪泡茶的綠玉斗

這樣的聯貫一如環環相扣的食物鏈與存在鏈，形象與細節、人事與情節的接連或呼應，在個人解釋或敘述組織的關聯間，形成屬於自我的文本。是以，從上陳列的點子中，杯＋名詞中任何一個詞語都可以成為題目，與杯相關的詞語、形容詞＋杯可以作為分述的要項，並結合杯與畫面、情思、事例的說明，無論是放大任何重點成段或融合多種面向都將會是一篇豐富而又出色的好文章。

如「杯子劇團」開展的段落：

站在櫥窗前，看著杯子劇團，定格在聚光燈下，任七彩或素面的舞衣，斜斜的灑落在透明的玻璃上，好似飄浮在空中一般。有些舞者的舞衣，特別引人注目，上面綴滿了花花綠綠的裝飾，不管是幾朵花，或是幾隻蜜蜂，花枝招展得令人目眩。有些舞者，僅以一片葉蔽身，流線狀的葉身，經過一個完美的旋轉後，巧妙的在尾部挑起，剎時，高雅又簡單的握把渾然天成。有些北方來的舞者，穿著深厚厚的雪衣，光看那外表，就能嗅到咖啡濃濃的香味了。還有些舞者一身優雅的弧線，又細又薄的杯壁吹彈欲破，搶眼的站在聚光燈下，散發誘惑的香氣。

從「情人杯」出發的象徵：

對杯，是情人的愛情證書。無論杯裡裝的飲品有如天壤之別，在外表上，依然要努力迎合對方。某天，情碎了，兩人才發現杯裡的世界多麼水火不容。

藉「九龍杯」冷眼觀權鬥：

翻開歷史的記憶，那飛落的紙頁上揮之不去的，不就是九龍杯嗎？幾千年來，歷經多少帝王，背負多少責任和權勢，九

龍杯始終面不改色的矗立在史書上，威風凜凜的望著被它踩在腳下的世界，伴隨杯內的鮮血，散發一股誘人的腥味。

由杯的形狀跳躍出的聯想：

達文西密碼中，眾人從頭到尾尋尋覓覓的亞瑟王的聖杯，原來就是女人的子宮。

子宮的形狀的確像杯──一個生命之杯。

胚胎在母親的子宮內逐漸長成人形，是多奇妙的事。女人用肚裡的杯子，用營養與血液，經過十個月300多個日子的沖泡，終於沖泡成了一個個粉嫩的新生兒。

與杯共舞的感情畫面：

空閒時，我喜歡將所有的杯子拿出來，仔仔細細的清洗一遍，並放在熾熱的太陽底下，看著那五花八門的杯子，在金光揮灑下交織出的旋律。陽光打在杯壁上，敲出了一個個音符，組成了一首天下無雙的樂曲。

每一個杯子，都有自己的節拍；每一個杯子，都有自己獨樹一格的音調。旋律之中，有一種獨特的默契，他們會不知不覺的調整音高，並在自己的節拍上做些微的改變。

不同的杯子，我在陽光下，聽見他們一片和樂融融。

（曾馨儀）

另如「春」，實可寫景、可抒情、可記敘，甚而可抽象議論。題目的切入點就決定了內容的方向；如春天的意象、聯想、顏色、星空、浪漫、小巷、回憶、詠嘆調、旋律、美食，不一而足。只要能選取適當題材，言之有物，就是一篇好文章。

「面具」這題目可從大英百科全書所敘簡單定義：是化裝

的一種形式，人們往往把這種東西戴在臉上，使別人認不出來；有的面具畫成其他的形象。到面具變身、面具起源於原始社會圖騰崇拜以及祭祀……無論那是為了掩飾而戴上的面具、角色扮演中的面具、在歡樂氣氛宗教儀式裡的面具，或是種種場合因素而見的面具，戴上那張臉以及面具下的心理、想法與關係，訴說著什麼樣的故事與對話？展衍出什麼樣的情節與思索？等層面入筆。

（2）從記敘到論說：

穿鑿附會建立超連結後，最重要的是去蕪存菁，分析元素，或元素間的關係，創造全新的思考方式思想問題或設計。依個人個性思維所關注的焦點而形成迥異的發展，如「河流」（91 學測補考）可以運用歷史、地理、生態、文學方面的知識；也可以從自己的生活經驗出發，加以撰寫。「偶像」（93 指考）可敘述你模仿、追逐歷史人物、身邊長輩、各行各業精英或故事中角色的經驗，也可針對這個文化現象，提出理性的思辨。

「水果」，這個題目大多數人所聯想的是滋味、色香外形，但有的人會就土地土質、天氣、溫度、水分、陽光科學性地分析其生長改造；有的則就經濟層面探討：產銷策略、WTO 臺灣農業衝擊（價格、對農民生活的影響）、如何應對（品質、產銷方式、經營策略），其關鍵在於個人學養、研究方向與書寫旨趣，但也因表述的內容與方式而形成記敘、描寫與論說之異。

寫作便利貼

一題多作

請選擇一個題目，嘗試融合記敘、描寫、議論、說明等各種文體。

1. 以這個名詞為模特兒，用不同的形容詞、人稱、動作描述其外形、顏色、動作、狀態、功用、特質。

2. 以這個名詞為思考中心，聯想與其相同、相似、相反的事物、狀態。

3. 以這個名詞為基點，向抽象層面拉出其所帶動的現象、作用、影響。

4. 以這個名詞為關鍵字詞，在腦海中搜尋有它的詩詞文句。

　　運用擴散式思考所做多角度思維訓練，一方面啟發思路，引導思維方向，另則因各自取材重心與比例不同而達到「一樹梅花萬首詩」的效果。如「燈光」、「掌聲」、「新生」、「考驗」、「十字路口」、「傘」、「走過」、「流行」、「腳印」（93 全國語文競賽高中組作文題）、「機會」（94 全國語文競賽高中組作文題）……等文體寬泛，題材寬泛，可寫範圍很廣闊，各種文體均可。

　　以「流行」為例，可透過以下方向產生串聯，囊括書寫材料：

　　流行＋形容——工廠製造出來的模特兒、虛偽冷白的明星臉、蠱惑神秘麝香氣味的模特兒身材、流淌豔紅色的慾望物

語、拜金腐臭、泡沫式生命、身體的衣櫥、美人魚後遺症、衣性戀、情人的黃襯衫、上海百樂門、白先勇遊園驚夢、華麗而蒼涼的張愛玲、刺繡年級符號的歌曲、天使與魔鬼之戰、哈利波特魔法、浮士德、上帝也瘋狂

流行+同／異狀態——西餐／阿媽的古早味、手工／速食、名牌取向／獨特的自我、眾人皆醉我獨醒的固執

流行＋抽象層面——工業文明大量生產、媒體炒作、商業包裝、盲目現象、迷失病症、群眾性跟進、生活品味、身分階級、內心空虛、存在證明、人性試驗、美學藝術與金錢打造的文明、上行下效，風行草偃

流行＋詩詞文句——只要我喜歡有什麼不可以、跟著感覺走、衣帶漸寬終不悔、生命是一襲華美的袍，爬滿了蚤子、「時世妝，時世妝，出自城中傳四方。時世流行無遠近，顋不施朱面無粉。烏膏注唇唇似泥，雙眉畫作八字低。妍媸黑白失本態，妝成盡似含悲啼」（白居易〈時世妝〉）

空間氣氛決定於置入其中的擺設，而這些元素像裝潢的材料，全憑設計者如何操作以呈現風格情調，內容則可從個人經驗、社會世態到家國文化。在運作上或藉寫景、狀物、抒情而形成抒情散文；或以說明為主，兼以描寫而為說明文；或結合敘述、描寫、議論、抒情走出記敘文的路線；或夾敘夾議，或議論為主的議論文，則各因創作者以想像使原料發酵的過程或方向而異。如（李欣蘋〈流行生死學〉）以一張張流行現象圖片，顯現其造成的迷人之風：

流行是一種躁鬱症，買到流行會很興奮，流行過了會很沮

喪

流行是一種無可救藥的出軌，見異思遷，老是背叛，老是付不完的代價，收不完的帳單。

流行是一群人在一夕間成為電子雞農

流行是一群人想陪李奧納多狄卡皮歐一起沉船；

流行是一群人人和麥可傑克森一樣忙著美白；

流行是一群複製成功的安室奈美惠走在西門町；

流行是三歲小孩身上貼有三〇歲大哥的暴龍刺青；

流行是一群受日本偶像劇教育的台籍日本人；

流行是一群穿直排輪鞋的現代哪吒出現在國父紀念館；

流行是一群只知道星座不知道籍貫的新新人類。

以下二篇則分別以流行歌名串聯出記憶裡追逐的情感故事、對追求流行的反思，各因自我思考、氣質而取用不同材料，調理成有個性魅力的文章樣式：

我的生活脫離不了流行，在我的回憶錄裡，我崇拜的偶像佔了很大的位置，青春日記裡寫的全是他的歌名：

那天，你交給我一個「半島鐵盒」，優雅的說著分手，我站在「悲傷的斜對面」，看著你冷冷的笑，原來我們只有「愛在西元前」，當耶穌出生的那一刻，蘇美女神不再守護誓言。我問你那隻「印地安老斑鳩」你要帶走嗎？你說不了，留給我當作紀念，我看著你瀟灑的走去，一如「忍者」般的神秘，這瞬間，停格。「反方向的鐘」帶我回去看我們甜蜜的畫面，看不到你的笑，只看到你的「黑色幽默」。

我沿途種下「傷心的樹」，站在「屋頂」上放歌，所有的悲傷只有「眼淚知道」，這一切在你說再見後「脫離軌道」，沉

寂，「安靜」。（莊雅筑　流行）

　　男人用權力寫地位，女人用流行寫地位，08 早春時尚新款、今年秋冬必備超高跟鞋、明年春夏裝以雪紡質優勢……一個個危言聳聽的標題貫穿著女人心魂。

　　商人行銷華麗的咒語、置入性行銷方式的催眠，讓自以為是的萬物之靈甘心俯首稱臣。繁複善變的時裝界總是能應付需索無度的欲望，延續去年軍裝風，今年改成短版合身外套，如此無限循環，流行的迷思成為女人們的義務教育，精品的年齡也下降到牙牙學語的童裝階段。一塊布料不只是材質、實用性探討，慾望、名牌、流行縱橫在每件待售出的服飾，女人的地位被這些名為時尚所掌控。

　　時裝、新一代電玩、當期連載漫畫、本季最新車款……趕上流行的慾望在食衣住行育樂上盤根糾結成一種癮，無人得以倖免，也無人不沉淪其中。

　　善變、不可捉摸，成為全體人類的信仰。流行，就像一種傳染病，有了最新款手機就會傳染到升級最新軟體，再蔓延至電漿電視配上智慧型機器人，除了個體感染還會擴散到同學同事親戚。當大家對這項新玩意兒快要免疫時，流行教主又推出更新潮病毒，再高明的醫術都無法制服如蝴蝶效應的盲目癡癲。儘管出發點只是渺如一粟的元素，卻在流行所發出威而剛勢力下，變得一發不可收拾之局。譬如哈利波特的書迷漏夜排隊、專輯演唱會門票的炙手可熱、哈日哈韓的瘋狂追星……從青少年次文化看出流行的線索，証明完全拜倒在「流行」的石榴裙之下，甘其食美其服追求最新的生活元素。以樂活哲學為

冠冕掀起的風潮，如火如荼地燃燒起精緻料理、生機飲食、自助旅行……，洗腦了所有跑在卓越巔峰的追逐者。全方位的生活美學被物慾附身成為集體意識，住豪宅、開名車、坐在伸展台前第一排的虔誠信徒多如繁星。

　　櫥窗是病毒傳播的幫兇，一塊塊晶亮透明的玻璃包裝著人類的慾望，單純的矽碰上流行元素卻起了翻天覆地的化學變化，陳列在櫥窗中的是一個個爭相搶購的物慾化身，共通點是都叫流行。櫥窗裡的精品是單純的美？還是需索無度的物慾？物品上的名字決定身價，決定風格，決定美醜，也許是集體中毒，身陷在華麗的泥淖無法逃脫，只認得 YSL、DIOR、BURBERRY...。商人是否假以維納斯之名傳送出一則則時尚電波搾取荷包，操控思想，弄得滿城風雨人心惶惶——盡是美麗的奢華瘋。

　　消費能力爆衝高升，LV 市場佔有率年年升高，經濟良好的大靠山造就了不少業績神話：名牌購物袋搶購造成人踩人新聞、黃金路段每坪百萬喊價，每張成交的訂單收據都可列為奇蹟。「流行！流行！多少慾望假汝之名？」

　　傳播媒體的廣告挑逗之下，普天之下的亞當夏娃都禁不起物慾的讒言，成為擁有高超行銷技巧的商人的子民，定期進貢，全體服從、溫馴的接收來自流行的命令。

　　流行如同野火燎原，點燃每個社會階層的龐大物慾，照亮資本主義的「財」氣，成就經濟奇蹟、經典傳奇。尤其是品牌，不僅征服女人對美的觀念更成為永世不得超脫的輪迴：LV 經典圖騰、GUCCI 的古銅金奢華家徽、Chanel＋Vivienne Westwood、FENDI 08 春裝秀＋居庸關長城……。女人地位的

定義是被名牌扭曲了？還是藉著名牌烘托更上一層樓？拉格斐不能解答，PRADA 行銷公關不能解答，身陷其中的女人們也不知所以然，一致稱職地走在當季最新的尖端，從頭到腳都是鼎鼎大名的品牌加持，由 CHLOE、COACH、BURBERRY、YSL 組合而成完美女人。

流行像夜空中的煙火，絢麗燦爛卻，如同曇花一現。名牌帶領流行，流行帶領衣櫥內容，思考方向。誰，能逃得了流行的魔咒？（吳佳芸〈流行物語〉）

立意如建築師藍圖，選材的嚴密鬆散影響內容，因此在向四面八方以放射式伸出取材幅度之後，必須從中刪除部分筆墨不及或無法企及者，然後將材料排序，決定敘述詳疏，將主體重心、渲染的旁襯底色、佐味的配料歸類，再就體／用安排記敘、抒情、論說比例。切記必須聚焦於主題，為顯現整體敘述或論析的完整性、周密性，處理材料必須過濾與澄清材料，切不可貪多而流於蕪雜，或因旁枝錯綜而無法顯出主題。

如臺北區 92 下學期第二次模考題：

「天空」，有時萬里無雲、一碧如洗；有時陰霾滿布、大雨傾盆。隨著晝夜陰晴的變化，天空便展現出各種不同的面貌。徐志摩渴望：「載滿一船星輝，在星輝斑斕裡放歌。」流行歌曲說：「我的天空為何掛滿濕的淚？我的天空為何總灰著臉？」而有人仰天空，便想要飛上青天，征服宇宙。那麼你的天空是什麼樣的呢？它投射出你怎樣的心情、想法或願望？現在，請以「天空」為題，寫出你對它的想像與寄託。

要求：1 須抄題並分段，文長不限。

2 若純為敘事而與「天空」無關者，視同離題。

3 題目是「天空」，不可整篇討論「天氣」、「氣候」。

由題目說明可知，寫作方向是「投射出你怎樣的心情、想法或願望」等寄託，可以個人生活閱歷、觀想加大思維擴散性的力度，增加內容含量。

（二）實則虛之　虛則實之

依據主旨搜集資料時除扣緊與題相關的素材之外，如果能從眼前到過去未來、從有形到無形，亦即從實到虛，或從抽象落實到具體層面，往往就能展開內容幅度。

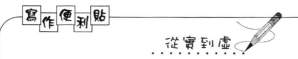

寫作便利貼

從實到虛

1. 任選一個具體物品，寫出外形特色、實際功用。
2. 由這些特色功用，類比相似的事物或現象。
3. 沿著所陳列的面向，依從具象到抽象，從現象到情感，從當下到往昔……方向擴展。
4. 各舉數例為證，並由此找出詩詞文句輔證。

如「橋」這個題目，可從跨越河流兩岸的橋發展到人與人溝通的橋樑。「腳印」則從人鳥獸足跡，進而寫記憶、歷史。「窗」這個題目若僅談透氣的窗、觀景的窗，則可發揮的層次有限，能思及無遠弗屆的電腦視窗，文章空間將拓展，但這樣還不夠，必須提升到抽象層次，如「風檐展書讀，古道照顏色」的文化之窗、「出入無時莫知其鄉」的心靈之窗，境界才能擴大。

　　許多單一字的題目，如「門」、「家」、「牆」、「網」、「路」、「鏡」、「風」、「球」、「水」、「車站」、「假裝」（88甄選）、「探險」（96指考）……這類題目，除題面之意，尚需顧及題外意，可以藉從具體到抽象漸層分敘使內容加深加廣。

　　以94指考而言，引導語是：「回家，對許多人而言，不止是身體的休憩處，也是心靈的歸依所。我們每天乃至於一生，不斷的在離家與回家的歷程中，構築出一天以至於一生的故事。一般人離家後總不免有回家的企盼，但也有人視回家為畏途，甚或無家可歸。回家對每個人而言，往往存在著不同的意義。」試以「回家」為題，寫一篇首尾具足、結構完整的文章。敘事、抒情、議論皆無不可，文長不限。

　　這個題目看來平凡無奇，但就每個人都有的經驗如何寫得不凡，除以敏銳度與感受力為平凡事物添加顏色情味，必須以從靜觀之中提煉自己的想法感悟，賦予回家這個理所當然的動作不平凡的意義。否則將陷於老生常談，缺乏新意，淪落於以下缺失：「或圍繞著『家是避風港』的主題泛論，流於形式；或如記流水帳一般漫談個人對於家、回家的看法，漫無章法；或跳躍式的談家庭的溫暖、無家可歸者的悲苦，難見焦點；或偶然夾雜著個人遊學或寄宿經驗，不見深入；或總是處處提及要珍惜家的鄭重呼籲，失之八股。甚或抄錄題幹文字、泛舉古人事蹟，卻與全文筆法扞格不入，進而全然偏離〈回家〉主題者，亦所在多有。」（潘莉瑩　94年度指定科目考試非選擇題評分標準說明）

　　作家方群則言：「彷彿都是雷同的情節，不停地複寫過於年輕的草率經歷『我的家庭真可愛……』裡面住著些相干與不

相干的人」「有關我『回家』的實際距離，只在眼睛與課本的思考空間，只在住家和學校的徘徊領域」。他建議的方向是：「也許還可以討論 house 與 home 的不同，利用物質與精神的差異切入文章核心。如果引了一句『近鄉情更怯』，理所當然得配合外宿返家的橋段，至於背一段陶淵明的〈歸去來兮〉，也能表現我不屈從流俗的骨氣。至於化身成返鄉的溯溪鮭魚，或是重回出生地產卵的綠丁一龜也頗具創意。」

　　可見立意尚新，否則便落於窠臼，難有出色的局面。因此首先，就題分解以打開取材的幅度，繼而選擇自己熟悉而具特殊性的方向為主軸鋪展，便能免於泛泛之弊。茲以「回家」為例，分析如下：

（1）拆解題目，以立其意：

　　這個題目可分解為「回」、「家」兩個字，「回」又可分為回、不（想、能、敢、喜歡）回、回不得（無家可回、家變、回不了）；「家」的定義則可由具象到象徵。因為「回家」這題目並未限定主詞，因此可加上任何主詞如自己回家、他人回家、鳥獸等動物回家……等線交錯，所收集材料的方向自然開闊如下：

　　自己的回家經驗——等待回家的心情、路上經歷、家門在望的感覺、家人的期待、回家後的情事描繪敘述。

　　他人回家經驗——有家回不得者（負笈在外、作官經商、宦遊戍守、職務在身、戰爭逃難、政治因素而流亡……）、國亡而無家可歸的心情愁苦、漫漫回家之路的鄉愁

　　社會現象中不想回家的狀況、原因（家是戰場、冷清冷

漠、孤獨暴力控制、外面世界迷人）。

動物回家——胡馬依北風、越鳥巢南枝、歸正首丘、鮭魚回原鄉產卵

至於「家」的意義除生長的家庭、血親的家人、溫馨安適，分享創造幸福之處，心安便是家……，如果能就生長的地方（家鄉、土地、飲食、風土民情、傳統文化）、長久居住的空間（第二個家、中國／台灣）、文化的根、國家民族、心靈的家延伸則內容將無限寬廣。

（2）引用詩文以擴其意：

書寫回家的心情如果引詩拉出一條線如「行邁靡靡，中心搖搖」（《詩‧王風‧黍離》）、「昔我往矣，楊柳依依；今我往矣，雨雪霏霏」（《詩‧小雅‧采薇》）、「飛鳥戀舊林，池魚思故淵。開荒南野際，守拙歸園田。」（陶淵明〈歸園田居〉）「乃瞻衡宇，載欣載奔」（陶淵明〈歸去來辭〉）、「少小離家老大回，鄉音無改鬢毛摧（衰）。兒童相見不相識，笑問客從何處來」（賀知章〈回鄉偶書〉）、「葡萄美酒夜光杯，欲飲琵琶馬上摧。醉臥沙場君莫笑，古來征戰幾人回？」（王翰〈涼州詞〉）、「床前明月光，疑是地上霜。舉頭望明月，低頭思故鄉。」（李白〈靜夜思〉）、「胡馬依北風，越鳥巢南枝。」（古詩十九首之一）、「卻看妻子愁何在，漫卷詩書喜欲狂」（杜甫〈聞官軍收河南河北〉）……或與讀講的範文結合：孔子道不行言：「歸與歸與」、項羽衣錦還鄉與無顏見江東父老之嘆等，必然能使筆下天地豐盛燦爛，足見寫作不乏材料，端視個人是否能運用所學所知。

（3）由實而虛以彰其意：

熟悉的題材，容易從記憶中擷取深刻的印象，做深入細微的刻畫。如潘莉瑩〈94 年度指定科目考試非選擇題評分標準說明〉舉考生敘述回家的情景，遣詞活潑，描寫生動：

路燈發出溫暖亮光向累了一天的太陽交班，提醒四周大樓的人們該步出工作的圈圈，回應心中的渴求。人們制式化的拎起皮包，讓打卡鐘的的喀答聲為一天的疲憊畫下句號。隨著不同運輸工具的路線，人們自動以放射狀隊形散開，各自尋求不同形式但卻都能給自己平靜溫暖的地方——家。

另有考生寫到在返家途中看到拾荒老人的情形與感發，描寫細膩，情思動人：

那是一個隆冬的夜晚，已近歲暮年關的台北，凜冽的寒風一寸寸侵襲著我的肌膚。公車緩緩駛過西門町，朝著我的「家」的方向前進。此刻的我兩眼惺忪，卻無意瞥見一個拾荒老者的身影——佝僂的駝背，搖搖晃晃地在天后宮前的燈光下行走。……我的腦海卻始終忘不了那個微弱的身影，在陰慘的燈火下，與一旁高掛的大紅燈籠是多大的諷刺！我不禁一嘆：他有家可回嗎？這個年，他怎麼過？

也有考生想見出外求學思鄉的苦楚，字裡行間可見對家的省思：

到外地求學的遊子，身處異國情調的花花世界，不論有多麼新奇、有趣，夜闌人靜時依舊是抱著大同電鍋接一盆思鄉淚。當初是多期待啊！用自己的翅膀飛向世界，然而醉過才知酒濃，飛離了溫室，才明白父母用血汗構築的玻璃牆有多厚。

並且藉此寫出「回家」的意義，敘述流暢，情致感人：

隨著年歲的增長，回家的路途，已經不再是家裡到幼稚園那數百公尺，而是以公里，甚至年月來計算。父母學著放手，我卻不想走，但外力將我越推越高，人生總有離去的時候。只希望，當有一天，我再回到家，那一聲：「爸、媽，我回來了！」能配上驕傲的笑容。

除此之外，也有考生描寫家裡父母失和，而其對記憶中的家，總有一種「灰色的印象」，直到後來父母和好，家庭恢復和樂，「回家」之於他，則像是回到「五彩繽紛的堡壘」一樣了。另也有部分考生反問回家的意義，以問句的方式貫串文章脈絡，如：「家的定義是什麼？一個可以回去的地方？一棟房子？還是親人聚集的地方？家，到底是什麼？……回家？回哪一個家？」云云，並從中串接著自己或親人的經驗，反省在當今家庭破碎率提高的時空環境下，家的意義何在？而回家的用意又何在？於層層疑問中，更見寫作張力。

當年滿分的潘欣平則是出奇致勝地以小說寫原住民回鄉之路，文在回憶與現實中穿梭，然後再從異鄉到回鄉，終歸於失落文化的根，回不去的鄉：

朦朧中，我依稀又回到母親的懷裡，旁觀阿爸與叔叔們熟練處理獵來的山豬；當年的祭典，長老黝黑的手為我戴上象徵成年的頸飾；原始林的溪澗低鳴，間或摻雜著原始獸類的低吼……

剎那間我從夢境清醒，墜落於冰冷的現實。今晚我在子夜的曼哈頓，窗外燈火璀璨。而明天，我將飛往何方？

我多麼懷念那所小小的、每天步行半小時才能到達的山中小學，那曾培育過阿爸和哥哥的簡陋校舍，總是裝不下天高地

遠的夢想。國中的畢業典禮上，阿爸站在我的身後，堅毅地咬緊牙——他不能讓全部落最優秀的孩子埋沒在荒山野嶺！要出人頭地，就得到大城市去，就得離鄉背井！

於是我背起行囊，儘管不解卻獨自下山走入那另一個傳說中的世界。從省立女中到研究所，從惶然不安到老練世故，我成長，我學會，我漸漸冷卻了體內奔騰咆哮的獵人的血，安於被囚禁在這一幢幢灰色水泥的牢籠中，遺失了夢中淳樸的家園。………

終於，我又站在這條蜿蜒山路的入口。

遇雨就泥濘滿地的山路已鋪上柏油；參差蓊鬱的樹林，全成了整整齊齊的人造林；水泥……傳統祭典與服飾只復見於教科書，當年族裡最勇悍的獵人皆垂垂老矣，誰還有力氣、誰還有興趣再乾一杯小米酒，唱一曲豪邁的戰歌！

我回家了。

我回家了……但是，這個失去了野性活力的部落，真的是我的家嗎？

簡媜在〈青色的光〉一文裡營造的是家的氛圍、家的等待：「總是嚮往一處可以憩息的地方，好讓你卸下肩頭的重擔，有人叫著你的名字，像百年榕樹永遠認得飄零的葉子。啊，家的感覺或許很簡單，不管飄盪多少年，衣衫如何襤褸，老宅旁邊榕蔭下，有一塊石墩讓你小坐，下弈的老人數算將士兵馬，還不忘告訴你，這兒有冰鎮的麥茶。……月亮照耀青窗，窗裡窗外皆有青色的光。不管遠方如何聲討你是背信的人，月光下總有一扇青窗，堅持說你是唯一被等待的人。」這種不直接由回家的我為敘述位置，而以家的角度裡如何看回家

的人，如何以溫暖包容接納遊子的方式書寫，別具深刻的力道。

審題的關鍵在於完整理解題意，要看到題目限制的一面，也要洞悉不加限制的一面，把握題面上的重心，做細緻而深入的思考，努力探究它的含義。以「回家」這個題目而言，其限制處在「回」、「家」。限制，反而可以啟發注意選材的嚴格與主題開掘的深度，同時要善於從限制中發現「自由的空間」，如回的人？什麼樣的家？各自回的心情與背景？以下則是懿萱走向歷史，看見亙古以來回家路途上種種情思：

當太陽西沉，回家的人潮向四面八方散去，而我則帶著漁簍，穿著簑衣，縱一葉扁舟進入歷史長河。

西洋史中，最磅礴的回家是摩西的《出埃及記》，為了逃避法老王的奴役，追求真正的自由，他們不惜一切，只為回到祖先的出生地。當摩西將紅海一分為二的瞬間，震盪了全人類的歷史。中國史最雀躍的回家是陶淵明，當他終於可以拋下塵物，遠離喧囂之時，他載欣載奔，只為早點回到心靈安適的田園。

相對於回家的美好，有家歸不得的心情便顯得悲悽，鋼琴詩人蕭邦因歐戰而無法落葉歸根，只好在墳塚上撒一把故國的泥土，代表心向祖國。而中國人，這個安土重遷的民族視無法安葬於故鄉為大忌，袁枚就因山河阻隔，無法將妹妹適時送回故鄉而自責不已。

當我離開歷史長河進入家門時，突然覺得身心適然。家，不但是個避風港，也是一個心靈的休憩所，它有一種不可抗拒的魔力，引誘著世世代代的人們，踏上回家的旅途。（劉懿萱）

寫作便利貼

從虛到實
‧‧‧‧‧‧‧‧‧‧‧

1. 任選一種抓不到卻能感覺到的情思，細想前因後果，鋪陳想像。
2. 將它放大到人同此心，心同此理的共象，從感性到理性、從經
   濟層面、民生物質到哲學性思考。

　　立意要深刻可由題深入，在剖析中以正反層層進入中心，再由社會實際觀想聯繫問題、現象來進行辯證思考。觀點不要以偏概全，要呈現多方面的角度視野，然後客觀解析其狀態，並歸納論點。

　　「最遙遠的距離」、「快與慢」（90 學測）、「失去」（94 學測）、「幸福」、「心願」、「夢想」這類題目是抽象詞，不要通篇論理，避免空泛的議論要多寫具體的事例、實際生活中的感受才能使人讀來親切，而不流於說教。如「幸福」這個題目，開門見山寫出自己對幸福的看法，是比較容易入手的開頭，如幸福是知足、感恩與愛；也可直接寫事例，再導出自己對幸福的觀點與感受；或用具象的事物來類比，像「幸福是會的翅膀」。

　　「夢」這個題目亦然。有夢、無夢、夢言、夢囈、夢想、夢境、夢是真亦是幻……都可以是切入點。且看立之如何將這感覺得到，卻抓不到的夢催魂來世：

　　夢──一個飄浮在虛無縹緲間的悠悠倩影，我無法以現實的角度覷望，卻也無需為了一見廬山真面目而捨棄現實的種種──或者說，我實在沒有心情硬是拉線將兩個世界湊成一對連體嬰。

　　我見不到夢的實體，卻可以在無從捉摸的廣漠夢境中，清楚地感受到夢那對獠牙——正嚙吮著我的血肉，沒有痛苦。夢總是溫柔的，那對獠牙縱使尖銳也是用月牙白的象牙雕成的，上頭是一串來自遠古咒文——每當夜色凝重連月亮都無神的時候，那獠牙片會輕輕的、溫柔的嵌進我的肉體中，溫熱的血液會像失去依靠的菟絲子，嬌媚的纏附在夢的獠牙上。月牙般的色澤霎時間有如泛著酒紅的禁忌之月，再向下深入，那獠牙緩緩地刺穿柔軟的肌肉，一長串咒文像烙印般地在溫暖而細緻的肉體組織上，肉包骨，骨肉不分——烙在肌肉上的咒文緊緊地黏附在骨骼的表面，而夢——便靜靜地潛伏著，宛若來自海島的巨蜥，眼巴巴地等待著受傷獵物的死亡。

　　夢，並不是等待人心的死亡，它所需要的是源源不絕的——屬於世俗所造就的易碎的、易動的——愛恨情仇貪嗔癡。咒文透過血液在我的身體竄動，鎖緊我的心臟，然而我卻不知道它的存在，直到一個沒有月光星影的夜晚，夢的獠牙再次輕柔地嚙噬我的骨血。……（林立之　夢的獠牙）

　　睡不著而輾轉難眠是某種生活狀態，它是如此具體，但沉浮擺盪的情思卻是抽象的。鍾怡雯〈垂釣睡眠〉以「一定是誰下的咒語，拐跑了我從未出走的睡眠」，引出失眠的簾幕，文中細膩而具體地刻劃了不眠之夜的動靜、失眠時浮躁怒暴的精神狀態，更恣縱馳騁的想像力，伴以生動繁複的奇幻之筆，和敘述者互相感應，甚至對話、拌嘴。詭奇的設境，出入想像與現實之間，被焦桐形容為「變化多端，如狐如鬼」，余光中以〈貍奴的腹語〉道之，立之這篇文章的寫法頗近之。

接受、反應、詮釋

意義的無盡追尋

　　研究是遇見真實的過程，因為我們永遠不知真實是什麼。

　　語言是邏輯訓練，作文更是在知識經驗的鞏固基礎上，培養敏銳思維，鍛鍊思辨能力。然而在聲光圖象長大這一代新新人類，跳躍式、片段式畫面和畫面之間迭換著鮮麗與流行，追趕著消失的倉皇；快速更動的環境，八卦泡沫讓人沒有多餘的時間低迴沉思，遑論邏輯性的辯證。

　　尋找，也可以是充滿生命力的。如何觀察與記錄？如何進行資料分析與詮釋？如何思索其間的邏輯性？如何找證據確立命題？如何在「什麼」、「為什麼」中進行探究？既對已存在、被接受的信念矻矻以求其所以然的過程與因素，另方面，亦就尚未被承認、受質疑的說法延緩下判斷的時間，試驗互相衝突的可能描述，這是知識辯證法，也是在命題作文之外，以資料論述、閱讀闡釋所帶出思考分析題型的目的。

一、逆向思考——解構與建構

大陸高考作文要求分為基礎和發展兩個等級：基礎等級是符合題意、符合文體要求、思想健康、中心明確、內容充實、結構完整、語句通順、書寫規範、標點正確。與基測所提以立意取材、組織結構、造句遣詞、格式運用四方向所定六級分相近。

至於發展等級的標準是深刻透徹（如：透過現象深入本質，揭示問題產生的原因，預感事物發展的趨向和結果）；生動形象（如：善於運用各種表達方式，形象豐滿，細節生動，意境深遠）；有文采（如：用詞生動，詞語豐富，句式靈活，善於運用修辭的手法，文句有意蘊）；有創新（如：構思精巧，推理想像有獨到之處，材料新鮮，見解新穎，有個性特徵）。

由上述尺度可見就立意而言，最重要的是如何在普遍性中另闢蹊徑，寫出令人耳目一新的奇想？如何從陳舊的材料中挖掘出一個合理的新意？如何在內容裡表現思維和觀點的新穎性？此為故設計練習就常見俗語、名言或已論定的事例啟發，引導學生從中找出思想的閃光點，提出自我見解。

寫作便利貼

我思故我在

目標：格言翻案、報導翻案、詩語翻案、史事翻案、古人翻案、成語翻案、禪理翻案

步驟：

1. 別人怎麼說這些史事、報導、格言？為什麼這麼說？其立論基點、立場、舉証是什麼？

2. 雞蛋裡挑骨頭：找出這些被認同的說法裡的罅隙，並提出問題

3. 沉思與幻想：以「如果——會如何」的假設質問，或沙盤推演其結果，並在這種種條件與變數間思索背後的價值觀、操縱這些現象的因素。

4. 任何觀念都可以接受，在腦力激盪時不做任何評論，鼓勵搭便車——在別人觀念上衍生新想法或提出反思。

經驗法則形成規則、定理、傳統，但這些被視為行事準則或處世圭臬的名言至論，必然有其侷促性、時空條件性。當傳統習俗不斷在新的發現、新的觀念檢視下被否定時；以後現代解構的角度重新審度過去，以及當下許多似是而非的言語時，這些至理名言背後的觀念、用意便成為重要線索，讓我們得以分析所發掘的真實情況是什麼？如何在結果與規則之間進行推論？在推論的過程裡建立自己的觀點。

「翻案」原為法律用語，意指推翻原先的判決。翻案文章則是推翻前人的論斷，另立新說。以唐太宗縱囚一事而言，歐陽修以「是豈近於人情」反問，戳破上下交相賊的皮相。留侯與圯上老人的傳奇，也在蘇軾一句「且其意不在書」中被撇清。劉鶚假小說之筆揭露清官比貪官更可怕……這些對於史事、人物與世態質問的省思，就像擲入水中的石頭，讓我們對於理所當然、習以為常、堅信不移的認定重新觀察探究。

另如「近朱者赤，近墨者黑」，固然合理化環境的影響

力，卻忽略了人的主宰性自制力，因此未見「近朱者未必赤，近墨者未必黑」的新觀點。另如「弄斧非到班門」、「東施效顰未必不好」、「祖傳的未必就好」、「儉未必養廉」、「善未必有善報、惡未必有惡報」、「一個無能政策為害甚於貪婪政府」……等均是進行逆向思維得出的結論。是以丟出對於既有論點、成見、似是而非的流行語、傳統認定的練習球作為挑戰，以啟發思考，檢驗這些定論是否能經得起考驗的訓練將活化立意的質感，開啟與眾不同的書寫面向，如：

原案：愚公移山

翻案：

　　長久以來「愚公移山」被視為有志者事竟成的典範，子子孫孫投入移山便利村人的情懷，也一直被後世讚譽，但我認為愚公不該隨便移動一整座山林。

　　基本上每座山都是動植物的家，人類憑什麼結束它們在這世界上生存的權利？村民的利益固然重要，但那些生物的命就不重要嗎？愚公為村人著想，有誰為那些生物伸張正義？這件事也讓我們知道原來在古時候就有經濟對上環境的問題，遺憾的是經濟往往取得勝利，否則何以大家對愚公移山這件事始終津津樂道。

　　悲哉！大家都看到了愚公對於毅力的「智」，卻沒看到他對於環境保護的「愚」。（莊馥嘉）

原案：借錢，是高尚的行為——大眾銀行 Much 卡

　　請來曾經負債一億六千萬元的藝人曹啟泰代言，強調借錢有銀行相挺，是一種高尚行為。

翻案：

1. 每個社會都有其必須遵守的規則，例如「借錢必須還錢」，是以「借錢，是高尚的行為」的先決條件是遵守還錢規則。

2. 如果「借錢到還錢」是值得讚美的道德行為，那麼可以推論「借錢還錢」不是這個社會的必要規則。

3. 「借錢高尚」的現金卡廣告容易誤導青少年超出能力的過度消費行為，這種只管為銀行開客源，而鼓勵沒有賺錢能力的青少年提前享受，拖延負責，甚至刻意模糊利息循環的代價，根本是變相欺騙。

4. 廣告促銷借錢「蓋高尚」所吐露的訊息，誤導未成年年道德觀念與價值標準。這些扭曲的觀念與價值標準或許在短期內可能看不出來有何負面，甚至促銷可以刺激各式信用卡申請、消費額度，但長遠來看，潛在呆帳比例上升，一方面造成發卡銀行損失，另一方面使用者信用破產遺禍綿延。更糟的是「作於其心，害於其事」，對於「高尚」品德的荒謬性解讀，這種「欠債是高尚的」不負責論調，將使羞恥徹底淪亡。

（陳怡錚）

格言翻案：沉默是金，說話是銀

翻案：

俗語說：「沉默是金，說話是銀」，意指真正有才能、內涵者，多半謹言慎行，絕不隨便逞口舌之快，以免因引喻失義、危言聳聽而徒生事端。然而，它卻不適用於許多地方。

其一，在學習上，我們常被告誡的是「學問如叩鐘，大叩則大鳴，小叩則小鳴，不叩則不鳴」。又言：「學問，學問，學了不會就要問」。由此可見做學問是自發性求知活動，若求學者不願意主動探求，惑而不問，強不知以為知，則所學必然有限，所以，在求學方面來說，沉默絕對不是金，反而是阻礙學習的障礙。

其二，言談舉止是表達情感思想的方式，也是建立人際關係，讓人留下深刻印象的第一步。沉默，往往讓你與志同道合的朋友失之交臂，也讓你錯失表現機會。

其三，人是群體動物，自然不能離群索居，「溝通」便成為必然的課題。沉默自居而不與人溝通，會讓你封鎖在自己的象牙塔中，如井底之蛙；也使得你孤陋封閉，無法在見聞觀念交流中，擴展視野。

其四，發出聲音，本身便具有爭取位置、爭取認同、爭取權力的意義。透過說話所發出聲音爭取個人生命的詮釋權，使永恆的「現在」得以留存。特別是女性長久以來被男性貶為沉默的從屬，進而作主替女性說話，於是女人被迫或內化地壓抑自己不發聲。是以不再沉默，發聲說話代表超越受限於家庭的身份與弱勢，奪回對歷史的發言權，是創造生命意義與價值的一種方式。

其五，當世界是平的時候，文化的傳遞、國家主權的主張、多元文化間的融鑄、經濟貿易的拓展……無不依賴言說。

總而言之，沉默到底是不是金？端看你選擇沉默的地方、情況與方式……，有時適時的侃侃而談，反而會為自己加分！

（陳玟瑾）

愛因斯坦曾說：「提出一個問題，往往比解決一個問題更重要。」

《說文》中言侖：「思也。」；論：「議也」。《文心雕龍》則說道：「論也者，彌綸群言，而研精一理者也。」學問要在不疑處有疑，以習以為常的俗語設計猜想、引發反駁，在這恍若推理小說過程中所推動的詰辯——辯証——認識道理、假設——嘗試——實驗——評量——修正，不但引起發掘事實的好奇，更重要的是製造思考各種方式推翻既定觀念，提供困境認識清楚對、錯的對比，突破固定成見的驚奇效果。

二、停看想拍立得——封閉式命題

封閉式命題是指限定寫作方向者，題型雖多，然命題的方向大致可分觀點角度呈現、閱讀理解與分析評論。立意時務必讀懂作文題目主旨、思考題目重點是什麼，以把握寫作方向，決定思路、取材、組織、結構。至於引導式寫作通常包含一道題目、說明及限制條件。這些說明及限制一方面是為形塑寫作情境、提示寫作方向，但無形中也是批閱時考量的標準，特別是字數、範圍、主題、重點、人稱、時間……等要求，寫作時務必要符合各項規則。

（一）分析說明題

一般而言，抒情文偏於主觀，記敘描寫兼有主客觀想，分析論理則屬於客觀，必須超越個人好惡而放諸人情通則之上。

分析說明題的寫作方向則首當提出觀點，繼而解釋主張的

理由，或就現象歸納原因。如「向水學習」，思路當就向水學什麼？水有何可取？水有哪些特質？等方向入手。

再者，這類文體性質著重於例證，其素材有物材：自然之物、人為之物；事材：歷史事件、現實事件、虛構事件，言例則就所讀即可，如老子說：「水善利萬物而不爭」，又說：「天下莫柔弱於水，而攻堅強者莫之能勝」，這是說明水的柔弱勝剛強。孟子說：「不舍晝夜，盈科而後進，放乎四海」，這是說明水的積極進取。其他如「水往低處流」、「水隨著容器改變外型卻不失本質」或是「水清澈透明，滌清萬物」。

除說明性敘說外，另有閱讀分析題型，如 95 指考研究卷節錄自金庸《雪山飛狐》，題目是「如果你是胡斐，你會不會劈下這一刀？為什麼？請簡單說明你的選擇，文長以 200 字為度」。

分析之前必須要先精確的觀察，才能清明的推論，同時必須知道要觀察什麼，如愛倫坡敘述打橋牌時，為贏而進行逆向推論，從細察臉部表情變化所透露情緒意念中收集資料，因此他曾說：「所有顯著不可能的事，在現實中都必須證明為不是顯然不可能」。證明的過程，其實正是發現的過程，形成假設、解釋的過程。在演繹、歸納間說明某事確實如何，證明某事必然如何。

這類閱讀題目要領是要仔細了解全文大意再答題，避免落入題目陷阱；寫作關鍵不在於選擇什麼的做法，而在於說明選擇背後的考量，書寫上宜就事論事，無需過多鋪陳渲染。

針對在所愛的苗若蘭與殺父之仇間，胡斐是否該揮出致命的一刀？因為各自考量點而呈現兩極化抉擇：玟瑾以要點分

析,簡明扼要、珈儀由另一面向切入,後設式的思考讓全文具說服力,二人都能在現象間說明之外,把事理高度拉到原則性,如玟瑾以「仇恨的終結不在於死了誰?而在於放下仇恨本身」為臨門一擊,扣緊不殺的關鍵;珈儀「對對手不盡全力就是對武人大不敬」,讓比武成為理性之爭,斷然揮出殺之劍:

不會。原因有二:其一,這刀劈下去死的將是三個人:苗人鳳若死,若蘭必一輩子恨胡斐,胡斐也將抱憾終身,孤獨一世,也是死,而若蘭同時失去父親和愛人,不也是生不如死?其二:仇恨的終結不在於死了誰,而在於放下仇恨本身。多年來祖先輩就是因為放不下,而使苗胡兩家子孫陷於報復中受苦,若要真正結束一切,只有放下仇恨,所以我不會劈下這刀。(陳玟瑾)

如果我是胡斐,要劈下這一刀。父母的恩情大於天,所以殺父之仇不共戴天,對方要為胡斐畸形殘缺的痛苦負責。倘若不殺苗人鳳,即使與若蘭在一起也將終生不得心安,何況還得認敵作父?!與其沉淪於兩難的局面,若蘭也得不到真正幸福,還不如還胡斐人生一個公道,讓殺人者得到應有的懲罰。

況且比武本來就是要置生死度外,就算我信守承諾而饒了苗人鳳一命,苗人鳳也不一定會放過我,何況自古以來較量時,對對手不盡全力就是對武人大不敬。如果苗人鳳是為保命而放棄自尊,束手閉目待死,這刀劈下更是問心無愧。
(朱珈儀)

（二）角度與觀點題

哈佛大學提出五大寫作智慧是：寫——重寫——再修改、從別人批評中得到建議、要有推論，重點及觀點、要具體，推論要有充足證據，並且找出好的例子支持這些證據、心裡一定要有讀者，但不要一味迎合，因為寫作是發展及表達你自己的觀念，不要想投其所好。

應之以近年考題所大量增加的思考題，都給予充分發表自我觀點的自由，如「我看頂客族」、「我看女性服兵役」、「我看體罰」、「我的金錢觀」、「我看教育改革」、「我看因果報應」、就「追求流行，表現自我」或「追求流行，迷失自我」為題，選擇一個立場提出看法（87 語表）、以「電子媒體的規範」為題，提出你對美國某受害者控訴奧立佛‧史東案的看法（89 語表預試卷）……

呈現觀點角度的題目開放性大，但選擇從什麼角度來看現象、提出問題，隱含研究者位置、研究定位，重要的是立場選擇背後是否有足夠理論支撐。這類說明文、議論文，不妨開門見山解釋題意，採取某種角度切入，而形成主題，詮釋論述同時輔之以真實經驗見解，將增加信度與說服力道。

以 95 台北模考為例，題目列出兩個故事及引言作為參考，要求就此提出想法：

＊有一天，一個失戀的人在公園哭泣……

這時一位哲學家走來，輕聲的問他說：「你怎麼啦？為何哭得如此傷心？」

失戀的人回答說：「嗚……我好難過……為何他要離我而

去？」

不料這位哲學家卻哈哈大笑，並說「你真笨！」

失戀的人很生氣的說：「你怎麼這樣，我失戀了，已經很難過你不安慰我就算了，你還罵我！」

哲理回答他說：「傻瓜，這根本就不用難過啊！真正該難過的是他。因為你只是失去了一個不愛你的人，而他卻是失去了一個愛他的人及愛人的能力。」

* 有位老師進了教室，在白板上點了一個黑點。

他問班上的學生說：「這是什麼？」

大家都異口同聲說：「一個黑點。」

老師故作驚訝的說：「只有一個黑點嗎？這麼大的白板大家都沒有看見？」

　　這類提供例子的閱讀題在寫作的過程中，經常發生跑題的現象，因此審題時務必認真閱讀題幹要求，仔細琢磨題幹中的提示語，切忌走馬觀花，匆匆下筆。建議掌握引文主旨多做思考，再提出自己對此想法，可先總說此現象，接著舉例強化，緊密地隨之解析，轉而歸結主張。如星宇就二則故事提出視角觀點，以例說理，明晰準確、簡珣從白板上的黑點延展思考，引喻生動，文辭流暢：

　　每個人的視野都有其陰晦處，情緒的波動、觀念的偏頗而導致執著於非理性的漩渦而不自覺，或自覺卻無法自拔。但當我們釋放久遭禁錮的想像，天馬行空地不再侷促於之前固執的疆界線時，不期然地，總能於生活有清新透明的發現。

　　作家三毛一向以創造生活美學著稱，在其著作中曾提及與

丈夫荷西生活中一縷輕巧的情味。為了讓荷西體驗中國家常菜肴異於油煙脂味的美感，三毛運用文學想像，將粉絲形容為「春雨」。試想，覆蓋皚皚白雪的崇山上，人們以凍白的掌心，接承初春第一滴雨水。細絲般地飽含天際的透明，是多麼詩情畫意的幻景！在柴米油鹽充斥的生活中，猶能編織綺麗之想，將普通的粉絲喻為澄淨的雨水，三毛可稱為生活藝術家。

不只日常生活平淡的生活上，在遭遇人生重大劫難時我們又該如何面對？遠藤周作所著的〈身河〉中有一則感人的物語：一位童話作藝家喜歡以所飼養的小鳥為題材，創作疲累之際便常與牠們對談。有一次生病，他在手術當中一度停止心跳，當他康復回家後赫然發現因小鳥因無人餵食而餓死。怔忡間，他彷彿覺得似乎是鳥兒代替他死的，那隻聽慣自己哀愁的鳥兒竟似自願代替自己死去。閱至此，我不禁沉思面對死亡除了恐懼接受外，是否能如同文中的童話家法超脫甚至感動。

生存註定會經過多重歷練，無論處於風平浪靜的平時，抑或重大改變的困阨，如果我們能夠在偏見之外多探究這世界一點、多開拓自己的思維一點，或許就能窺見隱藏於經驗法則內的驚喜。（姜星宇　視野之外）

正如法官判決書必須以事實為根據，以法令基準進行宣判，以呈現觀點為主的議論的角度必須要「準」、「實」、「新」：

人生比一顆鑽石，由無數精細的切面構成。當我們拿放大鏡執意去看每一個切面，呈現在鏡底的只是一個普通的透明表面，看不出任何特別與精緻。但將整顆鑽石持在指間，左右旋

轉、上下翻動之際，將會驚喜地讚嘆它那璀璨的光輝。人生亦是如此，我們可能總看見失敗、挫折與懊惱，可是如果換個方向思考，改個角度去看，同樣會得到其他收穫。

有人說：「光明的背面，就是陰影。」而我總喜歡將它倒過來說：「陰影的背後，就是光明」，別具積極的意義。

自古以來，遷客騷人莫不在官場上失意，有人從此窮愁潦倒，也有人從此放浪形骸於群山眾壑間，達心神與萬化冥合之境。東坡屢被貶後，也曾形容憔悴，然貶瓊州後，終於看見失意背後的釋放，以佳作傳世。他的釋懷相較於柳宗元一生的落落寡歡，似乎更勝一籌。貝多芬在他人生音樂巔峰時失去聽覺，但他並沒有被擊倒，反而因此學會用心靈聆聽生命之歌，創作出令人動容的第九號命運交響曲！

孔子要弟子不要畫地自限，這是生命深刻的道理，我們都知道當明月高掛時，另一半地球上的人是看不見的，可是我們卻為這一刻的光明而歡喜。也許我們該秉持這樣的態度面對生命，永遠都可以看見心中那輪明月。（簡珣　以不同視角看生命）

（三）理解闡發題

當大量資料被無遠弗屆地傳播時，閱讀、理解、分析等能力及精密度、正確度就顯得格外重要，是以考題往往提供大量資料，讓學生閱讀後判斷作答或分析寫作。所用素材涵蓋古典與現代，主要考核學生基本的閱讀、鑑賞、體悟及表達、創作等語文能力。這類題目如：

1.引柳宗元〈鈷鉧潭西小丘記〉，請說出柳宗元所投射的對象、情境是什麼？柳宗元可能為什麼事、找尋什麼樣的理

由？（89 預試卷）

2. 張曉風〈母親的羽衣〉文中的「羽衣」其實含有另一層象徵意義，試加以說明（91 指考參考卷）。

3. 俄國作家列夫‧托爾斯泰說：「一個人就好像是一個分數，他的實際才能好比分子，而他對自己的估價好比分母。分母愈大，分數的值就愈小。」請用 200 字以內的文字，將上述名言的意義解說並加以闡釋，分不分段皆可。（94 臺灣區指定模考）

4. 判斷引文中，穴鳥所發出的「即刻」與「也卜」聲可能分別代表哪些意義？對上文中生事的穴鳥也跟著叫「也卜」，你有什麼感想或看法？而看到穴鳥集體的「也卜」行為，再對照人類在類似情況下的反應，你又有什麼感想或看法？請分別加以闡述。（94 學測）

5.「子之武城，聞弦歌之聲……」1. 根據上文語境，「君子」、「小人」、「道」三個名詞所指的對象、內容為何？2.孔子起初「莞爾而笑」說：「割雞焉用牛刀」，後來又說：「前言戲之耳」。請扼要說明孔子前後反應不同的原因，以及子游回答的意涵所在。（94 指考）

6. 玫瑰說：「我只有在春天開花！」日日春說：「我開花的每一天都是春天！」（杏林子《現代寓言》）闡釋「玫瑰」與「日日春」分別抱持哪一種處世態度，再依據自己提出的闡釋，就玫瑰與日日春「擇一」表述你較認同的態度，並說明原因。（96 學測）

以第六個題目為例，題目的重點在對於玫瑰、日日春的處世態度，能恰切闡釋，並擇一表述認同之原因。解題時不妨以

下列方式拆解文本：

　　拆解玫瑰說：「我只有在春天開花！」

　　正面的話──美麗、自信、獨特

　　引伸──「只有在春天開花」──周詳計劃與蓄積實力，就為一個適合自己表現的機會，完美演出

　　象徵──貴族、君子、擇善固執、有所為，有所不為、堅持原則、自我期許、務實本份、完美主義、自知之明、發揮自我、聖之清者的伯夷、衣帶漸寬終不悔

　　反面的想法──芒刺、短暫

　　織成文章：只有在春天開花的玫瑰，是不處於濁世的君子，是孟子口中「聖之清者」的伯夷；是有道之君則仕，昏亂之世則不居，看似孤高，實則是對完美的執著。

　　拆解日日春說：「我開花的每一天都是春天！」

　　正面的話──隨緣、適情、親和

　　引伸──「開花的每一天都是春天」──每個存在都是春天、讓每個機會都因為自我表現而成為完美。

　　象徵──野草精神、自適豁達、樂觀積極、境隨心轉、隨遇而安、樂天知命、創造新局面、盡其在我、聖之和者的柳下惠、回首向來蕭瑟處，也無風雨也無晴

　　反面的想法──漫長卻平凡

　　織成文章：日日春，則是與民同樂的醉翁，是「聖之和者」柳下惠不在乎地位、不擺架子與眾為樂，親和愛民，不但無損其高尚品格，反而因其溫和將化得以移風易俗，這不就是每一個開花都是春天嗎？

　　表述認同，說明原因：然而，我仍舊欣賞玫瑰的處世態

度，那令人不敢接近的芒刺，其實僅是不肯媚世流俗的象徵，又豈是自傲不肯與人親近呢？那只是選擇自己適合的春天，並全心綻放出華美、最燦爛花朵的玫瑰，正如我對自己目標的執著，慎選所擇，再以「衣帶漸寬終不悔，為伊消得人憔悴」的不悔態度，勇敢奏出自己生命之章。

7.「交會時互放的光亮」應該是最美好的，但詩（徐志摩〈偶然〉）中卻說「最好你忘掉」，請從〈偶然〉這篇詩作的脈絡中去思考，為何要忘掉這交會時互放的光亮呢？（95 指考研究卷）以此為例，作答時必須就徐志摩詩意推繹，而不能自以為是地穿鑿附會，如楊翎從詩句啟筆，引其他詩詞展衍、簡珣透過詩的上下句解析：

「你記得也好，最好你忘掉，在這交會時互放的光亮！」偶然的相遇，僅僅是筆錄生命中一現曇花，轉瞬間的存在註定了過客的命運，如果記憶這美麗的錯誤，將徒留無限悵惘。

黑夜的相逢、相知、相惜、相憐，但不同的方向預示分離，無論是「同是天涯淪落人，相逢何必曾相識」的慰藉，或是「還君明珠雙淚垂，恨不相逢未嫁時」的無奈，都是緣淺情深。若是執意與命運對抗，只會羈絆對方，所以最好是在此分手，相忘於江湖，共看明月但願人長久。（楊翎）

偶然，本就是一種不需要事前預告，不需要精心安排的巧合，因為緣分的巧合使得彼此之間有了一次驚奇的邂逅。但這終究是一場無前序也無後續的巧遇，彼此仍是沒有關聯的兩個人，一如徐志摩詩裡所言：「你有你的，我有我的，方向」在擦身而過的偶然之後，仍舊必須回到原來的生活，因此詩言：

「你記得也好,最好你忘掉,在這交會時互放的光亮!」

或許這交會時互放的光亮是最美好的,也正是剎那成為永恆的原因。徐志摩要對方最後忘掉,因此若是記住了,便不是偶然,心靈的相思使彼此之間有了牽絆與情感的糾纏。

或許徐志摩那片雲要的不多,在遠方靜靜地守候,只要一次邂逅的相遇,保留那瞬間的氣氛、滋味;而要對方忘掉,或許是為了自己獨占那份記憶吧!

(簡珣)

閱讀本身有解讀的空間,作者所持的只是其中一種角度,因此問題不應該只有一個答案,必須保留一個可供解讀的空間。對開放性文本詮釋而言,不管是怎樣的答案,只要言之成理,都是可接受的,畢竟文本充滿多重性與流動性的展演彈性。

(四)判斷評論

2005 湯馬斯・佛里曼《世界是平的》一書強調國際經驗的整合是社會新趨勢,是以有主見的批判性思考能力、多元觀點差異化成為決勝關鍵。如 95 學測議論評述題,請閱讀資料後,分別針對老師甲、家長、吳生的觀念、態度,各寫一段文字加以論述:

(甲)老師與家長的對話

老師甲:「吳茗士同學是我們班最優秀的學生,天資聰穎,不但有過目不忘的記憶力,數理推論與邏輯能力也出類拔萃,任何科目都得心應手。更可貴的是,他勤勉好學,心無旁騖,像大隊接力、啦啦隊等都不參加。我想,他將來不是考上

醫學系，就是法律系，一定可以為校爭光！」

　　家長：「我們做家長的也是很開明的，只要他專心讀書、光耀門楣就好，從來不要他浪費時間做家事。老師認為他適合什麼類組，我們一定配合，反正醫學系、電機系、法律系、財金系都很有前途，一切就都拜託老師了！」

　　（乙）A 同學疑似偷竊事件

　　A 生：「老師，我沒有偷東西！吳茗士當值日生也在場，可以為我作證！」

　　吳生：「我不知道，我在算數學，沒有注意到。」

　　老師乙：「吳茗士，這關係到同學的清白，請再仔細想想，你們兩人同在教室，一定有印象的！」

　　吳生：「我已經說了我在算數學，哪會知道啊！而且，這干我什麼事？」

　　（丙）生物社社長 B 與吳同學的對話

　　B 生：「你不是不喜歡小動物嗎？為什麼要加入生物社呢？」

　　吳生：「我將來如果要申請醫學系，高中時代必須有一些實驗成果，而且社團經驗也納入計分，參加生物社應該很有利。」

　　B 生：「我們很歡迎你，但是社團成員要輪值照顧社辦的小動物喔！」

　　吳生：「沒有搞錯嗎？我是參加生物社來做實驗的，又不是參加寵物社！」

　　（丁）同學 C 的描述

　　「吳同學功課好好，好用功喔！不但下課時間不和我們打

屁聊天，而且對課業好專注，只讀課本和參考書呢！像我愛看小說，他就笑我無聊又浪費生命。唉，人各有志嘛！我想他將來一定會考上很好的大學吧！」

發言是有意義的，但其先決條件必須是全面觀照所匯成的成熟意見，以及逐步推繹成細膩的說明，是以必須詳讀資料、找出評論的線索，而後提出解讀角度與觀察論點：

評論老師甲：老師甲對「優秀」的定義純粹是就課業成績而論，還認為對班級事務冷漠是一種心無旁騖、專心致志的表現。用這樣的教育觀教導出來的學生，缺少對人的關愛與熱情，即使他當了醫生或法官，也難有視民如傷或伸張正義的理想情操。一個人的優秀須實際回應在社會大眾上，這樣的優秀才有價值，否則只有小我而無大我，只有私利而無公義，對社會不可能有任何貢獻。

評論家長：家長雖自詡「開明」，但卻是狹隘短視。他只希望小孩鑽營世俗的價值，以光宗耀祖，對於生活能力的培養卻漠不關心，這樣的教育觀只會培養出考試機器，卻無生活能力。事實上，就人生而言，考試只是階段的，生活才是長久的，家長的本末倒置真讓人感嘆。

評論吳生：對學生而言，師長與家長的價值觀影響很大。吳生在這樣的家庭與學校教育下，自然對人群冷漠疏離，造成吳生與人的溝通障礙，「沒有搞錯嗎」、「笑我無聊又浪費生命」、「這干我什麼事？」就表現了一種粗野的心態。

吳生無論是參加社團或是讀書，都以現實為考量，對自己沒幫助的事，他絕不去做。而只讀課本和參考書，更表現了一種「可悲的優秀」，因為「閱讀」對他而言，不是用來深化

心靈，只是求名得利的工具。

　　除對事件、行為、社會現象評論外，文學表現方式與效果的評論鑑賞也常出現命題，如九十五指考研究卷：閱讀下面兩則材料，對於鄭袖在人物形象描寫上，哪則材料比較生動傳神？請發表自己的看法並舉文中實例作為說明。

　　1. 魏王遺荊王美人，荊王甚悅之。夫人鄭袖知王悅愛之也，亦悅愛之，甚於王，衣服玩好擇其所欲為之。王曰：「夫人知我愛新人也，其悅愛之甚於寡人，此孝子所以養親，忠臣之所以事君也。」夫人知王之不以己為妒也，因為新人曰：「王甚悅愛子，然惡子之鼻，子見王，常掩鼻，則王長幸子矣。」於是新人從之，每見王，常掩鼻，王謂夫人曰：「新人見寡人常掩鼻何也？」對曰：「不己知也。」王強問之，對曰：「頃嘗言惡聞王臭。」王怒曰：「劓之。」夫人先誡御者曰：「王適有言，必可從命。」御者因揄刀而劓美人。（《韓非子・內儲說下》）

　　2. 昔有楚王夫人鄭袖，年老不共同牀席，王遂遣之。有一美妾，憐愛非常。袖心恨怨，不出其口。遂於私處語妾曰：「王看你大好，惟憎你鼻大。」其妾因此已後，見王掩鼻。楚王私處問袖曰：「妾近來見我，掩其鼻，何也？」袖對曰：「此妾云王身體腥臭，是以掩鼻。」其王更不思慮，遂遣人入割卻其鼻，由不慮也。（《敦煌變文集・搜神記》）

　　題目重點在評論「人物形象」描寫方式，楊翎首段便單刀直入地就人物該如何描寫提出看法，作為審視材料高下的標準，繼而舉文本為證說明觀點：

　　人物形象描寫最高明的是不著痕跡地展現，由一言一行、

喜怒哀樂、生活方式……留給讀者想像與推理思考的參與空間。平鋪直敘地一語道破，少了情節的推演以及迭起的高潮，頓覺無味。

以鄭袖使計陷害美人一事為例，《敦煌變文集》及《韓非子》分別用了不同的方式呈現。前者直接地陳述鄭袖嫉妒心起，使詭計而使楚王誤會，終剕之。後者則不直言鄭袖的想法，而陳述其行為。首先鄭袖以「悅愛美人甚於王」的寬容示好，取得眾人信任，接著使出禍心，讓美人的掩鼻挑起荊王的怒火，最狠的是先誡御者曰：「王適有言，必可從命。」叮嚀手下迅速執行王命，以達成其完美計畫。

《敦煌變文集‧搜神記》裡的鄭袖雖工於心計，卻沒有寫出她步步為營設陷阱的過程，況且：「袖心恨怨，不出其口。」這分明告訴讀者鄭袖妒恨之心。然韓非子的敘述，文中雖未明說鄭袖善妒，行間透露出濃厚而強的妒意和殺意，我們可以進一步見識鄭袖深沉的心機以及周詳的規劃，在人物形象描寫上顯然較為成功。（楊翎）

單就文本敘述仔細分析做評比，如尚琳就讀者心理與作者文字對話，亦有可觀者：

第二則直接敘述鄭袖內心想法「心恨怨」，使讀者先入為主，認定是棄婦報復行為，接下來一連串不利言行自然是循著「妒」、「恨」而來。果不其然，鄭袖先遂於私處語妾曰：「王看你大好，惟憎你鼻大。」先肯定楚王愛之，再以「惟憎你鼻大」叮囑其缺，使得妾輕易接受鄭袖所說的唯一缺點而力求改進。及至楚王於私處問袖，鄭袖順水推舟地言：「此妾云王身

體腥臭，是以掩鼻。」將惡意推於妾，至此陷害之情全盤托出。

然而文一開頭便道「昔有楚王夫人鄭袖，年老不共同愔席，王遂遣之。」王既然遣之，為何楚王卻因妾掩鼻而問鄭袖？實令人不解。

第一則故事中，鄭袖佔了很重要的戲份，搶盡了光彩，相形之下楚王及美人都是配角。再者描寫生動活潑，把事件從頭說起，卻不道其內心，只見鄭袖悅愛美人，甚而超過王之愛，使讀者也如楚王及美人都被鄭袖收服了，直到她對美人亂編謊言，才知其居心叵測。

此則敘述裡對楚王的描寫也很用心，楚王因愛妾至甚，不忍當面問美人何以掩鼻，而旁敲側擊地想探究竟。豈知這正好落入鄭袖所設的圈套裡，讓她得以施陰謀詭計，而「王強問之」表現楚王之急迫，另則顯得鄭袖是在不得已下解釋敘述，而非挑釁，於是作者又再一次地襯托出鄭袖工於心計。「夫人先誡御者曰：『王適有言，必可從命。』」更是臨門一腳，妙的是二人都於私處問鄭袖，這使得其他人無法得知陰謀，也無參與其事駁其非。（桂尚琳）

詩人佛洛斯特曾以這樣的詩敘述創作求新求變的意圖與選擇：「那天早晨，兩條路都覆蓋在枯葉下，／沒有踐踏的痕跡，／啊，原先那條路改天再走吧，／明知一條路會引出另一條路，／我懷疑我是否會回到原處。／在許多許多年以後，在某處，／我會輕輕嘆息說：樹林裡分叉兩條路，而我，／我選擇了人跡較少的一條，／使得一切多麼地不同。」

賴聲川在〈創意的源頭活水〉一文說道：「我們的心是神

祕電腦的作業系統、硬碟、記憶體。……心就是我們的創意來源」。但創意泉源還是得靠多閱讀提升寫作能力，由課本延伸閱讀，蓄積腦內能量，才能憑學科之間的會通，做出精彩的詮釋。

至於培養「立意取材」的能力，一方面分次練習記敘、說明、抒情、論理各種文體，另方面設計方法刺激催化開啟檔案、組合檔案的能力，讓來去無影，隨風而逝的靈感、創新的點子以文字停駐，將拾掇平時觀察的想法藉思辯例證而深化，鑄造思想觀念的密度與廣度，便能找出適合自己的風格，建立與眾不同的創作魅力。

每一個視角代表著一種獨特的敘述觀念與方式，來自視角與敘述的差異就造成了繽紛多姿的審美世界。這種種設計與訓練，目的在打破單一敘述格局，製造在多層次、多視角中展開的教與學。

穿針引線經緯交錯
——組織結構立體派

織成一方錦緞

架起文字的城堡

　　百萬前年前的恐龍化石讓我們知道侏儸紀世紀的存在、龐貝城吳哥窟磚石揭開消失的王朝面紗、美索不達米亞到馬雅文明遺落的石塊見證文明演進。當「吳宮花草埋幽徑，晉代衣冠成古邱」時，當光炫耀目繁複華麗的裝飾剝落、鑲金嵌玉的寶石如國王的新衣被粉碎時，那看不見，卻是撐起巨大建築無可或缺的骨架，以絕對存在的姿勢證明唯一的歲月。

　　一如鋼骨、竹架、棟樑架起建築體有形的形狀，結構組織決定文章內在的黃金比例，以及是否經得起時間閱讀的檢視。是以內行不看熱鬧，而看門道，不被粉飾的外表迷惑，而檢視結構組織。無論是限定字數的短文寫作，或命題式長文創作，是否能以嚴密的結構組織開展立意所向？是否能剪裁得當，懂得以綠葉襯牡丹，重點與細節搭配得宜？是否能為旨義找到適合的表現方式，創新佈局組織？而不是「想到哪寫到哪」的「無頭蒼蠅式」寫作法，以至於「論點重複」、「佈局錯亂」、「語意不明」、「蕪雜冗贅」。

　　是以依循由簡入繁的原則，從段的組織到篇章架構設計教學活動，除引文、習作並輔以圖像，以期讓結構有如 X 光下

的顯影透明清晰而易於掌握。

一、只有祕密可以交換祕密
——由文句連接起段落

　　文章的架構、段落的結構等寫作技巧，雖然這些句法的應用看似簡單，但每個句子就像一個小宇宙，自有其邏輯性的文法於其內。複合句子包含主句與子句的相對或相輔關係，句子與句子之間則存在某種關係，或為因果的情節鋪展，或為轉折的變腔換調，或基於條件說明的假設想像，這些都必須有合理性的結構聯繫之。以考題為例，時見以排序題測驗是否能理解、辨析古今作品之形式結構與意義內涵之對應關係，如：

　　1. 下列是一節現代詩，請依詩意選出排列順序最恰當的選項：「在早年，弓馬刀劍本是／比辯論修辭更重要的課程／<u>所以我封了劍，束了髮，誦詩三百（甲）／子路暴死，子夏入魏（乙）／自從夫子在陳在蔡（丙）／我們都悽惶地奔走於公侯的院宅（丁）</u>／儼然一能言善道的儒者了……」（楊牧〈延陵季子掛劍〉）（85 甄選，答案：丙乙丁甲）

　　2. 小五說：我們國文老師在教完林文月女士〈蒼蠅與我〉後，給我們一首紀弦先生的現代詩〈蒼蠅與茉莉〉，可是句子是亂的，誰幫我看一下我排得對不對？

　　一隻大眼睛的蒼蠅，停歇在含苞待放的茉莉花朵上

　　（乙）應該拿 DDT 來懲罰

　　（丙）不時用牠的兩隻後腳刷刷牠的一雙翅翼，非常愛好清潔和講究體面的樣子

（甲）也許這是對於美的一種褻瀆

（丁）但是誰也不能證明牠不是上帝造的

誰也不能證明牠在上帝眼中是一個／醜惡的存在（紀弦先生的現代詩〈蒼蠅與茉莉〉）（90 學測，答案：丙甲乙丁）

3.「在愛的智慧裡，____，____。____，____，就可以增長情感的線條。」上面一段散文出自簡媜〈水經〉，推敲其文意，空格部分最恰當的組合是：

甲、愛是無窮無盡的想像

乙、也可以像上帝一樣地寬懷

丙、我們可以看得像神一樣多　　丁、並且單單只是想像

(A) 甲丁丙乙　　(B) 乙丙甲丁　　(C) 丙乙甲丁　　(D) 丁丙甲乙（90 指考研究卷，答案：(C)）

4. 下列引文，依文意推敲，□□中最適合填入的選項是：

「然則，冷靜須與同情相輔相成，方不偏失入冷漠。『史記』一書之恆常感人處，正在於字裡行間每每有司馬遷個人的生命感思湧動，它絕不只是一堆死寂刻板的文字而已！□□，我則又逐漸了悟，□□寫學術論文，□□不能完全抹煞情感；□□冷靜與同情之間的斂放不踰矩，又委實是此類文章的高層次標的了。」（林文月〈我的三種文筆〉）

(A) 近來／即使／仍然／至於　　(B) 而且／所以／仍然／其實
(C) 因此／至於／其實／即使　　(D) 所以／近來／因此／而且
（93 學測，答案：(A)）

　　從這些題可見文章的連結性是一個錯綜複雜的問題，牽涉的因素相當多。基於聯句而成段，段而為篇的脈絡，為建立文

法章法、結構組織的觀念，因此先縮小範圍，從連接詞基本功訓練組織概念。

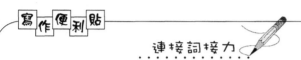

寫作便利貼

連接詞接力

1. 選擇三個連接詞描述一件事件過程。

2. 接著以三個連接詞說明這件事情所引起的感發。

參考連接詞：和、因為、所以、因此、是以、但是、否則、然後、仍然、或許、或者、即使、雖然、儘管如此、然而、然則、假設、如果、那麼、結果、除此之外、首先、其次、接著……

雖然……可是、除了……還、因為……所以、固然……可是、無論……也要、從……到、與其……不如、只要……哪怕、即使……也要、不但……而且、寧可……也不、如果……那麼、到底……還是、只有……才會、不管……還是、何止……而且

無論文體是抒情、說理，是散文或是詩，作為句與句的連結環，各個連接詞均代表不同語意關係的連接詞都是行文邏輯的重要指標。如「所有的哺乳類動物是動物，所有的豬是哺乳類，所以所有的豬是動物」，必須排列出大前提、小前提、結論的推理關係，才能明確判斷其旨。

「奢則不孫，儉則固；與其不孫也，寧固」是比較選擇、「士而懷居，不足以為士矣」為因果判斷句、賈誼（〈治安策〉）：「天子春秋鼎盛，行義未過，德澤有加焉，猶尚如是，況莫大諸侯，權力且十此者乎！」這段文句中，作者以

「猶尚如是」為第一層論斷，「況」為進一步預測，藉以強調治安的重要性。

　　文章中的連結方式很多，連接詞不過其中之一，鑑於寫作時，許多不合邏輯或語意不連貫的文句，故藉短句間連接的方式訓練完整地表達能力，完成一篇結構完整、語意連貫的文章，不失為巧法。再者，連接詞具有使句子「變長」或「複雜化」的功能，藉由連接詞，可以讓語意充分發展。如：

　　「喜歡抽煙的人，如果因為抽煙過多而得了心臟病，應該不能享受政府免費的醫療福利，因為這是一種自我給予的疾病。凡是由自己的自主行動所造成的傷害或疾病，都應該由自己負擔醫療費用。」（TSA 評量）這段敘述主要句在最末一句，前段文字藉「如果」、「應該」、「因為」不但達到反覆說明的作用，也因這些連接詞發揮強調及拉長敘述的功效。

　　大抵而言，連接詞依其功能分遞加性、逆轉性、因果性、時間性等，因各層次關係的運用，而展現各種作用。如以連接詞作為分隔段落的標誌，連接詞出現時通常代表新段落的開始，藉以強調主題句，凸顯中心思想。

　　一般而言，大段落可細分成若干小段，標示小段結構的方式很多，連接詞是比較明顯的段落標誌。

　　如「禮是天理與人事之節文與儀則。同理，『藝術是聲和色的節文與儀則。』小貓爬到了洋琴的鍵盤上，各種聲音都有，但不成為樂曲。畫家的調色板上，各種顏色都有，但不成為畫。何以故？因為祇有聲色而沒有節文與儀則的原故。故可知節制是造成藝術的一個重要條件。」「同理」轉為舉例說明的段落、「但」、「但——何故？因為——故可知」為這段落

演繹過程。

連接詞的第二項功能就是指示段落間之語意關係，或陳述不同時段的故事發展或場景轉移，這時連接詞所發揮的作用，有如紅綠燈提醒行車變化，或路標所指示的方向轉換，如：

「受侮的穴鳥又急又憤，牠的『即刻』之聲逐漸提高加快，最後終於變成『也卜』了。如果牠的妻子當時不在場，得了牠告急的訊號，就會蓬鬆了身上的羽毛趕來助戰。如果這個挑釁者這時還不逃走，就會引起難以置信的後果，所有聽見牠們『也卜』的穴鳥都會憤怒地趕到現場，於是原先『一觸即發』的戰事在一陣愈叫愈響，愈喊愈急的『也卜』聲中立刻化為烏有。」（94學測判讀題，改寫自勞倫茲《所羅門王的指環》）

「如果——就」顯示狀況，並把文章帶入另一個新的敘述局面，而以「於是」做為結果。

論點通常在用語、擇句、構段、謀篇間被一一展開，因此句與句邏輯關係詞語或慣用的句法形式、修辭模式，形成文句的連貫與組織，舉足輕重的決定著文章樣態，如「無論——便」、「卻」、「竟」，這幾個連接詞所造成文句上的轉折變化：「你呢，無論找到什麼便去做你的快樂的遊戲；我呢，卻把我的時間與力氣都浪費在那些我永不能得到的東西上。我在我的脆薄的獨木船裡掙扎著，要航過欲望之海，竟忘了我也是在那裡做遊戲了。」（泰戈爾《新月集·玩具》）在練習上以連接詞排比出的句型，往往能在複沓中遞升敘述的力道、層次與節奏，如：

也許你會覺得他們是凋謝的花朵，但只要活著，就有希望。

當你送一朵小花給一個小女孩時，她的微笑會是世上最美

的微笑；當你幫助病人時，他們的眼神會透露出世上最真誠的感動；當你幫助別人時，你會發現許許多多讓你感動落淚的事，你也會學到在任何地方都學不到的處世祕方。

請不要以為幫忙他們是浪時間和金錢，也許你會覺得他們是凋謝的花朵，但只要還有生命，他們就會再次綻放出最燦爛的生命之花。（詩萱）

二、只有咒語可以解除咒語
——X 光下的結構組織

如何由文章中找出其立意與主旨？抓住材料表述的重點？基本原則是作者對於主旨往往會詳盡說明以突顯之，因此著墨多處便是主旨所在，尤其是關鍵字會反覆出現。其次，審視文章元素，從中爬梳作者要表現什麼？如何表現？選什麼材料？怎樣組織？由哪個角度？依什麼順序設計？如何展演論點或敘述？循著這樣的脈絡一一分解，便能清楚而正確地掌握內在組織，同時熟悉結構原則，而反映於書寫習慣中。

寫作便利貼

．．．．．．．解剖結構

請由指定文章裡一段文字，分析它的敘述結構——何者為主要句？何者為說明句？何者為旁枝？何者為修飾句？這些句是以什麼樣的關係連結在一起？在段落中的位置？

方法：1. 先將段落以句點為單位拆解為數部分。

2. 透過圈出句中的連接詞，找出關鍵句，接著進行細部分解。

做為分析結構的入門樣本必須是組織嚴密而規則性的，因此與其讓學生自選一篇可能零亂的文章，不如依學習目標選擇切合的、具有示範性的段落進行拆解，較能讓分析者易於掌握，如：

（一）找出關鍵字詞、文句練習

每一個生命來到這世界，都是偶然的，因此，人生由偶然串成，也是理所當然。但生命的孕育又都緣於兩性必然的愛，則生命的風景遂亦必有必然的成分，甚或某些偶然實為必然。至於人的個性必然影響其人生之經營，但此一個性之形鑄，實又充滿種種偶然、必然的因子。面對偶然、必然如此變化莫測，相倚相伏、相激相成的人生，我們最好的做法是平心靜思，真誠以對。（何寄澎〈偶然與必然〉，《聯合報》2005/02/24）

透過將拆成片段的句組以及粗字體的連接詞，可以清楚地看清本段結構分析如下：

「每一個生命來到這世界，都是偶然的，**因此**，人生由偶然串成，也是理所當然。」

關鍵詞：「偶然」

關鍵句：「每一個生命來到這世界，都是偶然的」

連接詞：「因此」說明以下為結論，引出「人生由偶然串成，也是理所當然。」的推衍。——這是段落中之「起」

「<u>但</u>生命的孕育又都緣於兩性必然的愛，<u>則</u>生命的風景遂亦必有必然的成分，<u>甚或</u>某些偶然實為必然。」

連接詞：「但」，代表語意轉折，帶入另一方向敘述。

關鍵詞：「必然」

關鍵句：「生命的孕育又都緣於兩性必然的愛」、「某些偶然實為必然」

連接詞：「則」，拉出結論：「生命的風景遂亦必有必然的成分」

連接詞：「甚或」，是承「則」做為結構更進一步的推衍結果。——這是段落中之「承」

「<u>至於</u>人的個性必然影響其人生之經營，<u>但</u>此一個性之形鑄，<u>實又</u>充滿種種偶然、必然的因子。」

連接詞：「至於」，以敘述支持以上論點

關鍵詞：「偶然、必然」

關鍵句：「（個性）實又充滿種種偶然、必然的因子」

連接詞：「但」，將個性形成因素集中於下面的論述——這是段落中之「轉」

「面對偶然、<u>必然</u>如此變化莫測，相倚相伏、相激相成的人生，我們最好的做法是平心靜思，真誠以對。」

關鍵詞：「變化莫測，相倚相伏、相激相成」、「平心靜思，真誠以對」。這兩組相對詞，一動一靜、一變一定，用以映襯現實中狀態與自處不變之道。

關鍵句：「我們最好的做法是平心靜思，真誠以對。」這

是段落中之「合」，並作為整段演繹的歸納，提出面對偶然、必然之道。

（二）找出因果關係中的起承轉合

　　另如這三段文章，前二者在第一句概括整段中心旨意：「我們的城市是著名的醜」、「建築在諸種藝術中，是最單純的、以構造形式為表現的藝術」，並進而展開分析、推展，第三段，先敘述事因、後果，再以「所以」導出結論，歸結主旨：

　　我們專業的藝術家絕對不會比西方少，**可是**我們的城市是著名的醜。這包含的是一種風格無法抓到，無法統一，到底我要的是什麼東西。**其實**美是對自己生命價值一種很清晰的選擇。美有很大一部分是一種生命力的啟發，**或是**自己的自信。舉一個例子，富而美的社會是孔子的理想，**可是**富有可以造成美，也可以造成醜。……（蔣勳〈發現自己的存在〉）

　　建築在諸種藝術中，是最單純的、以構造形式為表現的藝術。不要談文學、戲劇等以人生的悲歡離合為內容的藝術了，**而以**視覺藝術而言，繪畫與雕塑都有內容的向度。**不論是**具象的，**還是**抽象的，都是以形式表達出內涵。**尤其**是繪畫，形式不過是內容呈現的方式而已。**只有**建築，內容與形式是一致的。**雖說**建築的內部有很多功能不同的空間，可是與外觀並無必然的關係。即使有關係，走在建築外面的觀者，除了形式的象徵意味之外，也無法了解其關係何在；**因為其**內容是看不見的，感覺不到的。**換句話說**，建築之為藝術，自外部看，就是

形式。形式就是它的內容，內容就是形式。
（漢寶德〈建築是立體的書法〉）

　　森林是生命資源，近年來溫室效應逐漸導致全球性的氣候
轉變；森林的大量伐採也使得土壤流失、水循環被破壞。<u>而造
紙卻是</u>森林的主要用途之一，紙張的消耗量更成了衡量人民生
活水準的指標。在此種惡性循環之下，自然原則被破壞，人類
生存環境受到嚴重威脅，<u>所以</u>多一個人使用「再生紙」就可以
多救活一棵樹，多救活一棵樹就可以讓地球更雄壯的呼吸！
（楊婉儀、陳惠芬、陳雪芬〈二十一世紀的良心用紙──再生
紙〉）

（三）承上啟下的過渡文句的練習

　　歷史博物館展出的「南北朝隋唐石雕展」吸引不少人去
看。這次展出的作品，大部分是紐約大都會博物館的藏品，我
以前看過；<u>但是這次在自己的土地上看，心情很不一樣</u>。

　　隨著一百年來近代中國的外侮，這些原來根生在中國土地
上的石雕，也一批批流失到國外去了。在國外旅遊的時候，走
進博物館，<u>便常常不自主被這些離開了故土、缺手缺腳的殘破
身軀所吸引，有著難以言喻的感傷</u>。

　　好像袁德星先生（楚戈）在一篇記錄日本旅遊的文字中談
到類似的經驗，當他看到無數被砍斷的佛頭陳列在博物館中，
不禁哀痛地迸出淚來，在心裡叫道：還我頭來！……
（蔣勳〈久違了故鄉〉）

　　一層層套起的俄羅斯娃娃，總以造型簡單，色彩鮮艷明亮的表情，在櫥窗裡熠熠生輝，它迷人之處更在於局部與整體間、尺寸與複製間的趣味。一篇文章不也如此？一層層地從現象到分析、從描繪到詮釋、從細部到全面，像組合式玩具般可以被組裝拆解，然而再被推理邏輯、觀照想法而建構。

　　我們用句子來思考，句型結構呈現思考的邏輯，儘管詩的世界裡容許，甚至追求掙脫句型結構，以釋放新意能量，但在散文區塊裡則必須掌握一般性的結構，尊重基本句型規則。

　　做為讓文章滑溜的連接詞、語氣詞、轉折詞，該是一個個環節間的栓鎖，意與象因此能順暢而完整地被陳述顯現，因而藉句組所形成的篇章結構掌握練習、微型文章練習，試圖讓學生深刻地明白結構如何在句之間架起概念與感發，進而運用於書寫之中。

按圖施工

圖象導航系統

　　一如語言，書寫是溝通表情思的方式，更是詮釋自我存在與意義的媒介，形之筆下的內容是原料，措意是手段，文章是成品。由情思材料到具體化為文句，以至完美呈現是書寫的過程，每一個步驟其實都是經過縝密的設計或巧思，就像建築前的藍圖，必須要花一番心思構想。

　　但多少學生為了它猛咬筆桿、絞盡腦汁，多少國文老師為了它苦思指導方法、拚命批改習作，卻仍免不了擲筆而嘆的結果。就像多吃並不一定能成廚師，多算並不一定能增加數學能力，關鍵在於學生是否經過有系統的訓練。除了老師以精密的步驟與正確的方法教學生怎麼看、怎麼聽、怎麼感覺、怎麼思考來凸顯立意取材的深度與廣度，教學生怎麼表達的寫作技巧，更要在結構組織中建立清楚的邏輯層次。

　　因此，在教學設計上建議聚焦於思路周密有條，與結構清楚表達的訓練，除藉一個中心點展開聯想，形成如球一般的立體空間，讓內容更有彈性，並選擇以適當的語言表現，同時藉明確的指示設定要求，精準定義概念、組織觀點，以達到實質、理質、情切。

然而包納於文章之內的組織，並不如文句修飾醒目容易見及，是以圖形勾勒結構的方式，希望透過圖象式的顯影能透視結構，正確而又清楚地能依文體、形式、內容而架構出表述的脈絡。

一、萬丈高樓平地起——基本結構

X光透視文章骨架

1. 任選一篇古今文章，或詩詞小說，一段段分解組織，然後整理全文脈絡。

2. 以幾何圖形畫出文章基本結構，並簡扼分析文本，找出其創意的書寫策略、寫作技巧、觀察切入點、描繪方向。

3. 依此結構圖作文：以此研究文本為架構，以同題或同素材展開另一番個人獨特的觀察與思維。

千變萬化的幾何圖形、古典時尚的建築風格都從直線、三角形、方形、圓形出發，文章亦然。茲分敘於下：

（一）一條龍結構——依時間、情節發生過程敘述

＊因果鍊圖：因——果、果——因

強調思考事件前後與因果脈絡的「因果鍊圖」是論說文中

最基本模式，而敘事性文章主要在描述事件發生的來龍去脈，無論是以時間或以空間為架構，都不外乎因果關係的描寫，如三毛〈沙漠中的飯店〉、余秋雨〈道士塔〉、林文月〈潮州魚翅〉……等均然。

以陶淵明〈桃花源記〉而言，文章採用第三人稱客觀的敘述角度，虛構一段情節、對話，塑造一個理想世界。展開文章的第一段是漁夫發現桃花林的經過，接著透過漁人的眼睛，如畫軸般在讀者面前呈顯桃花源風景與生活，結筆於重尋桃花源終不復得。在敘事結構上以出發──歷程──回歸三段式，並在虛擬實境，編撰情節中，兼用敘述式、情節性和對話式的敘事體形式，完整地塑造故事情節與人物形象；同時以漁人、太守、劉子驥追訪桃花源為經穿梭成其脈絡。

＊時間脈絡：今──昔、昔──今、今──未來

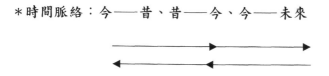

大凡記敘人事變遷、追憶似水年華的文章多以時間作為敘述主軸，依人事物而展開敘述脈絡，如柳永〈雨霖鈴〉由當下送別時地寫情：「寒蟬淒切，對長亭晚，驟雨初歇。都門帳飲無緒，留戀處，蘭舟催發。執手相看淚眼，竟無語凝噎。」繼而虛想別後、未來種種：「念去去，千里煙波，暮靄沉沉楚天闊。」「此去經年，應是良辰好景虛設。便縱有，千種風情，更與何人說。」

最常見的是記敘、抒情文藉今昔對比所引發的敘述或慨

嘆，如阿盛〈廁所的故事〉文以廁所貫串全文，從昔日以竹片揩拭到粗草紙，乃至從茅坑到今天的抽水馬桶敘述生活型態的轉變、〈火車與稻田〉藉著火車與稻田的對比，在火車來去間，寫盡社會變化，其層次如下：

	火車來了	火車到了	火車不見了	火車進站了
第一層次 昔	父親拔草	「我」六歲多，對火車有疑惑	二兄要到遠方去，父親慌迷	「我」九歲，三兄離鄉
第二層次 昔	「我」十五歲多，幫忙除草	「我」十六歲多一點，大兄、二兄回鄉	三兄帶城市女郎回家，父親不喜歡	「我」在聯考放榜後，搭火車離鄉
第三層次 今	「我」在城市唸書，母親經常會託人帶吃食衣物到學校	「我」在城市上班。父親過世後，母親賣掉田地，時常北上探望		「我」帶著妻兒回鄉探母，父親的田已成了水泥地，消失了

　　白先勇〈樹猶如此〉也是運用「今—昔」、「昔—今」的結構。全文以樹（義大利柏樹）象徵好友王國祥，一筆兩寫，既寫樹，亦寫人，寫一份相知三十八年的友誼，一段人與命運抗爭的過程。文章的發展脈絡先是「昔—今」順敘，從 1973 年開始，作者依時間發展描述庭園植物與兩人互動；到 1989 年是個轉折點，「六四天安門事件」發生，恰好樹又枯死，這兩件事是賓，主是王國祥疾病復發。接下來採「今—昔」倒敘，時間回到過去兩人結為莫逆的 1960 年，文章專寫王國祥，歷敘他第一次生病、治病過程，當時以為痊癒，沒想到病根潛伏二十多年於 1989 年復發，然後二人合力抵抗病魔，

1992 年王國祥病逝；作者筆鋒倏而又拉回 1954 年，再次交代兩人交往；最後以描述整理庭園植物呼應前文，並做結束。

*敘感關係：敘──感、敘──論

記敘文中不免因事而發、以時而嘆、緣景而感、藉事而論、假人而興，因此結構上或夾敘夾感，或先敘後感、先敘後論，大致可分述如下：

敘──感

無論是先敘事寫景、說明現象或鋪展故事，文末歸於抒情、議論的結構模式，其核心處皆在「感」。

記遊中每見將景色、心理、哲理融合，如柳宗元〈永州八記〉、王安石〈遊褒禪山記〉、袁宏道〈晚遊六橋待月記〉都是先敘後感之作。王羲之〈蘭亭集序〉，蘭亭之會遊目馳懷之際，萌生「情隨事遷，感慨係之矣。向之所欣，俛仰之間，已為陳述，猶不能不以之興懷。脩短隨化，終期於盡」之感。蘇軾〈赤壁賦〉裡，以水月為主調，即景即心引動意興，書寫超凡入勝如夢如幻的感覺。水月不僅提供了當下即足的美感之樂，蘇軾更藉著水與月投射出他豁達超然的價值取向與人生態度，並在水月「變」與「不變」中反思事物的本質，表現具有哲理意味的曠放與妙悟。

陳芳明〈深山夜讀〉裡，以「閱讀是一種虛妄，一種幻象，一種飛翔」，敘述自我生命裡在閱讀間浮動的歷程，從中可以見到一路行腳踽踽獨步於革命歲月、學術征途的理想如何被顯影；聽見與天地神祇精靈對視的竊竊私語，與孤獨偕行耽溺忘我的獨白，當然也看見在閱讀書寫之間所吐納對文學研究

的熱情，在不斷自我糾正中演出對完美的追求。

夏曼·藍波安〈海浪的記憶〉記述作者回鄉通過父執輩重新學習族人傳統生活經驗，從而進入族人的價值觀、生存態度及思維。篇幅上分兩部分，前部以因飛魚季節到來而開啟的夜晚捕獵為主，經歷浪潮浪頭生死危難，卻沒有任何收穫作為「敘述」。篇末在父親、大伯、叔父「讓我們的勇敢，讓我們的氣宇，……能被晚輩欣賞和尊重」的願望，到舉杯對捕得大魚的三個堂兄弟致敬間結束。前段鋪敘是為襯托出後段的思考，也是全文重心所在，隱然浮現原住民渴望的是被肯定、被尊重；他們在意的不僅是魚穫，而是與海搏鬥的精神，在隨著代代學習並分享經歷世界中的教訓與智慧，進入族人傳統的生存態度與思維。

敘——論

大凡寓言體的文章都是先敘後論，是以寓言有所謂以故事糖衣把道理包起來之說。文章結構通常以具備「開端、發展、結尾」完整的故事情節為主，其論或以對話方式引出道理，如《莊子·養生主》「庖丁解牛」因文惠君而闡釋養生之論，另如梓慶削木為鐻也同樣的表現方式與結構呈現。故事敘述梓慶為鐻成，見者驚猶鬼神，因魯侯之問：「子何術以為焉？」而帶出「齋以靜心」，忘懷非譽巧拙，四肢形體外擾消而技巧專一譬喻寄託之理。

寓言為說理之妙法，如筑婷與小瑋以「寓修道於技藝」為主旨，其中並以某種技藝為發揮中心，以先敘後議夾以對話結構所創作的寓言：

筑婷有聞，鄉里有一歌者，其音如黃鶯，聲如畫眉，每歌

於林中，群鳥啁啾唱和，鳴蟲鼓樂伴奏。筑婷欣然訪之於鄉間，忽聞其歌唱，間關有致，鶯語綿綿，高音亢然響雲霄，低音鳴然震山河，悲處則動人心弦，泫然欲泣；喜處則使人快哉，欣喜若狂。萬物皆隨其歌而起落，大地亦為之動容。其歌聲之奇，實如傳聞也。

問曰：「吾有道也。春歌於溪澗，夏歌於草木，秋歌於落葉，冬歌於白雪，每有悲喜，便歌訴於大地。心無所求，意無所汲，惟與自然合一也，至五、六年，便得此境界。」

筑婷得而曰：「與萬物合一，觀天地之妙乎！忘我於草木山林，則大塊皆假以為曲目，此歌者所以得天籟也。」
（許筑婷）

司馬氏嘗謂周子曰：「吾少時嘗夢化為鳥，高踞枝頭，迎風而歌，撲翅於蒼穹，享其無憂之樂，醉其遨遊之逍。久矣，不復此夢，前日忽夢幻化為鷗，隨海氣蒸騰而上，徜徉自得，值此時，又變幻成獅，頓時直墜入海，噗嗤一聲，吾狼狽驚扎，掀起九尺浪花，懼然猛覺，冷汗濕衣。」

周子曰：「兒時夢鳥，是心無雜念，以無邪之念同萬物遊於天地；不復夢鳥，是以中歲之濁身，利慾充心，而猶欲暢然天際，享實之名利及虛之身輕，此謂之妄想。而近日夢中化鷗，蓋因年已耳順，沉浮官海久矣，欲忘機卻深陷利薰，雖欲隱而不得，是故落得撲嗤落海。」

周子曰：「名利本身外之物，耗日求之，終喪其性，久而欲反璞歸真，此人之本然也。然凡人難去慾，而又困於慾，人之難成聖哲，由是可知也。」（蔡小瑋）

（二）柵欄式圖：以一條條單獨存在的線索，架構成某種風情圖象

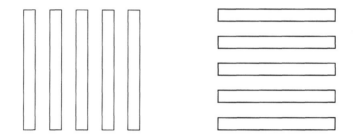

　　以一連串相似事件或情節平行出列，藉某種共同的意念隱然聯繫，最後總收的組織方式，可以用於敘──論、敘──感的結構中，如「永巷長年怨綺羅，離情終日思風波。湘江竹上痕無限，峴首碑前灑幾多。人去紫臺秋入塞，兵殘楚帳夜聞歌。朝來灞水橋邊過，未抵青袍送玉珂。」（李義山〈淚〉）隱藏的淚是主旨，藉典故敘寫種種淚痕、淚情、淚事，最後以「未抵」斷然否定前面積累的悲哀，只肯定個人當前的悲哀。

　　周芬伶〈汝身〉以身為女人的經驗，並列式漸層地帶我們閱盡女人在每一階段的變化，每一階段所必須承受的身心折磨：水晶日的放肆、水仙日的自戀、火蓮日的生孕、古棟日的退化，四大意象而成就純潔聖靈的女身。

　　柵欄式平行線條陳列出時間，或空間變化間的狀態或現象，形成像摺扇式的風景，這樣的結構簡明而清晰，曾馨儀〈杯言杯語〉、黃綉雅〈台北女兒〉便以此形式的組織分別入選台北青少年第一屆散文獎。如馨儀以「家中有一個高大的透明櫥櫃，鍋碗瓢盆之間流傳著一股默契，櫥櫃的某一層是某人的

領地，所有矗立於領地上的建築都屬之管轄，那是一個既透明又私密的地方。」展開藉杯子敘述家人個性、地位、生活的描寫：

爸爸的領地上，始終只有一個樸實、不假裝飾的保溫杯。……

外婆始終偏愛素色的瓷杯，她的杯子擺在櫥櫃的次高層，裡面清一色是繪滿了竹子的白瓷杯。……

媽媽的杯子，每個都有自己的個性，有些是滿面春風的雅士，朦朧中，似乎能聽見爽朗的笑聲迴盪；有的是穩健的君子，正經八百在後頭一字排開，茶水中，似乎浮現了那孜孜不倦的身影。……

我的私人領土，礙於身高，是在最底層的。但地盤上的杯子，絕對是所有家族中最乖張的一個，種類五花八門，宛如聯合國。……

妹妹的杯子盤據在櫥櫃的各個角落，異於我的五彩繽紛，她的杯子千篇一律，全是繪有大頭狗的玻璃杯，似乎反映出她的單純，但，誇張的圖象，又顯示出她那不可一世的霸道。

另如黃綉雅〈台北女兒〉以三個世代的女人對衣的品味、對生活的態度寫台北，也是以分列式為結構。這類組織輕鬆而成功地在同中顯異，使得主題於某種現象殊異的變化間，開展出多面向的層次與內容：

穿著一身在專賣店裡買的 addidas 運動服，唇上凝的是 Anna Sui 的銀河唇蜜，腳蹬一雙 converse 的帆布鞋，穿梭在人群裡，像條繽紛的熱帶魚悠游於五彩珊瑚礁群。……漫步在大街上，眼眸映上的是一具具與自己相像的人偶，正奉行著時尚世界的教條。我，是個甘心被「流行」所俘的奴隸，是個現

代的台北女兒。

當我在繁華熱鬧的東區追逐名牌時，媽媽在已趨沒落的西區尋找屬於她的「無印良品」。媽媽年輕時曾到德國接受薰陶，她強調品質的好壞比那些高級印記更為重要，……她以她自己的品味來表現自己。她的衣飾突顯她堅毅的性格以及強韌的生命力，在人們心中刻劃典雅而深刻的自我意象。她總是對我說：「要對自己有信心，相信自己的選擇，自己的眼光。」她，也是個臺北女兒，但是她不願像個盲目而虔誠的時尚信徒，膜拜著倏地變換的流行趨勢。

……而這些賣衣女兒，也是臺北女兒，生長在城中市場裡的臺北女兒。……至今，仍然有源源不絕的臺北女兒抱著疼惜的心情來到這裡買衣服，只因為這裡，有著濃得化不開的人情味。

我在這些臺北女兒身上，體認到原來台北不只是「臺北」這個地理名詞。臺北女兒從來不是一個難以劃分範圍的籠統概念，而是一位揉和過去記憶和蛻變成長的女性。她是母親，也是時代的女兒。她的存在無比鮮明，即使經過一百二十年，她仍然昂首佇立著，堅定的航行在臺灣的歷史海洋裡，每一個年代中，每一個人的心裡。……（黃綉雅）

（三）交叉對比：正反相生、敘論相映

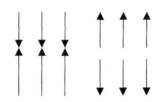

　　論說文無論是先敘後論，或先提出論點繼而佐以例證說明，不外乎正反相生的對映組織，如「龍有逆鱗」先敘彌瑕受寵與失寵，後歸結於論述：「故有愛於主，則智當而加親。有憎於主，則智不當見罪而加疏。故諫說談論之士，不可不察愛憎之主，而後說焉。夫龍之為蟲也，柔可狎而騎也；然喉下有逆鱗徑尺，若人有嬰之者，則必殺人。人主亦有逆鱗，說者能無嬰人主之逆鱗，則幾矣。」這段結構是：

　　第一結論：正：故有愛於主，則智當而加親；反：有憎於主，則智不當見罪而加疏。（因→果）

　　舉例說明：正：夫龍之為蟲也，柔可狎而騎也；反：然喉下有逆鱗徑尺，若人有嬰之者，則必殺人（因→果）

　　第二結論：人主亦有逆鱗，說者能無嬰人主之逆鱗，則幾矣。

　　另如方孝孺〈指喻〉在結構上也屬於先敘後論的形式，但在後段進行鄭君之身與國之事兩兩比較，且不論敘事或論理都採用對比的方式烘托，並緊密地結合先分敘後總收的架構，使得理路清明而有條不紊，其概念圖如下：

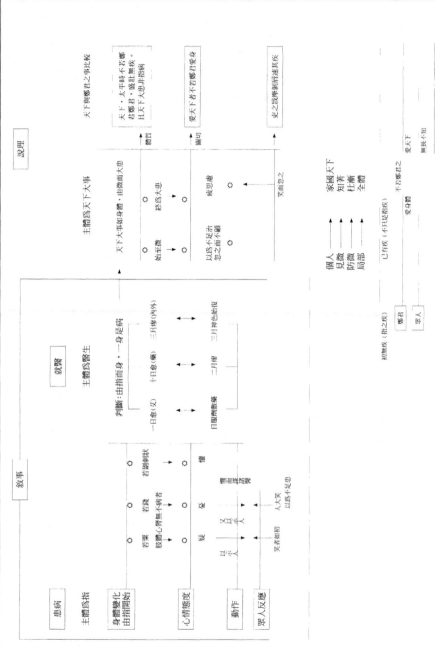

（四）三角結構——小大、遠近、古今、點線的漸層

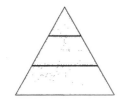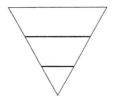

三角形結構如由小而大、從遠至近、因古入今、由博而約、從廣而簡、由多至少的漸層皆是。

以時間流動而漸層描述，從過去——現在——未來，如「君問歸期未有期，巴山夜雨漲秋池。何當共剪西窗燭，卻話巴山夜雨時？」（李商隱〈夜雨寄北〉）「水調數聲持酒聽，午醉醒來愁未醒。送春春去幾時回，臨晚鏡，傷流景，往事後期空記省。　沙上並禽池上暝，雲破月來花弄影。重重簾幕密遮燈，風不定，人初靜，明日落紅應滿徑。」（張先〈天仙子〉）

以視角而言，低而高者如「人閑桂花落，夜靜春山空。月出驚山鳥，時鳴春澗中。」（王維〈鳥鳴澗〉）高而低如「空山不見人，但聞人語響。返景入深林，復照青苔上。」（王維〈鹿柴〉）

＊正三角形——由近而遠、從小到大

李白〈靜夜思〉從近處俯視「床前明月光，疑是地上霜」，轉而向窗外移動，到「舉頭望明月」，然後回到屋內「低頭思故鄉」。以「移舟泊煙渚，日暮客愁新。野曠天低樹，江清月近人。」（孟浩然〈宿建德江〉）而言，取鏡便由近處之身

而及遠處之天、由實而虛、從景而情。而「連翩遊客子，於冬服涼衣。去家千餘里，一身常渴飢。」〈古別詩〉「旅館寒燈獨不眠，客心何事轉淒然？故鄉今夜思千里，霜鬢明朝又一年。」（高適〈除夜作〉）「蘭陵美酒鬱金香，玉碗盛來琥珀光。但使主人能醉客，不知何處是他鄉。」（李白〈客中作〉）則皆從眼前將時空拉開。

* 倒三角形──從全面到聚焦、由廣遠而近深

　　柳宗元詩疏淡簡樸，幽深冷峻，筆觸中抒發個人的際遇和感懷，其〈江雪〉：「千山鳥飛絕，萬徑人蹤滅。孤舟簑笠翁，獨釣寒江雪。」一詩便採用倒三角形敘述結構，由「千山」、「萬徑」之廣大頓時收縮對比於「鳥飛絕」、「人蹤滅」；繼而逐漸由遠景拉近鏡頭至「孤舟」、「簑笠」、「翁」、「獨釣」之「鉤」與「寒江」之「雪」。空間移動中，景物遞次出現以包含物我關係與意義的，利用景物純然構成靜境、逸境、清境。

　　「大漠孤煙直，長河落日圓」則藉幾何形體的辯證關係，使景物形象更突出，但更多的是以遠而近、由廣而小的方式聚焦，如「迴樂峰前沙似雪，受降城下月如霜。不知何處吹蘆管，一夜征人盡望鄉。」（李益〈夜上受降城聞笛〉）「細草微風岸，危檣獨夜舟。星垂平野闊，月湧大江流。名豈文章著？官應老病休。飄飄何所似？天地一沙鷗。」（杜甫〈旅夜書懷〉）

* 剝筍法：向外層遞、向內向深處層層深入

　　歐陽修文平易流暢婉轉多姿，如〈醉翁亭記〉寫得從容不

迫:「環滁皆山也。其西南諸峰,林壑尤美。望之蔚然而深秀者,琅邪也。山行六七里,漸聞水聲潺潺而瀉出於兩峰之間者,釀泉也。峰回路轉,有亭翼然,臨於泉上者,醉翁亭也。」

　　先由琅邪山落筆,第一層從遠山而近山,由山而水,由水而亭,由亭而人;第二層由人的外在行為,而內心世界,逐步推移,藉釋亭名抒發胸臆後,點出「樂」字作為貫串全文的主線。

＊平提側重

　　如顧炎武〈廉恥〉由四維至禮義、廉恥分敘,再縮小論「蓋不廉則無所不取,不恥則無所不為」,次段以「然而四者之中,恥尤為要」為首,將論述集中於「恥」。

＊點線面

　　張岱〈湖心亭看雪〉:「霧淞沆碭,天與雲與山,與水,上下一白。湖中影子,惟長堤一痕、湖心亭一點、與余舟一芥。舟中人兩三粒而已。」整個敘述從面到線乃至點,而由天雲山水到長堤再到湖心亭、舟、人漸次縮小的點,形成文字與畫面相映之美。

(五)圓結構——以題為圓心,向四面八方放射狀展開幅度

　　寫作其實是不斷地「組織而後書寫」與不斷地「書寫而後組織」的過程,執筆前在心中立意取材時便包容將人物情節、意念語言構思組織的歷程。這個興念得意的過程中,必然有一個核心目標作為立意與取材的出發點,作為邊寫、邊想、邊發現的主軸,接著而來的運筆寫作,便是以寫作技巧讓語文組織自然而貼切地配合意念組織,亦即配合適當的內容做最適當的

表現。

　　採取圓形的結構方式特色，在由主題向不同方向呈擴展式，拉出思考鋪陳的面向，形成廣泛囊括的俯瞰視野，適合「窄題寬作」的題型。

＊放射線──時空、人事、理例等材料圍繞主題解釋、敘述。
　　以圖示如下：

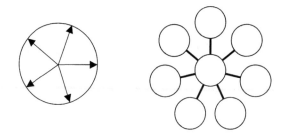

　　李白在〈春夜宴桃李園序〉，於「飛羽觴而醉月」的狂態背後，表現其對人生的清醒感受與對生命的看法。在短短篇幅中，李白把感官的情性與抽象的思想串聯，並超越自己，看古今人生命的共同──「浮生若夢」，深沉的悲劇覺知：「夫天地者，萬物之逆旅也；光陰者，百代之過客也。」然後回到古今人交感──「為歡幾何？」的反思，而集中於「歡」字展開及時行樂的生活觀，其間由「樂」為圓心，分別開展脈絡是：
秉燭夜遊以求歡──古人秉燭夜遊，良有以也。
縱情自然之樂──況陽春召我以煙景，大塊假我以文章。
欣然所會天倫之樂──會桃花之芳園，序天倫之樂事。
才情相映之樂──群季俊秀，皆為惠連，吾人詠歌，獨慚康

樂。

瓊筵醉月之樂——開瓊筵以坐花，飛羽觴而醉月。

暢舒情懷之樂——不有佳詠，何伸雅懷？

以一統眾拉出的圖景，集合人事物景紛飛的線條，形成一種似萬花筒般繽紛卻有條不紊的秩序。如馨儀以外婆與家中兩張桌子為圓心，折射出一道道家族親人生活與情感的畫面：

桌子是我們家庭活動的重心。外婆家由百年老樹一體成形的老桌，我們家中的餐桌，都是成員最常聚集的地方。

外婆把這張桌子放在大門進去最顯眼的地方，好似家中的侍衛，無論誰進門，看見這張桌子就知道要坐下了。它像一座小島，看似孤立，但我知道它不孤獨，因為我們的生活是繞著這個桌子打轉。五個孫子女，總喜歡趴在大大的桌上，或躺、或坐。每年過年回去，爬上桌子似乎就是一種「回到家」的象徵，在這張桌子上，我們的感情，似乎也如百年老樹一般堅實，並逐漸成長。

現在的我，早已不是爬上桌子的年紀，但每當我觸摸它，貼近它，總能感受桌面殘留的餘溫，那或許是剛剛離開那人的體溫，也可能是長久以來，樹木被溫熱的感情。撫摸這張曾經是樹的桌子，我感覺到它穩重但緩慢的心跳，還有那樹紋交錯下，家族堅韌的向心力。

而我們家的桌子是石做的，石頭有些冰涼，但是即使是冬天，我還是喜歡觸摸那種冰冰涼涼的感覺。這張桌子，是我們家的工作坊，也是我們生活的聚點。我們在這裡享用三餐，雖然不一定同時，但是同一張桌子上，總有一種特別的感情。當一個人用餐時，我從桌上的磚塊書看見媽媽，從忘了收起來的

鉛筆看見妹妹，還有從隨性放著的底片盒裡看見爸爸。

　　一回到家，我們就坐在桌邊，我總是迫不及待的狼吞虎嚥，妹妹兢兢業業的從作業開始奮戰，而母親則看報紙、看信。我們分別做著不同的事情，看似不相干，但我們是繞著桌子在進行的，我們的心也是向著那個圓點。因為有這張桌子，所以家庭成員有一個溝通的管道，或許不是面對面的溝通，但是靠著這張桌子，我們看見其他人的痕跡，並靠著這些痕跡瞭解家人的生活。

　　當桌子上多了幾本英文磚塊書，我們知道媽媽又在出考題了；當餐桌上散落著幾卷底片的包裝，我們瞭解爸爸又殺光了好幾卷底片；當桌上堆著一疊又一疊測驗卷時，我們知道小孩子的考試季節又到了。

　　我們的桌子，總是安靜的，不同於外婆家，桌旁總是充滿笑鬧。我們在桌上，若不是吃飯，便是工作，有時會有電話打擾，但電話鈴聲沒下後，桌子又恢復寧靜。在寧靜之中，我們的心跳是結合在一塊兒的。或許餐桌上的轉盤總是在旋轉，但是桌子從不搖動，就好像百年老樹一樣忠誠。桌上或許有些許刮痕，那是一次次的紀錄，或許是妹妹拿美工刀劃到手的痕跡，也可能是我切水果下的粗心大意。這張桌子，有自己的寧靜，卻用它的寧靜證明了我們的存在。

　　有時爸爸會在桌上放幾張照片，於是我們知道，他又有新作品了。有時夜裡，我在桌邊打報告，這時母親會默默的泡一壺薑茶放在我身邊，於是我瞭解，她要我早點去睡。

　　假日的早晨，爸爸會在桌上看見一盤鬆餅，於是他知道，我已經起床了。

有時媽媽會看見桌邊掛著雨傘，於是她知道，妹妹提醒她下雨了。

在這張桌前，一切的文字都是多餘的。

但在寂靜之中，大家都在說話，說一種，只有我們理解的語言。（曾馨儀）

＊起承轉合──首尾相合，環環相扣

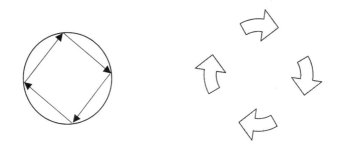

有人說一首詩在找到它的形式之前它並不存在，而所謂藝術本體的形式是作品的基本組織原則和技巧構成，這樣的目標推之任何文體皆然，是以起承轉合作為文章基本結構，也是古詩或任何文類的初胚形式。

楊載〈詩法家數〉言：「律詩要法，曰起、承、轉、合。破題或對景興起、或比起、或引事起、或就題起，要突兀高遠，如狂風捲浪，勢欲滔天。頷聯或寫意、或寫景、或書事用事引證，此聯要接破題，要如驪龍之珠，抱而不脫。頸聯或寫意、寫景，書事用事引證，與前聯之意，相應相避，要變化，如疾雷破山，觀者駭愕。結句或就題結、或開一步、或繳前聯之意、或用事，必放一句作收場，如剡洲之棹，自去自回，言

有盡而意無窮。」詩隨感隨興而作，雖重自然感悟，但詩思進展隨題幅湊，在意象與意象之間引起、承接、轉折、綰合，脈絡有致。

或開門見山由題本意說起：「虢國夫成承主恩，平明騎馬入宮門。卻嫌脂粉污顏色，淡掃娥眉朝至尊。」（張祜〈詠虢國夫人詩〉）第一句直陳楊貴妃姐虢國夫人，次句承人寫事，繼而以「卻嫌脂粉污顏色」轉念，終歸於「淡掃娥眉」。

或以暗起方式，字句間不見題字：「瀟湘何事等閒回？水碧沙明兩岸苔。二十五絃彈月夜，不勝清怨卻飛來。」（錢起〈歸雁詩〉）將雁隱藏於影像在其中，次句補寫勾勒景，擴張首句力量，達到烘托蓄勢或渲染的效果。另如「春城無處不飛花，寒食東風御柳斜。日暮漢宮傳蠟燭，輕煙散入五侯家。」（韓翃〈寒食詩〉）起筆勾勒氛圍，以春城飛花營造視覺畫面，次句承城景，並聚焦於御柳。或如「茅簷長掃靜無苔，花木成畦手自栽。一水護田將綠遶，兩山排闥送青來。」（王安石〈書湖陰先生壁〉）寫山中居家初夏景，觀賞怡悅之情，也採用第一句不著題而以景襯，使真正應題的第二句更具氣氛。

轉折之法或承上得意，如「銀燭秋光冷畫屏，輕羅小扇撲流螢。天階夜色涼如水，臥看牽牛織女星」（杜牧〈秋夕〉）、「葡萄美酒夜光杯，欲飲琵琶馬上催。醉臥沙場君莫笑，古來征戰幾人回？」（王翰〈涼州詞〉）「朱雀橋邊野草花，烏衣巷裡夕陽斜。舊時王謝堂前燕，飛入尋常百姓家。」〈劉禹錫〈烏衣巷〉〉。或另起一意，如「暮天新雁起汀洲，紅蓼花疏水國秋，想得故園今夜月，幾人相憶在江樓。」（杜荀鶴〈題新雁詩〉）

　　詩法與文章之法有其相通之處，起承轉合長久以來為最安全穩固的結構，也是基本的行文之道，無論抒情、記敘或議論皆適宜。如張秀亞〈湖水・秋燈——學校生活追記〉開頭「湖，嵌在我讀書的古城，湖水，溶漾在我的心裡，還有那盞美麗的古銅燈，燃燒在湖邊的小屋中，透過窗子，照影在湖心。」結尾：「那晚湖邊小樓的燈光一直亮著，直到今天——那盞燈，亮在我的心湖，直到今天。寂寞的秋日，我心中的那盞燈就格外明亮起來，閃現著淡淡的龍井茶似的光輝，伴著一個沒有開頭也沒有結尾的故事……」首尾照應，餘韻嫋嫋。

　　如「心動」（89 北聯），這個題目可以心動之事景、人情為圓心，朝四面八方作輻射開展片段，然後總收於結筆。此外，以「窗外」之題而言，顯然敘述者的位置是站在窗內朝外，視線延伸的方向必然由室外往外，如此起承間流轉的實與虛自在各人巧思之間。如敦平以夜晚窗外望去的天空之星起筆，承之落於星光下的微風，並抒情地縱於想飛的意念，轉折處在「但，那並不適合我」數字之間，帶動筆鋒變化，也帶出「不是飛向黑暗的夜空，而是飛向光明的白晝」、「飛向自己嚮往的天空」的結論：

　　　　夜晚，仰望半夜的星空，從窗戶向外看去，四周是黑暗的，沉靜的，但也是耀眼的。夜空散發著黑耀石般的光澤，點綴了這閃亮透著玻璃觸感的黑，一閃一閃，閃爍著微弱但耀眼的光芒。這些好似隨時會消失的微弱光點，其實都是一個個比太陽還耀眼的恆星。我看著窗戶中自己的倒影，同樣的模糊，但存在感強烈。我會是那個遙遠的一顆星星嗎？

　　　　看著窗外，在微弱的星光反射下輕輕搖曳的樹木，我可以

感受到微風，在黑夜中輕輕地吹著，我想像那無形的手，像絲綢般滑過我的臉龐，輕柔的，涼爽的，帶著夜晚的氣息。隔著窗，夜晚的天空好似在呼喚我，喚我投入它的懷抱。我依稀聽見某個聲音在我耳邊低喃：奔向自由，飛向夜空吧！或許在黑夜中飛翔，不怕被烈日灼傷，也不怕成為醒目的目標，躲在黑夜的懷抱裡，我確信我是安全的，但，那並不適合我。

　　是的，我該打開窗，飛向窗外，但不是飛向黑暗的夜空，而是飛向光明的白晝。不論太陽多麼耀眼灼亮，白晝的天空有多麼清晰無所屏障，我仍要選擇飛，不只飛離那限制我的牢籠，也要飛出黑夜的庇蔭。我要飛向光明，在陽光底下高飛，在藍天白中無懼於太陽的烈炎，無懼於人們的視線，我要勇敢地飛翔，在青天白日下，飛向自己嚮往的天空。（余敦平）

二、組合衍生──變形蟲結構

　　技巧即思想，思想即技巧。因為技巧的性質、運用方式直接顯示作品的思想，而技巧引導作者發現思想，思想指引作者找到調整，乃至創造或創造性地運用技巧。基本圖形巧妙組合，因組合與聚合的整體互動、複沓重疊或交錯衍生，往往能創造作品的多面性。

結構面面觀

1. 每一篇文章所使用的結構並不限於單一方式，請從外在形式、內在旨意、運材方式……等各種角度分解其組織。
2. 整理相同或相似結構的文章，並敘述其表現方式。
3. 把幾種結構重疊後，依此架構為文。

（一）魚骨圖：主線貫穿全文，支線呈平行交錯

　　意，是一種有情、有景、有思、有念的寫作胚芽，是想像、思考與情感形成既具體而又抽象的心中意象，寫作時以此意為貫穿全文的緯線，穿梭人、事、物、景、情、思的經線，便能在縱橫交錯間織成一方錦緞：

*人事串聯——以題為緯線，以人、事、物為經線

　　方苞〈左忠毅公軼事〉以「忠毅」為中心，取左光斗視學京畿識拔人才、收為義子繼事述志、炮烙之刑怒責史可法等盡忠國事、剛毅不屈的事實，再以史可法抵禦流寇時，盡心盡力為襯，凸顯其堅毅氣節。

　　白居易〈琵琶行〉寫的是一位落魄書生遇見失意女子、遷客遇到見棄商婦，彼此由孤獨而相知而相惜的故事。這條偶然

相遇的因緣是敘述主線，依時間發展而展開晚江送客、水上琴音、琵琶心曲、商婦訴懷、司馬自悲、惺惺相惜，賓主俱化等情節。「淪落」、「知音」讓兩個陌生人交會，也讓他們在音樂裡，在彼此共有的經歷裡轉化、蛻變而獲得重生。

＊實虛交錯──以題為經軸，人事景與情理若隱若現、今昔起伏擺盪

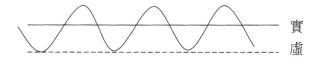

　　實虛之間似草蛇飛舞般交錯，又如小叮噹時空任意門，隨想像力出入時空，在一個文章裡跳躍時間、轉換空間，在交代事件情節發展中穿縮當下與回憶。如林海音〈爸爸的花兒落了〉情節以第一人稱「我」──年僅十三歲的女孩──的視角來鋪陳，文章隨著作者起伏的思潮而推衍，採用插敘手法，側面描寫爸爸的性格，時而寫眼前現實，畢業典禮當天爸爸過世，而她來不及見到爸爸最後一面，箇中遺憾與領悟所交織的成長紀事，時而又回憶往事，使文章顯得波瀾起伏。

　　廖鴻基〈鬼頭刀〉全文在一個高潮中隱藏著下一波的高潮，以一個事件帶出一段感想，一個省思又形塑出另一場畫面，張力十足。布局上，鬼頭刀為主軸，沿著兩條線上發展：一是描述出海捕魚過程的實感，或以飛魚襯其英猛，或與海豚相較道其個性，或穿插漁人在海上工作不可測的危機，一是附在回憶與夢境書寫虛線上，或敘夢境中的鬥志，在現實與回憶間的敘述，充滿想像與強勁的力道，而戲劇性結尾，更造成作

品具有極短篇式高潮。

　　基於一種紀念而生的《水問》，依簡媜自言是個人的斷代史整理。以書中〈夏之絕句〉為例，第一段「春天，像一篇巨製的駢儷文，而夏天，像一首絕句」以一種精彩的譬喻破題，繼而以「已有許久，未去關心蟬聲」帶出全篇聚焦的重心——蟬，漸次第從當下到過往再回到眼前，由實而虛再回到實，蟬聲、蟬性寫作者獨特觀照。

　　以段落而解：文以「蟬聲」為軸線，以乍聞蟬聲、童年捉蟬、蟬鳴的夏、晨間聽蟬、午後聽蟬、黃昏聽蟬、生命如蟬唱、年年蟬聲依舊為一條條圍繞蟬聲拉出的線條。其中從實寫蟬聲到生命情懷的虛寫，綱要如下：

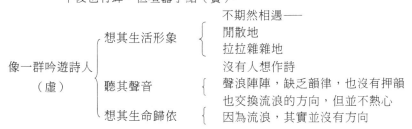

午後也有蟬，但喧囂了點（實）。

像一群吟遊詩人（虛）
- 想其生活形象
  - 不期然相遇——
  - 閒散地
  - 拉拉雜雜地
  - 沒有人想作詩
- 聽其聲音
  - 聲浪陣陣，缺乏韻律，也沒有押韻
  - 也交換流浪的方向，但並不熱心
- 想其生命歸依
  - 因為流浪，其實並沒有方向

生活閒散 --- 蟬聲喧囂無韻------生命無執

本段重點　1. 午間與蟬　　　　3. 吟遊詩人與蟬的結合
　　　　　2. 吟遊詩人的形象　4. 情境構涉

（二）樹枝狀——中心概念、主題概念、分類與分層的歸類與排序

概念構圖，包含可聯結相關概念的「蜘蛛網圖」與「階層圖」、強調思考事件前後與因果脈絡的「因果鍊圖」與「魚骨圖」，以及可發展批判思考與價值判斷等能力來分辨異同與統整調和的「權衡秤圖」與「環扣構圖」。在進行小說分析時，可利用階層圖分析角色關係、因果圖分析劇情、或權衡圖呈現小說中的觀念與思維。

邏輯是道理，也是秩序，結構便是創造內在邏輯，讓各成分安排有秩序。生物界以類、門、綱、目、科、屬、種區分不同層級，在文章組織中以總分總為條目法，這種分類、分級、分層的觀念，是以結構化整理摘要評論及摘要，可以在書寫時建立一目瞭然的綱領：

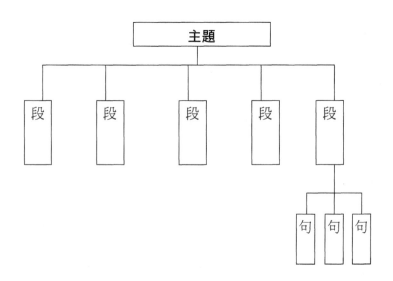

　　在練習上，可先以長句練習分出果、因、例證、假設推理、支持證據；或分出意念、組成敘述的元素，以建立明確而清楚的概念圖表，如：

　　「那一年盛夏，我更能體會那漂浮在山村裡的氣味，我變得非常敏感，覺得它好像要告訴我一些甚麼，啟發我一些新的知識和關懷。那是阿眉族特有的氣味，我知道，它粗獷，勇敢，純潔，樂天，在青山綠野中生長，而似乎又帶著一種宿命的欠缺。」（楊牧〈接近了秀姑巒〉）以圖示之，其組織為：

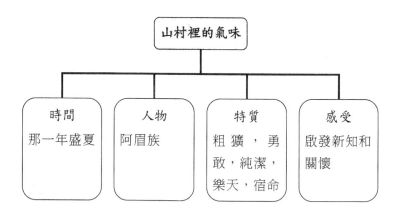

荀子〈勸學篇〉以連結相關概念的「蜘蛛網圖」與「階層圖」所分析的圖示：

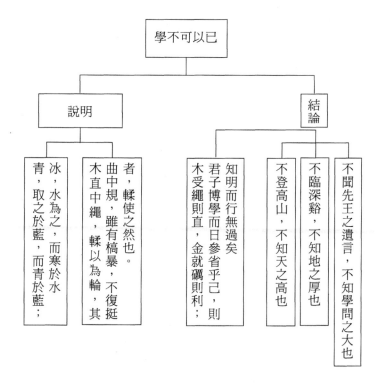

（三）鏡框式——聚焦的停格、慢鏡頭的凝視

朱自清〈背影〉追憶父愛，全文集中於父親費力地去買橘子時的背影：「我看見他戴著黑布小帽，穿著黑布大馬褂，深青布棉袍，蹣跚地走到鐵道邊，慢慢探身下去，尚不大難。可是他穿過鐵道，要爬上那邊月臺，就不容易了。他用兩手攀著上面，兩腳再向上縮；他肥胖的身子向左微傾，顯出努力的樣子。」這個緩慢而平實、細膩而冷靜的鏡頭在整個敘事情節

中，像停格的畫面在記憶裡與讀者心裡都成為深刻而動人的背影。

顏崑陽〈被拋棄的東西也有它的生活意見〉架構十分特殊，並不是以時間軸當成主線，而以故事主人翁的思緒帶領故事前進：「我很想拋棄些什麼東西，我必須拋棄些什麼東西。」像碎碎的絮語在段間落穿梭，但文章並不從正面說明想拋棄什麼東西的理由，而是藉一幅幅實與虛、當下與過去、個人與共象的畫面探索思考物慾枷鎖。

首景是診所，焦點是牆上一幅匪夷所思的畫：「女人穿著雨衣，撐著雨傘，卻抓著水管，正在雨中澆花」，藉以暗示心裡呼嘯的聲音，象徵人背負強大的物質慾望。

次場景在家中，各式各樣的物品從四面八方湧入，各式物件的壓迫，才發覺生活的空間，早已被佔領，於是細細回想起每一件物品的由來，最後帶出搶購的迷思。比擬各式各樣蛇的領巾，造成無聲地、冷血地、陰溼地、吞噬地意象，不僅強化物反客為主的侵略，更冷酷地彰顯人類為炫耀而堆積的空泛，穿插其中的古典春宮圖則象徵聲色犬馬的爭逐享受。

最後一個鏡頭是彈琴的女兒，焦點是貝多芬的「白色的雨鞋」，驚愕自己為擁有而不斷堆積、為身分而陷落搶購熱潮，時間在不經意中流失，兒女在成長中的缺席造成無法彌補的遺憾。作者捨棄嚴肅如社論的方式評析，而讓被拋棄的東西出場說話，讓它們傾吐對拋棄命運的抗議的畫面聲音，寓言式、童話式的陳述消費現象的批判、為慾望控制的盲目心理的控訴。

意念意象的安排，即詩的內在結構，也是詩的靈魂，它決定一首詩的生命的開始、展開和終結。王維的詩每以畫家眼光

攝取景物，構圖和佈局，善於處理景物主從大小遠近，營造詩境，在視點選擇上有多種變化，即使只聚焦於一二鏡頭，在視點和取景角度上也有動靜的曲折。通過視點的轉換、景物的剪接，把時間過程隱藏在空間轉換之中，使詩畫渾然不覺地結合起來，如「木末芙蓉花，山中發紅萼。澗戶寂無人，紛紛開且落。」（辛夷塢）「人閑桂花落，夜靜春山空。月出驚山鳥，時鳴春澗中。」（鳥鳴澗）多向視野羅列，彼此藉從屬地位、縱橫映襯，形成清而秀的有機畫面。

（四）蜘蛛網圖

閱讀小說或進行分析時，朝向摘要故事大要、舉出情節中主要事件、敘事觀點、解釋主角的內在衝突、分類場景、推論背景、摘要主題、組織結構、區辨風格、內涵象徵意義、寓意等相關的小說內容及寫作技巧分析，便是以蜘蛛網展開的結構。如魯迅〈孔乙己〉，可就作者寫作動機、目的與風格、內容與技巧、視角脈絡、敘述者觀點等由淺而深展開論述。

或者以小說主題置於中心，依中心主題發展出許多不同、可能是生命教育、性別研究、文化現象或專業科目的議題，再針對每個議題去發展相關聯的事件、事件在小說中又是如何發展、有何結果、帶來的啟示為何……不斷延伸下去。如以蜘蛛網圖分析電影「哈利波特」在生命教育的應用為例，議題可包含團體合作（學院制度）、團隊競爭（魁地奇比賽）、貧富差距（人物角色）、人際互動（同儕關係）、親子關係（家庭背景）、自然生態（海格與動物的相處）、見義勇為（對抗佛地魔）等議題與事件分析：

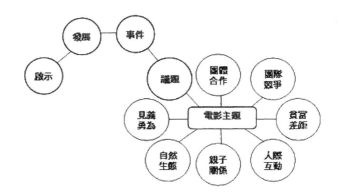

（施如齡〈影片融入教學之應用策略 讓您的教學影音四射〉，台大教學發展中心電子報 2007,06）

（五）千層派——從一個意念泛起一波波敘述，從近而
　　　遠，浪浪相逐

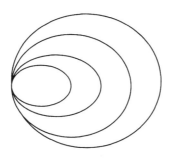

　　從一個小小的黑點，你想到什麼？一條線的千萬分之一？遠處的螞蟻？空中俯看的人影？仰視蒼穹裡的星子？欣靄由碳墨的黑子，影印的複製倒映出生活裡種種發現，入選第一屆台北青少年文學獎：

　　影印過嗎？

　　影印就像所謂的過日子一樣，不斷的重複、重複，再重複……。即便是如此，影印出來的東西卻往往要多出幾個黑點，沒有兩張紙是完全一樣的。生活中的樂趣就來自這些令人意想不到，多出來的黑點！

　　上了高中，我成了標準的「捷運人」，每天在固定的捷運站，搭著固定的班次上下學。捷運站總是塞滿了形形色色的人，他們就是晃動車廂中的蹦跳樂趣，我喜歡在這侷限的窗格中尋找這些意外的驚奇。

　　倚著捷運車廂的門，這是我最喜愛的位置，擁有觀賞整個「窗格」的好視野：一個打瞌睡的學生，直到車門要關了才匆忙的拎起書包往外衝，嚇得坐在他周圍的乘客們幾乎縮成一團。一位二十多歲的年輕女子，在捷運嗶嗶作響同時，卯足全力衝刺企圖擠進車廂，誰知她卻像踩到香蕉皮似的，滑了一大跤，人沒擠進車廂，高跟鞋卻很爭氣地在捷運車門將關的零點一秒滑了進去，弄得乘客們凝視著高跟鞋不知所措。另一邊有位恍神的老伯伯，下錯了站，一跨出車門又急急忙忙的跑進車廂，尷尬非常，我不禁倚著車門偷笑。

　　唉呀，看得出神，下了車卻發現今天的車站怎麼跟平日不同？格局寬敞，少了人群的吵雜聲和急促的腳步聲，視線和聽覺頓時舒緩，卻嫌冷清。回了神，抬頭一望，赫然發現下錯站，慘啦！這下我也成了自己別人的笑柄了！

　　不同的捷運站，有不同的風情。過了不久，列車來了，今天耽擱了時間，頻頻看著手上的錶，催促腳步追上秒針的餘音，沿途的事物霎時變得模糊，我也無心注意，只剩下我和我的手錶。空間和時間好擁擠、好急促，後半段的「旅程」似乎

沒什麼特別，只聽見秒針滴滴答答的流逝聲，又開始影印的工作，不斷的重複、重複、重複……。

然而縱使生活簡單到如同一張影印紙般簡單，在不斷重複、重複當中，那意想不到的黑點就如同跳躍的音符，為我們生活譜出一曲美妙的樂章。（石欣靄）

（六）大餅包小餅──大故事中有小故事，各自獨立卻又環環相扣

像一千零一夜般，薄伽丘《十日談》以一天十個故事，十天一百個故事，企圖對抗十四世紀佛羅倫斯流行恐怖的黑死病。芥川龍之介〈竹藪中〉、電影〈羅生門〉樵夫、僧侶、衙吏、老太婆、盜賊、武士、武士之妻各說各話的情節展開生存與道德的拉鋸戰，這樣的結構恍若落地生根，自以其完整存在而又在彼此對應中形成另一番意義。

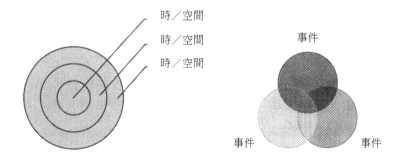

時／空間

時／空間

時／空間

事件

事件　　　　事件

至於林耀德〈房間〉一文書寫方式，採取凌亂的鋪陳、錯落的發展線條，反而有助讀者在尋找篇意摸索主題，探察作者真意的過程中，讀者檢視內心的那個空間，反反覆覆的巡迴，

而漸入佳境。

文章沿著第一句「在這個世界上總有些奇怪的房間」,「奇怪」二字拉出一段段以數字劃分出的「奇」與「怪」。我們見到有的房間像蛹,蜷曲於繭般等待孵化成蝶或著永遠蟄伏的結果。有的房間則透露生活的真相,藉由觀測窺視的眼光意念,享受「兩個孤立自閉的房間突然超越時空連結在一起」的莫名感動、建構想像與記憶的自我體系。

作者巧妙運用散文視角的變化,一方面利用看不見卻實然存在的房間、「蛹」與「蝴蝶」的意象、「窗」的透視與偷窺……等做為敘述材料的主體,以理性意識與感性想像,交織成一種非現實的客體描述狀態。另方面又藉著窩居於房間的人類一如被釘為標本的蝴蝶無法蛻變、房間所切割的距離與電話、通訊設備所急於脫離房間框架的建構,擴大敘述域限,而視角的更換則拓深了敘述的內在層次,形成立體的藝術效應。此外,作者從意識流動的過程著眼,每一段雖然都圍繞一定的意念,但相互之間卻又不是那麼完全連貫,目的在由「房間」引發出一串想像的詩意與深沉的思考。

人與蛹角度互置,宛如小說敘述觀點的轉換,呈現作者冷靜而全知的觀點。當房間與現代文明接軌時,科技打開的偷窺則展示出層疊意象運用之妙,現代人共同的生活處境便如此被包裝於這多重而繁複的現象之中。其脈絡如下:

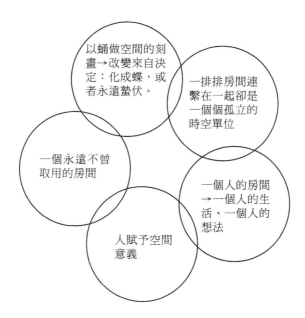

分析文本：房間→蛹→蝴蝶標本→房間的垃圾→窗→蝴蝶

　　人類為有限空間做切割，而我們往往忽略空間的意義，是由居住者所下的定義：一間房間放了書桌、檯燈，就是書房；放了張暖綿綿的床，就是臥室。我們為空間創造意義，彈性的空間增加了幾分懸疑，但有居住者的空間依然是謎，就像大多數人無法從蛹分辨它是哪種蝴蝶或是蛾的蛹，就像一個大門深鎖的房間，人們無從得知住在房裡是個什麼樣子的人?玟瑾對此提出想法，而獲得景美文學獎散文特優：

　　形成房間的緣由，其實來自於存在人類內心最原始的渴望。

　　對於我而言，房間就像是殼。它是我可以全身而退而又可以完全掌控的私人基地，就像寄居蟹一樣，我住在這個專屬於

自己的國度裡，享受安全、享受佔有。

　　有時沉靜不動的寄居蟹，是在等待疏忽的過客以成就下一次的滿足；有時他緩步移動著前足，做個漫遊者，逕自在灰黃色的混沙上留下蹊跡，拉著漸行漸長的殼，順著和有鹹味的海風，和著拍打在足邊的海聲，靜靜地走著。

　　房間之於人，就像殼之於寄居蟹，它不僅僅是個重要防護罩，更深深影響寄居蟹的成長，過大過重的殼會使行動時花費過多的能量，而過小的殼則會抑制寄居蟹的成長發展。所以，尋找適合自己的成長空間，學習環境，換殼就像搬家一樣，是重要的，有時甚至是必要的。

　　然而，礙於現實，蠢蠢欲動的搬家意念總被壓制，於是，我只能怔怔看著歷史課本上剽悍的北方民族，逐水草而居的遷移於他們，不單是生活，更是生命。在神駒競速的湛藍裡，我彷彿看見他們殷紅的流浪因子，以天地為屋，四海為家，那是沒有界線的房間，蒼穹之下，駿足所及，無處不為家。然而，隔著一道孟姜女的夢魘，中原的農業民族，卻是十分的安土重遷，故鄉的羈絆往往是人們一生的牽掛。生，離不得故土；死，更要落葉歸根。

　　搬家，遙不可及，於是，我搬動家具，搬動著我固有記憶中存在已久的形式。書桌從靠窗，一路轉向面壁的角落、床自房門進來三步右轉，一股腦的貼上看得見陽光的陽台邊。移動可以是一種鎖毀，可以是一種創造，也可以是滿足人類最原始支配慾的手段，以自我中心為出發點的原始思維，控制著這個空間的一舉一動。

　　但寄居蟹為什麼要有殼？

× × ×

　　我生活的形貌也展露在我的空間裡。窗簾，房間與外界的細胞膜，它透水透氣卻不透秘密，是我操縱私人與公開的界線。為人處事，我不好強硬，窗簾，我愛絲質布料，代表柔軟的手腕與滑順的言語；探索知識，我精益求精，我好黃色窗簾，代表知識的光和熱與我無窮的精力。對我而言，房間就是另一個自己，個人意志的再延伸與再雕塑，而房間的飾品更是一個能見微知著的地方。

　　夢得〈陋室銘〉言：「斯是陋室，惟吾德馨」，一語道破自我的價值。這種自負與豁達，完全展現在文字裡，「南陽諸葛廬，西蜀子雲亭」，縱然有限的空間是狹小而單調的，但人的心志卻能將它化成無限而永恆，成為抽象而深刻的存在。

　　「有大人先生者，以天地為一朝，万朝為須臾，日月為扃牖，八荒為庭衢。行無轍跡，居無室廬，暮天席地，縱意所如。」劉伶，縮小了房間的虛體範圍，但卻為它帶來更深的意義。房間的意象成為劉伶的生活形貌，映照出他的思想、意念與生命歷程，甚至是一整個魏晉南北朝的時代。以天地為盧舍，以房屋為衣褲，房間至此，可說轉換至宇宙天地了。

× × ×

　　綿綿軟軟的蠶寶寶活像個可愛又稚氣的小孩，但是當他準備長大，準備變身時，他會奮力將銀白的絲線吐出，塑成一個房間，叫繭。在這個房間裡，進行雙重逆向的改革。

　　繭的革命，以銀絲做刃，大手揮斷匍伏的過去；以白綢為基，細心鋪下舞動的未來。攪拌著熾熱鮮血與冰冷淚水，重新解構與重新建構，破壞與建設雙向並行，蠶兒在這間房裡，要

闖出自己的一片天，縱使破繭後只有一瞬飛蛾撲火，他還是知道，今夕，不成功便成仁。

繭屋裡，是重生，也是毀滅，像這樣的自殺式蛻變，千百年來，孕育了無數的新生，只是，那些忘了破繭的蠶兒，就被忘在死角裡，他存在著形體，卻永遠不會被注意，畫面定格在他停止革命的那一瞬間，面容詭譎，無法定義。

這和被遺忘的家具飾物有什麼不一樣？

是啊！我們操縱著置入空間裡的物品，我們掌控著空間的動與靜，只是，當我們遺忘空間的某一個角落的時候，曾經支配的慾望，隨即轉化成莫名其妙的存在，可有可無，似在非在。因為就算抽離，也沒有人會注意到這份曾經被重視的孤獨，就像沒有人知道忘了破繭的蠶而今身在何方？被遺忘的畫面，曾經的燃燒被視為無物，就算曾是人生的標的、珍愛的一切也是，若在記憶房間裡被暗化，不過就是一個徒佔空間的負擔罷了！

房間，我主控著展現的我自己，也主導著遺忘。（陳玟瑾）

玟瑾先提出了「房間」存在的理由，接著「寄居蟹」自比，既抒發晏然於密閉空間的安全感、以破壞既有形式證明支配權，又隱然浮現對沒有界線自由天地的嚮往，而逼出「寄居蟹為什麼要有殼？」的激問，引人深思。其次轉而賦予窗簾強烈獨特的形象，再來以「陋室銘」跨越房間的有限性。末段文章以蠶破繭而出象徵一種必要的破壞、重新建設、而後重生。這幾個主題看似獨立，卻環環相扣，一個意念帶出另個意念。

只有情節可以凝固故事

記事章

　　不同文章屬性有不同的格式需求，所以寫作前要先設定文章的屬性為何；佈局前要理解中心思想適合題目的文體，才能恰當地處理素材。敘事結構就像撐起高樓的骨架，看不見，卻決定建築的樣式。亞里斯多德所定義的完整敘事古典概念是「開始」、「中間」、「結束」：「開始」的箭頭前、「結束」的後頭都不需要東西，重點在「中間」的敘述說明。如美國作家李奧納德・麥可斯的簡短敘事，近於王文興《家變》，描述父親但極力想向兒子證明自的行為是正當的，卻被兒子全然否定：

　　我打了我的小兒子。我的憤怒很強悍，有如正義。然後我發現我的手失去了感覺。我說：「聽著，我想向你解釋一件複雜的事。」我說話口氣嚴肅而充滿關懷，特別是父親的那種。他問，我說完後，是否想要他原諒我。我說是，他說不。像王牌。

　　這篇名為〈手〉敘事的結構是：「我打了我的小兒子」是事件的開始→「我的憤怒很強悍，有如正義」說明狀態→「然後我發現我的手失去了感覺」，手是隱喻，代表無感覺的父親→「我說：『聽著，我想向你解釋一件複雜的事』」是整個故事

軸轉變向度的關鍵,「複雜」二字表面上是描述手去感覺的原因,實則寫內心掙扎→「我說話口氣嚴肅而充滿關懷,特別是父親的那種」,進一步強調想維持父親地位以及責打兒子的合理性→「他問,我說完後,是否想要他原諒我」出現事情中的逆轉,顯現兒子直透父親心裡的想法,讓父親的氣勢頓然一落→「我說是,他說不」,使得父子權力關係出現大翻轉,特別是對稱性的「我說是」、「他說不」情節相互呼應→「像王牌」三字斬釘截鐵,特別是「王牌」二字所強調的神聖不可侵犯性,一方面仿擬前段父親敘述其情緒口氣的「強悍」、「正義」「嚴肅」,二方面凸顯兒子顛覆父親的威權,做父親的只能悲慘地承認挫敗的情勢。

亞里斯多德的現代弟子,美國評論家可瑞因則定義情節為「一個完整的改變過程」。但在完整的敘述之外,將焦點置於細節變化的狀態、內心獨白、周邊情境的鋪點蘊釀、生動精準的描述時空……往往能貼近這完整敘事的可能性,形成深刻的印象。

鑑於幾乎所有書寫都離不開描寫技巧,因此可就「人」、「情」、「景」、「物」、「事」的狀態、性質、效用等重點練習客觀現象,具體精細的刻劃,進而透過個人主觀的感覺、印象或想像力渲染筆調,作細膩的、巧妙的敘述。其基本原則如下:

寫作便利貼

寫真描繪相框

1. 顯微鏡下——觀察必須從細微處開始。

2. 如虎添翼——運用想像力深化鏡頭。

3. 畫龍點睛——把握描寫對象的特色與要點。

4. 移情點化——加入感覺的文字渲染鋪陳。

5. 聲色動人——用動作聲音來傳達深刻特質。

眼耳鼻舌心的特寫訓練，有助於開啟感覺的密碼。在敘述事情的進展或變化時，透過細微敏銳的觀察和創意獨特視角的剪影，可捕捉敘事過程幽微精妙情緒節奏，開展創作蹊徑。如以〈蝶起蝶滅〉得景美學獎小說優選的書鈺，藉風描述環境，烘托掃墓所氛圍，帶出一段癡情故事：

狂風四起，在崎嶇灰暗的山路上肆無忌憚的呼吼更顯陰森，乾枯的落葉被風颳起，一切都陰暗得詭異。我扶著夫人一步一步地往盡頭走，那兒有一座墓，墓裡頭躺著的，是個什麼樣的人我並不曉得，不過他對於夫人來說似乎很重要。每年到了這時候，夫人總是要我陪著她走過來，到了墓前面卻什麼話也不說，只是靜靜地望著早就模糊的石碑，以前還會哭呢，這些年眼淚也沒有了，只剩下深深嘆息。

我曾經偷偷問過我娘那兒埋的究竟是個什麼人啊？我娘聽了只是搖搖頭，說我小孩子別管太多，也別瞎猜。

這個人和夫人一定有著很大的關係，最近夫人身體越來越差了，人越來越消瘦，可是她還是堅持每年都要上山，不肯坐

轎子，更不許我讓任何人知道這件事。

今天的風強烈得太奇怪了，我站在一邊覺得毛骨悚然，夫人還是直挺挺地站在石碑前面。這個墓看起來已經有好幾年了，倒還是乾乾淨淨的，一旁還有紙錢燒剩的痕跡，平常日子應該還有除了夫人之外的人來整理過。

我看著夫人的背影，突然一陣鼻酸。……

（林書鈺　蝶起蝶滅）

記事排序要領

敘事脈絡 1 因果承展——先交代原因、經過，再說結果

敘事脈絡 2 轉折變化——從事件的發生到進展，到轉折，再到結束，按時間順序安排。

一般常用的時間佈局有三，分別是：

順序法：線性條理——依照時間前後順序發展

倒敘法：先寫現在，再回溯過往

鏡框法：在現在、過去或未來之間，框住特寫鏡頭。

在這些規律性記事方式外，變化節奏者如：

插敘法：一般順時間敘述中插入回憶過去，或補充說明，或加強情節的敘述。

時空跳躍法：現在、過去、未來在敘述與回想、想像、意識與潛意識間穿梭不定。

眾聲喧嘩法：各角色輪番說話，交代事情的發展。

　　電影是時間與空間的結合，也是一種語言的表達方式。以文字書寫與電影呈現其實有異曲同工之處，因為電影說故事的方法是透過影像、音樂、聲音、對白、文字五種軌跡呈現情節與故事；文字所企圖展示的也往往必須透過這些方向鋪陳描繪。

　　故事是一個依時序發展的事件中的素材；情節則牽涉作者以什麼樣的方式，賦予故事一個結構。簡言之，情節指涉了作者的觀點以及場景的美學組構。老練成熟的運鏡、質感細緻的影像畫面、像詩般的敘事風格、剖開人來人往的生死愛慾及對社會悲壯的批判。在過程中為滿足、修正、破壞、終結觀眾對情節及故事的尋求，而展衍不同的變化，然其敘述結構有不外乎「開場→高潮→尾聲→結局」，差異僅在於結尾是封閉式的劇情演出的事件，或開放式反應真實現狀，留給觀眾想像與思考的空間。是以在敘事結構中，大致可分以下數個方式：

寫作便利貼

來龍去脈

事事相連：事（人、地、物、時）→因→果→理、事→果→因→
　　理、事→因→果（果→因）→情

情隨事遷：事（人、地、物、時）→今→昔、昔→今→情、事→
　　今→昔（昔→今）→理

事相興發：事（人、地、物、時）→常→變→感、事→變→理、
　　事→變→情

一、事事相連

大凡故事性的文章都順著因果敘述，如「公無渡河，公竟渡河，渡河公死，奈若公何？」這四句話簡明而乾淨地分別交代時間流動、事件發展、情節變化以及心情，結構一目瞭然。

另如「郗太傅（郗鑒）在京口，遣門生與王丞相（王導）書，求女婿。丞相語郗信：『君往東廂，任意選之。』門生歸，白郗曰：『王家諸郎，亦皆可嘉，聞來覓婿，咸自矜持。唯有一郎在床上坦腹臥，如不聞。』郗公云：『正此好！』訪之，乃是逸少（王羲之），因嫁女與焉。」（《世說新語・雅量》）

事件敘述時必須分出輕重本末，切忌如流水帳般拉雜冗長，或簡略粗糙含糊不明。在這段敘述中，作者先交代事之源起，也是此事重點：「求女婿」，玄機在於丞相語郗信：「君往東廂，任意選之。」但此處鏡頭並未隨信使轉向選婿及被選之婿，彷彿一個休止符製造懸宕的效果，而拉長對高潮期待的心情。文至「門生歸，白郗曰……」方撥雲見日，謎底示現，對話之間將王郗二家交情、使者處事之得宜、郗太傅之慧見、王羲之瀟灑舉止，自若神情一一躍於紙上。

敘述時，因線索、人物表現、事件過程而形成迥異的選材與結構方式，有時候，在結尾處出現意外轉折，如法國都德的〈最後一課〉，讓柳暗花明間浮現高潮。如王喬這篇小說的篇首、結尾時隱線穿梭，事事揭出謎底：

張桐敏獨自一人坐在床上，看著手中一張半個巴掌大小的紙條子，神情有些恍惚。

床的正前方擺著一個黑檀木櫃子，寬不到二十公分，高卻將近一尺，在陽光照不到的角落貼牆而立，彷彿從慘白的牆上憑空生出一個不屬於這時空的黑色異瘤。櫃子僅有邊緣上方雕著鏤空的精細蟲魚花紋，在數十個長形的抽屜上浮刻著銜環的獸頭，拉環是錚亮的純銀，檀木表面紋路平滑，纖塵不染。張桐敏甚至閉上眼就能想起木頭溫潤的觸感。

她只在十歲的時候碰過一次，卻在將近六十年後的一個清晨莫名地收到了這個來自過去的禮物，接著彷彿被下了咒似的，指尖的碰觸似乎令櫃子一天一點一滴地沾染她的生命力，終於直到這最後一天。

....

張桐敏想起阿姨背光的容貌，悲憫嘲諷，但一切都如此輕淡。她沒有失眠，但不停夢到一個纖細的白影，在一片黑暗中的淡淡光暈。沒有人再聽說或見到阿姨。

當張桐敏醒來，發現她度過了數月以來第一個無夢的夜晚，她起身拉開了最後一個抽屜。一張籤紙，上頭壓著一柄槍。

害人者必得報。

她握住槍柄，另一手捏著紙籤，有些恍惚。過了一陣子起身關上窗戶，想起以前的所為，又突然想到也許阿姨會來參加她的葬禮，就像參加他的一樣。

　　一聲槍響，其實也不過像是酒瓶軟木塞被拔掉的聲音般微弱。張桐敏的心臟猛然一跳，如同生命在此刻微微揚起，又輕輕落下。地上多了一個坑洞。

　　她起身拉開了數月前拉開的第一個抽屜，一張清白的月色紙籤，再沒有阿姨的籤文。（王喬 籤櫃）

二、情隨事遷

　　敘事必然與人情物景相繫，如琦君〈故鄉的桂花雨〉一文，由「人」帶出「事」，既記敘桂花香、搖花樂懷舊的心情；也記敘賞花、吃花、踏花杭州的桂花緣，並以「桂花，真教我魂牽夢縈」為全文主旨，同是作為承上起下的樞紐。在時間上以童年、離家、思家三部分，倒敘方式、寫實的筆法敘述，結構分析圖示如下：

```
┌─童年→時間：中秋節前後
│        物：桂花（形、香、色）、品種（金桂、木樨）、
│            特殊性（迷人、姿態、香氣、花貌、桂花糕）
│        空間：大宅院內─曠場─大廳前─父親書房廊簷下
│        情感：搖花樂、鄉愁、魂牽夢縈
├─離家→時間：中學
│        物：桂花（落如雨、軟綿綿）、遠足賞桂花、桂花
│            栗子羹
│        空間：杭州、滿覺樓
└─思家→時間：回家
```

　　　　物：杭州桂花

　　　　人物：母親

　　　　情感：杭州的桂花再香，也沒有家鄉的香。

（一）人事時地物景的穿插運用

　　如白先勇〈遊園驚夢〉錢夫人在「現在」的進行中回想「過去」，而「現在」和「過去」息息相關。敘事重心在錢夫人應邀來臺北參加竇夫人所開宴會的始末，短短幾個小時之間，臺北成了南京的投影，因為在錢夫人眼中，今日的臺北宴會相當於昔日的南京宴會——這也就是歐陽子所謂的「平行技巧」。

　　又如蘇軾〈記承天寺夜遊〉，敘事要點與結構：

時—元豐六年。

人—二閒人→蘇軾與張懷民。

事—入睡→月色入戶→欣然起行→念無與樂者→遂至承天寺→
　　尋張懷民→懷民亦未寢→相與步于中庭。

地—承天寺、中庭。（大／小空間）

景—庭下如積水空明，水中藻荇交橫，蓋竹柏影也。

情—欣然、閒。

　　敘事亦是寫情，往事之所以值得記憶，之所以一再低迴，正因人情，因此寫事，其實是為了回味情節裡的畫面與深情，如春來時的拾花筆記：

　　微風輕撫過我的臉龐，吹來初春的青草香，吹落朵朵杜鵑花。但靜靜躺在地上的落花，仍一臉美麗，於是我們拾起杜鵑，演一場春夢！

豔紅的、雪白的、嫩粉的，大家彷彿進行著某種神聖的儀式似的，以花勾勒出漂亮的圖畫和字樣。我們不要黛玉悲淒的葬花，只想以最美麗的祝福排出的少女的夢，以如此美麗的方式弔祭花魂。杜鵑有靈，也會會心一笑吧！

隨著吹起的一陣風，地上多了一朵朵美麗的浮雲……。絢爛的紅、嬌媚的粉、乾淨的白躺在綠色的草地等待著我們拾起。仙女的魔棒，輕輕一揮，變成了一串花河，靜靜的流淌在這校園裡。（張維芳）

人間有花，落花有語，說出一群高中小女生的心情。

初春的下午，暖陽飄著薰風，浮著花香，恰似一杯微涼的花茶。身著黃衫黑毛衣的我們像一隻隻小蜜蜂，穿梭在杜鵑花叢中，拾起落花，拼出我們的青春冠冕。正當喜悅交織著微風，吹拂著成品時，「卡嚓！」老師為我們留下這紀念性的一「黛玉拼花」。

想起黛玉葬花，頗有「游絲軟系飄春榭，落絮輕沾撲繡簾」之感，雖不至於愁緒滿懷無釋處，卻頗有幾分愁思感慨。從含苞待放，乃至大放艷采，最後悄然凋零。花謝容易花開難，花謝花開又一年，不同的是「明年花發雖可啄，卻不道人去樑空巢也傾」。來年春花依舊，人事卻已改，「花謝花飛花滿天」，此情此景此心此緒，永遠只能有一回。
（陳怡如　拾花吟）

記事的題目如〈影響我最深的事〉、〈思想起〉……即可運用時間為經、人事為緯的結構鋪陳。《中國時報》國中基測作文中山女中命題：「秋天的……」，引導語是：早晚的風徐徐吹

來，增添幾許涼意。在這樣的時節，你是否察覺到景物的變化？你是否感受到秋天的來臨？在濃濃的秋意是否勾起了你的回憶？內容可以是描寫秋天的景物，或抒發此時的心情，或記敘與秋天有關的人、事、物。另如大直中學命題「颱風夜」，屬於你的颱風體驗……都屬於這類練習。

（二）敘事節奏的變化

敘述或記錄時除事件要抓住所供材料的寫作特點，可透過比喻、象徵、烘托的物象、正寫側寫的焦點或插敘鋪陳的方式，增加懸疑，變化記敘節奏，顯現主旨蘊藉之處。

正如作家佛斯特說：「故事是一些按時間順序排列的事件的敘述：早餐後中餐，星期一後星期二，死亡後腐爛等等；情節也是事件的敘述，但重點在因果關係上。如『國王死了，然後王后也死了』，這是故事。而『國王死了，王后也傷心而死』，則是情節。」

所以，小說不同於故事，故事是按照時間順序加以排列的事件敘述；而小說情節雖也是事件敘述，但著重因果關係（由果求因，或由因及果），要加強對矛盾、衝突的描寫，而對結果提出合理的解釋。是以在結構的策略上記事因果過程中，有時會以插敘、補敘的方式交代事情發展始末，如張愛玲〈傾城之戀〉在情節發展的同時插敘流蘇離婚、范柳原洋化歷練的背景。

不過在記事時，要掌握事情的推展過程，更要營造節奏的緩急變化，如劉鶚《老殘遊記·明湖居聽書》敘述老殘遊了大明湖，在湖畔的街市上逛，先是看到說鼓書的宣傳招貼，又一

路走一路聽到挑擔子的、開鋪子的，街談巷議，說的盡是「白妞說書」。老殘心裡不免詫異道：「白妞是何許人？說的是何等樣書？為什麼一張招貼，便舉國若狂如此。」便向高陞店的茶房打聽。茶房說：「客人，你不知道，這說鼓書本是山東鄉下的土調，用一面鼓兩片梨花簡，名叫梨花大鼓。演說些前人故事，本也沒有什麼稀奇。自從王家出了白妞黑妞姊妹兩個，這白妞名叫王小玉，此人是天生的尤物……。」

這番鋪敘不僅讓敘事節節升高，引人好奇不已，入了戲院，作者先以鑼鼓暖場，彈三弦子之後，黑妞出場，眾人還以為正戲開場，沒想到這還是跑龍套，種種襯托側寫的手法讓滿場情緒如箭上之弦繃得緊緊的，而這一切都為襯托白妞出場及其技藝。

梵雨以倒敘的方式敘述一段介乎真實與虛擬的故事，以電子郵件為等待的載體，首段之後逐次渲染，起承之間蓄勢藏鋒，最後二行陡轉直下，結尾如落了一地的花，悵然：

一棟不起眼的公寓，一間不起眼的房間，回憶的甜蜜與殘酷卻如洪水般注滿這小臥室的每一角，入侵她錯亂的思緒……。

粉藍色的牆上是米白木框格子窗，素色的窗簾是朋友送的，書架上堆滿書。因為熬夜，忘了回床上睡覺，趴在書桌上的手已經有點僵硬，電腦亮著冷冷的螢光，陽光微微浸入窗簾縫隙，這是某個夏天的早晨。

他們是在一次旅行中認識的，他長得很普通，話說得不多，沒有什麼令人印象深刻的特徵。在旅程中，他猶如空氣，想都沒想過在未來的日子他會變成她空氣裡的一部分。

當第一封回信按下 Enter 鍵的開始就是一個錯誤，為了好

玩，為了好奇，她回了第一封信，是命運的捉弄讓他們成為陌生卻熟悉的朋友。

電子郵件的往返成了他們感情的聯繫。

不知道從什麼時候開始，小小的房間成了監獄……一個溫暖的監獄。她再也不喜歡逛街，坐在電腦前望著電腦，鍵盤變成訴說情感的嘴，想念乘著電流傳到螢幕的另一頭。房間成了一個獨立的空間，收納這樣模糊曖昧的情感，房裡每一角放了旅遊的照片，電話、手機的響聲與收信通知是等待唯一的目標。

夢幻的編織竟為了一個見過一次面的人，天花板幻想的投影機，一幕幕的陪著她想著從不存在的美好，她從不曉得她被房間、被自己囚禁了。

電腦不曾關閉，不知道為什麼她等不到他的回信。

她每天坐在房間，炎熱的夏天對她來說只是房裡窗簾間無意闖入的一道光。

「你在哪裡？」

沒有任何的答案、沒有任何的回音，房裡的擺設冷酷成黑洞，無止境的絕望。

她從不曾望向窗外，只望著虛擬的電腦視窗，一切的一切都像是靈魂與牛皮紙的邂逅……她決定離開這個老舊的公寓、這個房間。

搬家的小貨車輾過枯黃的落葉，載著本屬於小房間的一部分……。只留下當初搬進去刷上的淡淡的藍。

關上房門，住在對面公寓的他，看著她緩緩的走出公寓，只希望她能望向小房間窗外對面的房間。（黃梵雨）

（三）敘事選鏡剪裁

情節線索包括時間次第、空間轉移、事件發生、具體事物、思想感情。在敘事上可取生活橫斷面，或擷取一點或一面生活的片段，以凝聚局部縮影的方式，敘述發生、發展、變化、結局過程，如維京尼爾・渥芙《戴維諾夫人的一天》以一斑窺女性生活與內心之全豹。

事件簡單固可清楚而詳細地交代來龍去脈，但若是長篇發展，則務必內容集中精煉，於起承間要有層次，以過渡橋段轉合，特別是前後照應及對話、內心、場景等細節錯綜穿插，才能以曲折多變的情節、人物複雜關係形成感動人的力量。如下面兩篇入選第二屆台北文學獎極短篇作品：

晨間，少女靈巧地穿越梯間黑色的大門，他站在中庭望上看：她家的玄關開了一條細細的縫，那麼她應該是很瘦的。他拿出了腳踏車的鑰匙，又不時抬頭看著那扇玻璃窗，有沒有她白皙的臉？還是要有溼潤的空氣，才能看見的朦朧？

那一夜，細雨下著。

從國中的書包裡，拿出一串鑰匙，這是第 N 次、最簡單的動作，日復一日地重複著，若真要說有什麼差別，莫過於天邊雲層的厚薄，陽光的強與弱。

「喀喀！」門，竟然在拿出鑰匙前打開了？

她淡綠的衣服，是很接近春天的顏色。她走下自己最熟悉的階梯，一如往常的微低著頭，走出大門。但此時他卻站在門前，打斷了，她一直很習慣的動作。

當生活的慣例遇上偶發事件，除了驚愕以外，所有複雜的

情感都濃縮，濃縮成靜止的，秒與秒之間。

　　騎上單車，背著心愛的吉他，往學校的方向去。雖然已經到了高三，這個興趣卻依然不能放棄，就像不管幾點到家，總是會忍不住抬頭看那扇窗。

　　晚風清涼，回到家門前，把手中的籃球放下以便拿出鑰匙，抬頭看了看那扇窗：會有人開門嗎？那個人……？

　　果然門打開了。

　　搜索鑰匙的手，藏在書包底下。

　　「阿姨好。」是別層樓的住戶。

　　「你好。」那女人禮貌的回話，跨過籃球後往外頭走去。

　　他把懸在支氣管裡，不知何去何從的氣，緩慢而無奈的吐了出來。他把鑰匙握在手心，低頭卻遍尋不著籃球。

　　是一輪明月照在似睡未眠的大地上，她站在樓梯邊，雙手捧著他的球。

　　「你的。」緩慢而清晰，她把球遞還給他。

　　「謝謝。」他微笑，拿起球便急急往樓上走。

　　她抬頭看著漸漸往上、漸漸看不見的身形。

　　「差不多是這個時間吧。」她看了看錶，微笑著走向信箱取信。

　　一天夜裡雨下的特別大，他騎著單車回來，沒有球，沒有傘，只有一身的溼漉漉。到了家門口時，摸索鑰匙卻只找到一路從學校回來的雨水，一手扶著車，站在門外突然發現沒帶鑰匙。

「喀喀！」

門裡走出一把藍色的傘，傘下站著一個纖細的少女。

「雨下得很大。」她伸長了拿傘的手，仰望著天空說道。

他抽出書包裡找不到鑰匙的手，她的視線轉向全身溼透的他。從她的眼眸裡，他看見自己的意外中，還帶有幾分欣喜的情緒。

「幸好有大雨，不然我永遠不可能與你靠這麼近。」他小聲，慢慢地說。

「所以呢？」少女頑皮地笑，面容就像春日裡綻放的櫻花。

於是，他接過她手中的傘，微笑著，什麼話也不說。

（賴怡安〈慣例〉）

她靜靜坐在老位子，看著人來人往。

又一個星期一。

冬日裡難得的陽光安靜的鋪在屋頂上。

她瞇起眼。

她住在一條灰色的小巷，在一個不起眼的小社區。這樣普通的社區在台北有上萬個。日復一日，總是一樣的人經過，一樣的事上演。

踏著熟稔的步伐，走過一樣的路，每日她穿過小巷，走到這個連接外面大馬路的公車站牌。

又一個星期一。

第十一次，那男孩沒追上公車，氣喘吁吁的咒罵著。

第十五次，那對學生情侶邊吵架邊走過早餐店。

第十七次，那賣玉蘭花的老婆婆啞著嗓子在兜售。

第二十次，穿著單薄的中年男子在風中猛烈咳嗽，手中夾著一根殘煙。

第二十五次，那小學生背上背著一個大書包，眼神失焦的望向遠方。

她依然靜靜的看著，眼神卻顯得有些意興闌珊。

突然間，一陣尖銳的嘯聲劃破空氣，一輛大巴士撞上了一輛重型機車，騎士被撞擊的力道撞飛到好幾公尺外，路上點點血跡。有人尖叫，有人咒罵，有人猛按喇叭，場面一時之間一片混亂。

挺無聊似的，她毫不掩飾的打了個大呵欠，伸了伸懶腰，優雅的跳下屋頂。

她不過是隻貓罷了。（謝容之〈凝視〉）

最短篇便是臺上熾烈的煙火，它們就像是闖入迷你劇場裡的好萊塢導演，以少量的資源創造出具構；在最少的字數之中，表現出最多的意涵。心理的敘述、驚人的夢境、不可思議的題材、意想不到的結局，角色、事件、衝突、結局，缺一不可！（陳義芝編《最短篇》文宣）所謂麻雀雖小，五臟俱全，正如極短篇以最小的體積包含最大的容量，特別是事件中的偶然與意外，如怡安的〈慣例〉一改向左向右走、錯過一生的慣性，而在慣常的動作路徑間創造出緣份。容之的〈凝視〉在最後一句拋出驚奇，十分勁爆！至於欣儀〈我與風的邂逅〉則以藉風寫家庭故事，採取順敘與插入回憶的結構：

「愛情」，只在人和人之間存在嗎？不是的！我主觀的認為。因為我的愛情是構築在與風的流動——它的舞動是情慾，它的強弱是喜怒，而我的心是它的溫度。我們曾有兩次美麗浪漫的邂逅，就像父母當初相遇的情景一樣，交會在馬來西亞和臺灣，當搖著熱帶椰林的風與北迴歸線外海洋的風相遇時，那相濡以沫的纏綿感覺幸福而甜蜜，雖然他們最後仍是離異……。但我和風不會如此，我們會緊緊相連的永遠在一起，織就共同的愛情。

它是我的戀人，而我是它的唯一。

在紅毛丹的樹下，展開了我和風的第一次邂逅。它，很柔、很柔的靠近我，輕觸著我，如陽光般溫暖而慈祥，讓我心底深處所有的心事、秘密，都化在這股柔風裡。

風吹，吹開記憶的扉頁，風裡有爺爺奶奶慈愛的叮嚀，有堂妹最深婉的淺笑，也有我吹不乾的淚。風吹，帶走我的記憶，帶走不停歇的淚水，但心口的痛是帶不走的。風，用最心疼的方式安慰我，像呵護掌中明珠般細膩憐惜。風，竭盡所能地彌補它帶走的，或帶不走的。直到有一天，它虛弱得如老者，急促猛烈的咳嗽，像從心裡……。

在大安森林公園，有我和風的第二次邂逅。這次，它帶著一股鋼筋鐵泥的塵味，汙濁沉重。呵！它打沒人情味的城市中穿梭而來。當它觸到我的那一刻，我打了個寒顫！那冰寒直沁入我心，我讀到最深的冷漠、最深的孤寂。於是我躲開了它，想逃避，但它緊跟著我，卻又彷彿我糾纏著它。

在沉澱的風裡，我過濾出阿姨最溫暖的手，它吹出街道的喧囂、人性的貪鄙與極深的無奈。「阿姨的手還觸得到嗎？」

我問風,「也許她已生出羽翼飛翔在雲朵中吧!」「那無奈又是誰的?」「是被風捲走,還是我遺留的?」這時風如急雷般暴躁的吹,又像想捲走什麼似的發出毀滅的怒吼⋯⋯。

我從不曾想,也不敢想,「當有一天馬來西亞的風,與臺灣的風相遇,會發生什麼情形?」他們也許會因為彼此不一樣的氣質而互相吸引,成雲聚雨。她欣賞他的成熟理性,他喜歡她的熱情純樸,於是風的柔、風的純,成雲聚雨。然而也因為彼此特別的趣味,而狂風大作淒厲撕扯,她奪走了他的柔,他拿走了她的純。他發現他只屬於馬來西亞,她覺她只屬於臺灣,風風雨雨有了屬於自己的悲哀。

如果他們不相遇,也許就沒有悲哀,但也沒有我與風的兩次邂逅⋯⋯。(黃欣儀〈我與風的邂逅〉)

這篇文章藉風寫父母由結合到離異之事,另一條線則寫自己,隨著爺爺奶奶到隨阿姨生活的遷移,在散文中蘊藏小說的情節。藉兩度與風的邂逅寫雙方親屬的關懷,寄人事的無奈,飄零的無依。風是串連回憶與現實的媒介,風也是聚散無常的見證,風有時更是撫慰小女孩的知音。柔風的溫暖、急風的災難、狂風的分離,實虛之間相互烘托,將風在父母與自身,馬來西亞與台灣在時空交錯裡織就的種種際遇與滄桑娓娓道出,文字樸素情思深渺。

三、事相興發

曾鞏〈墨池記〉藉王羲之墨池學書之事,揭明「勉學」的主旨。王安石〈遊褒禪山記〉借遊褒禪山抒發遊山探洞的感想

與心得，是一篇以議論說理取勝的山水遊記，全文先敘後議，結構謹嚴。因此記遊敘事的文章中，不妨運用因事而興感的結構，既讓事因沉澱思索而內斂，同時以思考賦予事有更精細的密度。如茜儒與怡德分別就旅遊與逛書店，由敘到感的記筆：

　　這趟旅程，印象最深刻的是滿山滿谷的螢火蟲。當時飄著綿綿細雨，一家人乘坐小筏在環繞著螢火蟲的湖中漫遊，這兒的螢火蟲不需要抓，也不必用袋子撈，它們會自己飛到你的手中、停在你的肩上。

　　這從天堂墜入凡間的遺域，美得令人窒息。

　　在體會「我見青山多嫵媚，料青山見我應如是」的物我相親感受的同時，我發現不發光的螢火蟲，神似令人作嘔的蟑螂，神秘的美，頓時煙消雲散。仔細想想，人不也如此？華麗的外表下，藏著虛偽醜陋的人心；輝煌的冠冕下，藏著追名逐利熏黑的慾望。把華麗不實的外表定義成為「美」的形象，只不過滿足作祟的虛榮心罷了！

　　韓國作家柳時和說：「我喜歡旅行，旅行的時候不需要帶書，寰宇就是一本書。」這一夜，螢火蟲在靜謐湖上所寫的樂府詩，所說的逍遙哲理，所畫的印象風情使我對美有另一番感悟，心底的感動也將如眼前飄飛翩躚的螢火蟲閃爍！（李茜儒）

　　在書店，我流連忘返的盯著架上一張張精美的明信片。它們催眠著我伸出手來，每張都希望被我黏上時空旅行的郵票。這個異國遐想的病毒頓時感染了整個身體，在每一個細胞間迅速繁殖，侵略每一條神經。我希望時間停止，在我現實的白血球趕到前，開啟交換時空的通道。

期待著，當朋友出國捎來，那雙探過聲音、文化、游走於食物海的手，刷刷寫下濃縮的心情。在字跡間，我看見興奮的顫抖、風沙或人文洗禮下煥然一新的精神、從人海戰場上歸來的榮耀……，我跟著它們悸動，吸取異國的節奏。我不能目睹，但我存在著，我拿著反方向的機票，或許我只需要一雙腳，帶著這張介紹信，就可以滿足屈服在宏偉下漫遊的愜意。

但這一切可能是虛假的，我漫無目的像個第三者闖入，編織自己的故事，拉攏著周遭，呼吸著，卻忽略了重要的元素——真實。於是格格不入的我退出，我拿著單眼相機，用長鏡頭捕捉焦點、取角，我看到了！旁邊的雜物模糊淡化，那清晰在鏡頭前映入，最後被收服！

其實，無所謂的絕對，都是主觀的。美，在自己的定義，瞬間的觸動與永恆存在。(林怡德)

只有情色可以晾乾意象

寫景畫

　　謝靈運曾言:「天下良辰美景,賞心樂事」,其中之「辰」、「景」、「心」、「事」便是寫景文重要元素。謝榛曰:「景乃詩之媒,情乃詩之胚」。岑參〈首春渭西郊行呈藍田張二主簿〉道:「景中生情,情中含景……景者情之景,情者景之情也。」說明寫景文中人或心物間相應聯繫。

　　寫景文以景物為中心,時間、季節、人物、心情的描敘和領略都可組織整理在描素繪物當中,藉以表現書寫者角度、觀點。寫景文名為寫景,「景」理所當然是主角,所有敘述都圍繞景鋪陳,或特寫其狀態,或拉遠鏡頭仰角特寫,或俯瞰高下,或平觀遠近,或環顧周遭描繪其境,或從實而虛寫其神韻,再轉筆落於因景而興發的人情世理。以王維詩為例,如「行到水窮處,坐看雲起時」──隨鏡移筆;「明月松間照,清泉石上流」──畫面拼貼;「返景入森林,復照青苔上」──前後照應;「興來每獨往,勝事空自知」──因景入情,這是寫景文寫作層次、組織結構通則,因此在訓練上可由下列步驟試筆:

寫作便利貼

流動櫥窗的表情

1. 請依寫景的路徑分項練習：

景→畫（色、聲、觸、氣、味）

景→人（事、境、情）

景→情（感、念、想）

景→理（思、觀、察）

2. 依個人對景的觀照與設計，分配上述段落的比例，組織成文。

當年俞平伯與朱自清相約遊河，並以〈槳聲燈裡的秦淮河〉同題各作，從中可以觀察人、物、情、感、理在景中著墨濃淡深淺所暈染成迥異的風情容貌，俞的感性、朱的理性亦可從二文中透知。俞平伯用虛幻美麗的角度描寫秦淮河，高雅清新；朱自清用歷史的角度觀秦淮河的沒落繁華，充滿懷舊之情。最後二人都有些惆悵，但在文末，俞以能和好友同遊為樂，朱卻沉醉在自己矛盾的情思中，呈現截然不同的風格與寫作情調。

在寫作技巧的運用上，俞平伯善用譬喻、轉化兼排比，文字較雕琢，透過主觀的視角將景物轉化成一個又一個的意象，如「河上妝成一抹胭脂的薄媚，是被青谿的姊妹們所薰染的嗎？還是勻得她們臉上的殘脂呢？」「我們，醉以不澀味的酒，以微漾著，輕暈著的夜的風華。」「燈光所以映她的穠姿，月華所以洗她的秀骨，以蓬騰的心焰跳舞她的盛華，以苦澀的眼淚供養她的遲暮。」……這一串串甜美的句子就像葡萄

一樣,一顆顆的圓實飽滿,一粒粒的芬芳甜美,成就了這篇佳作,也給人無窮的驚喜。

至於朱自清著重於描寫景物,從寫船、河、夜、燈、月到歌妓,用語清麗。文以「我們開始領略那晃漾著薔薇色的歷史秦淮河的滋味了」展開,「這大小船兒如何載得起呀?」的一問掀起的是沉重久遠的歷史,而順著河水的流動,船變成了歷史的承載:「秦淮河的水是碧陰陰的,看起來厚而不膩,或是六朝金粉所凝的嗎?」牽繫著歷史,緊緊扣住這秦淮河,隨風飄來的歌聲「已經不單是她們的歌聲,而混著些微風和河水的密語了」。後段由歷史懷想轉筆於初遇歌妓經過有點羞澀,又有點意亂情迷的情緒,但隨即在道德壓迫中拒絕。文至此進入反思,是質問自己,也是點醒自己矛盾的棒喝:「賣歌和賣淫不同,聽歌和押妓不同,又干道德什麼事?」

有道是「大塊假我以文章」、「落花水面皆文章」,面對這錦繡天地,想要落筆秀色還得由開始,掌握運鏡角度,遠近深淺的結構,方能將如畫風景盡收尺幅文章之中。

一、運鏡寫景的方向

寫景如畫,說明描繪時要以畫家眼光營造詩境,濃墨勾勒線條,整個畫面由近而遠鋪展,留下空間形式、靈氣往來、生命流動之勢,並藉由明亮至幽微的光影變化呈現在視點選擇上的多種變化,即使只聚焦於一二鏡頭,在視點和取景角度上也有動靜的。

整篇文章裡,大景、中景或全景必須先設計,往往運用的

不是一個視點、一個立足點、一定空間的單向透視，而是集合了數層與多方位的視點。隨著視點上下移動，造成視覺連貫效果，既打破時空限制，創造自由美妙動感，同時將分散的景物，經安排而成為和諧完整的畫面。

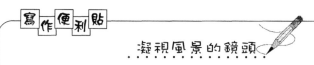

寫作便利貼

凝視風景的鏡頭

請以手為框，專注目視所框住的景色，然後特寫景色的形態姿色。

（一）特寫形態，姿色盎然

（1）形貌色態的掠影：

《詩經》用最精煉的詞句，來顯示豐美的內容如《周南·葛覃》：「黃鳥于飛，集於灌木，其鳴喈喈」，用「喈喈」來形容黃鳥的鳴聲。另如「桃之夭夭，灼灼其華」，以「灼灼」形容桃花的鮮艷、楊柳「依依」形容楊柳當風飄飛的神韻，僅僅兩個字，卻能繪色或繪聲，正所謂「以少總多，情貌無遺」。

納入眼底的風景必然以其色、貌為最直接的切點，因此鏡頭以畫面為主，收入色香味觸的鋪張渲染，如歐陽修〈醉翁亭記〉：「日出而林霏開，雲歸而巖穴暝，晦明變化者，山間之朝暮也。野芳發而幽香，佳木秀而繁陰，風霜高潔，水落而石出者，山間之四時也。」便緊抓住代表性的風景寫出醉翁亭四季與朝暮與的景色。在層次上先總寫一日間光線變化：出、開、歸、暝四個動詞呈現天空與山林的對話。其次分敘四時：春以嗅覺的香氣涵括繁花盛景、夏見濃蔭蔚成的蓬勃生命能量、秋

之風霜以觸覺感受其透明的潔淨、冬日之景在水落與石出既為因果，也是實景的呈顯。

（2）集中對焦的特寫：

除印象式的概說景，也可以集中小處著筆，如《世說新語》有一則記載東晉宰相謝安與家人聚會賞雪、吟誦詩句：「白雪紛紛何所似？」「灑鹽空中差可擬」，「未若柳絮因風起」、賀知章的〈詠柳〉：「碧玉妝成一樹高，萬條垂下綠絲縧。不知細葉誰裁出，二月春風似剪刀」，都掌握柳的顏色及形狀特色，分別用鹽和柳絮、碧玉和綠色絲線編成的繩帶來比喻，後者並用剪刀比喻春風，說明柳葉形狀的精巧可愛。

另如著墨於日出的寫景：「東方白霧中，一線霞裂作金黃色，由南亙北，直視萬里。少時漸巨，炫為五色，正東赤艷尤鮮。更待之，一輪血紫從層雲底奮湧而起，光華萬道，圍繞炫耀，大地豁朗，心目俱爽。」（錢邦己〈遊南岳記〉）

朱自清〈荷塘月色〉裡寫月下風韻：「月光如瀑布一般，傾瀉在這朵花和葉，薄透透的藍霧自荷塘中浮起，那葉和花便像是沐浴過那牛奶的芬芳。」在〈綠〉一文裡所寫的梅雨潭：「我曾見過北京什剎海拂地的綠楊，脫不了鵝黃的底子，似乎太淡了。我又曾見過杭州虎跑寺近旁高大而深密的綠壁，叢疊著無窮的碧草與綠葉的，那又似乎太濃了！其餘呢？西湖的波太明了，秦淮河的也太暗了。可愛的，我將什麼來比擬你呢？我怎樣比擬得出呢？大約潭是很深的，故能蘊蓄這樣奇異的綠；彷彿蔚藍的天融了一塊在裡面似的，這才這般的鮮潤呀！」以比較卻又無法比擬的語調，這種介於說與不說的方式

為的是彰顯其神祕，襯托出潭綠的特殊。如雨彤以多重顏色隨興地抹上晴日林色：

　　晨漸漸的透晰了，開朗得像一彎流水，早晨也像流水一般，在晨曦透射不到的地方是溫柔而幽靜的杏黃色，另一方則是燦爛而光明的油菜花黃。

　　暖洋洋的陽光灑在樸素褐黃的鄉間小路，清淨的藍天黏著枕頭般軟綿綿的白雲，空氣中混合著清草和朝露的濕氣。沿著小路，夏日山坡上流洩出清涼，熟透的芒果高高掛在樹上，橘紅色的甜香瀰漫在空氣中，往前走些，結實纍纍的龍眼一串串招搖的在樹梢上隨風搖曳。再往裡走，藍色的風吹著小草彎著腰，時而淺綠時而深綠。（蔡雨彤）

（3）獨特美學的選境：

　　一幅框構的小小圖畫裡，滲透一種「客觀的現實主義和主觀的抒情意識的雙重語調」。袁宏道〈晚遊六橋待月記〉寫西湖柳綠花紅以「綠煙紅霧」一句籠之；記遊人以「歌吹為風，粉汗為雨，羅紈之盛，多於堤畔之草，豔冶極矣」代表，更點出「朝煙、夕嵐、月景」這三個時段俗士未能見發的景色，「湖光染翠之工，山嵐設色之妙」、「花態柳情，山容水意」，刻意以感官陳述中呈現獨特觀照。

　　〈黃州快哉亭記〉中，蘇轍取的景則是以「岡陵起伏，草木行列，煙消日出，漁父樵夫之舍，皆可指數」、「濯長江之清流，挹西山之白雲」、「連山絕壑，長林古木，振之以清風，照之以明月」，這些眼見耳聞的取材、鼻嗅身感的觸動，圍繞著主旨「快哉」而起。

　　集中於一個焦點的觀照，往往能聚眾光茫於一身而格外亮眼，如香吟以雷電雨勢寫夏之氣勢：

　　沉甸甸的天空忽地響起一聲悶雷，隨之而起的是一場血腥的殺戮，像最後一戰般表情悲壯，將生死付諸天地。風雨嘶吼飛濺、雷電兵戎相擊、房舍摩擦呻吟。不允許絲毫膽怯，只有前進，前進，不斷的前進，他們臉上堅毅而果決地以滂沱氣勢的訴說著一切。（賴香吟）

（二）視點移動，取景觀境

1. 請定點觀察四週景色，並留神捕捉移動眼光所看見的畫面、流動於心底的感受。
2. 選擇一個畫面當成素描對象，嘗試由各種方向，如自上而下、從近而遠、由左而右等角度描繪。
3. 請行走於景觀之中一段時間，嘗試站在不同位置，如環顧、俯視、仰觀後，畫下記憶深刻的幾個畫面，然後行諸於文。

　　寫景時可由視線移動帶出層次性、感官性的客觀描摹。描述的方式可以由遠而近或由近而遠，還是先主體後背景或先背景後主體，按空間有次序地轉換處理，納其方向，大致可分敘如下：

（1）由遠而近、由近而遠：

辛棄疾〈西江月‧夜行黃沙道中〉：「明月別枝驚鵲，清風半夜鳴蟬。稻花香裡說豐年，聽取蛙聲一片。　七八個星天外，兩三點雨山前。舊時茅店社林邊，路轉溪橋忽見。」下片寫景，由遠及近，分寫天外疏星、山前雨點及橋後茅店。

以「枯藤老樹昏鴉，小橋流水人家，古道西風瘦馬。夕陽西下，斷腸人在天涯」（馬致遠〈天淨沙‧秋〉），這首頗富盛名的小令而言，任何一個圖景，都代表著秋日秋景的蕭瑟氣氛。作者首先由近而遠的空間拉開蒼茫遙遠之感，其次從小到大的物件帶出淒涼之意，同時藉自上而下的平視帶向遠處，形成距離及線條的延伸。

另如「敕勒川，陰山下，天似穹廬，籠蓋四野。天蒼蒼，野茫茫，風吹草低見牛羊。」（北齊雜歌謠辭〈敕勒歌〉）「西塞山前白鷺飛，桃花流水鱖魚肥。青箬笠，綠簑衣，斜風細雨不須歸。」（張志和〈漁父〉）「楚塞三湘接，荊門九派通。江流天地外，山色有無中。郡邑浮前浦，波瀾遠動空。襄陽好風日，留醉與山翁。」（王維〈漢江臨泛〉）在寫景中都運用遠近的視線移動與構圖，形塑空間層次感，烘托景物主從關係。

（2）從上到下、從下到上：

「故人具雞黍，邀我至田家。綠樹村邊合，青山郭外斜。開軒面場圃，把酒話桑麻。待到重陽日，還來就菊花。」（孟浩然〈過故人莊〉）頷聯、頸聯是從田家拉出的景，以寫景層次而言，先以「綠樹村邊合」寫題田家周遭之景，繼以「青山郭外斜」寫遠方山勢，這一切可解為是順著到田家路上所俯瞰

平視之景，也可以是從面場圃視線延伸向上之景。「開軒面場圃，把酒話桑麻」二句著眼於由室內向室外，其景其情字字落實田家，其敘其語處處密合由大至小、從遠而近、自上而下的漸進式寫法，終歸於「場圃」是田家曬穀理稼穡之處，「桑麻」是田家主要農作物，以及把酒言歡之期盼。

「夏天它為我圍起一片陰涼的小天地，秋風起便陸續將闊葉一片一片擲落，積在院子裡。我穿木屐去踢那些落葉，喜歡那粗糙的聲響，並且帶著一種情緒，彷彿大提琴在寂寞的午後發出的裝飾音，傾訴著甚麼樣一種情緒；那時我不懂，現在大概懂了。我站在院子裡看夏天的大樹，透過層層的綠葉尋覓，強烈的陽光在樹梢籟搖，最高的是破碎的藍天。」（楊牧〈戰火在天外燃燒〉）「窗外正是中央公園。隆冬落盡葉子的樹林從腳下向遠處伸展，呈現一種介乎枯槁和黃金的光彩，在寂寂停頓中透露無窮生機。公園西東兩條大道上的巨廈連綿起伏而去，俯視那片樹林。天空是灰中帶著微藍的顏色。」（楊牧〈紐約日記〉）透過意象具現，意象浮現空間性的視覺效果，在淡墨輕染中呈現畫一般的空間藝術，線條透視出遠近大小與上下的對比烘托。

山頂雲氣在夜色裡浮動著如牛奶般絲滑的潮氣，濃蔭於山間沉伏，似一片茫茫深海，被夜染上一層厚重的黛色。

小溪潺潺流過山腰間，象牙白色的月似母親一般溫柔地包覆，蒙上一層濃郁的霧。恍然間瞧見草與草的縫隙燃起螢黃色光點，明滅閃爍，映照著嫩綠色的小草泛起了微微冷光，紫紅色的花兒交相透著詭異不明的螢光色，原來是螢火蟲的悠遊。

山腳下，溫暖的、燦金黃色的街燈點點，和天上微冷的幽

藍星光相互暉映。

遠處如石油般黑重的天空漸漸摻入一抹暗紫、一點點深藍，預感黎明即將來臨。

山頭忽地露出一絲金黃，大地糁上微細金粉，這意味清晨即將到來。雲氣消散於分秒間，飄然留下一道乳白色的折射，日光侵略性的照亮樹海，閃耀著華麗的蒼翠如國王的禮袍，鮮綠色的嫩葉猶掛著前夜的露珠，透著玻璃質感的漸層綠色，似祖母腕上溫潤的玉鐲。

太陽爬上更高的山頭，奶油黃的日光映照在紅潤的臉頰上，額頭緩緩滑落一滴汗珠，我伸了伸懶腰，迎向新的一天。（陳若瑋）

（3）平視取鏡：

寫作時，將題材合理的組織，寫出來才不會凌亂。如果以平視方式寫景，則需把握遠近、大小、深淺、主副的層次與比率，如「茆簷長掃靜無苔，花木成畦手自栽。一水護田將綠遶，兩山排闥送青來。」（王安石〈書湖陰先生壁〉）由近而遠、從小到大終於整幅綠意。「楚塞三湘接，荊門九派通。江流天地外，山色有無中」（王維〈漢江臨泛〉），從大處落筆，狀寫襄陽一帶的壯麗山川，氣勢雄渾，意境空闊。

郁達夫〈故都的秋〉裡融入觸感別有番細緻情韻：「北國的槐樹，也是一種能使人聯想起秋來的點綴。像花而又不是花的那一種落蕊，早晨起來，會鋪得滿地。腳踏上去，聲音也沒有，氣味也沒有，只能感出一點點極微細極柔軟的觸覺。掃街的在樹影下一陣掃後，灰土上留下來的一條條掃帚的絲紋，看

起來既覺得細膩，又覺得清閒，潛意識下並且還覺得有點兒落寞。」旅行中的寫景是必然的主角，特別是畢業旅行的景點，在回憶中往往點染青春浪漫的心情而格外動人，如逸群、燦語之作：

海洋公園是一個華麗的童話城堡，雄偉的樓層如巴比倫「空中花園」一樣奇特夢幻。在電扶梯上升的同時，我向背後一望，渺廣無際的湛藍海水拍岸，激起陣陣閃爍銀晶的珠白，和著遙遠空虛的鳥鳴，濕漉漉的微寒浸漬樹端，這是畢旅中對海的第一眼。（藍逸群）

列車像飛速的流星梭，穿越溢滿稻禾芬芳的碧田，湛藍不可見底的神秘海灣，一層層譜下流連忘返的躍動。翻越迷濛盎然的古山，不知不覺被落頭風吹來名聞遐邇的三仙台。天色瞬間霧影重重，烏雲難分難解的糾結、彼此廝殺。

晴空被陰天綁架，氣氛一片詭譎，令人欣慰的是那三顆屹立不搖的巨石，仍堅守本分鎮於峽灣旁，喃喃吟唱著先民突發奇想的魔幻即興曲。（楊燦語）

（4）環看動靜：

從觀景賞境到落筆為文，個人取景的思維居關鍵位置。除單一焦點的描述外，不可或缺的是環顧周遭的全景式描寫，在結構上可透過視點的轉換、景物的剪接，將多向視野羅列於一個畫面裡，把時間過程隱藏在空間轉換之中，縱橫映襯，形成有機畫面。如「土地平曠，屋舍儼然。有良田、美池、桑竹之屬，阡陌交通，雞犬相聞。其中往來種作，男女衣著，悉如外

人；黃髮垂髫，並怡然自樂。」（陶淵明〈桃花源記〉）

王維在攝取景物時往往能兼及構圖和佈局、處理景物主從大小遠近從屬地位，更進一步地照顧動靜變化，以情和形，動與靜、明與暗的相互滲透：「空山新雨後，天氣晚來秋。明月松間照，清泉石上流。竹喧歸浣女，蓮動下漁舟。隨意春芳歇，王孫自可留。」（王維〈山居秋暝〉）用細膩的筆觸，勾畫月照、泉流、竹喧、蓮動等許多富有特徵性的事物，獻給讀者一幅清新秀麗、優美和諧的秋雨之後的山色圖。

任淇以極緩慢的速度移動鏡頭，從室內轉向室外，一隻隻貓被囊括眼底，也被一抹抹顏色所輕染的動靜神態停格：

透明玻璃窗外下著傷心灰的雨。

一隻骯髒灰色的貓，自卑的灰，耳無力的垂下。眼底，是死寂的灰黃。

咖啡店老闆漲著憤怒的臉龐，趕走孤獨紅的街貓，然後抱起目瞪口呆白的小貓，走進店裡，將小貓放在牠哥哥——高貴的白貓——身邊。

茫然的粉白乖巧地依偎在安然的白身上。

一室溫暖的白。（劉任淇）

威尼斯是浪漫又古老的城市，像孤獨的島嶼佇立在典雅的海灣裡，咖啡色陳腐味在條條水道中徘徊。檀香黃的街燈旁，手裡拿著核桃色破舊手風琴的浪子，用粗黑顫抖的手撫摸琴鍵，好幾次似乎就快要把黑抹進寂寞裡，千古流傳的曲調裡有種銀白的音符，蒼老而堅強。船夫賣力的將長滿綠藻的舊槳，抽出水面，用力的往後一推，那古色的船兒就咿咿的向前輕飄

了幾步。

對岸，是黃昏的熱鬧嘉年華。人群，五顏六色，一株株黑色的花，就這樣，一朵又一朵的盛開：單純的黃、沈重的咖啡色，或是喜悅的金色。

水都睡了，嘉年華的熱鬧氣息被悄悄的收進了木盒中。琴師靜靜的靠在木色琴箱上，音樂已歇，睡了。船夫悄悄倚在船上，闔上發黃的眼皮，船槳已歇，睡了。街道上燈火熄，這片都城被如夢般的紫籠罩，一切都靜了，靜靜的。水街下依稀可見一張沒有表情的面具，上面長滿了古老的綠藻，這樣的一張歷史面具也跟著一起，在水中……。（陳怡帆）

（5）烘托氛圍：

不專注於某些景物，而將鏡頭由高空往下，或概括整體印象籠統地敘述氣氛情調的寫景方式，適合於文章開頭，如「曾經有這樣一個地方，我小時親眼見過。它的時光永遠都像是下午；安靜緩慢、所有人都在睡午覺的下午。它的空間永遠都是彎曲狹窄的一條條不知通往哪裡的巷子；兩旁的牆與牆後的房、樹，與瓦都像是為了圈圍成這些引領人至無覓處的長而彎仄的巷子。它的顏色，永遠都是灰。它的人，永遠只是零零落落，才出現又消失，並且動作很慢，不發出什麼聲音，總像是穿著睡衣、趿著拖鞋，沒特要上哪兒去的模樣。倘站在巷口，只像是目送偶一滑過的賣大餅饅頭的自行車。真有這樣的一處天堂，在六十年代，叫『永和鎮』。」（舒國治〈無中生有之鎮—永和〉）

或者在一個景裡帶入個人情思，如朱自清〈荷塘月色〉：

「樹色一例是陰陰的，乍看像一團煙霧；但楊柳的丰姿，便在煙霧裡也辨得出。樹梢上隱隱約約的是一帶遠山，只有些大意罷了。樹縫裡也漏著一兩點路燈光，沒精打采的似是渴睡人的眼，這時候最熱鬧的，要算樹上的蟬聲與水裡的蛙聲；但熱鬧是牠們的，我什麼都沒有。」這段文字正所謂「一切景語皆情語」，以景物（樹色、楊柳、遠山、路燈燈光）為描寫主題，烘托出心緒上的微瀾，因而點染出謐靜、朦朧而又淡淡落寞的氛圍，纖細的情思融合於紛然的景物之中，透過情境營造使讀者領略作者寫作本文的心境——內心的愁思其實無法釋懷。

容之及馨儀便以如此方式書寫在北京的感覺：

老北京就像睿智的老人，像舊書攤上泛黃的書卷氣息，我眷戀他的空氣中的氣息，那一種沉香，是古老的檀木香。老北京也是蜷縮的茶葉，不管周遭變遷速度如何迅速，他依然保有一份內在的安定，一份自己的從容。

輕啜一口澄黃明亮的茶湯，我在文化古香的回甘裡，淺淺呼吸。

王府井大街也許可以窺見所謂新北平的風貌。這是一條金色的街，流動著物慾，時尚，潮流的氛圍。服裝，飾品，名牌，像一匹匹華美的燦金色絲綢，潛伏流動在人們錯綜的腳步間。（謝容之）

三輪車咻的穿梭在白牆的迷宮裡，複雜如巷弄的過去。恍神的我竟覺得輪子不是紡織空氣，而是播放影片的膠卷，放著一幕幕陌生卻來不及捕捉的鏡頭。

風從耳邊呼嘯，沿路的孩童，對我們乘風的拜訪不屑一

顧，這是他們的生活，我們無權打亂，也無權久留。

或許隨風，才是最好的態度。（曾馨儀）

二、寫景的層次內容

（一）景中有情，情寄景發

美國國家公園之父曾說：「讓陽光不只灑在身上，也讓陽光灑在心上；讓河流不只流過身上，也讓河流穿梭在心上。」正如文人畫的特徵在不求形似，而重表現作者思想、人格、學問、才情的意境，有機的將繪畫與文學聯繫，擴大並豐富山水畫精神內容。在寫景文之中，透過文字圖繪式的暗示或隱喻勾勒心靈圖象，及文人美感的理想內涵才能深化內容與境界。

陶淵明在寫景中試圖展示的是精神上遁逃塵世後的世界：「三徑就荒，松菊猶存。……引壺觴以自酌，眄庭柯以怡顏，倚南窗以寄傲，審容膝之易安。園日涉以成趣，門雖設而常關；策扶老以流憩，時矯首而暇觀。」「孟春草木長，遶屋術扶疏」（陶淵明〈讀山海經〉）處處見理想與和諧景物融成一片，情趣理趣與生活交織。另如「雲無心以出岫，鳥倦飛而知還」、「採菊東籬下，悠然見南山。山氣日夕佳，飛鳥相與還」（〈飲酒詩〉）都是以景寫心境名心志，也足以看出他所追慕的理想人生是生活與生命的和諧。

至於「明月出天山，蒼茫雲海間。長風幾萬里，吹度玉門關。漢下白登道，胡窺青海灣。由來征戰地，不見有人還。戍客望邊色，思歸多苦顏。高樓當此夜，嘆息未應閒。」（李白

〈關山月〉）則以「月、山、雲、風、關」勾勒出邊塞遼闊雄偉的空間。「漢下白登道」寫的是唐與吐蕃之戰,「由來征戰地,不見有人還」、「戍客望邊色」襯托征人思鄉的寂寞與邊塞守邊之苦情。與「迴樂烽前沙似雪,受降城外月如霜。不知何處吹蘆管?一夜征人盡望鄉」(李益〈夜上受降城聞笛〉)、「黃河遠上白雲間,一片孤城萬仞山。羌笛何須怨楊柳,春風不度玉門關」(王之渙〈出塞〉)同時藉景抒情之作。

張曉風〈常常,我想起那座山〉寫拉著手的山,像花瓣一般舒展,以摹寫將形象做出完美的傳輸,歸於與天地交融於心的感動,與萬物共存共榮的那份喜悅自在:「山從四面疊過來,一重一重地,簡直是綠色的花瓣——不是單瓣的那一種,而是重瓣的那一種人行水中,忽然就有了花蕊的感覺,那種柔和的,生長著的花蕊,你感到自己的尊嚴和芬芳,你覺得自己就是張橫渠所說的可以『為天地立心』的那種人。不是天地需要我們去為之立心,而是由於天地的仁慈,他俯身將我們抱起,而且剛剛放在心坎的那個位置上。山水是花,天地是更大的花,我們遂挺然成花蕊。」

林文月〈遙遠〉:「面對著汪洋一片,水外有山,山外有水,應該引起故國之思,至少該有些甚麼感慨才對。然而,此刻當我專注於眼前的山山水水時,卻無著意培養正氣或玄思的念頭,只覺得無比鬆懈;於鬆懈之中,又似乎有些茫茫然之感。

這個時候的心境,連自己也莫以名之。好像在想一些甚麼,卻又說不出是在想甚麼,但心中分明不是空洞的;我知道有些情緒自心底深處冉冉升起,但又瞬即飄忽逸去;似乎在懷

念著甚麼，然而更像是在忘懷甚麼。這種心境該如何稱說呢？一時找不物適當的字眼來形容。也許可以說是遙遠，就稱做『遙遠』吧。」也都是由山、水、天地展開悠悠情思，寫心境、思考生命。

任薇薇以〈大和國度〉為題，記敘一段旅行，景致如詩如畫，情語情語交融，文筆亦明媚有韻：

遠處的山峰上，一片片白雲薄如蠶絲，山谷裡飄出一縷縷白煙。雪花從黑空中緩緩擺盪，然後降落在氤氳的熱氣裡，一片……一片……每一片都是如此獨一無二，每一片都是如此潔白動人。隨著降落的高度，溫度漸漸攀升，直到最後形狀萬千的雪晶，迫於無奈下幻化成原形——水。

蒸氣與雪花微妙地沾溼髮梢，頂著一條溫度恰好的小方巾，胸口以下本能地埋入泉水之中，身上長年累積的不暢快，隨著迷霧蒸發，每一口的呼吸，都是前所未有的深沉。輕輕的吸上一口濕潤的熱氣，直到胸口鼓脹，再慢慢釋放。

對面那一重又一重山巒，和黑夜的顏色似乎相融在一塊兒。夜，越來越深了……

坐躺於矮窗旁的塌塌米上，一手攀附著窗台，一手輕握著清酒杯。窗外的夜色清爽，雪花依然輕盈，偶有一兩片烏龍的雪仙子，意外的降落在光潔的手臂上，有種沁骨的冰涼。

窗外夜空凝練。這一刻，連星空都為我駐足。（任薇薇）

（二）景情人事相牽繫

寫景必然牽繫人事情思，無論抒情懷古詠境，都因景所襯

墊的背景或景所形塑的氣氛帶動的情緒而格外深刻雋永。柳宗元《永州八記》文短而精鍊，字如精金美玉，但每一篇文章背後都隱藏著孤獨不安的靈魂，流露出失意不平的怨氣。以〈始得西山宴遊記〉而言，先敘緣起，再寫景，由寫景而帶出抒情之筆，抒發「物我兩忘」的情懷。

憑高弔古，觸景追昔不免興懷人悲嘆之情，如全祖望〈梅花嶺記〉登梅花嶺憑弔，追述史公忠義及諸烈士貞女殉國之事。「寂寂江山搖落處，憐君何事到天涯？」（劉長卿〈長沙過賈誼宅〉）歷史懷古中或由踏訪歷史殘跡，汲取深具反諷意味的詩意、或藉以寫體悟感發，如「江雨霏霏郊草齊，六朝如夢鳥空啼。無情最是台城柳，依舊煙籠十里堤」（韋莊〈金陵圖〉）將歷史看作是人生的擴大，從歷史中看到返人生無常的影子。

佳嬿、昱嫻便以寫景、抒情、敘感的結構方式，分別記錄在天壇、長城，當下與歷史人事間拓印出的所見所感：

茫然的看著人潮洶湧，看著從階梯上滿溢而下的人流，潛意識裡想逃離這蜂擁而上的喧囂，但身體卻彷彿傀儡似的，麻木的，用相機留下痕跡，留下那陌生的，連自己都不認得的場景。從此，記憶裡將存著這樣的足跡，證明我走過北京。

意義，不過如此而已。

於是，我也向人群移動；於是，我看見了震撼。震懾我的靈魂，戰慄我魂魄的並不是那披上金色綴飾的美麗樓閣，而是地下最不起眼的一塊石。或許，我該收回前言，此刻我只想一探究竟，因為人存在而產生的混亂氣流也不那麼令人厭惡了。層層視線中，我的餘光終於停留在那塊灰色岩板。導遊李姐姐

說，那是清朝帝王向上天祈求天下太平時所跪的石磐，也就是所謂最接近天的地方。

但現實，卻只讓我更心傷。人影間，匆忙的鞋印一遍一遍烙在石頭表面，和百年前，龍袍上的金色繡線壓上的位置重疊，把那曾有的，殘留的絲都給磨了去。不絕的踐踏與石之心碎成粉末飄散的聲音，狠狠敲在我憔悴的心。懷著幾乎成了粉塵的心灰，我倚在旁邊的雪白雕欄，冷著眼往那圍在石板邊的人群看去，鞋底之下，石板之上，沒有文字，只有歲月的紋理綴滿，滿滿的如年輪那樣把過去記下。

它是，最接近天的地方……

很久很久以前，上天之子將雙膝的重量平均放在冰涼的石上，挺直腰桿，望向頭頂那片天空，祝禱天災早一日退去；現在，天子早已化為塵土，充斥在人潮的笑語，將那輕輕吐出的嘆息，掩蓋。（李佳嬅）

濁濁傲風，不知是塵粒捲著風？還是風纏綿著塵粒？

斗篷在身後呼啦呼啦地嘯著，和風形成一種奇特的和絃。

風很大，卻吹不掀它隱世的斗篷帽。

紅塵耽於安逸，捲著大部分的過客，蜿蜿蜒蜒走上平緩的那一方。他不冷不熱，僅以淡如清水的眼波掃了一眼，無聲的步伐踏上陡峭的未知之途。

颯颯風聲，捲著驚愕的腳步，看那層層階梯蒙著長城的歌聲矗立直部。那已不單是雙足所能征服，它逼得人們在它面前以四肢屈服。

伸直疲憊的膝足，他任由長城的吐息吹掀篷帽，吹亂蓬

草。朦朧山巒間，漫天塵飛間，一條沉眠了千年的龍正蟠踞在遠方的歷史中。

不怒而威，不嘯而震，不翔而貴。

他一直這樣深深的睡著。以安穩的睡之吐雲護著底下的龍之傳人。於是，傳人們持起鋤，提起刀，在黃河播下歷史的種，在北京殺出輝煌的血。（吳昱嫻）

（三）由景入情而生理

另則從自然的景、物體悟人生道理，如歷代山水遊記或亭閣臺記，重點大都是對於生命境界的體悟與開拓，而非對自然景致的刻劃與描繪。

「自然」往往只是引發作者思考的最佳媒介而已，如王勃〈滕王閣序〉裡，藉滕王閣所見「落霞與孤鶩齊飛，秋水共長天一色」之景，實發出不遇之嘆：「時運不齊，命途多舛。馮唐易老，李廣難封。屈賈誼於長沙，非無聖王；竄梁鴻於海曲，起乏明時？所賴君子安貧，達人知命。老當益壯，寧移白首之心，窮且益堅，不墜青雲之志……」或在景中寓人生哲理，如「莫笑農家臘酒渾，豐年留客足雞豚。山重水複疑無路，柳暗花明又一村。」（陸游〈遊西山村〉）「白日依山盡，黃河入海流。欲窮千里目，更上一層樓。」（王之渙〈登鸛雀樓〉）

陶淵明〈桃花源記〉因恥事異姓，託言避秦，而描繪一理想世界，是以記敘寫景寄「意在言外」的寓言。曾鞏〈墨池記〉借墨池之物與揭楹之事以勉學子，通篇即事生情，託物言

志。范仲淹〈岳陽樓記〉因滕子京囑以為岳陽樓重修作記,而自寫懷抱。敘事、寫景後,以雨天與晴天兩種不同的變景對照托出「先憂後樂」之新意。蘇轍〈黃州快哉亭記〉圍繞「快哉」二字著墨,敘事、寫景、抒情與議論鎔為一爐兼敘「自得則無往不快」之意,文筆秀傑灑脫,風趣悠遠酣暢,在結構上都屬於先寫景、次議論,而景的作用多為陪襯,寄理書懷才是重點。

(四)地景人文的生命行旅

酈道元《水經注》以我國百餘水道為經,以記述地理、人物、古蹟、景貌為緯而成,以北朝樸素的筆觸或用白描,或施濃彩、疏落有致,創造出各自不同的意境。明代徐宏祖《徐霞客遊記》受其影響,結合旅行與地理、人文,考察除描摹所見的自然風光外,還對當地的風俗民情、關梁要塞、名勝物產作了生動而詳細的記載,開創新的記遊寫景空間。

劉克襄〈台灣古橋〉敘寫北新庄大屯溪上的三板橋:「少說有兩百多年的歷史,是早年深入大屯溪拓墾的漳州移民鋪蓋的。如果進入大屯溪古道探查,從那些廢棄的炭窯、橘園和染料池來判斷,三板橋主要是用來運送茶葉、染料和橘子。三板橋之名,顧名思義,是用三塊石板並排列而成。但是,大屯溪少說有十來公尺,當地居民再如何神通廣大,都無法找到這樣長的石板!怎麼搭蓋呢?結果,他們聰明地利用溪上的兩座安山岩大石做為天然橋墩,再連續利用三塊一組的石板,串連成這特殊的歪歪曲曲穿過林叢的石橋。時隔百年,三板橋渾然天

成的古樸裡還流露著原始的森林氣息，實為古橋裡的一奇。」

林郁馨獲得 45 屆景美散文特優的〈風景明信片〉一文，寫景細緻凝煉而工整，柳荷、水山、塔，在風和斜陽中，各具情懷與姿色，有今景、古詩相映；有現象與想像交疊。在回憶中，西湖更美、更有氣氛了：

午後慵懶的斜陽癱軟在和室的一隅，沒有燈光的叨擾，正是適合回憶的萌芽時刻。幻化無常的光影，時兒刺目、時而黯淡。在繁複的層疊中，一股惺忪感襲來，思緒緩緩的潛入相簿中捕捉的一個個剎那——今年暑假大陸的十二日遊。

照片光面的素材將西湖的靈秀之氣，以渦漩般的漣漪中燦然釋放出來。來西湖，得用最道地的方式遊湖——就像傳說中范蠡與西施那樣，撐把古樸的油紙傘，搭上搖搖晃晃的木製擺渡船，隨悠揚的風閒蕩。岸旁無一處不是綠得沁人心脾的媚柳，窈窕清新的光澤、嬌軟無力的姿態如貴妃出浴，讓人想起張岱西湖十景詩句：「文弱不勝夜，西施剛睡起。」

透過午後陽光的雕琢，湖面上清風拂盪荷花粉嫩的瓣、鵝黃的蓮心，讓人感到心醉神迷，怪不得張岱盛贊「何物醉荷花，暖風原似酒。」

湖水是摸不透的綠，柔媚得像千古傳奇，左環右抱的山麓則宛若深翠的祖母綠，席捲著這屬於綠的氛圍。山頭一側聳立著千古愛情象徵的雷峰塔，微瞇雙眼，想在新鑄的塔上尋出一點歷史的淒美與憾恨，可惜現代化的水泥磚止住了迷濛的遐思，也注定了白娘娘永不得釋放的哀愁。遊人嘻鬧依舊，孤獨的古塔遺蹟被新塔壓著、用玻璃展示窗圈著，我看到她黃土撲面，憔悴的臥著，她的最大心願，想必是用真面目換取世人永

恆的憑弔吧！

　　天邊一抹斜陽，似不想打攪這美好的一刻，在一旁跑著龍套：這裡摻點金砂，那裡撫撥著水之豎琴，這下眼前的美景，用蓬萊仙島可貼切極了！西湖中央孤島般的三潭印月，在夕陽的薰染下，嬌羞得如出浴美人。兩岸旁的葉緣、山稜鑲著金邊，耀眼如龍袍上的金銀絲捲線，奪目懾人，卻又綿密細緻。湖面波光粼粼，一池黃橘暮色，晃著黑影，眼底的三潭印月越來越小、越來越模糊，轉瞬間又回到石岸邊。一艘艘歸巢的船兒，香甜的酣睡著，偶爾翻翻身體，發出幾句嗚咽聲，在令人駐足不忍離去的岸邊，我捕捉了這一刻⋯⋯。（林郁馨）

　　寫景之文如街景（86 大學聯招）、引楊牧《亭午之鷹》〈紐約日記〉，在異鄉寂寥的紐約公寓所見，希望由楊牧特殊的情感表達方式獲得啟發，以「窗外」為題寫作（89 語表）都強調在寫景和抒情間融貫，虛實相間情采並重，藉具體的景象以寄個人興懷感發。

只有咒語可能釋放精靈

咏物篇

　　物的描寫以人文器物為主，其範圍相當廣泛，舉凡自然中的物類如動植物與礦物、生活中所見所用的物件……都是詠物書寫的對象。人與物之間，由於人的情感投射，人的觀察體悟，人的描繪敘述，而產生豐富的聯想與交流。人在生活中運用物質所察覺的美感、透過觀照物所發現的道理，以及藉物來傳達綿渺的情思，都使得詠物文章的面貌多樣化。

　　詠物的寫法大致可分直觀書寫、藉物抒情、託物書志、以物狀人。結構是由淺而深，由敘述到說理，由具體到抽象，由描繪狀寫到寄寓情理等，多層次的書寫重點與觀察點。

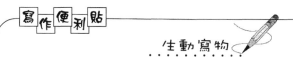

寫作便利貼

生動寫物

1. 捕捉外形特徵、表情動作、用途價值。
2. 語言上巧用擬人、譬喻等修辭手法。粧點彩繪
3. 內容上穿插傳說、故事、資料以廣增其深度與內涵。
4. 層次上由狀物，進而抒情、說理、寄意。

詠物書寫原則

形貌雖在詠物，其本質或用意卻在發抒感情，在寫作上除以物為主體的客觀描繪，或因物起興藉助寫物以抒情，或藉物為喻融合情理，寄託想法體悟。

依其內容與偏重方向，結構、層次不同寫作方式呈現出迥然而異的風貌，大致可分如下四種：

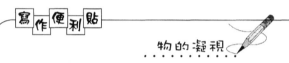

寫作便利貼

物的凝視

外貌協會，直觀敘述：物→形→貌、物→神→情、物→韻→趣

物輕情重，藉物抒情：物→情→人、物→事→感

科學實質，明察秋毫：物→現象→理、物→用途→價值

托物言志，寓情寄意：物→性→志、物→情→思

寫物往往先具體再抽象，先有形再無形，由描繪狀寫到寄寓情理，分敘如下：

一、外貌協會，直觀敘述

詩詞中時見以直觀寫物狀這類筆法，如「黃四娘家花滿蹊，千朵萬朵壓枝低。留連戲蝶時時舞，自在嬌鶯恰恰啼。」（杜甫〈江畔獨步尋花七絕句 其六〉）輕盈曼妙地捕捉花開繁盛、蝶飛鶯唱之景。為強化所觀物態，或以比喻的方式凸顯色彩如「山花如繡頰，江火似流螢。」（李白〈夜下征虜亭〉）或以氣味來側寫如「牆角數枝梅，凌寒獨自開。遙知不是雪，為

有暗香來。」（王安石〈梅花〉），也有著墨於韻趣神態：「疏影橫斜水清淺，暗香浮動月黃昏」（林逋〈詠梅花〉）把梅花置於水邊月下，極寫梅花的倩影與芳香，被視為千古絕唱，凡此種種都是對物的客觀書寫中，鮮明呈現物的方法。

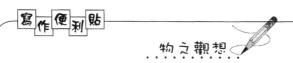

寫作便利貼

物之觀想

1. 請以花草蟲魚鳥獸等為書寫對象，描繪它的外形、動作、神韻與特質，

2. 請以你最難忘的動植物，書寫與物所引發的情感與回憶

3. 菊之於陶淵明；牡丹之於楊貴妃；蓮之於周敦頤。這樣的聯繫使得花草植物，因為人物而賦予個性化、文化性的意義，請以花草植物書寫歷史或小說中的人物，以另一形式呈顯對人物的體認。

聲色→神態

寫物的第一層次，可從前後、左右、上下、內外依次描繪；由部份到整體，或整體印象到細部書寫，如顏色長相、聲音動作，進而寫神韻風味、個人感覺。最能表現個人風格者，便在描繪細節時，用語的質地、鋪陳的密度以及色彩積澱流動的速度，如同是寫茶，張愛玲〈傾城之戀〉集中於殘茶的姿勢：

杯裏的殘茶向一邊傾過來，綠色的茶葉粘在玻璃上，橫斜有致，迎著光，看上去像一棵翠生生的芭蕉。底下堆積著的茶葉，蟠結錯雜，就像沒膝的蔓草與蓬蒿。

簡媜〈粗茶淡飯〉則以茶寫心底之人：

喝茶順道看杯中物，蜷縮是嬰兒，收放自如到了荳蔻年華，肥碩即是陽壽將盡。……

不見得真有其人其事，只不過茶味中得著一點靈犀，與我內心版圖上的人物一一合印，我在替舌尖的滋味說人的面目，而已。

梁實秋〈鳥〉為了烘托「我寫鳥」的篇旨，從鳴聲、形體、神態、動作四層次，來描繪對鳥的喜愛，尤其是在鳥的形體部分，更是作了淋漓盡致的勾勒：

多少樣不知名的小鳥，在枝頭跳躍，有的曳著長長的尾巴，有的翹著尖尖的長喙，有的是胸襟上一塊照眼的顏色，有的飛起來的時候才閃露一線斑斕的花彩。幾乎沒有例外的，鳥的身軀都是玲瓏飽滿的，細瘦而不乾瘠，豐腴而不臃腫，真是減一分則太瘦，增一分則太肥那樣的穠纖合度，跳盪得那樣輕靈，腳上像是有彈簧。看它高踞枝頭，臨風顧盼——好銳利的喜悅刺上我的心頭。不知是什麼東西驚動它了，它倏的振翅飛去，它不回顧，它不徘徊，它像虹似的一下就消逝了，它留下的是無限的迷惘。

一連四句的排比句法，或寫鳥的尾巴、長喙、顏色、羽毛之美，或捕捉胸襟前斑斕的亮眼，或抓住飛時閃露的花彩描繪。層次分明，細膩著墨，彷彿一幅工筆畫。以擬人的「穠纖合度」形容鳥的身軀玲瓏飽滿之美，緊接著又以一句「好銳利的喜悅刺上我的心頭」，形容自己看到鳥「高踞枝頭，臨風顧盼」的神采時的震撼與感動；特別是「刺」字，靈動傳神地寫出內心的強烈感受。最後的「倏的振翅飛去」，像虹似的瞬間

消失無影的描繪，非但呈現鳥飛去時俐落的動態美，也因之悵惘。全文在取材、佈局上，極具巧思，在遣詞造句上，更見凝鍊的功力。

陳列〈排雲起居注〉一文則著墨於高山上自由飛翔的鳥，寫其姿態、道其色彩，結構上採取分敘方式，對每種鳥的描繪層次則集中於顏色、繼而動作，最後總收敘述原由：

> 栗背林鴝則有時會飛來我置身的巨岩下，在小徑上跳兩下停一下，跳兩下停一下，一副既緊張又從容的樣子。雄鳥的顏色華麗莊重，搭配得真美：墨黑的頭頸上，明顯的一道細長的白眉，上胸和兩側肩膀上的羽毛橘紅色，下身是柔和的棕青。雌鳥的色澤就拙樸多了。牠們頻頻出入於小徑的地面、兩旁的灌叢和冷杉之間，時時細細地鳴叫……我之所以提及這些高海拔的鳥，只因為牠們曾讓我在排雲山莊度過好幾個寧靜而快樂的晨昏。

透過這兩段描繪鳥的篇章，可見作者個人觀想事物的體會、視角、見解，透過對物的描寫所表現出來的，而個人審美的眼光、寫作風格都藉此展呈顯。但其結構不外乎分寫物貌到情思，如此基本的原則。如伊柔寫椰子樹落下的花，先形容狀態、顏色，再寫其飄落姿態，並進一步道其神韻：

> 椰樹細細的白花，追隨著風、也跟著地心引力，就如同飄雪般地旋下，飄著一種瀟灑的俠義情操。（陳伊柔）

總寫→細部、部分→整體

前人寫詩為文，常說「體物不可以不工」，「狀物不可以不切」，必須窮物之情以「盡物之態」，意思是說寫物不只就物的

形貌刻鏤，更要表現物的神采樣態。因此，以物為題的文章最常見的是呈現美感的詠物方式，透過直觀感受描寫物象，表現作者獨具慧眼的巧思。

其描寫方向大致可分以下幾種：

（1）由物的外貌構造寫起：

葉如桂，冬青；華如橘，春榮；實如丹，夏熱。朵如蒲萄，核如枇杷，殼如紅繒，膜如紫綃，瓤肉瑩白如冰雪，漿液甘酸如醴酪。（白居易〈荔枝圖序〉）文由總寫荔枝樹形、分寫葉、花、果，再細寫朵、核、殼、膜、瓤肉、漿液，由整體到細部，層次分明。

（2）從物的特色展開描述：

夏秋之間，是一個鳴蟲競奏的時節。許多鳴蟲，總愛在清涼恬靜的夜裡，啁啾應和著嘹亮的歌唱。只有蟬，她卻愛在炙熱的白晝，踞在高高的樹枝上，引聲嗷嘯。暑熱越盛，牠們也越叫勁。（陳醉雲〈蟬與螢〉）緊扣鳴唱，以鳴蟲之喧襯托蟬聲之高亢；以其夜鳴襯托蟬晝鳴之嘯，在結構上採 A→B 的映襯方式。

（3）印象式取鏡：

看物寫物，物我交會之際，興會萬端，若能把蘊蓄在胸中，盈溢在自然的感覺和事物，加以提煉，再鮮活地表達出來，將能賦予筆下的物豐富獨特的樣貌和耐人尋味的情趣。如陳幸蕙〈碧沉西瓜〉中則以強烈耀眼的色彩與線條凸顯菜花黃、西瓜肥碩的景象，在結構上則以遠鏡頭所拍攝的一個個畫面帶狀呈現：

菜花耀眼的黃是染坊裡新調和成的色彩，成畦潑濺出來的

結果。……如果成畦的菜花是后土之上段落鮮明的大塊文章，那麼沙田內星羅棋布的西瓜所展現的疏淡自如的點的趣味，便應是幾何學裡最精整富麗的平面。

（4）由動態落筆於靜姿：

如杜虹〈灰面鵟之歌〉：先以賞候鳥過境，詳說灰面鵟的名稱、形體、生態：

灰面鵟，有稱灰面鵟鷹或掃慶鳥，身長約四十九公分，展翅翼寬約一一〇公分；羽色灰褐，胸腹密布橫斑，臉頰灰色，眼上有白眉。繁殖區在嚴寒的北方，在台灣是過境候鳥……

進而就其飛翔、整理羽、降落的姿態著墨：

鷹群的盤旋是令人驚嘆的，密密麻麻的鳥影以近距離纏繞著翱翔，不斷地移位卻絕不相碰撞，乘風無須振翅，流動的線條充滿韻之感，真是奇觀哪！……那樣孤高的飛禽，翱翔時頭部略偏左右，從天際顧盼大地，然後疾速滑下綠林，直向合意的枝椏或樹梢，然後以舞者的姿態輕輕收斂翅羽，穩穩靜立。

形→神→韻→情

所謂境由心生，風景是內心的投射，在自然遞嬗和生命的轉折之間，在彼此相互指涉中的有我之境裡，隱藏著濃厚的情緒。楊牧詩集《介殼蟲》、《時光命題》、文集《亭午之鷹》將意象和聲籟結為一體，在意象與聲籟的跌宕中，蘊藏繁複的情味，動感的節奏所鋪設出的悠揚氛圍，除嘗試著把景致寫活，又不斷嘗試著將情感深埋，企圖從詩行構築的世界中，顯現脈脈深情：

鷹久久立在欄杆上，對我炫耀它億載傳說的美姿。它的頭

腦猛鷙，顏色是青灰中略帶蒼黃；它雙眼疾速，凝視如星辰參與商，而堅定的勾喙似乎隨時可以俯襲蛇蝎於廣袤的平蕪。它的翮翼色澤鮮明，順著首頸的紋線散開，聚合，每一根羽毛都可能是調節，安置好了的，沒有一點糾纏，衝突，而平整休息地閤著，如此從容，完全沒有把我的存在，我好奇的注視放在心裡。它以如鐵似鍊的兩爪緊緊把持著欄杆，左看若側，右視如傾。

或者，我心裡快速閃過許多不同的形象和聲音。或者在遙遠另外一個世界，我也曾經與它遭遇過，以同樣的好奇，驚訝，和決心長久記住它的一份誠意，擭捕它，不是用網羅箭矢，用詩……

同樣以蟬聲為焦點，陳醉雲〈蟬與螢〉以聲音的亮度、彼此應和的熱鬧來表現蟬鳴的熱鬧，但在簡媜〈夏之絕句〉中則純然以寫意畫的方式，結合詩體與詩家的想像，寫蟬聲的感情：

蟬是大自然的一隊合唱團，以優美的音色，明朗的節律，吟誦一首絕句。……詩中自有其生命情調，有點近乎自然詩派的樸質，又有些曠達飄逸；更多的時候，尤其當牠們不約而同地收住聲音時，我覺得牠們胸臆之中，似乎有許多豪情悲壯的故事要講。也許，是一首抒情的邊塞詩。

至於日本宮本輝〈螢川〉則以「螢火蟲」譬喻凡人：「數萬數十萬計的螢火蟲交疊著身軀，不休不止地一閃一滅，正創造苦悶寂寞的生命光塊。」

這樣的詠物方式是以形寫神，借形以傳神，表現出物的韻味與氣質。作者個人觀想事物的體會、視角、見解，透過對物

的描寫表現，而個人審美的眼光、物外之趣便藉此呈顯，如沈復在〈兒時記趣〉裡說道：「夏蚊成雷」可以「為之怡然稱快」；叢草、蟲蟻、土礫，「神遊其中」可以「怡然自得」。

廖鴻基〈鬼頭刀〉的文章由鬼刀頭魚的外型、氣質寫起，繼而敘述捕獲鬼頭刀的過程。書寫場景、心景時常帶著強烈的抒情意味：

現在，清楚看到，看到中鉤的是一隻母魚，而陪她一起摔滾的是一隻公魚，母魚游向左方，公魚也貼身游向左邊，那親蜜的距離彷彿是在耳邊叮嚀，在耳邊安慰。尤當我看到那公魚的眼神，不再是記憶中的倨傲從容，而是無限的悲傷、痛苦或者柔情。那眼神說話了：「讓我來分擔妳的痛苦，我願意與妳同生共死陪伴妳到永遠。」牠們背上的藍色光點一起躍入我的眼裡，竟然是那般的刺眼、光亮。

豐子愷以〈楊柳〉寫處世態度、張曉風以線條與傳說的美寫柳：

所有的樹都是用「點」畫成的，只有柳，是用「線」畫成的。別的樹總有花、或者果實，只有柳，茫然地散出些沒有用處的白絮。別的樹是密碼緊排的電文，只有柳，是疏落地結繩記事。別的樹適於插花或裝飾，只有柳，適於灞陵的折柳送別。柳差不多已經落伍了，柳差不多已經老朽了，柳什麼實用價值都沒有──除了美。

維苑則藉柳抒情，結構上以景帶情，以情烘托景：

　　輕輕的在湖面上吻起漣漪

　　一圈圈一圈圈是我悄悄在妳心上烙印的痕跡

　　柔柔的在湖面上吹起細紋

一脈脈一脈脈是我偷偷在妳心上撥弄的蹤影

淡淡的在湖面上吐出粼粼

一閃閃一閃閃是我默默在妳心上刻劃的感情

但寂靜的

是否從湖心梢來一封信息

還是任憑我望穿秋水

屹立在妳身旁守候著百年孤寂（林維苑）

總→分→總　神→韻

除了運用顏色、質感狀寫物的特質，以聲音敘寫，在層次變化中能更能細緻呈現物的外表特徵和內在韻味，如蔣勳在〈甕〉這篇文章裡便透視瓷器的質地，以聲色展現其美感。結構上則採用分敘甕與瓷特色，再將鏡頭拉進至宋瓷，先敘其生產地，其次敘製作過程，最後描繪成品質感顏色，最後以聲音凸出其密度質地，用的是先分敘再總收的原則：

土甕像歌詠隊中的低音部，持續著沉穩厚實如大地的聲音，宋瓷則是藉著這沉穩厚實往上翻騰激越的高音，它要脫盡土氣，享有玉的尊榮。

瓷器中的精品如宋的汝窯、定窯或龍泉，把土的質地，經由研製、高溫，懷華美的釉的瑩潤，提煉出如玉般的精華；胎薄而細，堅硬如石，釉彩斑斕，敲起來有鏗鏘如金屬的聲音。

列敘作家對同樣主題的描繪，往往能在比較中更清楚地見及因「總—分—總」敘述層次達到的效果、著眼重心不同而呈現各自審美觀點，如以「木棉花」為模特兒：

蔣勳寫木棉，見一片光燦耀眼的色調：

　　整株木棉像一支盛大的燭台，滿滿一樹花朵，艷紅鮮黃，像明亮燦爛的燭光火焰，一齊點燃，在陽光下跳躍閃爍。

　　但到了簡媜眼裡，則由劍拔弩張的枝椏想起虯髯客：

　　看木棉花是種震撼。粗枝交錯，像千隻青筋暴跳的托出朵朵後大如曲掌的澄紅鮮花。枯乾的枝條，枝枝向天空攫抓，烈橙的花朵，瓣瓣是張著的唇，辯論一個永恆的疑問。

　　同樣是寫其形態，張曉風筆下的木棉似火般的濃酒，似撕裂傷口裡無言卻壯烈的吶喊：

　　所有開花的樹看來都該是女性的，只有木棉花是男性的。

　　木棉樹又乾又皺，不知為什麼，它竟結出那麼雪白柔軟的木棉，並且以一種不可思議的優美風度，緩緩地自枝頭飄落。木棉花大得駭人，是一種耀眼的橘紅色，開的時候連一片葉子的襯托都不要。像一碗紅麴酒，斟在粗陶碗裡，火烈烈地，有一種不講理的架勢，卻很美。

　　樹枝也許是乾得很了，根根都麻皺著，像一隻曲張的手──肱是乾的、臂是乾的、連手肘、手腕、手指頭和手指甲都是乾的──向天空討求著什麼，撕抓些什麼。而乾到極點時，樹枝爆開了，木棉花幾乎就像從乾裂的傷口裡吐出來的火燄。

　　璨語寫的杜鵑，正以最基本的「總─分─總」方式加上點譬喻為裝飾寫其韻味，便成為輕鬆的春花小調：

　　杜鵑是春天的常客，嫣紅的杜鵑搶眼奪目，活像嫉妒的火種，燃燒不解風情的草坪。純白的杜鵑是樸實的村姑，以親切的笑容滋潤花蜜；粉紅的杜鵑似滑稽的紳士，高貴的燕尾服下竟藏著粉嫩的襯衣，令人不由得會心一笑。在這乍暖還寒的季節裡，杜鵑是劑春，讓每個人都得了浪漫流行病！（楊璨語）

二、物輕情重，藉物抒情

由描繪狀寫到寄寓情思，除對物的性質、特色切要描述，更需由此引申，委婉曲折地將感情表達出來，這不但使抽象的感情客觀化、具體化、形象化，增加情感的詩化力量；也可以因為使用比喻、排比、誇張、擬人、象徵等藝術手法和修辭方法，增強藝術感染力。

物→人→事

寄託於物的人事懷想，多以物為穿梭全文的經線，帶出人事情節的縱線，密密織就成文。如琦君〈故鄉的桂花雨〉一文，以抒情的筆調，懷舊的筆法，描述桂花的形形色色，寄託對故鄉的懷念及童年的回憶。洪醒夫〈紙船印象〉透過「紙船」的牽引，敘寫兒時趣事。

魯迅〈風箏〉一文則以沉重的筆調寫曾經對弟弟所造成的傷害，起筆在數語之間便藉著風箏渲染出冷漠孤獨的氣氛，為懷人憶事預伏悲思，那「寂寞的瓦片風箏」是得不到寬恕歉疚終身的哥哥，是被強硬撕裂風箏的弟弟被擠壓的童年：

故鄉的風箏時節，是春二月，倘聽到沙沙的風輪聲，仰頭便能看見一個淡墨色的蟹風箏或嫩藍色的蜈蚣風箏。還有寂寞的瓦片風箏，沒有風輪，又放得很低，伶仃地顯出憔悴可憐模樣。

杜十三〈椅子〉由椅引發懷念，物是人非的現實，讓人生滄桑穿透時空在眼前，生離死別的傷情盡融鑄於一把椅子裡：

　　以嫩藤密織而成的橢圓形靠背，也在服侍過不數個舒適的仰躺之後，隱約印出一個頭顱大小的凹痕——我突然發現，這把古老的椅子正是我們家族二十年來坐姿的綜合雕塑。

　　首先是老祖母在世的時候用它歇養老年的寂寞，讓那細緻、平穩的藤織線條，順著她臃腫的臀，貼著她龍鍾的背，擁著她看朝陽、看晚霞，陪著她穿透深邃的記憶，回味古老歲月中的一些悲歡離合。而後，是不得志的父親用它來支撐失意後的空虛，讓那柔軟、堅韌的質地，撫著他那滿佈傷痕的身心，使他能夠更愜意的吞雲吐霧，啜品香茗，順便摹仿那高貴的座形，擺一個儼然不可一世的姿勢……

　　文由細膩地描繪藤椅弧度、質感入筆，再把鏡頭拉近到仰躺靜坐出的凹痕，歸結於「二十年」的歲月、「家族坐姿」的倚靠。接著透過坐臥而在椅子身上所形塑的痕跡，寫曾留駐的人事。椅子銘刻了祖母晚年生活作息，也體貼地慰藉晚年的寂寞；椅子同樣承受父親失意的落寞，提供舒服的避風港，讓那實已逝去的得意暫時被遺忘。文章末段寫及祖母、父親相繼去世，自己坐在這把椅子上時，「看到了三十年前烽火漫天之下，一片片的斷水殘山，一幕幕的生離死別。」全文由物及人事溢滿情思。

　　以物為始，漸層擴展的方式，能使文章內容如海浪一波波湧起，一浪浪翻滾充沛而有力的氣勢，同時因以各種不同的角度和觀點思考，使得文章豐富完整。

　　如高大鵬〈清明上河圖〉從宋代張澤端的清明上河圖追溯過去，驚覺自己在母親過世之後才真正了解清明的意義。繼而寫清明的意涵，寄託飲水思源的思想，最後轉筆回想動亂的時

代裡，來台之初同舟共濟、胼手胝足的刻苦精神，總結於靈魂歸宿所代表中國人的信仰與力量。

亞榮融・撒可努〈煙會說話〉：「煙是祖靈們溝通的媒介，藉由裊裊炊煙告知祖靈，來和我們共享啦，祖靈們藉由百步蛇行走的煙來看他們的子孫了」以神話傳說為起點。文從風會說話→風有顏色→天上的星星來自母親的淚→鹿的跳躍是新生命的到來，終結於「原住民的信仰充分了自然崇拜和感謝，煙是他們和祖靈共同的語言，煙會把你的氣味帶給祖先。」

張秀亞〈月〉以孩子提燈來描寫月的圓缺及月引領迷失的靈魂：午夜醒來→看見提燈的迷路小孩→燈籠被小孩撕壞成彎，象徵月的圓缺→由詢問得知迷路的並非提燈的孩子，而是孩子在尋找迷路的靈魂。

物→景→情

張愛玲善於情境的象徵隱喻，在〈傾城之戀〉裡，寫著二人到了淺水灣，范柳原攙著白流蘇下車，指著汽車道旁鬱鬱的叢林道：

你看那種樹，是南邊的特產。英國人叫它「野火花」。流蘇道：「是紅的麼？」柳原道：「紅！」黑夜裡，她看不出那紅色，然而她直覺地知道它是紅得不能再紅了，紅得不可收拾，一蓬蓬一蓬蓬的小花，窩在參天大樹上，劈劈剝剝燃燒著，一路燒過去，把那紫藍的天也薰紅了。她仰著臉望上去。柳原道：「廣東人叫它『影樹』，你看這葉子。」葉子像鳳尾草，一陣風過，那輕纖的黑色剪影零零落落顫動著，耳邊恍惚聽見一串小小的音符，不成腔，像簷前鐵馬的叮噹。

在這段對話敘述中，「紅」既是花色，也是心理，而「流蘇看不見野火花，卻覺得它「紅得不能再紅了」，這純粹是主觀的感覺，象徵流蘇此刻燃燒著滿懷熱烈的情意。風吹葉動叮噹之聲，感官知覺因主體心境而移轉，由視覺轉為聽覺，由物景而寫流蘇激動澎湃的心。

由物聯想到傳說神話，往往能賦予物的摹寫另一番意境，如周芬伶〈傘季〉中說到「傘季即雨季，撐把傘，把自己站成天地間最溫柔的地帶」，並從一把美濃紙傘展開古典的遙想：

栗色的傘面很樸素，傘頭栓塊藍布，很平民的那種。撐著它，好像從遙遠的古代走出來，走出古典與韻致。撐著它，可以聽雨聲，可以觀雨景，可以遐想，遐想也許在下個街角會迎面撞見尋覓愛情的白蛇娘子和小青。她那潔白的身影是雨中的白蓮，不知如今她心中是否有怨？千百年的愛化為這場煙雨迷離，那是斷腸的雨，美麗又哀怨。……每場雨是一次不再的因緣，走過四季，走過悲歡離合，不知下場雨將會是怎樣的際遇，怎樣的心情。

樸實平凡的傘因為白蛇借傘的故事而添上深刻的情愛身影，一聲聲詢問，一番番遐思，時空頓然淡去，遇與不遇的因緣就像迷離煙雨，徒留神傷。

不過同是鎔鑄神話，除由物作為聯繫神話與當下人事情景的方式，如彥蒔以桂花為第一人稱發聲，從人事到神話，進從而寫情想，也別開生面，處處見趣。特別是叨叨碎唸的腔調，讓這段玉兔與桂花的恩恩怨怨，從天庭鬥到人間：

隨李白去飲吧，那醉仙，被貶到凡塵還如此猖狂！若非當年他發酒瘋燒了玉兔的尾巴，讓玉兔搗藥搗到抽筋，也不會連

累到我這酒友呀。想我這小小的桂花仙，在月宮中給吳剛砍了千百年還不夠，硬是被貶到人間來個百轉千回。也不過是基於朋友道義，他要柴我就借他些乾樹枝，怎麼就怪到我頭上來了呢？說什麼玉兔毛沒長齊就不允回歸天庭，也不想想天上一日人間百年……

瞧我多安分守己哪，不像牡丹一樣恣肆綻放，也不若梅花一般特異獨行。一年四季都見得著我這平凡的身影，還有天真玲瓏的笑顏。更何況在月宮待久了，也染得幾分月色，偷得嫦娥幾許香。閒來沒事還紆尊降貴地給人家釀酒做菜打打零工，幸好感動了琦君為我箋註，讓「桂」景人人醉。否則我在人間還不知道會被玉兔的讒嘴讒舌給害得流放到哪兒呢？！下凡前實在氣不過，把玉兔要的那幾味外敷藥材偷偷掉包成頂級辣椒末，不知它發現了沒？辣椒仙同我熟得很，絕不會給我次級貨的，效果八成不錯。

咦，等等，難不成就是因為這樣我才到現在都不能回歸天庭嗎？（吳彥蒔）

在詩詞中，物常作為抒情或引起感興的的媒介，如「折梅逢驛使，寄與隴頭人。江南無所有，聊贈一枝春。」（南朝宋‧陸凱〈贈范曄詩〉）中「梅」是春的象徵，是友情深意的使者。但在「君自故鄉來，應知故鄉事。來日綺窗前，寒梅著花未？」（王維〈雜詩〉）裡，「梅」成了思鄉的依託。而「閨中少婦不知愁，春日凝粧上翠樓。忽見陌頭楊柳色，悔叫夫婿覓封侯。」（王昌齡〈閨怨〉）中，「楊柳」標誌的春，是季節遞轉所暗示的時間流逝，讓少婦驚悔夫婿覓封侯的關鍵。

張瑋以麵包樹被種下的情意，阿美族賴以居賴以用的依存

關係，寫麵包樹在時間中存在的姿態：

　　麵包樹，聽起來就是個很好吃的名字。事實上，這樹種的確十分具有經濟價值。1792 年，虎克船長在大溪地說出：「假如一個男人在其一生中花一小時種十棵麵包樹，他將完成對下一代的所有責任。」

　　但我常想，當這有著強韌生命力的樹種在享受著陽光的照耀，接受雨露的滋潤時，它是否樂意將自己的血肉分諸於眾人？是否甘願將自己的骨幹用來造船建屋，供人遮風擋雨出海維持生計？它是否曾怨恨阿美族人割裂它的胸膛，只為取得乳白色的汁液做為黏膠，甚至是給小孩子當口香糖般咀嚼的零嘴。

　　不會走動的植物註定必須藉由種子的散播繁衍版圖，於是每一株樹，或許是有意，或許是無意，會在另一個不引人注意的地方慢慢茁壯。它和人類，和依靠著它棲息的所有生物，就這麼在偶然、巧合與宿命之間，形成了一種互相倚賴的緊密聯繫。

　　自古以來便和麵包樹相依相存的人們，應該會在往後的日子裡，緬懷珍惜著這有著寬闊葉片的大樹吧？只是現在，還有多少人會記得呢？

　　或許，有一天當每一個曾受它生命力庇蔭的人們全部都隨著時間逝去時，它也漸漸的被淡出腦海中的回憶。但它始終還會在那兒如慈祥長者般的靜靜的生長著，在一旁靜靜的看著，記錄這個世界變遷。就像那一株在 19 世紀末，花蓮的原住民送給馬偕博士的樹苗。當馬偕小心翼翼的將那株幼苗在花園中種下，那種下的不只是一株樹苗，而是在那一個交通不便的年

代，在那個東部還被稱為後山的送來的情意。

　　百年後的如今，幼苗長成了巍峨大樹，淡水一帶的麵包樹，全是這老樹繁生的子孫。

　　有很多東西會消失。

　　但也有很多東西會被留下來。（張瑋）

三、科學說明，明察秋毫

　　一如學畫需從素描著手，在詠物書寫中最基礎的工夫是以物為主體，以近乎放大鏡、顯微鏡的方式仔細觀察，或以科學紀實性的方式記敘物理現象、生物習性，如梁容若〈蟬〉：

　　雄蟬發出令人陶醉的音樂，全靠腹面的鳴器。鳴器左右有兩塊圓板，在背部叫背瓣，在腹部叫腹瓣。背瓣的下面有凹凸的膜，是唱歌用的。腹瓣的裡面又有薄膜張著，叫共鳴膜，是擴大聲音用的。

　　這段文字站在科學的角度，敘寫蟬的發聲部位，講求有條理、真實性，目的在使人在閱讀後得到專門知識。又如曾志朗〈螞蟻雄兵〉敘述瑞士生物研究人員守在沙哈拉沙漠，發現州銀蟻為逃避蜥蜴的捕食，選擇在日正當中出擊的策略，並「利用反映在沙漠上的兩極光弧來幫助確定遊走的方位……讓瑞士科學家很感慨的說：好像看到好幾部平行分散系統的電腦在滾燙的沙漠上移動。」以說明文純寫物的方式敘述螞蟻如何在逆境中求生。

物→現象→理

如芝宇以植物寄生現象寫生存之理：

森林中的精靈，屬於水晶蘭屬（Cheilotheca）為鹿蹄草科（Pyrolaceae）錫杖花亞科（Montropideae）的她全身呈現純潔的白色，姣好的花容有如水滴般垂墜欲滴。因為缺乏葉綠素，她不得已以寄生的方式存活，但心地善良的她不忍眼睜睜看著飼主一步步邁向懸崖，而利用蕈類的菌絲當吸管，採間接寄生的方式使生命延續。為了避免有心人士惡意栽種，她的生長條件苛刻，時間上也充滿變數，通常在中高海拔闊葉林帶下，除了腐質層要夠厚，雨水也必須充足。這美麗的山中精靈主要觀察期間為 3～5 月，所以要見到她，除非刻意安排登山時期，否則機會渺茫。

靦腆美麗的她總是微微的低著頭、彎著腰，向喜愛大自然的登山客致上最深敬意。就好比金黃的稻穗，越是飽滿就越是下垂，敬愛為他流血留汗的農夫，敬愛這片豐腴的土地，敬愛整個世界提供他生存。寄生，對人們來說代表毫無能力、不懂自給自足。然而這山中小小寄生植物雖被人類唾棄，卻懂得謙虛體貼，為寄主設想，反觀人卻自大妄為，真正能報恩感念者有幾人？（林芝宇）

四、托物言志，寓情寄意

以物擬人是將物的形態人格化、生命化，或以物寫人的作法。在物象的選擇上，需著重物與所寓託的事理，在特質上有某種共通點，才能使物成為彰顯人格或人物類型的載體。如松

柏常青，竹節空虛，梅開於寒冬等生長特性與君子至節相映，因此被作為君子的象徵。以物誌的書寫方式可分：

物→性→情志

梁實秋在〈四君子〉一文中說道：

我年事漸長，慢慢懂了一點道理，四君子並非是浪博虛名，確是各自有它的特色。梅，剪雪裁冰，一身傲骨；蘭，空谷幽香，孤芳自賞；竹，篩風弄月，瀟洒一生；菊，凌霜自得，不趨炎熱。合而觀之，有一共同點，都是清華其外，澹泊其中，不作媚世之態。(《梁實秋・札記緣》)

四君子是中國文化的風骨喻意，如劉楨〈贈從弟〉詩以松不畏寒冷傲然獨立的風姿寫君子之德：「亭亭山中松，瑟瑟谷中風。風聲一何盛，松枝一何勁。冰霜正慘淒，終歲常端正。豈不罹凝寒？松柏有本性。」他如陶淵明「采菊東籬下」的悠然、〈赤壁賦〉裡「桂棹兮蘭槳」的託意，在在是自我人格的告白。

物→個性→人

在物的書寫中，作家也會將物與人的個性、國情、處境相聯繫，如《亞細亞孤兒》中，吳濁流以「無花果」象徵臺灣由孤兒成為「母親」的精神象徵，「臺灣連翹」代表的是臺灣由孤兒成為「戰士」的精神象徵。

至於〈谿山行旅圖〉：范寬→山水→文人→傳統→文化典故→風格。蔣勳〈寒食帖〉：書帖、筆墨、字跡→文字意涵→蘇軾人格修為與生命中的風景。物成為寄託文化思維，展演傳

統情意的媒介，在結構上多由物為軸拉出文化敘述。

其寫作層次大都先敘物的特質，再藉二者於個性上的共通處牽連到人，如簡媜〈木棉樹〉：「那枝枝纏繞交錯，難道不是赤髯虯鬣？那高聳入雲，不受他樹遮蔽的樹身，難道不像頂天立地的彪形大漢？只是不知誰是花中李世民。」玉琦則從木棉壯烈落地的砰然之聲，寫三島由紀夫生命悲劇色調：

我曾經走著走著被成群脫蒂凋落的木棉花打個正著，一氣之下將它們揀去踢毽子。木棉凋落完整的花型讓我想到三島由紀夫，他曾說過自己只想活到三十歲，一旦活過了三十，便必定要活到一百歲，並且不會再使用這個「青春的名字」，他要改名叫做「雪翁」。三島活過了三十，但並沒有繼續活到九十、一百，而是在四十五歲時選擇自殺。自殺對他而言，是另一種美學的貫徹。木棉花也將死亡視為必然，在「什麼該做的都做了，唯一剩下的就是自殺死亡」的相同精神下，木棉在我看來是青春之花。

一個燃燒正烈的火球，不讓衰敗摧毀而慢慢地一瓣一瓣凋謝枯萎，它定要將鮮明的青春一起擁入已昇華形式的永恆與美，對此而言，時間的流動不會再是阻礙與切割，相對的，時間成為一種證明，在瞬間裡停頓成了永恆，在它死去的當下宛如重新獲得生命與無悔，只有自身感到無比從容。

木棉的凋落不及大王椰子氣闊，如果大王椰子是叱吒風雲的霸王，木棉就是傲燃年輕不凡的知識分子，縱使明知不可為而為之是悲劇，但這短暫的確造就了不滅與傳誦。挾著聲音與聲音間隙裡，這些異於夏日的秋聲，在人間高亢吟嘯。

（余玉琦〈落花青春〉）

怡如則以〈孔雀藍的濃——深藍的張愛玲〉為題，提出一連串疑問，追問帶動流行的張愛玲，在其戀衣情結背後的心理，究竟是怎麼樣的人生？

臨水照花人

古董玫瑰花紅，羞澀的
裹在年輕的骨子

妳究竟是誰？從古典的旗袍中，自我的走出現代的思緒。

妳究竟是誰？一身的奇裝異服，放恣的執拗戀衣情結。

妳究竟是誰？一陣從上海吹來的風，怵目得讓人無法直視。

妳究竟是誰？戴著晚清的行頭，走在民國的解放路上；還是著上西服，行在家族歷史的源流中。

妳究竟是誰？在妳一襲旗袍裝下的面孔，到底是誰？

華美上的蝨子

無力的墜落感，引妳往袍子去，套上一襲的華美，追著一生的滄美。

徬徨的人生，妳是怎樣過？

記憶的旗袍，妳是怎樣穿？

蒼涼的華麗，妳是怎樣調和？

悲哀的墨筆，妳是怎樣書寫？

貼身的空間，是妳衣物下的袖珍舞台，

逆光時代的色彩，是妳衣物上的文學，

而妳，又是怎樣挑出一匹布料的？

孔雀藍的濃

藍綠調是唯一的遺傳，唯一的聯繫。

詭譎的 XX 基因，晃動記憶的悵惘。

那一套套磨著家族記憶的縫補旗袍，是暖著妳的心？還是冷著妳的情？在這風風雨雨的大時代中。

那一張張照片中塗著藍綠色的衣裳，是創作時期的孤獨？還是拼貼親情的連結？

戀衣的痴狂，是妳一生的孔雀藍，是妳一生的文學癖，更是妳一生的凍瘡。

濃濃的一點藍，從筆管內滑下成字的剎那，妳已將滄桑融入，用華麗掩飾。

但是，妳究竟是誰？（陳怡如）

簡媜寫〈桂花〉道：「聞桂花是一種浪漫。綠葉張牙舞爪，像明末兵馬倥傯的紛亂襯出芳名遠播的圓圓的桂花。」在文體與花形的結合間，形成貼切而神妙的附會。逸群以麻花辮的糾纏方式將迎春花與柳如是結合：

俗稱「迎春花」的雲南黃馨似柳如是。柳如是以弱小女子的身形，懷抱對明朝的熱誠忠心，不惜投水自殺以殉國。

迎春花一直以翠綠的垂條迎世，在寒冰凜冽的秋冬以謙卑

的枯黃逝去，為這沉默的空間留下一季璀璨的回憶。但來春時，迎春花在垂提上朵朵綻放競開，迎著陣陣清風，送上喜悅愉快的希望，正如柳如是反清精神閃爍的光芒。（藍逸群）

物→理→思

「托物言志」是藉描寫客觀事物，寄託、傳達作者的某種感情、抱負和志趣，在作法上物是媒介，議論言志是核心。哲思理趣的寓寄也是詠物書寫中重要的一環，把抽象的理、無形的態、內在的情藉由可感、可視、可觸、可親的物來表現。

在作法上或藉物寓言，結構上多採用先敘後議的方式，如柳宗元〈黔驢技窮〉、〈永某氏之鼠〉、〈蝜蝂傳〉，或托物反映社會風氣，如柳宗元〈捕蛇者說〉、劉基〈賣柑者言〉、龔自珍〈病梅館記〉。以後者而言，作者以為一盆盆梅花都是匠人折磨成的病梅，用人工方法造成的那副彎曲佝僂之狀乃是病態，於是他解其束縛，脫其梧桎，任其無拘無束的自然生長，名其齋為「病梅館」寓寄知萬物皆宜順其自然之理，並暗諷清文字獄與用人之道。

或由物體悟人生現象，寓寄哲理，如王維〈辛夷塢〉：「木末芙蓉花，山中發紅萼。澗戶寂無人，紛紛開且落。」則以平靜淡雅之筆說出萬物各在自己生命軌道上孤獨地、自主地活出自我，儘管這是一場沒有觀眾、沒有掌聲的演出。另如《紅樓夢》裡黛玉以葬花悟無常之理，啟寶玉的懵懂。

白居易〈慈烏夜啼〉藉慈烏夜啼諷刺不知報親恩的子女，提醒人當及時行孝。以鳥作為心志寄託者如胡適〈老鴉〉表明自己寧可被嫌棄，寧可受飢寒，也要堅持不平之鳴，發出自己

的聲音，而不願討好世人，受人控制：「人家討嫌我，說我不吉利；我不能呢呢喃喃討人家歡喜！」李魁賢〈鸚鵡〉以擬人方式表現麻雀充滿自信的滿足與喜悅，不在乎世人的眼光，而自在地活躍於開放的田野間，自食其力。

在陳醉雲〈蟬與螢〉一文中，以在白晝高歌的蟬與黑夜裡輕盈閃耀的螢說明「各有各的長處」，並強調相互尊重的道理：「我們如果認清了這一點，在人類的社會裡，也就不至於有無謂的崇拜及無謂的藐視了。」秦牧〈蜜蜂的讚美〉則以蜜蜂採花釀蜜的過程，顯現博採諸家之長，熔鑄創新的學習方式。

馨儀則以〈蟻語錄〉結合其出沒現象、其存在方式陳述、情思意識想像，結合各種對物描寫的方式，在物與情思、物與人事、物與境況，對螞蟻進行觀察、解讀，內容幅度廣大，層次波瀾迭起，而入選第二屆青少年散文獎：

一切都是從那不痛不癢的一叮開始的，不大不小的紅印，是夏天交響曲的開場白，是一疊又一疊「蟻愛呷」的訂單，更是螞蟻下的戰帖。睡了大半年，他們醒了，在沈睡了不知多久的書堆中，在眼不見為淨的角落裡，在午後雷陣雨滑落的水溝邊，在忘了夏天的冷氣管裡；他們正在進行聖遷，沒有阿拉領路，但早在穆罕穆德之前，他們就隨著季節光影的遞嬗遊走於食物和睡眠間。不同於十字軍東征，他們沒有上帝，唯一的聖經是活命。沒有君王、統帥，他們卻是支訓練有素的蟻和團，即使臨時起義，也能靠著蟻海戰術毫髮未損地避過現實的險灘凱旋歸來。他們無聲的步伐無所顧忌也無所畏懼，神出鬼沒的行徑蒙蔽了我遲鈍的感官，直到那點點紅印在夜半騷動末稍神

經，四肢抓痕累累，白花油和綠油精成了我的香水，我才驚覺：

「螞蟻來了！」

或許，八千萬年前，也有一群螞蟻這樣喊著：
「人類來了！」

也許螞蟻一直都是走在我們前面的。當山頂洞人還在鑽木取火、人類還在無窮無盡的探索著地表世界時，螞蟻已經悄悄的醞釀了一個地下帝國，並建造一座又一座比希臘 諾薩斯城更複雜的迷宮；他們與生俱來的衛星導航能力，讓他們在胡同般的地國中來去自如；螞蟻一出卵殼便能用六隻腳走路，然而人類的嬰兒卻得花上大半年才能勉強控制那雙不聽話的腳丫；螞蟻天生便擁有搜尋「最短路徑」的智慧，然而人類卻一直等到歐基里德拍額大叫，才知道兩點間最短的距離是直線。

他們身上有著至今任一電腦望塵莫及的智慧程式，讓他們在完美的頭胸腹三截比例下，組成一個高度社會化、有組織效率的階級社會。工蟻們負責搬運食物，他們是世上難能可貴的好員工，不支薪，不用休假，不需勞健保，也不要求員工旅遊、尾牙或年終獎金，更別提集體罷工、示威遊行這類天方夜譚的主張。他們更是蟻后仰賴的最佳保母，擔負餵養下一代的重責大任。蟻后成天吃喝玩樂，擁有螞蟻地國的天下，但她也受制於地國。出了地國，她，什麼也不是。她無權做單身貴族，更不會是頂客族，她的多子多孫是生物史上的奇蹟。她無權像

女性主義者一樣舉牌抗爭，傳宗接代是她存在的唯一理由。

現存的螞蟻共有九千五百三十八種，近萬種的螞蟻在我們腳底下匍匐、鑽移，然而我們——號稱萬物之靈的人類——渾然不覺，但我們的每一個腳印，他們卻似雷達般一清二楚。這麼龐大的種族，是否有共通的官方語言？他們的言語中必然可以嗅出糖果點心的形容詞。也許，他們也有個聯合國，也有個安理會操縱著蟻族的未來。不知道他們用什麼做紀錄？或許是馬雅的結繩記事，或者是糖果屋裡的餅乾屑和糖粉，在會議中排列組合，排出一句又一句甜言蜜語，組出蟻族初版，但高傲的絕版史詩。

這樣一個龐大的族系，在浩瀚無垠的時空下，兩隻螞蟻相遇的機率只有幾十兆分之一，比人類世界中兩個陌生人握手的機會還要渺茫。然而，當兩隻螞蟻相遇，僅僅是十分之一秒的觸鬚碰撞，一切都盡在不言中。那是他們的網際網路嗎？抑或是無聲的手機簡訊？在分道揚鑣後，他們可曾感到遺憾？為什麼沒有停下來喝杯咖啡？為什麼沒有緊緊擁抱一下？擁抱這近乎零的相見機會。

每年夏天，他們如收到百貨公司週年慶通知的家庭主婦一般，自方圓百里趕往廚房、冰箱、廚餘桶……。工蟻們匆匆忙忙，搶購著每一奈米的麵包碎屑，眼明手快的批發過期的黑心水果，以及簾縫躡足而來的樂事脆片和金沙巧克力。也許在他們的文化中，沒有「囤積貨品」的禁令，否則他們又如何能夠不眠不休，仗著千軍萬馬之勢，搜刮擄掠一個又一個城池。對這群渺小的基層勞工而言，儲存糧食是他們存在唯一的使命，

是他們在龐大的地國唯一的記憶。偶爾和人類不經意的親密一吻，是他們在百忙之中留下的註冊商標。

凡走過必留下蟻跡，一面快馬加鞭，一面用荷爾蒙架構了一條又一條通往廚房聖地的高鐵。在他們的世界裡，嗅覺代替一切多餘的文字，他們用無線電波溝通，成了另類的口鼻相傳。當你踏入螞蟻的領域，那盤據四周的氣味不止五味雜陳，更是帶了點五彩繽紛的路程指標。有時，用兩片指甲掐死一隻螞蟻，一股如悶過頭的高麗菜酸味滲進周圍的空氣，傳達死訊，附近的螞蟻瑟縮了一會兒，默契十足，紛紛潛逃。臭味會在兩指尖殘留好一陣子，像是對生命的最後宣示一般，不僅要「留芳百世」還要「遺臭千年」。

其實螞蟻也會說話。自從螞蟻攻佔了我眼下的每一個角落後，我開始慢慢聽得懂這種無聲且五味雜陳的語言了。一開始，拿起巧克力時，看見他們在包裝外交頭接耳，接著在一陣廝殺聲中，遁隱無蹤。然後，打瞌睡時的數學課本裡，幾隻螞蟻日光浴般的躺在三角函數中冷嘲熱諷，書本一夾，啪！一掌打死無數隻。翻開書頁，流連忘返的臭味，還有幾隻餘息猶存的觸角，微微舉起，嘲笑一個無解的幾何方程式。然後，他們越發變本加厲了，攀爬在衣櫥、遊蕩在床上、緊接著堂而皇之的入侵身體。在夜半無人私語時，冷嘲無用的螞蟻藥，熱諷人類自以為是的觸覺雷達。白天起床，發現身上多了些印記，有的是倉促中留下的一小點，有的是攀附在表皮嚙咬好一會兒的拼圖，有些連成直線，有些形成八卦迷陣，那是螞蟻大軍的布陣，是他們引以為傲的進攻路線。我驚恐錯愕，彷彿有人偷偷在我熟睡之際，偷襲成功。我毫無反擊或是防禦能力，就這樣

讓敵人明目張膽的爬在我身上了。這邊抓，那邊開始癢，恨不得變身千手觀音，萬指齊發，卻是怎麼都搔不到癢處。明明抹上了比京劇演員的妝還要厚的藥膏，然而亂數般的紅點卻仍蠢蠢欲動。大庭廣眾下，我跳起全無章法的街舞，彷彿隔空聽見某個螞蟻窩的蟻群正在癡癡竊笑。

媽媽曾告訴我，從前她在洛杉磯時，有一晚醒來，粉著白色油漆的牆上，閃著一道道又黑又粗又長如閃電般的螞蟻部隊，如同魔蠍大帝中被詛咒的聖甲蟲，又像梵谷麥田上飛過的烏鴉，無論怎麼噴藥撲殺，螞蟻威武不屈，源源不絕的從不知名的角落湧出，直到洛杉磯大地震，螞蟻才被大地召喚回老巢。因此，媽媽一直很怕螞蟻，家中的各個角落放滿了護身符般的「剋蟻」，似乎只要螞蟻不來，任何天大的災難也不會發生。那是一種更讓人懼怕的耳語，他們趾高氣揚的爬在牆上，經過你身旁，高聲向你訴說一個德爾菲神諭，你茫然，即便知道什麼事即將發生了，卻也只能呆站在一旁，看著他們得意洋洋的漸行漸遠。

你越是聽不懂，他們越是愛說，越說越多，站在麵包上自以為是的霸佔一座山喜不自勝，他們根本不知天有多高；從陳舊的百科中跳出來，自以為博學多聞的對你捧腹大笑；攀爬在你的身上，嘲笑你的皺紋如喜馬拉雅山一般層巒疊翠。你恨他們，恨得牙癢癢的，恨不得一巴掌打死他們，一口吞下他們，但他們總在你來得及出手前，比保時捷還快的速度，似幽靈般消聲匿跡。然後，遠遠的在地下的洞裡，用嬌小玲瓏的身軀打趣你的龐大遲緩，你彷彿聽到地下六呎傳來得意洋洋的餘音繞樑。

也許，這群<u>林奈</u>筆下僅十六字：『動物界、節肢動物門、昆蟲綱、膜翅目、蟻科』的生物的確過於妄尊自大，豆點大的身子，對他們而言，世界何其「大」。他們仰望著龐然大物的人類，腦中沒有崇拜，只是無盡的征服。更何況人類以罄山之竹表述其做為任勞任怨勤勞楷模，以及團結力量大典範形象的記錄斑斑可考。千秋萬世，潮起潮落，那號稱日升月恆的王朝已不知更迭多少回，唯一不變的是螞蟻爬上廚房櫃子，插根旗子，就是征服了另一座山岳；從書堆中穿梭來回，彷彿歷經了非洲大探險一般；繞過一灘淺水，似乎就遊遍太平洋了；攀爬上你的身子，在頭髮間高舉一根看不見的旗子，得意洋洋宣告又一次的勝利。蟻行千里，穿窿鑽罅，不亦快哉！

蟻輩們，信誓旦旦的要征服世界。

我們也是。

或許我們也只是一介螞蟻，我們的目光也如此而蟻，自以為是的霸佔一塊屬於自己的小土丘。（曾馨儀）

有道是：「一花一世界，一葉一如來。」詠物散文必須有作者的情思觀照，賦以生命，才能鮮活感人，在書寫上形貌雖在詠物，其本質或用意卻在從物展開聯想，或由此抒情懷人，結合敘事，或寄寓道理。在結構作上，無論是以物為主體的客觀描繪，或借助寫物來抒情，或融合情理，寄託想法體悟，不外乎先敘後論、先寫物後抒情加之以總分的變化，便能建構出穩固的層次。

只有潛意識可以預言意識

抒情卷

　　《詩品序》：「氣之動物，物之感人，故搖蕩性情，形諸舞詠。」《禮記‧樂記》：「感於物而動，故形於聲。……應感起物而動，然後心術形焉。」說明人與自然、文學創作與情感之間「情以物遷，辭以情發」、「應物斯感，感物吟志」、「情動而言形，理發而文見」的密切關係。

　　推而論之，則一切書寫都是抒情的顯現，或者都具有抒情成份。不過抒情文在內容上「情」的比率重，在敘述上則不得不附於人事物景以帶出情感，結構上勢必隨著背景，或承載感情的人事物烘托而發展。

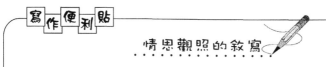

寫作便利貼

情思觀照的敘寫

1. 物件→心情

2. 人事→心境

3. 景象→情緒

　　海德格在〈詩、語言、思考〉文中說：「邊界不是某種東

西的停止，而是如同希臘人的體認，邊界是某種東西在此開始出現。」人事物景因個人價值觀投射、美感經驗與品格標示、對自然的觀照和生活巧思、記憶經驗在其中來回穿梭，使得歷歷往事總在景物依舊中，還原那已非的人事，呼喚起曾經發生過的真實。在結構上多採取柵欄式——以時為經，以事為緯、以空間為經，以時間為緯、以物為經，以人事為緯、以人為經，以事為緯等方式與時推移，並隨著敘述者拉鏡頭的遠、近移動鏡頭，帶出抒情的長廊風景。

物件→心情

　　抒情文最常見的結構是以物為經，情為緯，被寄情的物件往往因為個人主觀情感的投射或附著，產生月暈般綿長而悠遠的韻味。是以席慕蓉說：「所有外在形貌現象若無經過作者心靈沉澱、攪和是不完整的。」如鍾怡雯〈人間〉藉一個個貼身小物件引出懷人之情：「小屋有一個檀香木衣櫃，那是小祖母的記憶儲藏室：她父親遺留的煙盒、祖父在杭州買的扇子、繡著鴛鴦的手帕、水粉，最怵目驚心莫過於一條一尺來長，編成麻花的辮子。十幾年的歲月依然洗不去那股柔和細膩的光澤。」

　　凌叔華以〈繡枕〉象徵主角成為戀物的對象及被犧牲的命運，然而以生命投入繡枕，卻掌握不了命運：「她只回憶起她做的那鳥冠子曾拆了又繡，足足三次，一次是汗污了嫩黃的線，繡完才發現；一次是配錯了石綠的線。晚上認錯了色；末一次記不清了。那荷花瓣上的嫩粉色的線她洗完手都不敢拿，還得用爽身粉擦了手，再繡……荷葉大大塊，更難繡，用一樣

綠色太板滯，足足配了十二色綠線。」但無論她多麼用心，永遠繡錯的顏色、配了又配的嘗試都註定那一切終歸於荒謬。

物件可以做為記事抒情象徵的焦點，以其串聯昔今人事，或倒敘，如林文月〈白髮與臍帶〉；或以時為經，以事為緯來聯絡照應，如琦君〈一對金手鐲〉將回憶記情附著於手鐲上。杰穎則以相簿敘寫翻閱時的種種遐思情緒：

我喜歡雨天，因為它是我唯一有空閒讀相簿的時間。

書架上的泛黃相本，記錄每一個時代交替的歷史人物；記錄每一場戰爭的慘烈。文字已經失效，它永遠沒比影像更無遠弗屆。

第一個見證歷史的是吟唱詩人，第一個見證戰爭的是神話，第一個見證感動的人是騷人墨客，第一個見證這本相簿的，就是我。

不知道從什麼時候開始，翻一本相簿總需要大半天。春夜雨綿綿時，暗綠得發黃的雨絲，飄落在窗外的杜鵑上，窗前的人有著一雙似醉非醉的眼，帶著一抹若有若無的笑，早已分不清究竟是二十年後的我，還是二十年前的母親。身旁的景物模糊，除了杜鵑鮮豔的紅，其餘的，都隨著淡忘而轉黃，也隨著時間而消失。

一根根牛毛，一束束花針，直立在杜鵑的花瓣上，直立在窗前那人的身上，直立在這小框框中的每個地方。那一抹笑笑了二十年，那一雙眼看了二十年，那一株杜鵑也開二十年。這個世界存在的是永恆，時間空間一起旅行，忘卻了痛苦和恐懼，忘卻了不安和焦急，我只活在安逸靜謐的小小空間。

我喜歡雨天，因為它使我了解永恆的真諦。（李杰穎）

他如「歲月的寶盒」：在你的歲月寶盒中，如果僅能放三樣事物來代表這十幾年來的回憶，那麼你會選擇什麼?一張相片、一對耳環、還是一個玩偶，以記錄你的青春。

在敘寫上，除指出歲月寶盒裡放的是哪些物件，並鋪陳描繪其狀貌作為經線，更重要的是涵蘊其中的人事物情，以落實回憶及其意義，如以下三篇短文，以簡單分敘的結構，描述物件在生命裡的重量：

我願以一束野薑花，蘊哺童年清麗的氣味。在童年記憶的窗口，總可以看到陽台上插著母親買回來的野薑花，我在這抹甜郁的青香中起床、更衣、出門，直到上了巷口的娃娃車，呼吸中仍繚繞著陣陣清芬。

我願以一尾玻璃熱帶魚，做為我學會愛人的證明。當我踏入學校與同學在生命的某一階段行走時，我學會愛家人以外的朋友，同時我的人生也在第一位朋友送我這條魚後，正式與塵世接軌。

我願以一本《流浪者之歌》，記錄我胸口的繆思女神誕生。這本書開啟了高中時的我尋找自身價值的思維，也註定此後追求文學至美境界的執著。這本溯源的經典，是我真正認識自己的開始，而不再沉溺於盲目配這世界腳步。

寶盒中珍藏的歲月，猶未止息……（姜星宇）

在屬於我的歲月寶盒中，躺著一綹髮絲、一截臍帶和學測准考證。它們記錄我十八年來的每一次蛻變的回憶，陪伴我羽化成蝶。

肚臍，是聯繫我與母親的鑰匙，從母親身上流入源源不絕

的生命之泉，流入希望與喜悅，也開啟我充滿未知的旅程。

髮絲，或長或短，共生在頭皮上吸取我每天、每月、每年的心情而成長，剪下一段銘刻青春時天真爛漫的髮，待他年重繫起。

准考證，是人生第一次里程碑的記錄，它敘述我將獨自為跨越柵欄而戰，也描寫國三昏天暗地與書搏鬥的日子。（黃雅姍）

不經意的拉開記憶的五斗櫃最低層的抽屜，不大的空間中只放了一個雕花柚木盒。鎖，輕輕的被開啟，沈睡在其中的回憶，在空氣裡甦醒。

那是一本寫了一半的小說，後面留下許多空白頁，等著我隨時添新染墨。信手翻閱前幾個章節，文字從書頁上翻騰而出，在眼前婆娑，重現已不復記憶的過往。

忽地一張如鴻毛翩然飄落的紙，在拍近地面時被拾了起來。那是一張機票，在時間的磨損下，通往何地已經分辨不清，就任我隨意翱翔吧！喜愛流浪的心從沒被現實背叛，儘管已留下太多足跡在年少夢想的國度，卻仍渴求更多，畢竟沒真走過一遭，如何在以風浪為輕狂少年上色？

盒子裡最後只剩下一面鏡子，這才發現，那是不知何時已經飄上臉的那朵微笑。（郭偉倫）

這類寄託於物件的懷人念事之情，可借今昔今對比，加上場景鋪陳、對話描述，或反覆白描形象或誇張形容聯想，在順敘、倒敘間帶著插敘。如璧青以〈搖椅〉懷想爺爺：

昏暗的光線斜斜地灑進日暮的客廳，從沙發到餐桌，擺放

了三四十年之久的家具，靜悄悄的泛黃中。

叩，叩，叩，一聲聲沉悶的木頭聲劃開靜謐。爺爺拄著柺杖慢慢走向藤製的搖椅，開啟老舊的電視，螢光幕上的喧鬧與背影深深咀嚼一室寂寞。這是他每天例行的慣性，就像地球繞著太陽轉的真理一般，永不例外。

然而爺爺的慣性終究不能像真理般永恆。

爺爺去世後的每個黃昏，我似乎總聽見叩，叩，叩的木頭聲，不是鬼魅在作怪，而是思念的情緒擾亂著我的心。我坐在那半舊的搖椅上，像有音樂節奏似的前後搖擺著，倚著軟綿綿的椅墊，深深地陷在其中。搖著，搖著，我似乎可以感受到爺爺那苦澀的寂寞。（莊璧菁）

獲教育部文藝創作獎學生小說組特優的許俐葳以外婆的箱子為素材，寫一篇〈上鎖的箱子〉。故事以外婆從大陸逃難到台灣時用的箱子為出發點，虛構一個外婆將自己鎖在箱子裡面的故事：「外婆失蹤了一個禮拜之後，當所有人幾乎都忘了這件事情時，我在那個箱子裡悄悄找到她。」事實上箱子沒上鎖，上鎖是人的內心，「我知道總有一天我也會把自己鎖起來，再也不給任何人找到，也不會有人來尋找」，為了那樣箱子，寫了這篇小說。

人事→心境

情感總纏繞著人事而生，無論是古文三大抒情名篇，或許多懷舊追憶之文，乃至如簡媜《月娘照眠床》、《女兒紅》、《胭脂盆地》一路寫女性自覺，到《天涯海角——福爾摩沙抒情誌》為臺灣母土所寫的抒情史詩無不以情為底層。

誠如張照堂所說：「照片只有當它不再是照片，而是代表一種精神時才值得掛起。」黃春明〈戰士！乾杯〉便藉牆上照片寫好茶村原住民歷史。

林紓〈蒼霞精舍後軒記〉敘述回到故居追撫母妻遺跡，睹物思人，由寫景而帶出抒情之筆。王禹偁〈黃州新建小竹樓記〉藉居其間心境，表現人生觀處世態度。歸有光〈項脊軒志〉藉著流轉於項脊軒閣屋牆院空間中的種種回憶，留戀的正是這樣家族的情感。文以時間的流逝為經，敘說人事的變化，這些滄桑都依約在項脊軒的每一個角落。而在其情境中，所牽繫於空間的感情、關懷，使所存在的建築空間承載滿盈著意義和故事。生命與空間在曾經中交疊，拓印著人死室壞，屋修人離的牽動，項脊軒所銘刻的有豈只是令人錯愕的悲慟？

中國人以強烈的時間意識看待歷史，當把歷史上的榮華置於時間之中考慮時，將恍然發現這些曾顯赫一時的東西都已失去了意義。榮華不過只是時間之流的玩物，於是慨嘆人生之情隨筆而落：「越王勾踐破吳歸，義士還家盡錦衣。宮女如花滿春殿，只今唯有鷓鴣飛。」（李白〈越中覽古〉）、「舊苑荒臺楊柳新，菱歌清唱不勝春。只有唯今西江月，曾照吳王宮裡人。」（〈蘇台覽古〉）「朱雀橋邊野草花，烏衣巷裡夕陽斜。舊時王謝堂前燕，飛入尋常百姓家。」（劉禹錫〈烏衣巷〉）或因時間造成反差與反諷：「煙籠寒水月籠紗，夜泊秦淮近酒家。商女不知亡國恨，隔江猶唱後庭花。」（杜牧〈泊秦淮〉）「當其欣於所遇，暫得於己，……已為陳跡。」（王羲之〈蘭亭集序〉）

懷古興意的詩文，在結構上多以先敘人事，再歸論於情思

的方式，如孟浩然〈與諸子登峴山〉：「人事有代謝，往來成古今，江山留勝跡，我輩復登臨。水落魚梁淺，天寒夢澤深。羊公碑尚在，讀罷淚沾襟。」作者於現在的時空，當下的處境，以個人看重的觀點取捨事件角度，詮釋過去歷史的活動。「我」在詮釋活動中的主動地位，使得古事古人成為自我詮釋，凸顯自我意義的符碼。

或以「總──分──總」的形式帶出起承轉合，如題目是「最難忘的事」，可以用洪醒夫〈紙船印象〉中，「每個人的一生都會遭遇許多事，有些是過眼雲煙，倏乎即逝；有些是熱鐵烙膚，記憶長存；有些像是飛鳥掠過天邊，漸去漸遠。」來破題。另外，像陳之藩的〈謝天〉以「需要感謝的人太多，就謝天罷」來破題，接著就所要感謝者分敘即可。

如簡珣以「手」貫串全文，作為敘寫阿公的媒介，從做工藝的慧手到、料理的巧手，到生病時無力的手，段段轉折。圍繞「溫暖」、「幸福」的感情，描述一個個與阿公的手相繫的畫面：

阿公的大手上有一道道深深的紋路，刻畫著累日的歲月。那觸感並不柔軟，但我喜歡這透露生活歷練，帶著汗漬氣味和堅實溫暖的感覺。

握著阿公的手，是我最幸福的時刻。

小時候，尤其喜歡被阿公牽著手一起去散步，印象中，他的手好大好大，被握著的感覺，好像豆沙包一般，外表平淡無味，卻甜在心頭。

那雙粗糙的雙手，鐵定是經過相當時間與經驗，才會有今日的靈巧。……猶記從前，阿公常會帶著我看書或看電視的指

導做勞作，他從不會幫我做，但一定會跟我一起完成。從飛機到紙鶴，竹蜻蜓到竹槍，風箏到花燈，每次阿公的成品就是比我多了幾分成熟，比我多一些漂亮，但這些漂亮的作品最後都歸我，因為他愛看我開心的樣子！至今房間裡還留著一個某一年聖誕節和阿公用鋁薄紙、棉花、紅紙做成的聖誕老公公，拿在手中，幸福的祖孫情一傾而下。記得有一年阿嬤生日，阿公和我偷偷的製作了一張很別緻的立體卡片，上面還貼了阿公親手折的紙鶴，給了阿嬤一個驚喜！

阿公愛看煮菜的節目，愛煮美味的料理給我吃。他的刀工是我認為最棒的，很難想像愛一個大男人竟可以將肉片切得又薄又整齊，這都得拜少時在日本料理店工作的好底子。……但最令我印象深刻的鹹稀飯，阿公晚年罹患口腔癌，導致只能吃流質食物，也不能加太多鹽，往往整鍋稀飯清淡無味，只夾雜一絲青菜本身的甜味。有回我跟著他吃，竟感覺舌尖正在刺痛，我想阿公的嘴裡也是承受的一樣的痛楚。

最後一次仔細看著那雙熟悉的大手，那紋路，那掌心已不再溫熱，但永遠永遠，清晰地溫暖我的手、我的心。（簡珣）

寫昨時必須注意到段落結構的安排，當時空或是事件產生變化時，或是邏輯推理產生變化時，可以運用過渡段落的寫作技巧，就是以一句話或是簡短的兩三句，作為承前啟後的連接段落，使文句產生過渡搭橋的作用，雖然只有簡短的內容，但是基本上過渡段落的文意還是完整一致的，如魯迅的〈孔乙己〉：「孔乙己是這樣的使人快活，可是沒有他，別人也便這麼過。」以此作為眾人對一個在現實社會找不到立足地讀書人的眼光，而孔乙己這樣不屬於任何體系，靈魂只能徘徊無地的處

境在「使人快活」的悲涼下，更顯淒楚。

景象→情緒

《文心雕龍·物色》：「情以物遷，辭以情發，一葉且或迎意，蟲聲有足引心。」這段話指出了人們內心的感受，往往受到風物景色的牽引，訴諸筆墨時，藉物起興，或藉景抒情或因物而喻志二個方式進行。在結構安排上，最常見者是先敘景再抒情言志，或夾敘夾感，使景中有情，情中有景，景與情相烘托。

（1）物是人非、昔今對比結構：

景為敘事抒情的陪襯，引發感觸的媒介，如蘇軾以「去年相送，餘杭門外，飛雪似楊花；今年春盡，楊花似雪，猶不見還家」，凸顯「景物依舊，但人事已非」的對照情境。如維芳以映襯的方式敘寫往日不再的情思：

我家住在萬華，離大稻埕碼頭很近，晴朗的夏天裡，爸、媽會牽著我和弟弟的手一起坐船到對面的漁人碼頭。站在船頭的我以為自己就是童話故事中乘著風飛揚的小精靈，是永遠不老的小飛俠。

假日去鋼琴課途中總會新公園去餵魚，飼料如雪花般灑落在水中時，我常傻嘻嘻地對著一湧而上爭相搶奪的魚說：「不要搶不要搶，大家都有喔！！」在台北，我尋覓到單純而歡樂的童年剪影。

眨眨眼數個秋冬一過，一切都變了……

從小學到國中，從國中到高中，我的生活越來越忙碌，周

一到周五補習行程滿滿滿，假日則是和朋友們約會。曾幾何時大稻程碼頭已經關閉不能再坐船了，新公園裡賣籃子飼料的老婆婆也不再來了，取而代之的是從冰冷機器裡滾出的 20 元罐裝魚飼料……

但誰在乎呢？

到底是怎麼回事?在這短短的幾年之內，一切都變了!那些充滿記憶的角落對於現在的我而言冰冷不堪。

天空依然蔚藍，台北事事都在改變，我不知道曾經有過的美麗風景是否還會重現……（張維芳）

（2）以景為興，聯想衍生結構：

以景為「興」，由外在景物引發內心思緒者，如「在太陽底下，把眼睛闔上，嘗試感覺那些光線，橘紅色的，感覺溫暖的顏色，午後的風，帶點秋意的拂向臉上，無拘無束地敖遊在現實中，不是作夢，而是一種遨遊，在你的思維裡。」（楊牧〈昔我往矣〉）以光線為興起情思的游標，拉出思緒的漫遊。

張愛玲〈心經〉則運用鋪陳天空以及天空下的上海，來襯托彌天蓋地的孤獨：「她坐在欄干上，彷彿只有她一個人在那兒。背後是空曠的藍綠色的天，藍得一點渣子也沒有——也是有的，沉澱在底下，黑漆漆、亮閃閃、煙烘烘、鬧嚷嚷的一片，那就是上海」。顯見「黑漆漆、亮閃閃、煙烘烘、鬧嚷嚷的一片」是作者有意刻劃天空狀態，這些包含著色彩、氣味、觸感與聲音的形容詞，也是刻意製造繁複效果，目的在凸顯上海的各種華麗多姿的樣態，然而這一切龐大的背景只是「她一個人」的背後，形成沉重的對比張力，孤獨的情緒與狀態也在

如此巨量的拉扯中像繃緊的鼓毫無出口。

「胡琴咿咿啞啞拉著，在萬盞燈的夜晚，拉過來又拉過去，說不盡的蒼涼的故事——不問也罷！」胡琴的意象揭開序幕，也替小說閉了幕，使傾城之戀與讀者之間有一種心靈的距離感，那彷彿是拉胡琴的人演述的一則故事。

歷歷在目的生動細節：「那口渴的太陽汩汩地吸著海水，漱著，吐著，嘩啦嘩啦的響。人身上的水份全給它吸乾了，人成了金色的枯葉子，輕飄飄的。」（張愛玲〈傾城之戀〉）以海水流動與金色枯葉的輕飄寫眩暈狀態與愉快心情。

另一段也是以景抒情，巧的是都以「月」為寄託對象：

柳原問：「『流蘇，你的窗子裏看得見月亮麼？』流蘇不知道為什麼，忽然哽咽起來。淚眼中的月亮大而模糊，銀色的，有著綠的光棱。柳原道：『我這邊，窗子上面吊下一枝藤花，擋住了一半。也許是玫瑰，也許不是。』」（張愛玲〈傾城之戀〉）月亮象徵著流蘇結婚的欲望，而那模糊不確定，有著凶險的危機，所以她望月哽咽了，玫瑰象徵愛情，柳原不確定愛神是否叩門。

相較之下，徐志摩筆下的夕陽浪漫而甜蜜：「那河畔的金柳，是夕陽中的新娘；／波光裡的豔影，在我心頭蕩漾／軟泥上的青荇，油油的在水底招搖；／在康河的柔波裡，我甘心做一條水草。」（〈再別康橋〉）

站在天下第一關前，長城的吐息吹亂蓬草，沉眠了千年的龍正蟠踞在遠方的歷史中，邊塞詩裡慷慨激昂的民族意識、蕭瑟壯闊的寒天漠地、歲去年來的望鄉眼神，都變得如此真實，如此淒愴，落之於筆，所引興的低迴長嘆與澎湃激盪，遂化為

文字的印記：

　　空氣透著蒼灰，城牆冷冷的。

　　我站在牆腳下。千年之久了啊……

　　彷彿看到千年前的夜晚，那些射向牆頭，帶著火的弓箭，射落了滿天流血的星，顆顆墜跌，化成淚水，染紅人們的眼睛。

　　千年之久了啊……

　　我用手輕輕觸碰石塊，靜靜整隻手熨貼在上面，停止，不動。

　　泥塵裡，有霜雪的味道。

　　我貼近去聽，聽他的脈動他的心跳，用整隻手去感覺，讓掌紋和長城生命的紋，歷史的紋，幾千年前秦漢帝國的紋，密密貼合在一起。是否如此，我便能感受到石塊底下的萬馬奔騰？

　　長城，長城，我終於見到了你。

　　我在心底輕喚。（謝容之）

　　踏馬長城磚

　　華表生塵煙

　　烽火雲嵐霧

　　箭鏃向青天

　　站在「不到長城非好漢」碑語前，仰視迤邐而上的階石，狼煙已散，孟姜女的淚已乾，征人望斷鄉情的眼已盡，唯有山河兀自佇立，唯有那「大漠孤煙直，長河落日圓」的景象依舊。

一個個足印踏在這由死囚血淚築成的城牆，踏在這烙印權力與國勢版圖的疆界，我以雙手撫摸磚與磚間的接合處，感受粗獷與細緻交錯滲透的紋路。箭洞下緣有個淺淺的凹面，彷彿聽見鳴鏑飛出，見到陳陶〈隴西行〉裡「誓掃匈奴不顧身」的勇猛堅持。明知「秦時明月漢時關，萬里長征人未還」，然而「但使龍城飛將在，不教胡馬度陰山」的英氣正如亙古存在的中國魂，於悠悠天地裡書寫一段又一段傳奇。

階梯旁一個個鎖鏈緊緊繫著紅絲線，一旁的老婦人說這是同心鎖，與女兒牆旁稀落的幾株櫻花，為這鐵與血的疆域平添幾分溫柔之美。在這曾經歷生死戰役之地以一道鎖銘傳相扶持的印記，在這人的生命只是一個轉瞬之處，許下永遠不渝的承諾，是畏懼變化與軟弱，而以小小的鎖象徵式地與命運挑戰？（賴怡安）

小時候曾夢過，在蘇州柳綠江南桃紅的季節，我站在雄偉的長城上，眺望下面一片烏壓壓的人海。

不知道身上穿的是碎布拼花的棉襖？還是破敗的絲綢？前頭是一線未知，轉首是一片茫然的大逃亡。一疊疊的人牆似乎比長城還高，看不見那些人的臉，卻可以感覺到懸浮在空氣中不安的擾動，像摩西帶領著巴基斯坦人跨越紅海。他們攀上了長城，不確定的抓取命運裡微渺的希望。

猛回頭，與一張黑臉撞個正著，活像墳墓裡爬出來的殭屍，一雙眼直盯著我，骨碌碌的打轉，清瘦的顴骨，兩條泛青的血絲像突出的狼牙要滴出貪婪的血滴。哆嗦掉滿地。

分不清他是看了一眼？還是穿透了我，舉著他佝僂的身子

淹沒在人海裡。也許我故意讓手銬腳鐐仍錮住枝節的片段，在夢裡試圖找回我前生的斷簡殘章……

「萬里長城萬里長」，也是「萬里長城千丈高」，這是由一塊塊筋骨、一片片血肉所堆疊起來的。城牆裡的森森白骨，是否在我們踏上這堵禦敵之防時在九泉下掩口而笑?不敢笑得太猖狂，因為他們是死牢裡的奴隸，居庸關防禦下的犧牲品。

當我從長城上俯看，時間又推近了。翻騰的雲煙似乎還籠罩在唐胥蜿蜿蜒蜒的鐵路上，這是時空膨脹的證據。從對遊牧民族抵抗的天下第一雄關到西方列強的入侵，都在同一地點發生，交迭著中國人的宿命。（林怡德）

（3）藉物象為引線，折射自我情思：

孤獨是一條蛇，溼溼的，涼涼的，在你沒察覺時，靜靜地吃掉你的一切。他也「像終究難以馴服的情人」（白靈〈孤獨〉）「我等著電話／響著鈴聲／卻是隔壁無人接聽的電話／世界總是這樣／黑夜等不到黎明／黎明也等不到黑夜」，異鄉的孤獨、深夜的孤獨在境的鋪陳中，倍顯淒迷。

如果「寂寞是一條長蛇」（馮至〈蛇〉），或許這樣的寂寞其實是因為相思，且看入選台北第二屆青少年散文獎的〈聽我說貓〉作品，藉著貓訴說的種種情緒：

咖啡廳裡充滿海水綠的潮濕空氣，透明玻璃窗外雨點細細打落。有隻高貴而驕矜的白貓——德拉科——身子慵懶而優雅地伏在吧檯上，傲氣十足的琥珀眼睛睥睨著窗外匆忙躲雨的人們。

一抹過街老鼠的灰緩緩出現在德拉科的視線裡，在窗外的

無情的灰雨中。

　　那是一隻灰貓。

　　他的外套是灰黑色的老虎條紋和豹子斑點，一個耳朵是有些缺掉的。那隻貓我知道，他整天漫步在路上，他是在一個敵對的世界裡看見每一隻其他的貓。

　　自我防禦的灰，貓耳尖尖豎起。無助的灰，四肢瑟瑟地發顫。眼底有揮散不去的孤獨與不信任。

　　突然！就像一池蔚藍湖水忽地躍出一尾繽紛橘的魚兒般突然。亭亭玉立的粉白劃破了黯然灰的序幕，輕巧的粉色小掌在主人繡著可愛粉紅蕾絲的傘下，有節奏的走踏。

　　一隻貓，一隻粉白色的小貓。

　　她喜歡溫暖和晴朗，就像她喜歡她的名字。以前她整天坐在壁爐旁邊或在陽光下，直到她不久前她滑倒在咖啡廳前的臺階下並好奇地爬向地下室，她才親眼見到一窩流浪貓。在那邊，老鼠從來不會安靜，她髒兮兮地回家後，無辜的眼神告訴我她認為蟑螂應該要就業。

　　稚嫩的粉白耳朵微微下摺，純潔清澈的天空藍大眼眨又眨。左看看，又看看，卻望進了一團足以燃燒整個天空的夕陽紅。

　　一隻貓，一隻狂傲叛逆的街貓。張揚的紅，不馴的紅，淩亂的紅。儘管下著雨也無法澆熄他的囂張火紅。

　　他能爬行通過最微小的裂縫，他能走在最狹窄的路軌，他和狡猾與搗蛋是三胞胎，他總能欺騙路人相信，然後得到他想要的。但他的腳印不被發現在任何通緝文件，並且當魚販被搶劫、牛奶缺掉或水缸裡的小金魚走失了，他一定是在一英哩

外。他臭屁的眼神告訴我：公貓不壞，母貓不愛。

小貓羞赧的低下頭，心底冒著小鹿亂撞的粉紅泡泡。街貓挺起胸膛，翹起尾巴，吊兒啷噹地跳到小貓身邊──卻被刺骨寒心的冰水一頭澆下。

我──咖啡廳老闆，趕走居心不良的街貓，然後牽著小貓主人的手，抱起目瞪口呆的小貓，走進店裡，將小貓放在牠哥哥──高貴的白貓德拉科──身邊。

靠著唯一的家人，小貓心安了點。

思念是一座橋，卻是通往寂寞的牢，我曾在哪讀過這句話。德拉科還是如往常，坐在窗前，熱鬧的街景倒映在貓兒望著窗外的眼裡。

當你注意到一隻貓在深刻凝思，原因，我告訴你，總是相同。他的頭腦正參與著家鄉的慶典，在腦海裡恣意奔騰，回到那熟悉且充滿溫暖的所在。這是一個平安的夏夜，芳香迷人的月光晃動著思鄉的浪潮，並且白貓被配置在它感傷的邊上，如一幅畫。

貓是否也渴望著歸屬感？就像我始終感覺和這都市有些格格不入？都市裡有孤獨又灰灰髒髒的乞丐，有單純如白紙的孩童，也有臭屁的街痞……卻沒有純樸的風土民情。

感覺牠的背影更加纖瘦，讓我不禁抱住牠。白貓卻掙扎著離開我的懷抱，傲到了骨子裡頭地瞪了我一眼。

可是在想念埃及的家？白貓甩甩尾巴。喉嚨發出呼嚕呼嚕的聲音，帶著點憂傷。彷彿，埃及聖獸的治療頻率，救贖了所有迷失在異鄉的靈魂。

　　小貓踏著無聲且輕快的腳步跑了過來，小小的頭顱親暱地蹭磨自家哥哥。藍眼彎彎，如同孩子單純的笑臉上彎彎地眉眼。卻忽然驚得瞪著眼，因為一聲快活明亮的哇哇聲突然響起。

　　一隻叫春的母貓從窗戶邊跳了進來，柔軟的身軀緩緩磨過德拉科，尾巴翹起。她有雙勾人的黑眼珠，並熟習欲擒故縱的戲碼，在月光下跳躍出窗，距離多一分太遠少一分太近，剛剛好讓德拉科心癢地抖抖耳朵，覺得腳趾頭異常乾燥。

　　喔，都市還有危險的美麗誘惑。

　　小貓咬向德拉科，輕輕地。德拉科回神，本來有些焦躁的心情給妹妹這動作給安撫了下來。母貓等不到德拉科，也不氣惱，回眸一笑便動身跳離，也許是去找下一隻願意陪他共度良宵的公貓。

　　小貓張著口，露出兩顆小小的尖牙，像偷吃了魚一般。德拉科的琥珀眼睛瞧瞧妹妹，瞧瞧窗外，然後溫柔地瞇起，像是想通了什麼一般。

　　思念是一座橋，卻是通往寂寞的牢。

　　享受當下是一把鑰匙，可以打開所有裝著幸福的寶盒，而幸福的寶盒就在自己身上。轉念間，會想擁抱自己所擁有的一切。

　　月亮發光，德拉科看見了自己妹妹的眼睛中反射出的亮光有如一百雙明亮的藍眼睛，恍若他遙遠的親戚齊聚在妹妹的眼中。

　　兩隻貓咪依偎在一起，如兩團軟軟的棉花揉成一團。

　　一室寧和的白。（劉任淇）

（4）景中有情，情中有景結構：

情景交融，使情不言不喻間而處處透露出深情無限是最上乘的表現方式，在描繪上不妨以鏡框式，凝聚於最令人感動的畫面，讓剪影因為環境的渲染而與心情相映襯，如渡也〈永遠的蝴蝶〉，先以濕冷的雨景作為整篇故事的底層，暗示極將發生的悲劇情調：

那時候剛好下著雨，柏油路面濕冷冷的，還閃爍著青、紅、黃顏色的燈火，我們就在騎樓下躲雨，看綠色的郵筒孤獨地站在街的對面。我白色風衣的大口袋裡有一封要寄在南部的母親的信。

櫻子說她可以撐傘過去幫我寄信。我默默點頭，把信交給她。「誰教我們只帶來一把小傘哪。」她微笑著說，一面撐起傘，準備過馬路去幫我寄信。從她傘骨滲下來的小雨點濺在我眼鏡玻璃上。

隨著一陣拔尖的煞車聲，櫻子的一生輕輕地飛了起來，緩緩地，飄落在濕冷的街面，好像一只夜晚的蝴蝶。

雖然是春天，好像已是深秋了。

她只是馬路去幫我寄信。這樣簡單的動作，卻要教我終生難忘了。我緩緩睜開眼，茫然站在騎樓下，眼裡藏著滾燙的淚水。世上所有的車子都停了下來，人潮湧向馬路中央。沒有人知道那躺在街面的，就是我的，蝴蝶。這時她只離我五公尺，竟是那麼遙遠。更大的雨點濺在我的眼鏡上，濺到我的生命裡來。

為什麼呢？只帶一把雨傘？

然而我又看到櫻子穿著白色的風衣，撐著傘，靜靜地過馬

路了。她是要幫我寄信的，那是一封寫給在南部的母親的信，我茫然站在騎樓下，我又看到永遠的櫻子走到街心，回頭望我。其實雨下得並不很大，卻是我們一生一世中最大的一場雨。而那封信是這樣寫的，年輕的櫻子知不知道呢？

　　媽：我打算在下個月初和櫻子結婚。

　　蝴蝶本與戀愛有關，作者以〈永遠的蝴蝶〉作為這悲劇故事之名，顯然是運用「蝴蝶」作為意象與象徵，這不可避免地令人聯想到中國最著名的蝴蝶故事──梁山伯與祝英台至死不渝的愛情。

　　黑格爾《美學》中言：「藝術也可以說是要把每一個形象、看得見的外表上的每一點，都化成眼睛或靈魂的住所。」說明客觀物象的藝術表現，根據主觀情緒變化，建構起結構空間形式。物象負載「性靈」，以隱喻化符號蘊意，如「綠色的郵筒孤獨地站在街的對面」、「從她傘骨滲下來的小雨點濺在我眼鏡玻璃上」、「隨著一陣拔尖的煞車聲，櫻子的一生輕輕地飛了起來，緩緩地，飄落在濕冷的街面，好像一只夜晚的蝴蝶。」、「世上所有的車子都停了下來，人潮湧向馬路中央」全賴巧喻於物象的色彩、狀態透露情緒，形成一幅幅畫面，敘說一個永別的故事。

　　除卻整篇故事發生在「濕冷冷」的雨中，所形塑出淒迷氛圍，以曲盡情之微的筆墨之外，作者更善用對比與意象，造成情感最強烈的音量。信上書寫的結婚消息與寄信人飛起的身影，在這個閃爍著青、紅、黃顏色的燈火的雨夜與白色風衣的對比間，荒謬而意外的發生，使得藉景所襯抒的情格外深刻動人：「雖然是春天，好像已是深秋了。」「更大的雨點濺在我的

眼鏡上，濺到我的生命裡來」、「其實雨下得並不很大，卻是我們一生一世中最大的一場雨。」

　　所謂「景乃詩之媒，情乃詩之胚」，春草引動伊人之思、承載李後主亡國之愁，於是離恨恰如春草，漸行漸遠還生。外在情境喚起一個詩人和世界之間，以及一組意象之間的對應網絡，感蕩心情，使得情景在對話之間匯通。如穎若勾勒一框寂寞的畫幅，野草、發白的春聯以及被用以譬喻的皺臉老人都成為意象，藉以烘托落寞蒼涼的心情故事：

　　相簿的某個角落有這麼一張綁了辮子的小女孩，蹲在如菜刀砍劃過的木頭大門前，與野草說話的景象。古老的門上左右各貼了發白的春聯，緊緊地閉著嘴上的門閂，猶如皺臉的老人。（周穎若）

　　〈花蓮，洄瀾〉寫的是在台北這胭脂盆地裡，午夜夢迴，回不去的記憶背影，忘不卻的人事聲調：

　　在夢中，清醒的夢中，我仍看見那三輛腳踏車的背影。從富裕九街六號啟程，踩過田野、小溪，踏遍木橋、河堤。轉動的雙輪滑過繁華，滾過簡樸。前方，是爸爸？還是叔叔？是浩浩？還是詩婷？我有點迷惘，再也記不起陌生的旅途，熟悉的臉孔。

　　而，唇角的青草味，摻了鹹澀；眼睫的山嵐，透些模糊。

　　讓我想想，安靜地，想想。

　　想鑄強國小裡的純美姑姑，和南寺中的瑞香姑姑，花蓮酒廠內的鴻昀叔叔，想我如今零落的片段。

　　之後，我驚恐的發現，一切，都失去了。我，在遺忘中迷失。

　　我在台北的喧囂中沉默，當所有人在沉默的花蓮喧囂。

（江欣怡〈花蓮，洄瀾〉）

　　余玉琦〈台北‧記‧紀〉提供不同角度的觀看視野，從上而下鳥瞰四周、天橋所看的空間、景觀及感覺完全不同。從公共空間看風景，同時成為風景、地景的一部分，是一個時間、一個狀態，橋不見了，其實也是一種感覺、氣氛變了：

　　台北車站被拆得精光的大天橋，讓新光三越前的廣場空曠多了。我根本記不清它是什麼時候被拆掉的。只記得每次要搭公車回家，都得爬上那座轟隆隆的路橋，橋上人和人的腳步聲此起彼落交相重疊，毫無遺漏的空隙，綿密而源源不絕，聽起來像是乾裂的平地上，象群快步遷徙的震盪。

　　拆除後，我們就失去了這個角度的台北。

　　那是一個極為寒冷的冬天，所有在堅固陸橋上疾步而行的人都縮瑟著身子，勉強從老是順逆不定的風中突圍。橋下咆哮的車子和橋上的行人一樣躁鬱，對著眼前的阻礙換車道，超越，鳴喇叭。喇叭一鳴，四面八方都響了，蒼老的天幕一樣沉悶，不被聽出任何清脆。

　　行人頂著冷風朝著欄杆外看，眼前泛起一大片一大片的紅，車尾的赤色燈怒喝成一片殷紅，像看見天地顛倒了一般，灰色的柏油反倒輕踏在紅紅的晚霞上。血紅的海市蜃樓泛濫在車鳴的巨響中，漾著浮向遠方的血色流光，像是一條巨蟒在浴血前進，在穠稠昏暗的日光下，戰戰兢兢地匍匐過波瀾揚起的紅海。行人站在橋的正中央，兩旁的高樓剎時狂暴成了冰冷的浪濤，整片紅光輝映在濤裡，不住地流竄。誰也不知道摩西到在哪一陣的浪裡，直到四周都暗了下來。

巴比倫的空中花園傾毀，人便也無法再靠近神。

寒風中那片狂怒的車浪失去了俯視時的視覺滿足感，人就平凡了。它們與我們共行在同一個視覺畫平面，有時我們還得屈居於它們之下，頂著一樣如象群的震動過街。這樣的台北走起來也更寒冷，居高臨下的美感再也無法平撫匆忙急促的台北人，而那一片怒紅的俯瞰只有飛鳥才看得見，而可惜台北的鳥兒也少了。

人被高樓保護得很好，不怕冷冽的寒風來刺骨，行動也被框在箱子般的建築裡，冷眼與冷風對望。

季節一直輪迴著，而空間卻是直線奔馳。這一刻與下一刻，這一月與下一月，這一季與下一季……當我們以為台北在季節更替如留聲機的老唱片不停重複同些首歌曲時，也許聽眾不同了，少了，也許真的忘記了忘記……（余玉琦）

不管歲月如何飛揚激越，倏忽變異，涓滴細滑過心扉的記憶，總是回眸時最深情的駐足。

時間讓事情有不同的詮釋，也讓景物依舊人事已非的悵然輕輕牽繫著心魂，然而那一直不著痕跡、收攏在手上的緣分，像重逢一樣，就在一次次書寫與複誦間顯影當年。

至於空間，把壓縮的時間寄存於一處小小窩巢裡，使得回憶並不記錄具體的時間綿延，而在透過空間時重新發現回憶與生命。拜倫有句話是這麼說的：「不要向我們述說偉大人物的故事，當我們年輕的時候，就是我們光榮的日子。」

讓我們記憶這年輕的眼照見的世界與人事、浪漫的心倒影的山光與水色……

只有謎可以到達另一個謎

論說文

　　各種文體有其鮮明的體裁特點，以論說文而言，「物有本末，事有終始，知所先後，則近道矣。」這十六字就是寫作議論談話的基本原理。

　　議論文直接闡明客觀事物的道理，揭示事物的本質和規律，以表明作者的見解和主張，亦即事物現象歸納出的論點，提出看法或問題推繹尋就的過程，是以議論的語言多用肯定的判斷句，立場鮮明、客觀。

　　論證的證據是證明論點的根據，提出証明論點正確性的事實和道理。事實論據包括事例、史實、統計數字、理論證據含主義、思想、科學原理等。在敘述論據時要簡單而有概括性，論證方式大多是舉例論證，或引用古語、諺語、俗語、名人之言；或借史事、典籍。這些言例、事例、人例是為凸顯論點。在寫作上可以先提出論點，再舉証，或先舉列証據再歸納論述。無論例証是以正反對比的方式，呈現具體而鮮明對照，或以具體比喻顯現抽象事理，都必須回到觀點論述，才能清楚而深刻地展現觀點。

一、開門見山，一語中的——入手見功夫

中心論點可以放在文中或文尾，但最好在開頭便揭示論述的主張和見解，特別是基測、學測閱卷時間有限，評分老師並非以閱讀者的身分精讀或推敲作意，而像品管員般篩選，一如視果粒大小、光澤度、是否飽滿的面相來決定等級，因此考生行文時應直接破題切入重點，在第一眼接觸時製造感動與震撼，在短短數行間展現自我觀點與獨特視界。其方式大概可分以下五種：

（一）開宗明義，乾坤在握——總括結構

文章起首便揭示論說的方向與重點，不僅使行文推論有明確標的、清晰結構，同時讓閱讀者順著這有如鑰匙般的開啟，進入由此展開的推演敘述，如「夫孝，始於事親，中於立身，終於事君」（《孝經》），直接破題點明全文意旨。「夫當今生民之患果安在哉？在於知安而不知危，能逸而不能勞」（蘇軾〈教戰守策〉）在通篇之首明示關切的焦點是「生民之患」，癥結在於「知安而不知危」、「能逸而不能勞」。蘇洵〈六國論〉，文章順此「弊在賂秦」、「不賂者以賂者喪」大綱說明舉例而展衍鑒古諷今之見，顯得眉清目秀，一目瞭然。

打開天窗說亮話

每個故事都有著人性的根鬚，靈性的感與悟，在不同時代中被傳誦，被加入不同的情節，在不同人的眼裡讀出不同的詮釋，也在不同演出的符號間被賦予意義。

1. 請選擇一本文學作品細讀，並以評論者的眼光挖掘其中豐富內涵。

2. 請於論文前就研究動機與目的說明。

　　致敵之道在「快、狠、準」，行文亦然。開宗明義拉出論說脈絡，文章架構自然清明有條，如玟瑾、紀陵針對《殺夫》、〈白蛇傳〉提綱挈領地提出研究重心，作為論文之始：

　　李昂《殺夫》這本小說呈現的是一個時代下的女人、一個解構中的傳統。在與它對話的過程中，我更深刻的體會：自由，真的得來不易。或許唯有深刻的揭露一些避而不談的話題，我們才能更懂得：歷史的記錄，不單單只是記錄歷史，更是人們一步步用血淚踏出的一條生存之道。

（陳玟瑾〈女性傳統價值的解構與再建構──讀《殺夫》〉）

　　蛇，在中華民族的社會當中，是民族的傳承、生命的延續與身分的認同。但，在西方的世界裡，自從《聖經》〈創世紀〉裡，將蛇設定為誘惑者，便被視為邪惡的象徵，撒旦魔鬼派來的使者。若非得要將白蛇冠上個誘惑者的名號，那麼，我會說：「白蛇用她的『真』，誘出了人的『虛情假意』。」

（陳紀陵〈多情總被無情惱〉）

（二）大叩則大鳴，小叩則小鳴——問答結構

正如文明之所以精進在於不斷解決問題，論說文尤然。

基本上，論述之起是因帶著問題意識思考：要處理什麼問題？有了問題意識，抓出核心問題，接下來的才是如何顯題？要如何處理問題？這是知識訓練中必然歷程，也是論文之所以產生的基點。

因此在龍頭處，以一個問題讓議論集中，可鮮明地張網展論，是以前秦諸子多以一問一答的結構形式傳道。以《莊子》而言，〈秋水〉藉河伯與海若之間的七問七答，經七番披剝，結出「反真」的道理，可以說是問答體的典型。〈知北遊〉裡，東郭子問於莊子曰：「所謂道，惡乎在？」莊子曰：「無所不在」……闡述道是普遍存在的，豈有高下之別？他如〈濠梁之辯〉安知魚之樂的言辯、透過庖丁與文惠君的問答形式說明養生之道，結構完整，主旨明確。

寫作便利貼

叩問小說

1. 請任選六朝魏晉小說、宋元話本一則閱讀，說明不足處、缺漏處以及不合理處。

2. 就發現的問題，提出解釋、批評與補充。

問題，引導出研究方向，遠處的答案是探索的誘因，在這樣的追尋過程中，謎底、真相逐漸變得不是唯一的樂趣，而是一層層抽絲剝繭的解讀與詮釋間，無止盡的探問。讀〈出師

表〉時，是否心生懷疑：劉禪真的這麼無能嗎？當虞姬自刎時，是否思索她非死不可嗎？項羽必然要自刎嗎？他是失敗者嗎？每一個問題，都讓一篇佳論被引渡來世。

以所研讀的短篇小說而言，同學就〈碾玉觀音〉、〈錯斬崔寧〉所發出的質問是：咸安王為何殺死秀秀？崔寧角色的位置與意義？為何殺秀秀的是「小青」刀？有何寓意？如果崔寧碾的不是「玉觀音」，而是摩侯羅，結果會有什麼不同？為何「錯斬」崔寧？結果？如何發現錯斬？如何收拾殘局？〈錯斬崔寧〉與〈碾玉觀音〉裡的崔寧生命狀態有何異同？以此人為角色，主要顯明什麼道理或現象？

這樣的探詢，引出同學以論文分析，或以檢察官角度重新整理此文，並以偵察庭審處之，同時做出判決書。對於咸安王為何殺死秀秀，怡安與嘉琳提出的看法是：

咸安王為何殺死秀秀？我認為以善繡而入府的秀秀為王爺繡的可是戰袍啊！戰袍象徵的是權力以及地位，這麼精美的戰袍，這麼巧妙的手藝，怎麼可以讓其他人奪去？況且下人跑了卻不能處理，王爺的名譽也會嚴重受損，因此，咸安王必須殺死秀秀。（賴怡安）

秀秀被殺，到底是咸安王單純伸張權力的作為？是凜然維護禮教，不得不然之舉？或只是意氣用事？

我認為秀秀賣入咸安王府中，在簽下賣身契約的那一刻就註定她生是王府的人，死是王府的鬼，這意味著無論發生什麼事她都沒有權力主導自己的人生。所以她和崔寧私定終生、遠走他鄉，這不僅讓咸安王感到被背叛，更何況在理學活躍的宋

代，這種違反禮教，枉顧世俗眼光的行為，豈是社會所能容者？因此我認為咸安王之所以下手，應該是出自於當時的道德規範所致吧！（張簡嘉琳）

另如〈杜十娘怒沉百寶箱〉，同學問的是：杜十娘的悲劇是偶然的還是必然的？杜十娘為何「怒」？為何要沉把寶箱？百寶箱象徵什麼？為何要當眾人前沉箱？世人何以稱讚其為「千古女俠」？杜十娘死前對李甲說的話為何要訴諸神明？就此演繹出的是看待杜十娘沉箱與自沉舉動的分析：

杜十娘可不可以不死？她可不可以重操舊業？帶著這樣沉痛的問題，我一遍又一遍地問自己，但答案的最後總指向：杜十娘除了死之外竟是別無選擇的。

她可以選擇不死，但不死也回不去了，追求真愛的夢已碎，杜十娘的死成為必然。更何況，一朝為妓終身為妓，永遠翻不了身，即便是才智雙全如十娘，創造未來、追求幸福的勇氣終敵不了命運與現實，最後不得不選擇自我毀滅的結局，怎不會讓人無奈傷心？（李牧宜）

我想杜十娘的悲劇是必然，一位身處青樓的女子憧憬浪漫單純的愛情，這樣不切實際的渴望，這樣企圖與整個傳統、禮教、社會對抗的舉動不啻為螳臂擋車，更何況杜十娘一心一意所託付的對象李甲，如此懦弱。十娘的自盡，是對李甲的灰心與當時社會無言的抗議。

百寶箱是十娘唯一的依恃，唯一的籌碼。杜十娘拿出一個個寶貝來展示，並一一投入水中，外人的感覺是心痛、惋惜，對十娘何嘗不是心碎一地？只不過兩岸之人嘆息的是珠玉的價

值，十娘心痛的是所託非人。原本象徵離夢想愈來愈近的珠寶，如今，都沉入波濤滾滾的江中，希望與夢想已頹然遠去。

十娘之所以在孫富、李郎、船上眾人的面前這樣做，我覺得一方面是要別人知道他們倆的惡行，有多人眼見為憑，還有沉重的責備意味，尤其是對李郎。她沉痛的告訴他區區千金，未為難事，難的是那顆真心，一語道畢，恩斷情絕。隨百寶箱沉入渾沌沌的江心，掙脫出愛情的牽絆，一方面可能是十娘最後一次的測試。

寶箱就同十娘的生命，看似錦羅綢緞，卻敵不過時代下的眼光，於是，她將寶箱投入江水，也為自己無能為力的命運畫下句點。（陳彥君）

這篇小說裡，我們聽見的是杜十娘的聲音，一個站在妓女、站在大眾的角度、站在鬼魂報恩敘述的故事。杜十娘的悲劇不是得不到愛情、自由與錢，而是得不到被了解的眼睛。

至於〈拗相公〉中，寫王安石辭官後，一路上見廁所中人們對他的咒罵，如此以民意制裁醜化王安石，再對照課本所述，同學腦裡翻滾的是：面對眾人指責，王安石心裡可有委屈？面對他人指責王安石的態度是否依然故我？（如〈答司馬諫議書〉那麼堅定？），何以民間版小說如此矮化之？於是不平者幻化為拗相公裡的王安石寫一篇申訴書，或找尋王安石相關資料如宋史以及變法內容等，剖析何以話本如是書寫，並與當下媒體結合歸論。

（三）案事呈堂，論由此發——點燃火線

借事立意，設論申明己見也是論說文常見的開頭方式，如

「晉侯復假道於虞以伐虢」事端，而引出宮子奇之諫。「莊周家貧，故往貸粟於監河侯」，才有涸轍鮒魚之喻。因為「晉獻公將殺世子申生」，於是有申生不得不死之訴，因此興風才能作浪，事有所起才能引發眾論。

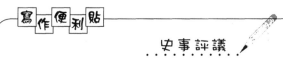

史事評議

請選擇任何一本史書所記載史事，提出對其人其事的看法。

　　歷史是被建構而成的，是被敘述鋪展而成的，書寫者的立場、觀視的角度不免滲透於其中，因此藉一則新聞、一件史事，或可由解析觀想中，提出各種看法。如冠廷由《春秋經》：「夏，五月，鄭伯克段于鄢」，與《左傳》具體而微的載道、《公羊傳》、《穀梁傳》對鄭莊公克段的敘述、解釋，評論莊公其人其行：

　　關於鄭伯克段于鄢，鄭伯一再以「多行不義，必自斃」的態度來行事，可知他把這兄弟鬩牆之爭由天理來審判，而鄭伯，正是正義的使者。

　　「姜氏欲之，焉避害？」這句話已透露鄭伯不再視之為母親，而僅是「姜氏」。這自然是因為姜氏從小對鄭伯的敵意，既然她內心早已沒有這個兒子，那麼在鄭伯心目中，姜氏不過是「姜氏」，一個姓姜的女人，而不是母親。

　　至於鄭伯討伐鄢城時，讓共叔段自己逃亡而不置其於死地，這說明鄭伯讓天來審判的嘆息。若殺了段，那就是兄滅弟，自是行不義之事，更何況亂未起而言誅，反落得謀殺兄弟

之惡名,再者,鄭伯心知肚明段多行不義終將自斃,因此讓段逃亡。(郭冠廷)

(四)以退為進,迎面出擊——打蛇三分

在論說文的寫作方法中,作者常會以反駁他方說法的方式來凸顯自己的見解。如:王安石〈讀孟嘗君傳〉:「世皆稱孟嘗君能得士,……嗟夫!孟嘗君特雞鳴狗盜之雄耳,豈足以言得士?不然,擅齊之強,得一士焉,宜可以南面而制秦,尚何取雞鳴狗盜之力哉?」以「世皆稱孟嘗君能得士」為靶的,就孟嘗君是否能得士?得的是什麼樣的士?這些人是否稱得上士?一層層逼入否定的結論。

寫作便利貼

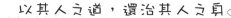

以其人之道,還治其人之身

歷史固然是記載曾經發生的人事,然而敘述的同時涵蓋時代的看法,因此形塑文化思想,在一代代被複誦、接受中強化為行事標準,甚至是被奉行的依歸。

1. 請選擇一個被議論的人物、一件被經典化的行事……思索其之所以被形成的過程

2. 對這些使經典化的言論與行事,提出相對立場的思考與理由

以伯夷、叔齊兄弟讓國、叩馬而諫、餓死首陽山之事為例,《論語·述而》記孔子以:「古之賢人也」稱之,並答冉有問曰:「怨乎?」曰:「求仁而得仁,又何怨!」《論語·季氏》:「伯夷叔齊餓於首陽之下,民到于今稱之」,可見孔子所

重首在君臣忠義，對二人不食周粟表贊同。《論語・微子》子曰：「不降其志，不辱其身，伯夷、叔齊與！」、《孟子・公孫丑》稱伯夷為「聖之清者」、《史記・伯夷叔齊列傳》冠《史記》列傳之首，凡此都見極力頌揚他們積仁潔行、清風高節。

在孔子心目中伯夷、叔齊求仁而得仁，是因為二人所求之仁在於兄弟讓國：叔齊讓位于伯夷是基於「長幼有序」，伯夷逃之是因為不逆父命。在二人心中倫理道德為大，與當時蒯聵、出公輒父子爭國醜聞相較，無怪乎得孔子推崇。藉伯夷、叔齊被儒家所評述的言論，可以探究的是變亂中個人在存亡間的抉擇？在立場身份間拿捏的分寸？儘管對於兄弟是否該讓國？是否該離開國家？是否該餓死？前人之述大體贊佩，然而，以今日觀之，是否有其不當之處？評議其不當的理由又是什麼？

玫瑾、懷恩以「破」而「立」自己的觀點，做為首段亮眼的起筆之姿：

伯夷、叔齊兄弟讓國實是不當，首先，國家王位非個人所有財物，無法隨個人意志轉讓或丟棄。它是國家統治象徵，也代表萬民的信任。堯舜讓賢之所以為人稱頌，那是基於氏族及人民輿論，但叔齊是因長幼有序而讓，民不知其德，不知其能，豈可讓國？何況父命在身，豈可不從？

如此不但辜負父親託國美意，也讓世人對孤竹君識人能力產生懷疑。正如宋鄭汝諧《論語意原》所言：「夷齊父死之後，兄弟相與舍其國而逃，天下皆知二人之為遜，而亦皆知其為孤竹君之失也。」

一國君位是萬民所仰，伯夷、叔齊讓位不成，豈能頓然逃

離？顯見二人不了解王位意義，儘管他們各有堅持的理由與原則，但方法錯了！（陳玟瑾）

在這麼重視禮法制度的時代，孤竹君竟不讓嫡長子繼承王位，勢必經過深思熟慮，既然如此，叔齊何需堅持讓位？如果那麼重視輩份，二人聯手共治國家一定能成為孔子理想中君臣有禮、社會有道的國度。結果伯夷、叔齊竟棄國於不顧，這麼一走，百姓當如何？武王興兵伐紂，二人叩馬而諫，說：「父死不葬，爰及干戈，可謂孝乎？」然而，伯夷、叔齊違背父親遺命，又怎稱孝？（洪懷恩）

（五）聲東擊西，理論先行——暗藏棋子

圍棋之迷人在於佈局，預知棋路而能巧安排陣，便能輕鬆地引君入甕，如蘇軾〈留侯論〉標舉「忍」作為伏筆、歐陽修〈縱囚論〉首段提出「信義行於君子，刑戮施於小人」做為第一層大前提、「刑入於死者，乃罪大惡極，此又小人之尤甚者也」，是第二層小前提、第三層結論：「寧以義死，不苟幸生，而視死如歸，此又君子之尤難也」，使得以下翻案的論述在此先決條件下，層層翻迭。

蘇軾〈超然臺記〉：「凡物皆有可觀。苟有可觀，皆有可樂，非必怪奇偉麗者也。餔糟啜醨，皆可以醉；果蔬草木，皆可以飽。推此類也，吾安往而不樂？」

以「凡物皆有可觀」為大前提，「可觀則必有可樂」為小前提，得出判斷「吾安往而不樂？」作為全文之首，立「超然」之基。繼而以心雖「求福而辭禍」，行卻「求禍而辭福」，

歸其源於「人之所欲無窮，而物之可以足吾欲者有盡」以至於「可樂者常少，而可悲者常多」、「美惡橫生，而憂樂出焉」，實因「遊於物之內，而不遊於物之外」。

另如《老子》：「天下皆知美之為美，斯惡已；皆知善之為善，斯不善已。故有無相生，難易相成，長短相形，高下相傾，音聲相和，前後相隨」、「禍兮福之所倚，福兮禍之所伏，孰知其極」以「相對事物常相隨」的觀念切入論証。

至於韓愈（〈師說〉）：「古之學者必有師。師者，所以傳道、受業、解惑也。人非生而知之，孰能無惑？惑而不從師，惑也終不解矣。」

「古之學者必有師」是論述者用以批判今日現象的尺，藉以全篇做為對照的鏡子。「師者，所以傳道、受業、解惑也」，表面上說明老師職責所在，其實用以對應今之師受業傳句讀，而未能傳道解惑。「人非生而知之，孰能無惑？惑而不從師，惑也終不解矣」是針對上句「解惑」分析理由，同時對今人「惑而不從師」、「小學大遺」現象提出質疑與批判。

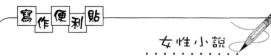

寫作便利貼　女性小說

1. 請選擇一本女性小說家著作，結合批評理論分析其內容或藉專家論述觀點切入文本探究。
2. 作法上可以俯察方式做脈絡化解讀，也可從細節綜觀。

在論述中，先提出論說依據，作為闡釋的立足點，可以讓建構意義的脈絡中有更有力的支撐，如尚琳、宜嘉以女性主義

論點對文本的解析：

范銘如在《眾裡尋她》一書說道：「與其將女性書寫與閱讀愛情小說視為對愛情的耽溺，不如將其視為對兩性關係的審思與操縱的渴望。畢竟，知識即力量，愈擁有知的奧秘，愈擁有掌控的勝算。……書寫愛情主題的小說，不代表她們逃避、消極，更不代表其「天真無知」，相反的，它意味著女性自主意識的抬頭，她們企圖由愛情中解碼，找出在兩性私密關係裡主導、強勢的奧義。」以這個角度觀看這幾本由女性作家所寫的女性，曹七巧、銀娣、剔紅在死亡的婚姻裡，追求自我的欲望，解構母性的神話，正是對家庭制度提出質疑的聲音。
（桂尚琳　何處是汝家？）

波娃有句名言是這樣說的：「一個人之為女人，與其說是天生的，不如說是形成的。沒有任何生理上、心理上或經濟上的定命能決斷女人在社會中的地位；而是人類文化的整體，產生出這居間於男性與太監中的所謂『女性』。唯獨因為有旁人插入干涉，一個人才會成為『他者』」（《第二性》卷二）。

社會角色是自我用來控制他者的首要機制，透過代代相傳地社會化過程，女人被塑造成被動、陰柔的女性角色。幾千年來深深束縛著女人的家規、價值觀，表面富麗亮眼，讓牢牢維持傳統的人自豪地道：「我家可沒有不烈的媳婦！」（《桂花巷》）絲絲禮教金縷纏繞，典雅貴氣的籠罩儼然成形。一旦墮入其中，想要脫逃幾乎不可能。深幽冷清的庭院，望不盡的辛酸，多少婦人因此而茫然、滅頂？最終也只能無奈地報以一聲輕歎……（翁宜嘉〈從庭院深深到海闊天空——沿著時代看女

性的轉變〉〉

二、大膽假設，小心求證——豬肚飽滿

　　文章結構，是作文地基和樑柱，就像人身體的骨骼支架。一篇短文的結構應含有引言、主體、結語這三大主軸，一如身體分頭、胸、足三部分。前人論及段落分明，結構清楚之道有所謂雕飾鳳頭：打響第一砲、撐起豬肚：撼人的文段、修飾豹尾：撞響警世鐘。作為豬肚的主要部分文章結構系統要很完整，則內容的中心論點在邏輯的系統論證間便能很清楚地呈現，如此將一步步系統化導出結論。

辯證訓練要點

論證結構

議論文三要素：論點、論據、論證。

立論：提出自己觀點、主張、見解。

駁論：提出與他人不同的見解。

引論：總說、分說例證、總括。

結論：歸納全文核心觀念

　　為求組織嚴密，可先練習擬定寫作大綱：依照主旨需要，判定何者為先？何者處後？何者為重點？何者為旁枝？務必懂得以綠葉襯牡丹，重點與細節搭配得宜。佈局間同時要注意首尾呼應，段落之間的連貫與上下文句的層遞力求自然流暢，而無拖泥帶水之弊。一般而言，行文時融合不同文體，如夾敘夾

議、例證論理、推論歸納，會能使文章更豐富有變化。在設計上可由下列途徑，使立論棨實：

（一）立意穩健──辯證交鋒

論說文旨意要明確，切忌模稜兩可、模糊不清、空泛無邊，但如何立意新？如何推論深刻？見解獨到？舉証鮮明？除卻意在筆先，更在於平日對現象解讀與批判的訓練。胡適曾言：「做學問要在不疑處有疑」，又言：「大膽假設，小心求證」，是以建議先練習提問，再試著提出解釋，進而推想種種可能，繼而探索舉證。同時，由逆向思考把焦點轉移、翻案嘗試以不同角度看一問題，以使寫作重點變化，從豐富面相托出論點。

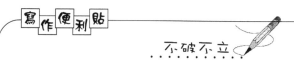

寫作便利貼

不破不立

1. 請選擇一則新聞，或自古相傳的評論、定見，收集各方意見，從立場、觀點、方法分析其所以然者。

2. 提出反思或另類思考，如不同立場、逆向觀點、其他方法等思辯。

讀書能不拘於定見，應勇於提出獨特觀點的識力，如蘇洵〈管仲論〉、蘇軾〈留侯論〉、〈賈誼論〉、李翱〈題燕太子丹傳後〉、柳宗元〈桐葉封弟辨〉、劉大櫆〈騾說〉……。

翻案文章最有趣的地方，是透過大量的史料證據來推翻多數人的認知，並從而推出相反的結論。那或許是另類思考的探

問追尋，提供異樣的觀察角度、取材焦點以及論點的陳述，或許是個人生命經驗的投射，如韓愈《伯夷叔齊列傳》；或許是寄託某種的諷諫意涵，如歐陽修〈縱囚論〉，也可能是時代思維的滲透，如王安石〈讀孟嘗君傳〉、〈明妃曲〉。其中王安石〈讀孟嘗君傳〉針對「世皆稱孟嘗君能得士」提出反駁，氣勢勁健，雄辯有力。歐陽修〈縱囚論〉先破唐太宗縱囚不過在於施恩求名，終於「本於人情，不立意以為高，不逆情以干譽」，以建立常法之立論。

帶著懷疑的眼光閱讀本身便是一種建構知識的方式，就《三國演義》而言，同學提出的反思，如公瑾量窄？曹操是奸者？劉備以仁服人？逸群則就歷史上對「三顧茅廬」的定義：「孔明被動，劉備主動」翻案，認為孔明主動，劉備被動，由自比管仲、樂毅與交友狀況辯證：

孔明隱居南陽，「淡泊以明志，寧靜以致遠」，卻又以管仲、樂毅自比。既然他要「淡泊明志」，為何不譬喻自身為春秋戰國的隱逸高士，如伯夷、許由，卻自我比喻為有功勳的決策者？由此可見，孔明入世之心。再者，孔明在隱逸的過程中仍密切注意天下大勢，不像後代的陶淵明純粹作詩歌自娛，所以才有洞燭機先的「隆中對」，特地為劉備準備好「天時、地利、人和」的規劃。

此外，孔明的交友圈也透露出他的野心，如果他有意隱逸，所交當為林叟漁樵，怎麼會是一心求顯達入世之人？分明是想藉其為媒介，實踐「終南捷徑」的目的。總之，他是假隱逸之名而臥龍，作宣傳之實。（藍逸群）

（二）條理層次——間架結構

　　無論是定義式的論述，或是邏輯的論證，必然有一定的論證進程，具有論證結構與論述型式。有些論述會從不同的主題反覆的論述同一個核心思想，有些則如數學演算，由論點展開推理過程進而導出結論，關鍵在於剖事析理是否縝密周到，刀斫斧截，快利無雙說明是否能如結構上是否能逐層論辯透闢深刻令人信服。如：

> **寫作便利貼**
>
> 以論說文而言，可根據理（道理、主張）事（證據）法（做法）情（情感）四項考慮，決定文章的架構。也可以採用四段法：起（揭示題意、說明重要性、表達觀點）——承（正面論證、提出方法）——轉（反面辨正、引用例證）——合（結論、配合時事）。或是三段法：開頭——正文——結尾；或是敘述狀況——分析理由——提出辦法。

　　趙襄主學御於王於期，俄而與於期逐，三易馬而三後。襄主曰：「子之教我御，術未盡也。」對曰：「術已盡，用之則過也。凡御之所貴，馬體安於車，人心調於馬，而後可以進速致遠。今君後則欲逮臣，先則恐逮於臣。夫誘道爭遠，非先則後也。而先後心皆在於臣，上何以調於馬？此君之所以後也。」（《韓非子·喻老》）其論理脈絡是：

　　趙襄主提出的命題「術未盡也」，其所關注的焦點亦在「術」，王於期在對答間展開的是「術」與「心」之辯。

第一層次是先以「術已盡,用之則過也」說明術的有限性。

第二層則「馬體安於車,人心調於馬,而後可以進速致遠」因果推展出「人心」是駕御的關鍵。

第三層次就君惟恐落後的心理分析,直逼出非術不如人,而是心之亂,非因術而後,實因「先後心皆在於臣」而不在馬,以此反例導出論點:「調御自如,忘懷得失,始能致遠」。

寫作便利貼

結構分析

1. 請就所讀《論語》、《孟子》言論,分析其結構形式。

2. 請就課文逐段分析其結構形式,然後整理全課綱要表,以圖顯示內在組織。

組織上能於論敘、抑揚、問答、平側間鋪設推論秩序,將使意念聯貫統一,其方法可分下列數種類型:

＊交叉線:先論後敘、先敘後論

論說文推理過程一如撒網放線,絲絲線線的論證舉例牽出脈絡,交錯為周密的論述,而在收線時網住結論。其方式大致可分先論後敘、先敘後論,在行文上分四層次,引——引材料、亮觀點;議——發議論;聯——聯現實;結——做結論。

前者多以「論」、「說」為文體,如蘇洵〈六國論〉、韓愈〈雜說〉、〈師說〉、顧炎武〈廉恥〉……等。

後者多以先敘後論的「寓言」形式出現,如柳宗元〈三

戒〉、〈蝜蝂傳〉藉動物昆蟲習性寄託諷意、〈種樹郭橐駝傳〉藉郭橐駝所述種樹之理，申說施政治民之道、〈捕蛇者說〉透過捕蛇人之口，揭露賦斂之毒甚於蛇的社會現實……都是先敘事再藉以闡論事理現象。

諸子哲學論述中時而可見先敘後論，如《孟子》以乍見孺子將入於井，證明惻隱之心、以牛山之木推衍歷程，導向存養善性。《呂氏春秋》「燕雀偷安」一則中先敘燕雀偷安之例，說明「不知禍之將及己也」，導入人臣應有危機意識，切不可苟安。

他如〈庖丁解牛〉第一部分是作者以第三人稱觀點客觀的描述庖丁解牛的神乎其技；第二部分則是庖丁自述解牛的歷程與心得藉以說明養生之道。前者簡要，後者詳明，以具體事實印證抽象道理，敘與論相得益彰。又如方孝孺〈指喻〉、錢大昕〈奕喻〉、賈誼〈過秦論〉……等，也都不脫此法。

＊雙響炮：正反正、反正、正反、反正反——正（論、敘）、反（敘、論）雙軌思辯

思考的形式有：在相對立場當中進行辯證（正反合）的複雜思考、在綜合個別元素的時候進行整體思考、在結構體系當中進行系統思考，在不同情境、文化及時空背景當中進行脈絡思考。

基本上論說文若單方面陳述自我立場或觀點，將顯得薄弱，建議在中心論點提出之後，從正反兩個方面對中心論點進行論證對照式。反論則形成烘托、陪襯的作用，因此透過正反不同做法、想法的對照，所形成的結果或影響，往往能深刻有

力地突出其中一個面向的正確性。

《論語》中時見君子與小人的對比、《孟子》中亦常見義與利之辯，就像科學研究中的對照組、實驗組中使得理清路明。如主張流行表現自我，則以流行迷失自我做為對比，反之亦然。如：

《呂氏春秋》：

「凡先王之法，有要於時也。時不與法俱至，法雖今而至，猶若不可法。故釋先王之成法，而法其所以法。」

正面論理，提出觀點：凡先王之法，有要於時也——歸納結論「而法其所以法」

反面說理：時不與法俱至，法雖今而至，猶若不可法。

事例：荊人循表而導之說明失敗之因，在於不知水已變

另如劉基〈靈丘丈人〉以養蜂對比為政之道在為民除害、薄其賦斂、關心民事以利民生，也採用正一反一正的結構。

＊說源頭：因果、果因

結構是組織材料的方式，遞進式結構是由縱向開拓，步步推進，深化議論。其思路是順著「是什麼」、「為什麼」、「怎麼樣」而展開，也就是「提出問題、分析問題、解決問題」的論證模式。在整體與局部論述中，每段各有重點，段與段間或正反演繹，或因果推展，或以總分總的方式歸納衍生，也就是：

起因——導至結果（發生、經過、影響、結果）

因果解釋　果—因—例—結論

以「橫看成嶺側成峰，遠近高低總不同。不識盧山真面

目,只緣身在此山中。」（蘇軾〈題西林壁〉）為例,前二句是果,後二句是因。

蹇叔哭之,曰:「孟子,吾見師之出,而不見其入也!」《左傳‧秦晉殽之戰》這段文字中,「蹇叔哭之」是果,後為哭之因。

「四言敝而有楚辭,楚辭敝而有五言,五言敝而有七言,古詩敝而有律絕,律絕敝而有詞。蓋文體通行既久,染指遂多,自成習套。豪傑之士,亦難於其中自出新意,故遁而作他體,以自解脫。」這段《詩品》序中細說文體的流變是結果,再分析原因在於「蓋文體通行既久,染指遂多,自成習套」,這原因又導致另一個結論:「豪傑之士,亦難於其中自出新意,故遁而作他體,以自解脫。」

＊提綱領:總(起)分(承、轉)總(合)／總分(正、反;因、果)總

總分式結構是先總說後分說,總說提出中心論點,分說部分則橫向開拓,分解論點。以綱統目,有如軸心將思路嚴密地統領,使得材料圍繞圓心向四面八方擴展論述,這樣「總分總」的形式可使論理清晰流暢、層次分明。

綱是所要表現的中心思想,片言居要,一言以蔽之;目是分層散枝的擴展,先分清楚正反因果,再安排輕重繁簡的比例與材料的運用。如成功之道、交友之道可以總分總組織立論、舉例;假裝、成見之題則可加上正反合方式,並舉現象、分析心理。以司馬光〈訓儉示康〉而言:

御孫曰:「儉,德之共也;侈惡之大也。」共,同也,言

有德者皆由儉來也。夫儉則寡欲。君子寡欲，則不役於物，可以直道而行；小人寡欲，則能謹身節用，遠罪豐家。故曰：「儉，德之共也。」侈則多欲。君子多欲則貪慕富貴，枉道速禍，小人多欲則多求妄用，敗家喪身；是以居官必賄，居鄉必盜。故曰：「侈，惡之大也。」

其結構是：

全段總鋼：御孫曰：「儉，德之共也；侈惡之大也。」（起）

論點一總：夫儉則寡欲(因→果)(承)

分：君子寡欲，則不役於物，可以直道而行(正)、(因→果)

小人寡欲，則能謹身節用，遠罪豐家(正)、(因→果)

總：故曰：「儉，德之共也。」(果)

論點二總：侈則多欲(因→果)(轉)

分：君子多欲則貪慕富貴，枉道速禍(反)、(因→果)

小人多欲則多求妄用，敗家喪身(反)、(因→果)

總：是以居官必賄，居鄉必盜（果）

總收全段：故曰：「侈，惡之大也。」(合)

存乎其人者，莫良於眸子；眸子不能掩其惡。胸中正，則眸子瞭焉；胸中不正，則眸子眊焉。聽其言觀其眸子，人焉廋哉？

《孟子》說理的結構是：

總：存乎其人者，莫良於眸子(果)

眸子不能掩其惡(因)

分：胸中正，則眸子瞭焉(正)、(因→果)

胸中不正，則眸子眊焉(反)、(因→果)

總：聽其言觀其眸子，人焉廋哉？

＊ 連珠炮：問答、答問；因→果（因）→果咄咄逼人

結構像是一個個榫柱與榫頭，讓表露思想感情的語言發揮最大效果，展現美感結構嚴謹、布局精密，再以緊密的段落安排、舉例加強題旨，增加文章強度，才能成就好文章。如命題──定義──分析──正反──結論，結合各種推理方式層層推進，因果相承而又互為因果關係，或在起承轉合間以正反對照，綿綿入理的方式顯題：

總：故天將降大任於斯人也(果)，必先苦其心志，勞其筋骨，餓其體膚，空乏其身。(因)

必先苦其心志，勞其筋骨，餓其體膚，空乏其身。

(因)所以動心忍性，曾益其所不能。(果)

分：人恆過(因)，然後能改(果)；

困於心，衡於慮(因)，而後作(果)；

徵於色，發於聲(因)，而後喻。(果)

入則無法家拂士，出則無敵國外患，(因)國恆亡。(果)

總：然後知生於憂患，死於安樂。(正／反)

結構是文章的骨架，無論佈局、謀篇，或起承轉合都是結構。文章是有機體，文章在表現內容時，其內在關聯繫的規則，或排列呈顯的方式往往影響條理與所要傳遞的訊息是否能為人所了解。因此在段落、層次、轉合線索中要安排重心轉折起伏，舉例陪襯，前後相互照應。

孟子曰：

自暴者，不可與有言也；自棄者，不可與有為也。言非禮

義，謂之自暴；吾身不能居仁由義，謂之自棄也。仁，人之安宅也；義，人之正路也。曠安宅而弗居，舍正路而不由，哀哉！

命題：自暴者，不可與有言也；自棄者，不可與有為也（起）

定義：言非禮義，謂之自暴；吾身不能居仁由義，謂之自棄也（承）

分析：仁，人之安宅也；義，人之正路也

（正）反：曠安宅而弗居，舍正路而不由（轉）

結論：哀哉！（合）

（三）鐵證如山——說話的資料

舉例是佐證說明論點。在開門見山直搗黃龍式的破題後，繼而是承破題的推論或說明，實例則如虎添翼，能增加論理的說服力。舉例分為至理名言、諺語詩文詞曲等佳句言例；歷史、時事等事例，這些實際例證、真實數據資料，會使文章的論點得到最佳的佐證，讀者認同。

舉例技巧在於層層推進，由個人、社會到國家；由古而今，則文章不僅有層次感，內容也豐厚可觀。敘例時力求簡潔精要，眾所皆知的史實典故幾筆帶過即可，最重要的是在例證後務必回到論點，畢竟綠葉是為襯紅花，例子是為證明立論的重點，切不可綠葉多於紅花以致搶走主題的光芒。

如國中基測預試題目「付出與收穫」，說明：俗話常說：「一分耕耘，一分收穫」，但是付出與收穫一定對等嗎？請至少舉一個發生在自己身上的實例，或你所知道的事件、故事，來

說明付出與收穫的關係，並論述這個事例帶給你的啟示。

題目重點首在舉事例，無論取材是自己身上的實例或你所知道的事件、故事，其次必須就所舉事例，論述其帶來的啟示。在構思上可由下面幾個層次切入：

（1）付出與收穫的關係：

主張：付出與收穫成正比：一分耕耘一分收穫、付出一
　　　定有收穫

分析：為什麼？進一步推想→如果失敗，則收穫是什
　　　麼？付出而未如預期收穫，是否也是有收穫？再進
　　　一步思考→如果失敗也有收穫，那麼收穫是付出過
　　　程中的收穫？還是面對結果所得的收穫？

反向主張：付出與收穫不成正比

思考：一分耕耘，為什麼沒有一分收穫？進一步推想→
　　　付出的態度及方法錯誤？臨場反應出問題？對收穫
　　　的期望與定義不恰當？

結論：要怎麼收穫，先怎麼栽

（2）事例：自己身上的實例、或你所知道的事件、故事
　　　選取適當的事例，描繪過程。

（3）論述這個事例帶給你的啟示：一次失敗不等於永遠
　　　失敗、失敗未嘗不是成功的另一種形式、收穫有其
　　　必然條件，耕耘有其基本方式。

由題目說明顯見這是夾敘夾議題型，根據上述推演，所作如下：

想要完成任何事情之前，必定先要有所付出，雖然最後結果並不是百分之百滿意，畢竟已經盡了自己最大的力量。

　　國三是個水深火熱的非常時期，每個人都忙著準備課業以期望在基測中獲得好成績。還記得某天晚上，我和所有國三生一樣埋首在書叢中，當時的我正複習著隔天的歷史測試，心想著：我一定要拿道全班最高分！就憑著這股衝勁，我仔細地讀過課本上每一個精華地帶，即使是老師平時提過的補充，我也毫不放過。

　　就這樣手握著提神飲料，我細品嚐的不是咖啡，還有古人費盡幾千年所釀造出來的歷史美酒，或許口中的是酸澀滋味，但我相信到了成績揭曉那刻，必會苦盡甘來。

　　隔天我心滿意足地踏著輕鬆的腳步到學校，不過這樣的好心情到考卷發下來的那刻就已經煙消雲散。考卷上的題目足足有將近十題不會作答，果真如此，拿到考卷時，只見一個大大的七十九分就殘忍地從考卷上劃過，當時的心情就像是從天堂掉到地獄。苦盡不但沒有甘來，而且還狠狠地在我的心上刻上一刀，誰說付出一定會有成果呢？

　　付出了九十九分，不一定會有九十九分的收穫，但要有收穫，必定需要百分百的付出。

　　一個偉大的成功背後，是由數以萬計的失敗累積起來的，不論那些挫折是大是小，重要的是成功者都沒有因此放棄。憑著毅力繼續突破重圍，克服難關，所以成功的果實並不難拿到，端看是否能跨越荊棘障礙。若能毫無畏懼地勇往直前，一定可以嚐到那甜美的果實。

　　這篇被評為六級分之作，不但能選取適當的事例，描繪過程，並藉說明歸納結論，遣詞用語敘述間流暢深切，組織架構嚴整，夾敘夾感，堪稱佳作。

作文是重要的心智訓練歷程，它能培養我們思考、組織和邏輯能力。從構思到寫作是相當複雜的歷程，比之為工廠則有考察組（習他人之長，向名家借鏡）、研發組（設計藍圖、表現方式、主題焦點）、採購組（收集資料）、裝配線（篩選資料、整理資料、組織架構）、品管組（琢磨理路、監控修整）、出貨組（包裝標示、文句修飾）。

議論文以議論為主要的表達方式，主要針對命題提出主觀的「論點」，陳述自己的意見，並以「論據」進行「論證」說服讀者。論述與結構能力需要經過邏輯思考過程，在訓練上可先給一個問題或一個主題，強化「為什麼」及「如何」的思考訓練，並運用「因為……所以……」推論句回答，以增加推展論述的能力。

至於說明文主要是說明定義性概念，可依對象的主要特徵、說明使用或方法順序佈局，或以說明事物、事理的成因、關係、功用、過程作客觀介紹為脈絡，掌握此層次，便能在組織材料得心應手。

搖曳生姿的高跟鞋

——文字的華爾滋

爲句子化粧

向名家借景

　　根據荷姆（T.E.Hulme）孤立語法觀念，散文跟代數一樣，是把本來是具體的東西變成另一種符號或籌碼來運作。運作的過程中，東西本身看不到，經過運作之後的結果，才把符號或籌碼轉變成具體的東西。與詩對語言凝鍊的要求程度相較，散文在語言運用上看似自然樸實，不假雕飾，卻處處有經營的用心，這種「繁華落盡見真淳」的境界，如嚼橄欖般餘味無窮，是散文獨特魅力所在。

　　然而無論詩或文，都是以文字爲符號來表現，一如繪畫是線條與色彩的組合，音樂需依賴音響節奏。除了作者情思之外，語言文字的運作技巧、句式句法間錯落相間衍生出聲色上的美感是決定一篇作品是否具有表現力、感染力的主要因素。

　　如果散文與詩歌之別在走路與舞蹈之間，那麼以詩歌的韻律融於行步中，豈不走得優雅，走得有氣質？當口語落入筆端流瀉的文字時，如果能以巧思修整，以情感薰染，散文將不僅能如飛馳的火車抵達終站，也能引人入勝，織出一方錦繡天地。

　　散文在文學發展史上扮演著「文類之母」的角色，歷來被

視為文學寶塔的根基。形式上，無論廣告文宣、應酬文章、書信報導、雜記抒懷、題款箋疏……都得與散文打交道。內容上或敘事，或記遊，或議論，或抒情，小品長篇各有風景。在運用上，無論要能以深刻動人的語言表情達意，或更上一層樓寫詩歌小說、戲曲也都得尋散文這梯子而上延伸。

散文講究情感之美，但如何在描繪風物、敘寫事件、闡述哲理中感染他人，除了立意外，勢必由遣詞造句的基本工夫著手，才能以最切當凝鍊的語言符號來呈現。畢竟在「事出於沉思」之餘，還必須「義歸乎翰藻」。無采，焉能創造一幅以情韻美、意境美和文采美互為表裡的散文圖畫？當抓住文字的神韻舞出華爾姿般閃動耀眼的美感時，既能左手寫好散文，又能以右手揮就詩歌，此樂何極？

因此利用以高一上學期四個月為練習程，設計引導學生走入散文花園的活動，初期以欣賞名家作品、訓練寫好文句為目標，分階段再衍生為短文乃至長篇。學生們可以藉著這樣的觀察學習看到自己在文句修飾上的變化，並省思體會如何讓文章更美麗的方法。

一、新手上路，觀眾家長

閱讀名家之作藉以技藝演練和風格訓練，更讓同學得以看到種種書寫面向與創意，而有所撞擊。為使同學對作家作品及風格有整體性的認識，藉分析作法，學習其敘述巧思，從中啟發多元想法。實施上採用由單篇到通冊，由感受到分析，透過各家到分類，由個人到小組閱讀報告，從欣賞到創作……等漸

層方式，逐步加深加廣。

1. 文本大意賞析：

   細讀每一篇文章，並寫下內容摘要、挑出文眼，再歸納這一本書呈現哪些不同主題？

2. 作者創作特色：

   文字風格：檢視整篇文章的節奏、語調、遣詞用句的藝術性——其烘托情感的方式是唯美幻想？或低沉的思維？還是現實的審議？

   敘述方式及表現手法：列出其文句，分析其所運用的文學技巧，如排比、比喻、疊句、映襯、實虛交映、詩化語言……

   作品內容與境界：分析文章組織結構、佈局剪裁、經營氣氛、語句烘托的韻味、主題焦點、思維理念、內涵寓意。

3. 作者的創作歷程：考察作家寫作的時間、背景以統合出此時取材傾向、文風變化。

4. 作者的文壇地位：作家在當代同類作家的特殊性、在承與繼之間其所開創的新局面、評論者對他的看法。（以上諸項皆需舉例以證）

實施要點

1. 每一位同學務必讀一本作品集，先摘錄佳句，並附註出處的書名篇名於每一句後，然後歸納整理其所運用的技巧。

2. 選出二篇做為代表來分析其章法結構和為文技巧，並鑑賞其所以優秀之處及原因，然後仿其技巧或表現方式造數句。

3. 每位作家都有其獨特風格，你所研究的作家有什麼特殊性？請舉例並說明其文風與作品內涵。你可以單就其一本書敘述，如果能多看幾本作者其他書，將更能有整體的認識與豐富深入的評論。

4. 共同研究一位作家作品者集為一組，選出小組長整理同學討論報告的結果，彙整為作家作品研究報告。

地標上的作家：

　　讀名家之作取經原則上以內容分類，建議代表作家及其作品，提供閱讀探討與學習方向如下：

（1）鄉土作家：阿盛、吳晟、黃春明

（2）抒情散文：徐志摩、朱自清、琦君、張曉風、簡媜、
　　　　　　　　楊牧、余光中、林文月、周芬伶、鍾怡雯、
　　　　　　　　李欣倫、陳大為

（3）藝術散文：蔣勳、漢寶德、莊裕安、洪素麗、傅雷、
　　　　　　　　林徽音、張繼高

（4）原 住 民：夏曼・藍波安（達悟族）、拓拔斯・塔瑪匹瑪
　　　　　　　　（布農族）、瓦歷斯・諾幹（泰雅族）、撒可努

（排灣族）、莫那能（排灣族）
（5）自然生態：徐仁修、吳明益、洪素麗、劉克襄、王家祥、
　　　　　　　　陳冠學、陳列、林文義、廖鴻基
（6）旅行文學：舒國治、褚士瑩、鍾文音、三毛、羅智成
（7）歷史散文：余秋雨、夏堅勇、劉還月
（8）飲食散文：周作人、唐魯孫、逯耀東、徐國能、梁實秋、
　　　　　　　　韓良憶、蔡珠兒
（9）哲理散文：豐子愷、王鼎鈞、林清玄
（10）社會文化：龍應台、南方朔、楊照、王德威、廖咸浩、
　　　　　　　　林耀德

　　閱讀是透過語文把作品重新變成意念的內化行為，而寫作是把意念變成語文作品的外化行為，如果在閱讀後將產生的意念寫出，則是外化、內化後再外化的過程。事實上，創作必然包含閱讀與寫作，因此，我們一直在這不斷交替現象中循環，在詮釋閱讀與以自己的意念表達間無止無休地創作。

　　以類型化或專題化方式閱讀，除更能顯見類型書寫中特徵，並在諸家同中之異間，觀摩其長、探測極限，進而拓植新境。

　　散文「是將作者的思索體驗的世界，只暗示於細心的注意深微的讀者們。裝著隨便的塗鴉模樣，其實卻是用了雕心刻骨的苦心的文章。」（日‧廚川白村）說明唯有沉浸其中的親近作品，感受作者於字裡行間浮現的心情、由藝術想像所織就的世界，才能由接受、喜愛進而耳濡目染之際，薰陶心神，融入筆下不自覺的私淑臨賞，甚而產生鄭板橋所謂「胸中勃勃，遂有畫意」，興起寫作的動機與趣味。

如徐志摩〈想飛〉一文，閱讀者感覺品味其書寫效果：

想飛，是人類千百年來的夢，是人類最深、最真的慾望。徐志摩以飛跳脫現實的羈絆，「飛出這圈子，飛出這圈子！到雲端裡去，到雲端裡去！」這句話道盡了多少人心中的夢。

從年代、漁人、桃花林、水源、山洞到桃花源，一層層地，我們透視著、探索著一個最不了解卻又最心嚮往之的神秘世界，因而感到欣慰。就像面對藍天，雖有想飛卻無法實現的遺憾，卻又在轉瞬間為升起的一片雲彩，而感到滿足。

在這個跳躍時空的世界裡，時間，太過多餘；世俗，太過澆薄。徐志摩企圖以飛暫別俗世。我們都是文明的囚犯，在庸庸碌碌中，不斷的迷失自我，想飛；想逃！（李欣容）

另如昱圻讀張曉風《從你美麗的流域·杜鵑之箋注》佳句分析：

「每次站在杜鵑花前，心中亦慘亦烈，想起泣血的故事，但覺滿滿一叢樹上都是生生死死的牽絆。」這段敘述「凡是美麗且深奧的事物都嫁給神話，愛上杜鵑是因此先愛上一則神話」的迴盪。其中「滿滿一叢樹上都是生生死死的牽絆」，充分將當時的戰亂與神話中「杜鵑鳥泣血」事例結合起來，實際和虛幻互相呼應，相當傳神。

「杜鵑花的花時如情人的乍見與相守，聚是久違的狂歡，離是遲遲的駐步，發乎其不得不發，止乎其所當止。」利用情人乍見與相守來譬喻杜鵑花之花期，微妙道出作者初見她的驚喜和別離時的依依，花與人之間的「發乎其不得不發，止乎其所當止」，是作者對杜鵑花最深刻的告白。

文章結構分析：

或如欣倫在余秋雨〈道士塔〉裡分析結構與表現手法：

作者用時空並置的設計，讓整篇文章顯得更加真實有味，隨著時空交替，我彷彿置身電影院，整顆心跟著劇情起伏變化。

此外還運用「虛構」的筆法，和王道士共處在同一個時空裡，如在王道士粉刷洞壁時作者激動地想阻止王道士，企圖改變歷史……。看到這段，雖然只有短短幾行文字，但真的有股衝動想要和作者一起阻止王道士的破壞，搶回他所變賣出的中國文物。

這種「影像化」處理和「虛構」筆法，雖沖淡歷史書寫的記實性，卻成功地、強烈地表達作者批判、憤怒的情緒，讓讀者彷彿也是參與者，隨作者、王道士、外來者、中國文物……，一起奔走。這樣的寫作方式，真令我佩服。
（蔡欣倫）

作家們或以詞藻華美、情節動人各自經營出一番天地，或以日常生活的思考點切入，創造文學與時代、哲學對話，或在微觀和宏觀叩問生命風間寓情事之理，書寫觀照眾生之相。如簡媜《下午茶》一書以札記、小品形式記錄生活，流盪著下午茶優閒愜意的心情。而隨筆寫下的茶想茶味，恰似茶色茶具，用字精巧，意象豐富，文前點綴的畫趣就像飄來的茶香淡而寧靜。表面上看來，《下午茶》寫的是茶器、茶名和喝茶的情事，事實上，藉茶來寫生活的滋味，或回憶淳樸的鄉野生活，也藉日常飲水勾繪眾生圖象，在茶與水交融纏綿的愛戀中，也能捕捉簡媜的生活態度與人生哲學。

悠遊眾家書寫出的錦繡天地之中，久而浸染其筆墨氣息，特別是與自己興味相投者，所引發的情感相近時，汨汨流出的文字竟有幾分作家之趣。如怡德因簡媜在茶的提味下參悟生活、在茶的佐料中品味感覺而以〈咖啡〉為題，讀自己、讀他人，書寫一個傾盆大雨窩駐於咖啡館都會人的心情與生活，：

Starbucks，我想，已經成為咖啡的代稱了吧！玻璃窗背後像電影裡的場景，不僅是潮流所趨，更是一種認同和歸屬。在你孤單，當你冷清時，轉角處向鼻翼捎來誘惑的味道，游動玩弄鼻頭，用一條隱形的絲線將你勾近再勾近，甚至於以欲擒故縱的招式若隱若現地在你眉目間吐氣，大腦總糊里糊塗地中了這個舞孃溫暖的圈套。

外頭下著傾盆大雨，坐在咖啡店裡抱著沉甸甸的 laptop，帳單的每一頁一角都是割人的刀片，腦袋被文字的一勾一勒刺得體無完膚，數字在眼前誦經，怎麼算錢永遠不會變多，反而以等比速度遞減。蒸餾讓這一滴滴濃縮的苦悶糾結眉頭，嘆一口氣，「Espresso」，這就是人生啊！在舌尖上摸索，對每一處的味蕾叩門，舌頭因激戰而筋疲力盡，像針刺戳破一個個裝滿 Espresso 的氣泡，「剝」的一聲，酸苦爬上舌峰，插上佔領旗後，以滑雪的姿態往下一蹬，沿路激起千堆愁。

人生像 Espresso 留下甘苦的眼淚。一樣的藍調，搖擺中輕輕解放更深的艱澀味……純……這是苦命上班族的告白。

另一角，Cappuccino 慵懶的窩躺在圓圓厚厚的馬克杯裡，綿綿密密牛奶泡沫，平凡的奇蹟，唇上一派曙光。一男一女相面而坐，低著頭啜飲著手上的一杯溫暖，外面的雨不停，心裡也開始滴滴答答的下起小雨。雨摻入甜甜的螺旋味，幻白

的奶泡是愛情的海市蜃樓？還是暴風雨的前奏？兩個人就這麼沉默的等待下一秒的沉默。香甜濃苦在脣齒間酥軟著，夢幻與現實交替，心臟的悸動，衡量甜度的天平在游移的目光下搖擺不定。

　　咖啡，是對一種感受的認同，千千萬萬五味雜陳，通通讓一杯小小的褐色精靈給扛了下來。濃縮再濃縮，然後加味，無可名狀的肉桂、酸中帶甜的堅果粉、反客為主的巧克力粉、絲滑纏綿的牛奶……，加點夢想的藍圖平衡現實，或選擇埋怨繼續苦思當沉澱的咖啡渣。

　　低頭對一杯咖啡訴苦，卻越把苦水往肚裡吞，這是一種純粹的虐待！

　　雨停了，只剩下珍珠白的圈圈，Espresso 肅穆在杯底捻熄最後一口殘的煙短息，仰望雨後詭譎的天空，陽光灑出甜甜的香草色。出了轉角，無論下一個轉進店的人點的是 Espresso 的抗議？或是 Cappuccino 寵愛的甜？人生就交織在轉角的咖啡店。下一秒的無奈，幸福，藏在微醺的咖啡香裡。（林怡德）

二、牛刀小試——試筆胎記

　　與閱讀同時進行的書寫，分三階段展開，除記錄練字鍛句的足跡，同時讓閱讀所吸引的養分即時地反映於書寫中，使書寫上的瓶頸緣於名家之作而得到突破。

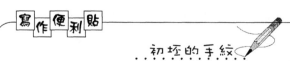

第一階段練習是在學期初寫下片段描繪事物人情的句子，是未經琢磨前的印記，只是留下顛簸前進的足跡，作為日後相映的鏡子。

1. 每一項目自選其一為題，用特寫鏡頭以文字拍攝出你所見、想像的、感覺的畫面。

2. 請在作文簿每一頁上寫一題練習題，長短不拘。

題目方向：

一種花枝招展的描繪：玫瑰、黃菊、桂花、百合、桔梗、夾竹桃、梅花、康乃馨、蘭花、鳳凰花、馬櫻丹、水仙、……

一個季節的片段風景：春天的繁花遍野的山景、夏天黃昏溫柔的湖面、秋風蘆花翻白的郊景、冬日薄陽下的長廊、熱鬧的暑日海洋、春雨裡的山光水色、……

一片有聲有色的街景：交通打結的十字路口、霓虹燈蔓延的商圈、喧囂四溢的夜市、聖誕燈飾的都市之夜……

一個色香味誘人的食物：麻辣火鍋、韓國泡菜、隱士茶香、咖啡戀情、布丁果凍、水果蛋糕、佳餚美酒

一樣事情與心情的圖繪：羞愧、驕傲、得意、憤怒、等待、嫉妒、厭惡、焦慮、恐懼、哀傷、驚愕、倉皇、歇斯底里……

一方靜物的凝視與速寫：書桌、茶杯、碗盤、手鐲、筆、簿本、海報、彈珠、彈簧、鉛筆盒、球鞋、燭台……

　　一盆植物一棵樹：盆景如萬年青、綠玲瓏、綠竹、芭蕉、武竹、常春藤……；樹如茄苳、楊柳、蒼松、翠柏、臺灣欒樹、楓樹、木麻黃、樟樹、白千層、榕樹……

　　一種迷人的聲音：雷聲、聽雨、一首歌、響板、市聲、鳥鳴、雀唱、晨音……

　　初，古意即為刀剪畫下步帛的第一道裁痕。最初，之所以動人往往緣於那是起步，一個前所未有的經驗開始，夾雜著渾沌的新鮮、難以忘懷的期待與創造的驚嘆。就像這一段練句練字的過程，眾多題目提供一個寫作的方向，許多子題則負責呼喚感覺，同學們可以在限制中有開放的選擇空間，著眼於自己熟悉或心動的事物書寫。也正因為這是開啟另一種書寫的契機，是以保留最初的痕跡，即使那是不成熟的、倉皇的、不完美的，但只要拾回最初的感動，最簡單的熱忱，那都將像一塊待雕琢的璞玉，一張展開的白紙，蘊含著無限可能。

推陳出新

文學的表現

　　科學是歸納、抽離成普遍知識，抽象的普遍概念，是以科學語言講究真實確切，以直接單純的方式，敘述客觀事實；文學是形象思考，渲染想像，誇張感覺，不能只是知識的傳達或媒介，必須有心的感應、感動、感覺、震動，因此文學語言重在鍛鑄優美、生動的語言，以間接曲折的方式，喚起情感共鳴。文學更是自我的、個性化的，作家創造個人化的語彙，精準單純的語言如操作金屬冰冷的手術刀般，切割剖呈強烈壓抑的情感。好的文學來自豐富語彙，動人地傳達感受，讓生命顯影；豐富語彙來自如何看世界，因為驚豔所以描述，因為比別人看到更多，是以能寫出深刻的故事。

　　語彙說明人與世界的關係，有語彙才寫得出自我真實的感受。莫札特活在古典主義時代，受語彙限制，只能把古典語彙發展到極限，而法無創造出自己的語彙來表述內心真正的感情，直到貝多芬創造新語彙，才讓孟德爾寫得出哀傷。因而理解並檢驗、充實自己的語彙，不僅為了能讓筆尖流出的墨水恣意揮灑文字，更為了充實豐富自我的生命。

　　美國當代詩人羅伯特・布萊（Robert Bly）認為，一個年

輕的詩人得花十年功夫去擴充自己的意象；再五年，找到自己所擅長的語言；之後還要用十年時間追求特別的變化，使作品具有重量。也就是必須下二十五年的功夫，才能成就深刻的作品，變成風格名家。正如武俠小說裡，挑水劈材、蹲馬步……都是積蓄內功之法入門之道，而寫作也必須一步一腳印由精鍊用詞到文意飽和，才能在連篇累牘時清楚表達自己想法和理念，並呈現自己的特色。

　　第二階段練習初為引動創造興趣，消蝕內心的寫作的恐懼，因而有以下的活動，期望藉由簡單的字詞組句，全班參與式的共構共生，讓原有僵化版的描繪方式剝落，注入新的思考方向，新的敘述筆法。

一、潑濺名詞串出簡句

 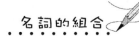

1. 寫出萬物的名字——盡量分佈於各種範疇，如職業、物件、建築、自然、人名……
2. 依「名詞的名詞」的句型造詞組
3. 以「名詞是名詞」的句型造句
4. 就「名詞是名詞的名詞」、「名詞的名詞是名詞的名詞」的句型拉長敘述逐項練習接龍。

如花的臉、花是笑容、花是春的笑容、花的臉是春的笑容。

視覺所見是真實的、具體的事物狀態，因此名詞如磚石堆墊起敘述的基礎，如「他們住在如鉛筆畫一般潔淨、樸素的風景裏。五角形的木屋，草地，沿著河岸疏落而立的樺樹。媽媽在岸邊洗衣服，爸爸在木板桌上寫詩。一隻貓──一隻黑色的花貓懶洋洋地在桌底下翻身扭腰。小姊妹們在不遠的樹下和牛玩跳繩的遊戲。」（陳黎　童話的童話）便是以眼睛作為視窗，像攝影機般捕捉一個個實景。因此，先以簡單句型的單句來嘗試跳躍一般描述的想像，滿足成就感並強化寫作慾望，如：

夢想是心動的圖騰、十字架是陽光的魅影、瞳孔是黑洞的另類拓印、陽春麵是回憶的族譜、青苔是海浪的唇印、陽光是珊瑚的搖頭丸、漣漪是楊柳的唇印、嬰兒是掌心的彩虹、太陽系是宇宙的倒影、夢是鎖碼的靈魂、金字塔是法老王的山海關、愛情是虞姬的金閣寺

無論是情感的表達或想法的闡述都受語言系統控制，是以「語言是我們存在的家」。沉浮在語言文字中的我們怎樣說、想、聽和我們對語言下意識態度有關，但在創造性的文學語言裡，除了敘述準確，更期望向語言實驗的冒險。這由習以為常的名詞所串成的短句裡，可以發現意外所造成的創新，如「愛情是虞姬的金閣寺」巧妙地打破尋常的思考或敘述方式，而將文學作品淒美短暫的意象與愛情、虞姬連結。「金字塔是法老王的山海關」則將中國符號與埃及縮合成一種亙古矗立的氣勢，套湯瑪斯·曼的話說：「有一點兒輕視與很純潔的幸福」！

承上段由名詞潑濺的短句，於其前再加上一個名詞，但如此簡單的動作，便輕易讓句子拉長：

網路的霉菌是無影的殺手、黃衫客的頻道是青春的彩虹、

山海關的淚痕是歷史的十字架、回憶的魅影是輪迴的鑰匙、虞姬的紅塵是愛情的兵馬俑、秦始皇的寂寞是兵馬俑的神話、老太婆的花露水是玫瑰的皺紋、車站的一罈心事是月光的留聲機、李白的酒是月光的一罈心事、宿命的掌紋是葉子的脈絡

二、形容詞描出一臉彩粧

形容詞的別針

1. 寫出各種質感、密度、形態、狀況、情緒的形容詞，然後與前列出的名詞組合，如藍紫的臉、溫柔的花、詭異的笑容。
2. 其次將兩種不同性質的形容詞組合，如藍紫而詭異的笑容、溫柔而粗糙的臉。

（一）疊句吟唱出綿綿情思

以排句方式拓展書寫廣度、類疊出層次，可使文意充盈，而拉長韌度的方式不外乎重覆跌宕的排比類疊、特寫式狀聲擬形的示現，如「一片枯葉靜靜地緩緩地飄著。一片餘暉寂寂地依依地老去。」（陳冠學〈藍色的斷想〉）「得得得得夾帶著絲絲絲絲，聽聲音，你判斷西北雨在兩甲四方田以外；達達達達夾帶沙沙沙沙，不急，在這五分四方田外；豆豆豆豆夾帶嘩嘩嘩嘩，你坐不住了，拔腿就跑。」（阿盛〈西北雨〉）

疊字疊句以複沓的方式，造成音節上的韻律感，同時使得

綿渺的情感因此迴旋轉折，如莨之以孕育中華文化的黃河，表現歷史滄桑感得到 42 屆景美青年新詩獎。對她而言，黃河的浪漫是她的浪漫。幾千年來，黃河一次次流回大海故鄉，卻又一次回頭看顧他的血脈，所以永遠流不盡⋯⋯就像人類的文明，以及她對文學的痴心：

　　滾著　　要燃起的瞬間

　　滾著　　要騰飛上空的剎那

　　你原係是天上來

　　千迴百轉上白雲

　　濺著脈脈飛煙，是如焰的白羽

　　滾著　　古往今來的幽魂

　　　　　　淺攤巨龍火燙的鮮血

　　悠悠長河

　　悄然偷聲的浸潤　　現實

　　百家在此爭爭鳴鳴

　　政朝在此更更替替

　　墨騷在此吟吟詠詠

　　去去來來　　來來去去

　　世紀末的琵琶聲

　　刀刃風雨舞動琴弦

　　宮商角徵羽　　錚錚復騰騰

　　在你來看　　不過是如泡沫般安靜

　　安靜如泡沫

　　摧動　　萬里暮晨

五千年　那是
震耳欲聾的　搖籃曲

悠悠長河
溫柔慈愛的觸碰
映著寧夏羊兒那欲睡還醒的眼
化為黃沙煙塵中　千金的清淺
看秦皇不可一世的睥睨
舞長安一陣西域吹來的新風
李太白把你寫入胸懷
蒙古馬掘走你的鱗片
揚起漫天的風沙
你逕自撫摸那阡陌中的麥苗

悠悠長河
剽悍無情的摧殘
嘲笑長江的嫻靜
不馴　是你的代名詞
你絕不給安定
搖頭　擺尾
千里大堤哪裡鎖得住你
七次改道
七次轉動的身軀彎成了九曲
濯纓濯足？
你都不許

一跳下就洗不清
帶著那堅持的混濁
你的身上流滿凡間的淚水
歡
　　喜
　　　　傷
　　　　　　悲
秋海棠的文明葉跡起於
同一滴血

可以這麼說吧
所有的任性和反覆
不過是巨龍自己的浪漫
五千年來不曾間斷
流不出　　中國這塊淺灘
或許這麼說吧
總是不停回頭
只為看顧那
千古不變的
血緣
悠、悠、長、河～～～（陳莨之〈悠悠長河〉）

（二）感官添色加味成亮度

寫作便利貼

感覺交會的電波

1. 張大眼以畫家的敏銳調出屬於你獨特的顏色
2. 深呼吸以靈犬的嗅覺聞見空氣裡飄動的訊息
3. 拉開觸角以皮膚雷達探測周遭張貼懸掛的質感
4. 伸長耳朵以音樂人的細膩解讀聲音的密度

　　形容詞的出場，讓文詞有了更絢麗多層次的顏色和情緒，如「風火輪上八小時的滾滾滑行，卻帶我深入瑞典南部的四省，越過青青的麥田和黃艷艷的芥菜花田，攀過銀樺蔽天杉柏密疊的山地，渡過北歐之喉的峨瑞升德海峽，在香熟的夕照裏駛入丹麥。」（余光中〈記憶像鐵軌一樣長〉）「青青」、「黃艷艷」、「銀樺」是捕捉色彩，但作者在表述上不僅各有質感節奏，也各有技巧：「青青」是以疊字方式出現、「黃艷艷」則以艷的疊字強調黃的亮度、銀則是短而簡的單字。「香熟」二字尤妙轉而以嗅覺的香、烹飪或生長狀態的熟，這些該用來形容食物的形容詞置於夕照之前，形成意外組合，使香熟聯想的金黃更飽滿。

　　最擅於玩弄色彩的畫家眼裡，如何形容大自然？住在聖里美療養院，夾雜在發病與短時間的平靜變化裡，梵谷一幅緊接一幅地迸現創作火花。在陽光下閃著銀光的橄欖樹是這段時間最刺眼的風景，七、八月普羅旺斯的太陽熱辣，到處的橄欖

園，遠看都像會跳躍的銀色光。在給弟弟的書簡裡他如是描繪道：「此刻我沉醉於山腳邊的平原與麥田，浩瀚如海，乾淨而鬆軟的泥土呈嫩黃、嫩綠、嫩紫色，正在開花的馬鈴薯田一畦畦地交織其間，一切均在柔和藍、白、粉紅、紫色調的天空之下。」這是奧維田野槍響前最後的文字，卻依然色澤豐富。

1/24，天氣陰，溫度降到對亞熱帶人來說難熬的 12℃。

我打著哆嗦，披上針織灰藍帶銀紫色大圍巾，陰涼的水氣暈得連書本上的字句都糊了。關燈，拉開窗簾。車子濺起的水聲，搖晃的水灘，濕漉的台北盆地，掉進我的瞳孔中，泛著漣漪。（林怡德）

黯淡的夜空下，捷運喀啦喀啦地快速行駛。劍潭捷運站的人潮彷彿一波波不絕的海浪般洶湧，聲音若一鍋沸騰的開水，水滴忍不住激烈跳動出龐亂的吵雜，又如有一千隻老鼠在耳邊，吱吱喳喳，唧唧咕咕，喊喊呱呱。（劉任祺）

（三）量身定做的個性化標籤

透過觀察所賦予的強烈個性，往往能讓尋常的形容詞因此而亮眼，如癡肥的夢、蒼老的天空、沮喪的鐘樓、浮濫的光影、高傲的酒杯、弔詭的街燈、鐵灰的記憶、妥協的海浪……。《老殘遊記》裡說起一品鍋的東西個個有來頭道：「這叫怒髮衝冠的魚翅，這叫百折不回的海參，這叫年高有德的雞，這叫酒色過度的鴨子，這叫特強拒捕的肘子，這叫臣心如冰的湯……。」這些原本形容人的個性、生活、態度的成語，被加諸於食物時，所形式的反差力量，使冷嘲熱諷間句句看似

捧實是貶，直叫人對這些形容拍案叫絕。

　　在有意的方向指點後，由學生反應立即可見創造性組合後的新意：

　　慘淡的珊瑚淚痕白化了海洋的靈魂、靜定如僧的池塘漂浮著懊悔的浮萍、無情的雷陣雨嘲諷著黃臉婆的窗戶。（邱敏雯）

　　熱騰騰的炸油條喀滋喀滋咬出台灣油膩酥脆文化、彩色的琉璃世界透析出滾滾紅塵的俗念。（林芮如）

　　掌心的鏡頭框住風中的承諾、午夜的魅影勾引心不設防的折翼天使、車水馬龍的高速公路凝聚了遠方無限的消失點。（尤詩涵）

　　車站的一罈心事存放在回憶的銀行，利息一分一秒、一月一年增值。而我就像那烏黑海洋裡的珊瑚淚痕，在得不到溫暖陽光的諒解之下，逐漸被白色的罪惡感侵蝕吞噬。（邱敏雯）

　　向晚的一群海風背負純金打造的翅膀飛行，詩人緊擁著發亮的詩句走入夜色昏暗，茫茫薄霧中三更的鑼敲響黎明。（崔舜華）

　　光滑明亮的平面凝視面具的喜怒哀樂，翻開歷史扉頁，金色的銅箔梳妝著美人的青春，滴落一地悲淒。（邱敏雯）

三、動詞點亮閃爍的火花

　　動詞運用之妙如王安石路過瓜洲懷念將江寧住所，以通感手法把只可感觸的春風轉為醒目的視覺形象：「京口瓜洲一水間，鍾山只隔數重山。春風又綠江南岸，明月何時照我還？」（〈泊船瓜洲〉）一個「綠」字，頓然間春意無限明豔奪目。至於葉紹翁〈遊園不值〉也不遑多讓：「應憐屐齒印蒼苔，小扣柴扉久不開。滿園春色關不住，一枝紅杏出牆來。」其中「印」與「隔」、「關」與「出」本極尋常，卻因詩人慧眼而成稱誦之語。至於林逋〈山園小梅〉「浮動」二字獨得梅賞：「眾芳搖落獨喧妍，佔盡風情向小園。疏影橫斜水清淺，暗香浮動月黃昏。」

　　由動詞之用可見作家功力，如「一鍋杜鵑被地氣『熬』了

一個冬天，三月裡便忍不住沸沸揚揚起來，成日裡『噴』紅『濺』綠，把一座死火山開成了活火山。」（張曉風《我在‧沸點及其他》）

「那聲音深入密林，在樹幹間閃避前進，復垂直升起，『衝』過千萬飛揚的枝枒，向破碎的藍天的『奔』去。天上『跌落』一些細微的陽光，以金劍逆取之勢，一一向榛莽叢『砍取』去。」（楊牧〈北美大草原之土狼〉）以充滿力量，帶著侵略性陽剛的動詞顯現聲音的氣勢。

「每到夜裏，穀底亂蛙齊噪，那一片野籟襲人而來，可以想見在水潯草間，無數墨綠而黏滑的鄉土歌手，正『搖』其長舌，『鼓』其白腹，閣閣而歌。」（余光中〈牛蛙記〉）無論是劍拔弩張的「砍取」或「搖舌」之襲人都讓聲音震撼駭目。

是以跳躍的動詞似心臟般讓敘述充滿活力，如指揮棒讓死板平淡的描述頓時彈出力道與姿色，透過這個以短如詩句的方式練習，讓平凡無奇的動詞、各類學科的動詞、不常使用卻存在的動詞因為有意的收攬、意外的組合而創造出新的敘述面，如

音樂動詞──彈奏、敲擊、吹、鳴、按、攏、捻、抹、挑

家政動詞──煎、炒、煮、炸、燴、剁、切、割、炙、烤、醃、舀、拌、切、搓、嚐、搥、打、鋸、漏、拓印、發酵、烘焙

美術動詞──塗抹、拌勻、描繪、勾勒、渲染、畫、繪、雕、塑、刻、雕琢、琢磨、拉出（坏）

體育動詞──浮潛、跳舞、跳動、彈跳、擲、游、跑、扭、拉、轉、仰臥起坐、進退、排列、拍

打、丟、拋、追、舉、接殺

語文動詞—— 觀照、詮釋、解讀、閱覽、理解、闡釋、發
揮、擴展、扭曲、判斷、融合、交流、歧
視、偏離、鋪陳、敘述、拓展、揮灑、透
視、觀瞰、滲透

數理動詞—— 實驗、証明、演算、練習、運行、轉動、循
環、更易、變化、輪流

經濟動詞—— 宰割、控制、操作、掌管、經營、炒作、崩
（盤）、兌換、匯入（出）

　　語言面向越廣，筆下展現的圖景越生動，這個練習打開慣
用的詞語，逼得自己以更敏銳的洞察力留意新的動詞，並以新
的方式運用動詞，如此非但更能顯出動詞的力道與能量，也在
動詞與名詞間的選擇配對間鬆動僵化思維，讓文章因置入新的
條件而發展出另一個書寫方向，如：

探索的一顰一笑拓展花樣年華
無知的交集透視一場巧合與偶然的騙局（方鈺晴）

靈魂的狂濤塑造生命的版圖
心底的扉頁油印著你的溫度。（莊雅筑）

海潮的低吟鋪敘歷史的軌跡、稻浪的金黃搖曳故鄉的夢
境、長安的月光渲染詩人的潑墨畫、傍晚的盆地炒作紙醉金迷
的寂寞。（崔舜華）

蘆葦的極限數列放逐青苔的靈魂、愛情的行李壓扁玫瑰色

的夢、紅塵凡夢滋養靈魂的根瘤菌。（楊璨寧）

　　愛情的行李提領著心動的足跡，陽春麵的回憶轉動黃衫客的頻道。（黃欣儀）

四、地方情境突顯狀態

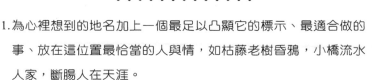

雕塑空間表情

1. 為心裡想到的地名加上一個最足以凸顯它的標示、最適合做的事、放在這位置最恰當的人與情，如枯藤老樹昏鴉，小橋流水人家，斷腸人在天涯。
2. 以旅行的心情與眼光，描繪對一個空間新鮮而好奇的感動

　　空間建構的視境與氛圍所帶來瞬間的感動力，不僅形成深具影響的經驗，使流動的氣味成為指示的方向喚醒情感，同時創造心情。不同空間裡的溫度、溼度與聲光物飾印記著人與環境邂逅的風味。同是透過窗凝視的景致裡，有長居聞見的聲音所標示的居所之情：「我坐在窗台上，看波瀾壯闊，看海與河激情熱烈地搖盪撞激迸濺，像宿世纏綿不去的愛，像累劫報復不盡的恨，愛恨糾纏，無休無止，我在窗台上靜坐冥想，聽潮聲聲聲入耳，聲聲都像是在說世間因果。」（蔣勳〈潮聲〉）和旅次閒靜的留戀所剪下的景致各異：「窗外正是中央公園。隆冬落盡葉子的樹林從腳下向遠處伸展，呈現一種介乎枯槁和黃

金的光彩，在寂寂停頓中透露無窮生機。公園西東兩條大道上巨廈連綿起伏而去，俯視那片樹林。天空是灰中帶著微藍的顏色。」（楊牧〈紐約日記〉）

這些被投射或寄託在環境間的人事物景，形成一種迷人的氛圍，使得精神上的靈動在文字所捕捉的影像裡重現，如「同學把長廊比喻為一支笛子，窗口即是它的音孔，所有倚窗瞭望的眼神，以及交談的話題都是音符」。（陳大為〈帝國的餘韻〉）

「車子在一條鄉間小路停下。上百隻毛茸茸圓滾滾的羊，像下課的孩子一樣，推著擠著鬧著過路，然後從草原那頭，牧羊人出現了。他一臉鬍子，披著簑衣手執長杖，在羊群的簇擁中緩緩走近。夕陽把羊毛染成淡淡粉色，空氣流動著草汁的酸香。」（龍應台〈紫藤廬和 Starbucks 之間〉）

學生則以相機般讓一塊塊人事物停格，再以這樣的面相開展下文：

在渺無人煙的街道上數落遊子孤寂的絕望、在繁華富麗的帝王宮殿裡上演著朝代的興衰更迭、在赤壁廢墟尋覓我那深鎖的百年孤寂……（陳怡璇）

在比薩斜塔上傾倒出世紀的讚嘆、在鄉間的小徑上傾聽回憶的絮語、在墾丁的礁岸旁靜觀歷史的沉浮、在純樸的野台戲旁邂逅一段被遺忘的劇本、在長生殿上拾起月下老人的長嘆……（蕭琪）

那是一個冷風颼颼的冬天午後，一個沒有人會選擇出遊的普通日子，我把自己交給藏在內心旅行的渴望。

　　走在淡水空無一人的街道上，台灣味烘焙出矮房古老的憂鬱，三兩頂花傘照亮悠悠的霧氣。小吃店裡坐著零星的顧客，傳統味隨著漫出的油蔥香氣，將窗外的冷清化為溫馨的暖爐。（周穎若）

五、拉長敘述飽滿語意

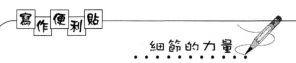

1. 專注而單純地凝視一個焦點，就外表具體地以素描的鉛筆精雕細琢，繼而層層疊疊地以濃墨淡彩全面鋪墊，拉出背景與主體位置。
2. 抓住觀察對象的特點，以顯微鏡的方式放大，並細緻地鋪陳其氣氛，強化感染力。
3. 對於事件情節關鍵處除敘述發展過程，可就場面擺設、人物動作、聲音腔調、環境人文……等烘托。

　　所謂萬丈高樓平地起，任何偉大而感人的力量都是由無數細節組成。單純又細微的事情，看似微不足道，但往往具有顯著的力量，特別是記人敘事寫景的文章，細節愈是具體而細膩，愈能顯得立體而真實，是以凡是優秀作家都重視細節的描寫。

　　語句平順一如船過水不痕，以致不痛不癢無法形成深刻的立體效果，是書寫常病，如此自然無法寫得豐富有味。而文學

之妙便在於能讓一點點如麵團的感覺，在個人想像與解讀中產生發酵作用，甚至蓬鬆有彈性，其關鍵便在於「不要概念，而要具體的事物」，亦即不要說「花」而是從「花名」到對於「花形」、「花色」、「花種」、「花事」……的觀察與描繪。

任何作家都有此法寶，端看各人巧思形成或豪或柔的趣味，以讀余秋雨《文化苦旅》一書而言，俯拾即是這類加上擬人、對比、誇飾、聽覺摹寫描繪而動人心弦的段落：

「個人是沒有意義的，只有王朝寵之貶之的臣吏，只有父親的兒子或兒子的父親，只有朋友間親疏網絡中的一點，只有顫慄在眾口交鑠下的疲軟肉體，只有上下左右排行第幾的座標，只有社會洪波中的一星波光，只有種種倫理觀念的組合和會聚。不應有生命實體，不應有個體靈魂。」（〈柳侯祠〉）

「我想，白帝城本來就熔鑄著兩種聲音、兩番神貌：李白與劉備，詩情與戰火，豪邁與沉鬱，對自然美的朝觀與對山河主宰權的爭逐。它高高地矗立在群山之上，它腳下，是為這兩個主題日夜爭辯著的滔滔江流。」（〈三峽〉）

「我跌跌撞撞往裏走。有了聲響。頭頂有吱吱的叫聲，那是蝙蝠，盤旋在洞頂；腳下有喇喇的水聲，那是盲魚，竄游在伏流。洞裏太黑，它們都失去了眼睛，撞瞎了多少萬年。」（〈白蓮洞〉）

意念如絲，如何將它化為嬝嬝似煙波折搖曳的線條與音韻，則在實與虛之間巧妙地經營，從上述所舉余秋雨文章片段，足見從經驗觀察跳躍至世態共相、從自然到人文的聯想，不僅讓文章具飽滿厚度，也呈現情思所形構的質感。若加上人事敘述、感發便如怡德寫父女對話：

有一次坐老爸的車，老爸摸著我的掌紋說：「跟你媽的真像」。我該笑還是該哭，尤其是由老爸的口中說出這句話。

老爸的眼光轉開，繼續專心的開車，我問老爸，這代表了什麼？老爸皺起眉頭含糊的說：「什麼？」但沒有回答。我憎恨有關宿命的斷言，就如同在新生前就預知了死亡，然而這之間我們還有燦爛的火花，驚奇的碰撞。

生命裡還存在著許多變數，掌紋並不是人生的指南，也不是衛星導航，就像葉子的脈絡，只是一種遺傳，信者恆信，不信者恆作原地旋轉運動。（林怡德）

六、鋪陳其事剪接成段

透過片段式練習後，置於眼前的是精心選取的材料，構成寫作氛圍同時帶出鋪陳的感覺，於是因人而轉動的景物便依情而鮮明，由句而段的情節也緩緩流洩。

寫作便利貼

創意點子

1. 由想像歷程敘寫、鋪敘、原先經驗，深化所造句子。
2. 以意象化、韻律化的文字來抒情言志。
3. 藉故事情節，透過外物引發感興，鋪陳眼光所觸、鼻息所嗅、耳邊聲響，乃至縈迴心底的波盪。

張愛玲以無盡的文字魅力寫通俗的鴛鴦蝴蝶，卻又能創造出一種書寫的可能——勾動人心、鮮血淋漓的寫實：

　　風從窗子裏進來，對面掛著的回文雕漆長鏡被吹得搖搖晃晃，磕托磕托敲著牆。七巧雙手按住了鏡子。鏡子裏反映著的翠竹簾子和一副金綠山水屏條依舊在風中來回蕩漾著，望久了，便有一種暈船的感覺。再定睛看時，翠竹簾子已經褪了色，金綠山水換了一張她丈夫的遺像，鏡子裏的人也老了十年。去年她戴了丈夫的孝，今年婆婆又過世了。現在正式挽了叔公九老太爺出來為他們分家。今天是她嫁到姜家來之後一切幻想的集中點。這些年了，她戴著黃金的枷鎖，可是連金子的邊都啃不到，這以後就不同了。」(〈金鎖記〉)

　　風所吹動的歲月滄桑、鏡反照的現實與變境、黃金枷鎖下的生命之間表述的是一個失去青春夢想，在生存的艱辛與命運的荒謬無常、金錢與情愛碰撞、撕裂、扭曲、變態裡學會深沉尖銳的女人。

　　透過廣角鏡頭所調成的景深，文學想像所提高的感光度，深邃思考所觀望的焦點，讓言語的魔毯變成可能：

　　南管音樂的特點，就在它清麗悠揚，但卻又揉雜著一股淒楚哀傷，彷彿將要高亢嘹亮，但又忽然曲折低迴，而其中，便藏有耐人咀嚼的無限情思，徘徊在音符與音符的頓挫之間。所以，我總是以為，南管音樂彷彿是不屬於現世的，它更像是一道引領我們脫離現實紛擾的長廊，乾淨，簡潔，靜謐。而漢唐樂府的「韓熙載夜宴圖」，舞台的處理手法也多偏幽暗與簡單，人物的表情更是肅穆莊重，以梨園舞步上場，模擬沒有生命的戲偶。如此一來，這場夜宴便沒有杯盤狼藉的場面了，沒有紅磨坊的歌舞喧鬧，更沒有酒池肉林、殘餚冷炙的縱欲狂歡。漢唐樂府最成功的地方，就在它以藝術的手法，表達出了

「韓熙載夜宴圖」中歡樂的表象，但卻又能在舞台上凝聚出「對酒當歌，人生幾何」的無奈、疏離與哀傷。（郝譽翔〈對酒當歌，人生幾何：漢唐樂府「韓熙載夜宴圖」〉）

從紛亂的幾點星光到被梳理成段的花紋後，接著是如何將意念透過段與段的鋪陳縫合、裁剪裝飾而精巧細緻地表現出來。通常將畫面、情感意象化的方式最能有效地形塑具體的印象，藉戲劇化的誇張或集中焦點，也能達到引人低迴的目光，茲分述於下：

（一）物件代言

魯迅〈秋夜〉文章開頭寫道：「在我的後園，可以看見牆外有兩株樹，一株是棗樹，還有一株也是棗樹」歷來引起眾多討論。其實這兩句乃實寫普通且平常的現況，從用字遣詞來看，顯得樸拙，甚至重複冗贅。然而如果簡化為「在我的後園有一株棗樹」，就無法藉著視線緩慢移動，顯現背後的語境孤獨寂寥的情緒，也無法鋪陳秋夜裡棗樹「上面的天空，奇怪而高」。難怪葉聖陶指出：「『還有一株也是棗樹』是不尋常的說法，拗強而特異，足以引起人家的注意。」

細節的鋪陳往往更能深刻地表達情境，特別是作者有意呈現的氛圍，如乃文以點香的動作敘寫外公過世的心情、星汝以茶勾勒凝重的心情：

我用生疏的動作，抓起在供桌上的一把香，藉著蠟燭的火焰讓香燃燒。這是一個再平常不過的事情了，然而卻是我第一次做。

很多事情，是你一輩子都不會去體會的。有人一生活了幾

十歲，卻從未參加過一次喪禮，第一次——也就是最後一次，他卻成了那主角；有人的整段生命中從來沒有遭遇過貧窮，有天他罹患了絕症，才知道自己其實一點也不富有。

如果，外公沒有過世，我想我這一生大概不會有點香的時候。……

那天是九月二十八號——教師節，一如往常的回到家，爸跟媽都不在，下宜蘭去看外公了——他的情況一向不大好。

六點多的時候，電話響了，是爸打來的。

「喂，妳跟奶奶說一下，我跟媽媽現在在宜蘭，外公在五點多的時候走了，我們會晚點回去，晚餐你們自己吃吧。」

掛了電話，我走回房間，傻愣愣的看著窗外的天空，甚至望得有點出神了。天空什麼時候藍得這麼讓人眼暈？還帶點憂鬱的灰以及逐漸被隱沒的橙，越看越迷惘，有一種想哭卻又哭不出來的難過。對於死亡以及悲傷這兩件事情，我還是沒有充分的抗體足以免疫。……

把香插上去，雙手合十，煙瀰漫在眼前，化作一股清煙，輕輕地上升，然後在空氣中消散。

眼前的香不知不覺漸漸燒短了，我換上新的——因為老一輩的鄰居交代過，香絕對不可以斷。於是，我又拈了幾柱香，點火，看見線香的煙再次冉冉地向上飄，纏成一個白茫茫的麻花捲，我專注地盯著這個畫面，耳朵卻分心了，彷彿聽到這句話——語氣很輕但卻很堅定：

「下輩子還要當你的女兒。」

彷彿是媽的呢喃。（胡乃文）

沒有點燈，也沒有開窗，屋外明媚的春光透不進來，只能藉著微弱的光線看見屋內的擺設。

坐在窗邊，你喝著茶。茶几上放著另一只可湊成對的茶杯，沒有人用的茶杯裡盛滿熱茶，彷彿靜靜在等待它的主人。一縷煙霧氤氳上升，散了，又一縷煙霧上升，又散了……

滴答，滴答，時針不停地走，時間的腳步聲在這屋裡被放大，沉重而漫長。茶，又冷了……（劉星汝）

（二）環境描寫

以境說意，使意不言而自現，似一點一點漫散滲透的濕氣，又像細細的青苔染翠古牆般渲染出迷幻而饒富興味的調性，如佳嬝以老屋場景掀起上個年代的人事懷想：

1930 年代，一個說靜不靜說亂不亂的時間，如今只能被定格為照片的底色，就像黏混為老屋樑柱上的一抹昏黃，印證敗落的疲勞。黑白的相片，黑白灰的世界，飄浮的光線在四個方向閃爍，停駐著空間中氣流的足跡，低調地滑上那框被時間遺留在過去的鏡頭，書桌上紙張卷宗散亂，指尖停在一個我看不清的文字上。背景之中，櫃子的表面透明玻璃窗上的反光無法顯示；而那盆曇花靜靜地垂著睡眼，閃著淚的光澤，色彩在一面瓷碟上調弄，揉成……

1930 年代，一個說靜不靜說亂不亂的時間，如今只能被定格為照片的底色，就像黏混為老屋樑柱上的一抹昏黃，印證敗落的疲勞。黑白的相片，黑白灰的世界，飄浮的光線在四個方向閃爍，停駐著空間中氣流的足跡，低調地滑上那框被時間遺留在過去的鏡頭，書桌上紙張卷宗散亂，指尖停在一個我看

不清的文字上。背景之中，櫃子的表面透明玻璃窗上的反光無法顯示；而那盆曇花靜靜地垂著睡眠，閃著淚的光澤，色彩在一面瓷碟上調弄，揉成……

讓我對那時候的空氣和天空有了更多想像，也許那時的空氣沒有現在溫暖，想像也許那時的天空比現在更藍，仰角看去的天空不會因為高樓而被切割得殘破灰澀；相片中央坐著一位年輕人，他的眼眸因為專注而深邃，他的眉線黑的很英氣就和我所知道的他一樣，臉部的線條很溫柔，沒有太多冰冷的稜角，鼻樑上掛得穩穩的鏡框現在大概已經絕種，鏡片圓滾滾地映照出當時的水氣含量還有室內的溫度；他端坐在書桌前書寫，寫著我所不知道的過去，我所不知道的心情。

我，您那個最小的孫女看見了。

在那副古典鏡框下的眼裡，您是笑著的。（李佳嬑）

（三）強化感覺

鍾怡雯〈垂釣睡眠〉裡說：「我是獵犬，而睡眠是兔子，牠不知去向，我則四處搜尋牠的氣味和蹤跡，於是不免於草木皆兵，聲色俱疑。」或許，必須擁有如此霸氣而又無所不在的搜尋，才能使筆下風姿有迷人的停格，如宜蓁得到 97 景女青年散文優選寫置身於明十三陵的感覺：

清明節這天，我在北京。

在一個沒有雨，沒有風的古都。

熱辣的太陽無情的照耀著我，我走在明十三陵之定陵生死門上。陰鬱的龍柏張牙舞爪的揮舞著無葉的枝枒，清冷的候在宮牆外，襯著定陵的死寂。我站著。站在贔屭駝著的巨大無字

碑前，嘆息落下。神道前的文武官，守著黃泉路的獅子、麒麟早不復當年神勇，徒留低矮黯淡的基座，掙扎著前塵的悲，來世的哀。

幽幽冥路上，此去，永不回頭；此去，來生再見；此去，塵緣盡斷……。原木色系的門檻，藍綠交織的森冷屋簷，寧靜的聳立了五百多年，在風雨中，在烈陽中。

踏出塔型的金剛牆，沿著迴旋迴旋的階梯拾級而上，放著明神宗牌位的漢白玉大型墓碑。五百年前，玉匠親手刻下的字，依舊清晰。輕撫碑上的字，工匠敲擊的觸感迅速在手心滋長。透過此碑，我與五百年前的人溝通。足下踩過的磚，每一塊都刻著製造者的姓名、籍貫及製造日期，這也是某種形式上的永存，祕而不宣的替自己在歷史中留名。

由高聳的塔樓中望去，青綠碧翠的美景，在死寂的凌恩門內生長，這不也是帝國的一種再現？琉璃屏阻隔著陰陽兩界，阻隔著前世今生，原木色的大門依舊襯著森冷的藍綠色飛翹屋簷，一陣涼風拂過，風裡，有著五百年前的私語……我是否聽清了？那千古的遺言……穿越了五百年。（林宜蓁）

（四）動態呈現

無論是以動襯靜，或藉動態的狀況表現心境與故事情節，動作的描述是使敘述生動的方式，如這篇入選台北青少年文學獎的小說，在起筆處王喬以喧嚷的聲音透露動亂的急迫，而女人縫繡花鞋的動作雖微，卻凸顯內心波盪不已的思緒：

「城破了」「金狗打進城了——」

女人的手未停，好似沒有聽到家門外一聲聲絕望的呼喊、

鐵甲碰撞的鏗鏘聲響。戰火在北京延燒，熾熱的溫度，鐵器入肉的遲悶聲，和像敲在城民心口上的擂鼓聲傳遍了城。女人手裡兀自縫著繡花鞋，靜得彷彿剛睡醒。金兵破城，守在前方的宋兵已敗，出征的人命運如何，終她此生亦不可知，等待，將是最好的辦法，歸人的答案在等待之後必然會出現。女人的手指捻著針，突然一顫，故作鎮定的指尖點上了一顆滾圓的血。

在胡同的老宅前，冷風捲起凋零的花，紅色的菊瓣在空中飄飛，如火星。（王喬〈京夜〉）

（五）變化句型提振文氣

文字固然是表意的符號，適時地運用標點與句型也能深切的轉換文氣、強化敘述節奏，如婉榆以自問自答的方式介紹一路行去的北投古蹟，歷史與當下交互對映：

沿著北投新公園邊往上走，你可以找到屬於日據時代的記憶，銀光巷暗暗的登光照在天狗庵的舊址上。北投溪的水依舊流著，一瀧微微起伏，小溪的水偶爾會噴上岸邊。再往上走一會，就到了！那裡是哪裡？那是一段背著光榮歷史的小路，它可是日本天皇走過的一段路呢！

當年剛本要八部先生就是在這裡發現那名為北媂石珍貴的結晶體，所以日本天皇親自來這走一遭。再過去就是轟動一時的溫泉博物館，訴說著當年北投的燈紅酒綠，那卡西的緩緩伴奏的，是北投最繁華的一段日子吧!?

風輕輕的吹，夜夜笙歌，詩歌雅會都幻化成傳說。熱煙冉冉從下水道升起，直撲女人的臉龐，綰在腦後的髮絲已經添上了雪，緩緩的腳步，走在銀光巷旁的小路。如果沒人問起，她

將不再提起這段往事，因為過去的都已經過去了……。

（周婉榆）

織字成錦

化腐朽為神奇

　　文字是帶魔力的符號，從人類以實際感官賦予形狀的圖畫，如美索布達美亞的楔形文字，到具有思想體系的埃及象形文字，其背後神秘宰制的力量是人所賦予的象徵，演變至世俗化後的文字，在長期傳播下逐漸僵化，在太多人使用中浮濫。

　　文學是自我，其基本便在不斷嘗試語言文字，企圖擺脫別人穿爛的語言，將想像圖象、珍貴的感受，以自我語言描述出來。好的文學來自豐富語彙、深刻的感受，張愛玲寫太陽如刀割人，因為冷，因為有陽光而更冷。

　　語彙說明你與世界的關係，豐富語彙來自如何看世界，因為驚豔所以描述，是以比別人體會更多而看得更入神；因為感動所以記錄，感動自己打動別人而想得更深。

寫作便利貼

為哲理、現象穿上美麗的衣裳

第二階段練習重點在為句子化妝、修飾，為使文字具內在飽足力量，請參考以下表格中的對照文句，以仔細的觀察為彩筆、豐富的想像為翅膀，飛舞出曼妙的佳句麗詞。

中性／科學語言	情緒／文學語言
放屁、排氣	唱有味道的歌
部分不能代替全體	一隻燕子不能成春天，一朵花不能成花園。
瞎子看不見	你怎能經過一片海而忘記它美麗的藍？
未來不等於現在	來年的蝴蝶，怎能找到今年的花？
完成預定計劃	把夢打成黃金
完成目標的步驟	給夢一把梯子
不要放棄自己的權利	別讓自己的權利睡著了
面對意外打擊，我們要愈挫愈勇	當命運遞給我們一個檸檬時，讓我們設法做出一杯檸檬汁
上得車來，他拼命亂蓋，我都聽傻了	上得車來，他鑰口一開，我的錦心就茫然
我有意你無情	我本將心託明月，奈何明月照溝渠 落花有意，流水無情
不變的等待	每一隻蝴蝶都是一朵花的鬼魂，回來尋訪它自己。（炎櫻） 如果你前世為江上採蓮，我必是你皓腕下錯過的一朵（席慕蓉）
年輕時可塑性強	青年，是多麼美麗！發光發熱，充滿了彩色與幻夢，是書的第一章，是永無終結的故事（朗費羅）
博覽群書後，才能提高鑑賞力	凡操千曲而後曉聲，觀千劍而後識器（劉勰）
凡走過必留下痕跡	與風競走，將詩句留在雲上。 天空沒有留下翅膀的痕跡，但我也曾經飛過。
混亂的情緒，如何能反映出真實情境？	激流怎能為倒影造像？
經一事長一智	歷經風沙困頓之後，才能在倦眼中悟得。 醉過方知酒濃，愛過方知情深。（胡適〈夢與詩〉）

中性／科學語言	情緒／文學語言
犧牲小我，完成大我	把自己當做珍珠，就有時時被埋沒的痛苦；把自己當做泥土吧，讓眾人將你踩成一條道路。
世事無常	是非成敗轉頭空，青山依舊在，幾度夕陽紅。（羅貫中《三國演義》開卷語） 吳宮花草埋幽徑，晉代衣冠成古邱。 舊時王謝堂前燕，飛入尋常百姓家。（劉禹錫〈烏衣巷〉） 君不見，黃河之水天上來，奔流到海不復還；君不見，高堂明鏡悲白髮，朝如青絲暮成雪。（李白〈將進酒〉） 眼看他起高樓，眼看他樓塌了。（《紅樓夢》‧好了歌）
情有獨鍾	曾經滄海難為水，除卻巫山不是雲。 弱水三千，只取一瓢。 山風吹亂了窗紙上的松痕，吹不散我心頭的人影。（胡適〈秘魔崖月夜〉）
寄情	我雖無財富，但願以月光贈你；願鋪滿松葉供你靠枕，共看黎明旭日東昇。（蔣勳〈我願〉） 花自飄零水自流，一種相思，兩處閒愁，此情無計可消除，才下眉頭卻上心頭。（李清照〈一剪梅〉） 水是眼波橫，山是眉峰聚。欲問行人去那邊，眉眼盈盈處。（王觀〈卜算子‧送鮑浩然之浙東〉）
獨特	繁華自他繁華，熙攘自他熙攘，人海如潮寂寞深，我嚮往的是荒煙敗落，古木斷橋。 如果一個人沒有和他的同伴保持同樣的步調，那可能是因為他聽到了不同的鼓聲。（梭羅《湖濱散記》）

中性／科學語言	情緒／文學語言
青春易逝，韶光不再	朱顏變，幾時得重少年？ 老的敵人是青春，青春的敵人也是老。 燕子去了有再來的時候，楊柳枯了有再青的時候，桃花謝了有再開的時候，但是聰明的你告訴我，我們日子為甚麼一去不復返呢？ （朱自清〈匆匆〉） 所有生命裏美好時光都像是書頁間的精美插圖，再怎樣讚嘆也還是要翻過去的。 天地者萬物之逆旅，光陰者百代之過客。 （李白〈春夜宴桃李園序〉）
人生在任何階段都能活得精彩	夕陽無限好（李商隱〈登樂遊原〉） 天意憐幽草，人間重晚晴。（李商隱〈晚晴〉） 莫道桑榆晚，為霞尚滿天 （劉禹錫〈酬樂天詠老見示〉）
向命運挑戰	一個人如果接受平凡、肯定世俗，那麼他不會成為傳奇。只有不甘於既定的道路，願意挑起特殊的使命，才能走出一個令人訝異的驚嘆號。
吃得苦中苦，方為人上人	含淚播種，必歡呼收割。（《聖經》） 通過人世的變故，才知道橫擺在眼前的現實峻嶺，不會因吶喊而崩塌。 （簡媜《私房書》） 生命的紅酒永遠榨自破碎的葡萄，生命的甜汁永遠來自壓乾的蔗莖。 （張曉風〈初綻的詩篇〉）
學習之必要	牛要吃青草，才能擠到牛奶。 只要有一棵菩提樹，便能得道；只要有一盞讀書燈，便能照亮前程。
學貴有恆	滾石不生苔 流水不腐，戶樞不蠹（李文炤《恒齋文集》） 不積跬步，無以致千里；不積小流，無以成江海。（荀子〈勸學篇〉）

中性／科學語言	情緒／文學語言
絕處生機	危機就是轉機 山窮水盡疑無路，柳暗花明又一村。 （陸游《遊山西村》） 危機就是在危險下含有機會。
清者自清	不畏浮雲遮望眼，自緣身在最高層。 （王安石〈登飛來峰〉） 雲散月明誰點綴？天容海色本澄清。 （蘇軾〈六月二十日夜渡海〉） 千錘萬擊出深山，烈火焚燒若等閒。粉骨碎身渾不怕，要留清白在人間。 （于謙〈石灰吟〉）
親身經歷之必要	讀詩是讀別人的夢，寫詩是孵自己的夢。 如人飲水，冷暖自知 （釋道原《景德傳燈錄》） 你不能做我的夢，正如我不能做你的詩。 （胡適〈夢與詩〉）
福禍相生	塞翁失馬，焉知非福 （劉安《淮南子・人間訓》） 福兮，禍所倚；禍兮，福所伏。（《老子》）

　　每個人都有其獨特性，如果我們忠於自己，就能成就自我的真實與美善，因此懂得細膩觀察周遭之變、深究人情世事之理，就能使作品流露出動人的力量文章。但是一隻織錦裁緞的文筆並非從天而降，要成為一個技巧純熟的作家，勢必藉由閱讀名家之作，自我琢磨洗鍊。

　　現成的成語、俗諺或引言雖能增加氣勢或說服力，但那一如罐頭，缺乏創造性。一個能駕御文字的書寫者是自己上市場採購、選擇烹調方式、創造出自己獨家風味的人。從以上所列的比較中，可見把平鋪直敘的文句略加工添香便能展露出文字

內在感覺——無論是色彩感、音樂感或內心的觀照。

此外在特點上著墨，用字如作畫，線條的準確度、用筆的輕重、畫面剪裁，形成文字適度的時空壓縮，減少抽象形容詞，而從間接提示周遭景物、表情感受中想像感知，畢竟那是從生命感受而非頭腦記憶，是深入血肉中的感情，而非技巧上的玩弄，將使文字飽滿味道。

試作題目

頓悟篇：人生無常、時光飛逝、日子過得忙碌盲目、人生如棋、天下無不散的筵席、把握你所愛的，不要任由它去、努力不一定成功，但不努力一定失敗、有恆必能成功，天助自助者、每個人心中都有一張地圖、有刺激才有進步……。

天氣篇：春天的風很涼很舒服、夏天的太陽很熱、冬天寒風刺骨……。

風景篇：一艘小船在湖心靜止著、山嵐飄逸的世外桃源、販賣誘惑的街景、我躺在星空下仰望……。

心情篇：考試壓得人喘不過氣來、當腦子想不通的時候、開夜車的奮鬥、空虛無聊、今天真倒楣、我想要自由自在，無拘無束、興高采烈、飛揚得意、心煩意亂、怒氣沖沖、不知所措、絕望逃避、緊張焦慮、相思苦澀、失戀心碎、憂鬱焦慮、鄙夷憎恨、嫉惡如仇、寂寞孤獨、茫然失措……。

生活篇：上下學（班）大塞車、網路大塞車、車聲鼎沸卻等不到公車、夜市熱浪翻天、考試壓力、美好點滴、靜觀眾物、家人親情、居室物語、成發聚會……。

大體而言，文學性表現方式端在實虛之間的交融匯通，可

朝以下方式著手：

1.以相說理——藉畫面、現象、事件闡釋道理

2.以象說情——在行事、觀察間抒情情感

3.舊瓶裝新酒——轉換立場、角度、身份；變更文體、添加情節、特寫動作以展現新意

一、以相說理

以文學性方式表現說理時，或藉史事發端，如王安石〈明妃曲〉一反昔人憐惜昭君出塞和親之孤怨、責毛延壽之過，而伸「意態由來畫不成」、「人生失意無南北」之見。或以人事景物寫生命本相，如蘇軾〈和子由澠池懷舊〉：「老僧已死成新塔，壞壁無由見舊題」寫無常之變、「人生到處知何似？應似飛鴻踏雪泥。泥上偶然留指爪，鴻飛那復計東西」顯現飄泊之實。或從景物間觀想哲理：「橫看成嶺側成峰，遠近高低總不同；不識廬山真面目，只緣身在此山中。」（蘇軾〈題西林壁〉）、「梨花淡白柳深青，柳絮飛時花滿城。惆悵東欄一株雪，人生看得幾清明。」（蘇軾〈東欄梨花〉）

面對一個耽溺於自我影像的螞蟻，品宣思考的是：

小桌子上有一滴水。或許它只占小桌的一角，只有一枚錦幣那麼大。可是對一隻螞蟻來說，可能是一個湖泊；如果牠想

像力夠豐富,可能就是一面巨大的海洋。

旁人眼中的小水滴,卻是螞蟻廣袤的海洋,是什麼因素讓牠產生如此的想像?是背在牠身上越來越重的餅乾屑,讓牠無時無刻不惦記著往虛幻之鏡一照——照牠所擁有的權勢及地位。

「大海」中的倒影是如此巨大而美麗,螞蟻站在名利頂端沾沾自喜而捨不得離開下來,殊不知那只是表面的假象。利慾薰心所造成的愚昧與自我膨脹,只是以管窺天,甚而分不清現實與虛幻的界線!在這紛擾社會裡,有辛勞工作的螞蟻,也有觀海自賞的螞蟻,有夢固然最美,卻也可能演變成囿於無限深的小水井裡。(吳品萱)

二、以象說情

抽象的感情必須客觀化、具體化、形象化,將情寓景中,蘊而不露以增強藝術感染力。如將懼紅顏老去,所待之人不歸情寄託於花之上:「傷彼蕙蘭花,含英揚光輝;過時而不采,將隨秋草萎。」(古詩十九首〈冉冉孤生竹〉)或如「寒風振山崗,玄雲起重陰。鳴雁飛南征,鶗鴂發哀音。」(阮籍〈詠懷詩其九〉)以草木凋零後的蒼茫的原野上,迴蕩著淒清聲響的氛圍烘托不遇之情。或借霧迷之渡、斜陽杜鵑之聲寫飄泊他鄉羈旅行役:「霧失樓台,月迷津渡。桃源望斷無尋處,可堪孤館閉春寒,杜鵑聲裡斜陽暮。」(秦觀〈踏莎行〉)

借助於描繪景物而抒發感情,使感情寓於寫景之中者如魯迅〈故鄉〉透過景物描寫壓抑、窒悶、悲涼的心境。而星宇則

將崖石與心情的流浪聯繫：

　　流浪，在形式上像是一種偶然；而在心情方面，卻是一種茫然。

　　流浪的人，似乎總是在尋找些什麼。他們異於常人的思考方向，造就了自己未知的漂泊與注定的孤獨。我們可以說，他們是先知，在尋找到真理以前所必要的孤獨，也成為旅途中最唯美的部分。

　　這次的出遊，沒有任何目的。即使是闔家旅行，我已經能慢慢透視自己的心境。野柳，是美得令人蒼茫的海岸，不是因為強烈帶有侵略性的寒風，而是那遼闊卻令人失措的海岸！

　　往深處走，風景更加遼闊灰茫，卻越來越孤傲。走在橘褐帶灰色的岩岸上，一邊是陡峭卻附有暗綠色植物的岩壁，另一邊則是尖銳突起的海崖。而腳下走的也不見得平坦，灰黃交錯的岸邊，有許多奇形怪狀的石凸，有的圓得像顆籃球、有的連接在一起像比例奇特的烏龜，更奇特的，是在一個水窪中突起一塊完美的圓石，猶如沉穩地坐在水中的水晶球。從沒見過有這麼多形態的海岸，走了幾步還找到一隻看似豬仔的巨岩，與周圍孤傲蒼茫的景色形成有趣的對比。最令我感興趣的是由海浪沖刷出來的岩洞，如矗立在一旁的情人洞，外觀看似幽深，但走進去後才發現，原來裡面的空間是那麼狹小。這讓我聯想到陷入愛情中的男女那互相猜忌的複雜心情，令人吟詠再三。

　　這算是我生命中流浪的一部分嗎？只要心中仍存在著疑問，仍存在著對世界的不理解，流浪的旅程便永遠不會結束。在這趟旅程中，我心中又衍生出了許多新的問題，所以，我仍必須繼續流浪，可能是腳步上的流浪，也可能是心靈上的流

浪，無論多長久，我總是要繼續走下去……。（姜星宇）

　　服裝是我們身體的外殼，建築是我們生活的外殼，我們依照自身體的外型來設計衣服，根據生活內容設計房屋。是以房間裡的生活、房間裡一桌一椅一物一燈也必然記憶著我們鼻息間流轉的心情故事，曼薰與郁文不約而同地以此展開自我圖象的描繪：

　　我的書桌有三層抽屜，放的盡是平日不常用的物品。戀物情結讓原本早該賜死的雜物苟延殘喘。於是，抽屜成了收容所，日子一天一天過去，抽屜承受不了重量發出呻吟，這才開始急救這累積已久的老毛病。……

　　第三層最寬敞、容量最大，主要放的是相簿，偶爾也會有上面兩層的物品過於擁擠而跌落至這裡。有些照片在一次心血來潮的大整理後搬離原來的方框，統一驅趕到一本大本的相簿，其他的小相本大半是一頁又一頁透明的空白，剩餘的照片幾乎沒有前一頁的照片掩護，回憶因此缺乏連貫性，所以每當拉開這層抽屜時，都會有種後悔的感覺。

　　打開抽屜就像打開日記本一樣，喚起沉澱已久的過去，差別在於召喚的方法不單只是文字，而是透過圖畫、色鉛筆、書套、貼紙簿……等物件。每一樣物品都能勾起一絲絲瑣碎的印象，像滴在水裡的墨汁，逐漸擴散，逐漸還原成完整的記憶。

　　究竟抽屜是個時光機？還是另一個長在外的大腦呢？對我而言，抽屜不只是存放物品的形體，還是個存放物體內在的基地。（徐曼薰）

　　「只要想起東西的來歷就能像滴在水裡的墨汁，逐漸擴散，逐漸還原成完整的記憶」，讓曼薰回憶的香煙裊裊升起，

蠶繭裡做自己的靜與動、悲與喜，讓郁文有了展翅高飛的力量：

　　一雙溫暖的手撫上我的臉頰，伴隨而來的是一陣陣的搖晃和連聲呼喚。打開厚重的眼皮，映入眼簾的是媽媽的臉，我像隻毛毛蟲一樣左右左右蠕動，餘光瞄到時鐘還在緩慢的走著，偷偷推算了一下天時間，慵懶的擠出一句小小聲的「再睡一下」。緩緩移開的手，讓我露出幸福的微笑，舒服的繼續縮在我的蠶繭，貪圖即使多一分鐘也好的時光。

　　躺在床上左右翻轉，小小的房間裡一切擺設都在我的視線範圍中一覽無遺。白色的牆壁、溫黃的燈光、木製的書桌、內斂樸拙的衣櫃，最顯眼的還是我摯愛的蠶繭。夏天的時候是冰涼的草蓆，冬天的時候是毛茸茸的毛毯，白色的牆壁在冷酷的冬天透露出寒氣，像是一整塊冰冷的涼拌豆腐，溫黃的燈光把它們變成了雞蛋豆腐。木製書桌凌亂的放著一疊疊書和考卷，還有糖果紙、橡皮擦屑加上玩具，像豐富的聯合國，豐富得讓我一坐下來就忘了該做什麼。

　　最眷戀的還是電腦桌，擺滿東西的書桌反而讓我感到陌生。想事情的時候、寫日記的時候，我會習慣性的撐著下巴或趴在上面，努力的試著在這個屬於我的空間中尋找一絲絲的靈感和思緒。

　　多少個夜晚，我盤著腿坐在地板上，彈著吉他大聲高歌，熟練的調子轉著音響，倒轉、加速、環繞低音……一切都在我的掌握之中。手指快速的變換和絃，我用刷扣刷出我的心情，發洩出我的壓力。不需僵硬的在眾人面前表演、不用客套的練著老套技法，不必緊張的繃著喉嚨歌唱，我只需要做出自己的

樣子。我覺得自己像隻自在的浣熊，快樂安全的休憩在隱密的樹洞。在這個溫暖的空間，我所要面對的就只有我自己。可以在鏡子前擠弄著臉頰上的黑眼圈、自在的抓癢、拉蹋地用腳移開擋路的垃圾。

聽著音樂，不自覺流下的淚或許是白天忍下的；瘋狂的大吼大叫，或許是一個禮拜累積的；開懷的大笑，或許是臉部肌肉放鬆所產生的反射效果。我像個小孩一樣的又哭又笑，像呆瓜一樣張著嘴發呆，在四面牆的包圍下，我找到一個人的自由。

我躺在我的蠶繭裡幸福的賴著床，在這裡，我休息、儲存能量、享受著被保護的感覺，同時，在休息之後破繭而出，努力的在天空展翅飛翔。（陳郁文〈蠶繭〉）

三、舊瓶裝新酒

席慕蓉〈銅版畫〉以其一貫癡情的眼神寫對情之戀：「若夏日能重回山間／若上蒼容許我們再一次的相見」「若我早知就此無法把你忘記／我將不再大意／我要盡力鏤刻／那個初識的古老夏日／深沉而緩慢／刻出一張繁複而精緻的／銅版」。以銅版凝結對方，正見相思濃度，從詩轉為散文敘述，則框著的還有暈開的氛圍與情節：

那只不過是個平凡至極的下午，遇見你也不過是匆匆的鏡頭，糊了，卻有特別韻味的笑。多少日子裡，我等，等待重逢的重演，等待朦朧而深刻的笑。歲月，在皮膚上寫滿記憶，等待，在眼神裡印滿了期待。

早知道早明瞭早該這麼做，用我深思的記憶去記錄那笑靨，於是我選擇某個熟悉的夏日雨後的午後，一筆一劃在銅板上，凝視你的笑，侵蝕我重重的思念。（周穎若）

詩經〈蒹葭〉、鄭愁予〈美麗的錯誤〉、席慕蓉〈一棵開花的樹〉、余光中〈等你，在雨中〉設想你是那溯水求之的男子，請寫一封心情告白書，或者填補這段求尋歷程中的種種情緒與情感，也可以結合沈從文寫給張兆和的信：「我行過許多地方的橋，看過許多次數的雲，喝過許多種類的酒，卻只愛過一個正當最好年齡的女子。」、或者徐志摩給林徽音的詩……鋪陳這篇傳奇：

對妳的思念像萬隻水蛭一滴一滴將我榨乾，我已沒有力氣將霧那迷濛的片段中妳再組合，再拼裝。但即使是那一眸漾水光的一瞥，那一絡柔細隨隨波搖擺水草的髮梢，或是那如魚兒悠遊般的腳步，都使我魂牽夢繫。

我所盼求的，只是妳輕輕的一瞥。妳愛我，或不再愛我都已不重要，我所盼求的，是四目相交的那一刻。屆時，我將仔細凝視妳的眼，妳的髮，我要將妳每一個顧盼，每一條髮絲都刻在我那一塊乾癟的心田。（溫筠）

你又是一位在秋日會出現的男子，透過蒼蒼蒹葭望著我。

從前，男子們只是痴痴地遙望著我，從不移動腳步，而你，你，隨我溯迴。我驚喜——不過，你我仍舊隔著萋萋蒹葭，因為我不知道，采采蒹葭沒了，你是否依然為我溯迴？（陳怡伶）

望著你
一任纖細的背影
肩頭隨意散著的髮
綁架我的心

陷溺在戀你的果醬中
動彈不得（潘禹涵）

余光中在《天狼星・浮士德》裡說道：「把現實的廢鐵冶成藝術」。運用意象的畫面強化情思，以借此說彼的技巧，深化密度，以達到織字成錦，鍛句成鋼，義密深切使文思鮮活的目的。經由佳詞美文的撞擊，具體作法的引導，文句中開始出現豐富的主觀感受，如「張旭的狂草肥勁，如游龍滑過，猛虎縱身躍下；懷素的瘦硬，如柳樹迎風搖曳，武人重甩長鞭。」、「平靜的一池春水掀起了曼妙的花間心事；點點殘荷在風裡，搖晃人間滄桑」潑濺成一方燦爛。或冷靜的如「定期的停泊，是依賴；短期的停泊，是等待」、「不理不睬是一種孤傲；不理不睬也是一種策略」。

文字像一道道咒語，充滿威力；言語是有靈魂的，以幻影錦盒證明存在。文字不是用來記載而已的，是用來定立事實的，將意念文字化，事實才會是事實。書寫為生命找到詮釋的牽連，因此當自我想法觀點依附在文字上時，巨大的存在感，與自我本體便於是乎在。

實虛轉化

在舊作中創出新意

　　經過一學期閱讀宏觀眾家名作，打開視角的食桑過程，除體驗不同的寫作風格，培養審美能力，藉以了解正確寫作方式，同時也檢測自己的作品與佳作或經典之間的距離，而不斷淬鍊，練習將優質的方式加入自己作品中，並盡可能要求自己達到相同的境界。

　　至於琢磨造句遣詞，細部修飾文字的訓練，使得觀察與表現的敏感度越來越銳利，想像力更豐富，也學到不少為句子化妝的工夫。現在就秀出來吧！還記得曾經寫過的句子，想想看，同一個場景，可以再細部裝飾，鬆動些句型或加上實虛間的轉換，或與異質元素撞擊把它變得更有氣質「文學化、詩意化」。

一、沙盤演練——描繪的向度

變奏五部曲

1. 以情節、人物或場景為描述對象，寫 250~300 字的段落。
2. 試著換掉語彙，如動詞、形容詞、副詞。
3. 換一個相反的情感模式重寫。
4. 將敘述句的次序移動位置。
5. 換一個敘述節奏。

　　楊照老師有回講課時，對著一群年輕女孩說道：「運用想像，運用有限的資源，去進行一場最廉價的探險。」閱讀別人以文字呈現的冒險經歷，是要透過想像力參與的，寫作也是運用想像最廉價的探險。

　　這部分練習便是透過一個個變奏改造，將原本敘述扭轉拉長或烘焙，譬如訴諸於感受的烘托、賣弄細節的現實、錯換位置與節奏或情緒的把戲……目的在體驗將敘述更精緻化的過程與方式。

（一）描繪場景原始版

　　天邊一道銀白閃電，震耳欲聾的雷聲，像是在草原上壓抑許久的猛獅發威一般，嚇得路旁休旅車的警報器大聲哀嚎。彷彿天空破了一個大洞似的滂沱大雨，落到地面匯成一條小河。座落在連綿的山中的大型遊樂場，不見旋轉木馬與孩子們童稚

的笑聲，唯獨聳入天際的摩天輪依稀可見。毫無防備的它，像個無助的孩子被強風吹襲得直打哆嗦，孤立無援想要尋求一些庇護，但空氣中充滿著冷漠。漆黑的夜，四下無人，只有陣陣的雷鳴，如同鐵鏈一般敲擊著它的心。

（二）抽換詞面修正版

天邊淒厲的畫出一道銀白閃電，隆隆震響的雷聲像是在草原上沉寂許久的猛獅爆發般嘶吼，嚇得路旁休旅車的警報器尖銳哭號。天空彷彿破了一個大洞，傾盆大雨直砸地面，匯成一片汪洋。座落在群山環繞的大型遊樂場，看不見旋轉木馬開心的飛舞，也聽不到孩子們清脆的笑聲，唯獨刺向天際的摩天輪像個被孤立的孩子被強風吹襲得直打顫，寂寞的它想尋求庇護，但空氣中充斥著冷漠。暗黑的夜，四下無人，只有陣陣雷鳴，如同鐵鏈般敲擊著它的心。

在這段文字裡加入許多狀態或情感的形容詞，如「淒厲的畫出」、「隆隆震響」、「沉寂許久的猛獅爆發般」、「寂寞」的它，以及直「砸」到地面匯成一片汪洋、唯獨「刺向」天際的摩天輪依稀可見……等形象化的動詞，讓雷電交加的氛圍與孤獨的摩天輪間呈現更大張力，但後段將「充滿」改為「充斥」反不如原句，而「漆黑的夜」也比「暗黑的夜」生動。

（三）掉換句子次序變奏版

一道銀白閃電，淒厲的畫過天邊。像是在草原上壓抑許久的猛獅發威一般，雷聲震耳欲聾，嚇得路旁休旅車的警報器大聲哀嚎。彷彿天空破了一個大洞似的滂沱大雨，砸到地面匯成

一片汪洋。

　　座落在連綿山中的大型遊樂場，不見旋轉木馬與孩子們童稚的笑聲，唯獨聳入天際的摩天輪毫無防備的被強風吹襲得直打哆嗦，像孤立無援的孩子無助地想尋求庇護，但空氣中充滿冷漠。只有陣陣雷鳴，如同鐵鎚一般敲擊著它的心。

　　四下無人，夜，漆黑而漫長。

　　以「一道銀白閃電，淒厲的畫過天邊。」作為完整句子，並將閃電提前在句首，顯現光與電的力道與氣勢，比「天邊淒厲的畫出一道銀白閃電，」的直敘方式來得震撼。次句將譬喻提到主句之前，「像是在草原上壓抑許久的猛獅發威一般，震耳欲聾的雷聲隆隆打著」，也同樣達到強化的效果。後半部將「四下無人，夜，漆黑而漫長」獨立一行，造成雷鳴強烈敲擊程度、餘音不絕的想像與暗示。

（四）換節拍協奏版

　　天邊，淒厲的刮下一道銀白閃電。震耳欲聾的雷聲，隆隆鞭打，像草原上壓抑許久的猛獅發威一般，嚇得路旁休旅車的警報器，啾啾地大聲哀嚎。滂沱大雨，砸落到地面，頓成一片汪洋。

　　座落山中的大型遊樂場，看不見旋轉木馬，聽不見孩子們童稚的笑聲，唯獨聳入天際的摩天輪，依稀可見。毫無防備的它，像被強風吹襲的孩子，無助，孤立無援，直打哆嗦。想要尋求庇護，但空氣中充滿……冷漠。

　　漆黑的夜，四下無人。只有陣陣的雷鳴，如同鐵鎚敲擊著，它的心。

善用標點符號敲出節拍，使得句子長短與情緒更緊密合，如「只有陣陣的雷鳴，如同鐵鎚敲擊著，他的心。」至於「滂沱大雨，彷彿天空破了一個大洞似的，落到地面，匯成一條小河。」則顯現大雨的節奏與狀態。

（五）改變情緒表演版

同一段文字只消換上一些描寫情緒或狀態的字詞，就像變裝的櫥窗展示異樣風情：

天邊綴著緞帶般的銀白閃電，隆隆的雷聲與閃電，由遠而近地一路敲奏交響樂，路旁休旅車也跟著即興合唱。滂沱大雨卸去城市濃豔的紅妝，一臉清秀令人驚豔。座落於連綿山中的大型遊樂場裡，旋轉木馬與孩子們都沉睡了，唯獨摩天輪還清醒著，靜靜地品味這麼真實痛快的視覺、聽覺、觸覺，甚至是嗅覺帶來的震撼。

闃黑靜謐的夜裡，它獨享陣陣雷擊，以及無邊浪漫的想像。（林芝逸）

不斷錘鍊是為完美，在同一個題材上嘗試各種向度的切割，是為折射出繁複而多層次的可能。基於此梵谷畫下向日葵千姿百態、莫內讓紫藍色的鳶尾或於風中舞擺或端靜於瓶間。

同寫蘇黃佛印於核舟神態，魏學洢〈核工記〉：「……東坡現右足，魯直現左足，身各微側。其兩膝相比者，各隱卷底衣褶中。佛印絕類彌勒，袒胸露乳，矯首昂視，神情與蘇黃不屬。臥右膝，詘右臂支船，而豎其左膝；左臂掛念珠倚之，珠可粒粒數也。……」偏於蘇黃外形穿著，於佛印則強調神情描寫。宋起鳳〈核工記〉「……戶內一僧，側首傾聽；戶虛掩，

如應門；洞開，如延納狀；左右度之無不宜。林外東來一衲，負卷帙蹌踉行，若為佛事夜歸者。對林一小陀，似聞足音僕僕前。……」記一僧側首、傾聽如應門、延納；一衲像是佛事夜歸、一小陀聞足音僕僕歸，專注於動作神態的描寫，同時以「若」想像將畫面串聯為情節，演繹為故事，與前者呈現迥異的風情。以下是書鈺對書寫伍思凱〈留給你的窗〉MV 作品修整的記錄：

故事原始版

窄小的空間，一道鐵門和一扇窗，我已經在這裡關掉了多少生命。

鐵門不知緊閉了多少年，而那扇窗戶，是我唯一能體會到外頭微弱信息的管道，卻也總是提醒我，外面還有另一個世界。

早晨陽光灑進，又是一天。

月亮高掛，卻不曾看過任何一顆星星，因為連他們都害怕這幽暗陰濕，只有偶來的風會吹進幾片樹葉。睡著時候會被飄落雨點驚醒，冰涼的雨水對我來說，很溫暖。

不知道春夏秋冬，也不知道是幾月幾號。不知道一築牆外的人事是否全非，也不知道喜怒哀樂是什麼感覺。

緊閉的鐵門咿咿呀呀的打開。

「時間到了。」

欽拎框啷。腳鐐手銬摩擦著我的雙手雙腳。

最後一次了。

抽換詞面修正版

　　欽拎框啷。腳鐐手銬摩擦著我的雙手雙腳。

　　最後一次了。

　　窄小的空間，一道鐵門和一扇窗，我的生命被壓縮成蒼白的姿勢。

　　鐵門緊閉。那扇窗戶，是我唯一能感覺到外頭微弱信息的管道，卻也總是提醒我，外面還有另一片天空。

　　早晨陽光刺在我身上，很痛，痛到我明白，又是一天，又少了一天。

　　月亮高掛，卻不曾見過任何一抹星光，因為連他們都害怕這幽暗陰濕。只有偶來的風會飄落幾片樹葉，像無聲的嘆息。

　　睡著的時候會被雨點敲醒。冰涼的雨水對我來說，卻很溫暖。不知道春夏秋冬，也不知道年月歲時；不知道一築牆外的人事是否全非，也不知道喜怒哀樂是什麼感覺。

　　多少時光從門縫間奸詐地逃走？

　　緊閉的鐵門咿咿呀呀的被扯開。

　　「時間到了。」（林書鈺）

　　對犯人而言，「外面還有另一片天空」比「外面還有另一個世界」來得更貼切，特別是透過窗。原句「早晨陽光灑進，又是一天。」比起「早晨陽光刺在我身上，很痛，痛到我明白，又是一天，又少了一天」顯得平淡。「刺」、「痛」與「又少了一天」既寫陽光與時間，又寫心情，讓句子飽含情與境。在句子的移動上，將「最後一次了」、「欽拎框啷。腳鐐手銬摩擦著我的雙手雙腳」提到段首，以倒敘的方式先說結果，再拉出下文敘述傷痛的深層氛圍，更能渲染末路死亡之淒。

二、匠心獨運——巧奪天工的變裝秀

詩人所傳達出來的不只鄉愁，更創造感覺鄉愁的形式，讓讀者與詩人同具深化的體認。李白〈靜夜思〉裡，月光是喚起心靈感應的觸點，創造記憶與現實間的聯想。透過「床前明月光」構成懷鄉的情境，繼而以「疑」字帶出不忍承認而又不得不接受的事實，多麼希望那是霜，而不是解不開的愁。他如「移舟泊煙渚，日暮客愁新」、「大江日夜流，客心悲未央」（謝朓）無不將抽象情思，轉化為感官具體領會的質素，提供具體情境、圖象，並藉韻律、意象、譬喻、節奏、象徵等審美表現心靈映象，進入情感與形式互動互塑的氛圍。

文學作品是經由選擇創造的結果，也是情感的修飾與文化的顯現。在外國學者眼裡：「中國的詩人能力充分發揮他們的藝術想像力，優美的詩好像他們的象牙雕刻、瓷器和刺繡一樣給人一種美的愉悅。文學是人們用來表達他們幻想的一種媒介。」小泉八雲對於日本詩是這樣形容的：「好像是用字寫成的日本彩色畫，把存在著的情感用美妙的版畫和簡約的小詩，重現在我們的心靈和記憶。」以個人視角觀察、情感觸動作為發酵的酵母，那麼，散文詩化，畫面化將使原本單純直敘的句子，平添無限美感。

寫作便利貼

化平淡為驚豔

1. 嘗試在尋常表達方式之外，換一種角度觀想。

2. 喚醒記憶裡的影象鋪陳、表演文字的多元面貌。

3. 放大感受所對焦的主題，在真實裡創造虛空，在虛空裡呈現真實。

　　這個階段的練習一方面因揣摩名家佳句的濡染，另則配合課文講解、感覺訓練，日琢月磨修辭功夫，學生大多能在駕馭文字語言技巧上有所會心，由口語轉化詩意，由直敘練就婉曲、在平淡中添上滋味。

　　尋常的生理反應，在文學之筆的點化下，變得詩意連連，如以「流了有顏色的汗」形容尿尿（柏年），連「打噴嚏」如此平常的動作，在文學化的筆法下也展現完全不同的震撼：「一群群微生物在鼻頭嬉鬧，鼻主人被吵得不得安寧，於是他用力出氣，所有的喧囂都被拋諸遠方。」

　　至於人與人相處間的關係、生活狀態乃至日常食品也於文學式的書寫中，被描繪得別致而新奇，如「媽媽是爸爸的唯一」以「媽媽就像一杯香甜的葡萄酒，爸爸一喝就醉了」（林怡君）寫來頗有詩的美感。說到親子間的「代溝」，「就像白天不懂夜的黑」（于杉），而揣摩父母或自己親身感受「帶孩子」的辛苦，則完全寫實地流露於「頭腦快要爆炸，四肢早已軟弱無力，聲帶也已奄奄一息，一群群小惡魔仍在恣肆叫囂，誰來把我帶離這個撒旦的天堂啊！」（孟涵）的呼叫中。「姐妹」是

「一定回到彼此身旁，因為我是對方的翅膀。」（資穎）、「陰錯陽差」如同「紐約的司機駕著北京的夢」（資穎）、「離別」「是一封人們遲遲不願拆開的信」（如君）這樣的短句精緻生動，應了鄭明娳之言「以最家常的文字傳達最標緻的意想」。「陽光」則是「在樹葉的空隙間，飄逸的髮絲間，總是在指縫中像細沙般的溜過，讓我永遠都抓不住你金沙似的身影。」（孟涵）

「相愛」、「單戀」、「相思」之情，更透過鋪陳洗鍊而散發纏綿魅力：無論是你泥中有我，我泥中有你的相愛：「若你是溶質，我就是溶劑，合成愛的飽和溶液。」或是情有獨鍾的堅持：「儘管向日葵癡癡地望了一輩子，太陽還是堅持當個獨身貴族。」〈烏英〉乃至被套牢的心、被鎖住的情，癡癡地隨那眼神沉浮：「打了一把鑰匙給你，心情像是起落的電梯，心甘情願拘禁自己。」（馥婷）「時間不復存在，在另一個交集尋你的身影。」（彥凌）其所流露癡心迷戀可比鑽石堅、海水深。

正因尋覓愛的過程中無法順心如意，等待與想念成為唯一的方向，或訴相思之苦，或以一箋情書寄，然而執著告白仍喚不回逝去的情愛：

風，吹不散你在我心裡的影子，想念的花瓣，在心田跳舞。（瑋伶）

這裡的她，手執針眼望布想縫衣，卻繡出一個他；那兒的他，手拿筆眼望書，想寫字卻畫出一個她。（蕙如）

前世的你若是花圃園丁，我必是你親手栽種的一朵玫瑰；今生我化做一粒玫瑰種子，等待你再次的呵護。（羽萍）

用我的血液染紅心形的楓葉，放入想念的信封，用珍惜的感情做郵票，讓吻在風中的空氣傳遞給你──問你，近來可好？（怡如）

我要佔據你的心，我要侵奪你的神經，我要控制你的思想，我要操縱你的靈魂，因為你是我已登記的專利，只屬於我一個人。（瓊郁）

擦肩而過的無緣、咫尺天涯的游離、情深緣了的無奈、漸行漸遠的漠然……怎不令人怨：

相逢何必曾相識？若有來生，我願做妳窗前的一朵小白花；若有前世，妳必定是我花園中一株寂寞的紅玫瑰。（榕真）

公車站，是我們唯一的交點。

綠燈，我移動腳步。正後方一百八十度逐漸拉開的距離，我知道你也在邁步，這個斑馬線，是我們正負值的向量。

以平面座標係來看，你是正，我是負。Y軸前進，原點等待，X軸分離，只有九十秒，我們的直線方程式。

兩條平行線，不相交。

我們穿著不同顏色的制服，走在不同的騎樓下，踩著不一樣的速率，往同一個方向，有同一個目標：回家。

無限大，極值。

零度的遙遠。

捷運，其實是一種很無情的交通工具。

南京東路，其實是一條很無情的道路。

我拿出鑰匙，開了門，爬樓梯的時候淡淡的想著，也許下

次，我會有勇氣告訴你，那句從小學到現在都沒說出口的話，不過，也只是想著，上次、上上次，上上上次……我都是這樣想著。

天藍色的晴空，其實並沒有擁抱著澄色的太陽；金黃色的陽光，其實並沒有投射到水色的天空，儘管，他們看起來在一起。

有日蝕，也有月蝕，而，不管是傳說或是理論，天蝕都是不存在的。

以前沒有，現在沒有，我想，將來也不會有。

天空，就是天空，太陽，就只是太陽。（江欣怡）

失戀時：

我剪斷為君而留的長髮，剪斷了牽掛，剪落一地不被愛的分岔。（孟涵）

暗戀時：

老是夾在人群的隙縫中窺探你，向各地埋伏的線民索取你的消息。你的一舉一動、一顰一笑，時時刻刻在我腦海裡放映；你的生辰八字、個人檔案我倒背如流。不求什麼，只望我的影子曾經在你的記憶中停留。（茱瑩）

留下的傷痕如：

蠶兒在桑葉上留下征服的記號，雷公在千年神木身上拓印強壯的象徵。你，在我的心中，用虛偽的柔情慢慢地侵蝕，一個洞、二個洞……為什麼女媧補天時，忘了這些？（王瓊郁）

這點點滴滴正是「問世間情何物？直叫人生死相許」的尋覓。

三、轉換鏡頭——重閱當下與過往風景

　　匆匆腳步掠過生活，一如放映機轉動齒輪所帶出的畫面，不停流動變化，那種預期與無法確定的情節在時空裡被編排上演，偶爾駐足以顯微鏡或者透過望遠鏡，停格的世界遂被重新看見。

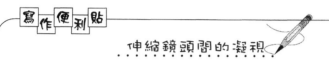

寫作便利貼

伸縮鏡頭間的凝視

1. 以雙手框起一個鏡頭，對準眼前或身邊的任何一個目標。

2. 先以單眼鏡頭感覺對焦過程中，從模糊到清明、從景深淡遠到明亮變化間，鏡頭所呈現的畫面光線溫度、色彩質感以及輪廓線條。

3. 站在高遠處，放遠鏡頭，凝視方才注目的焦點在周遭人事景間的位置、感受彼此間對流的心情。

生活篇

　　茶清香含蓄、典雅沉靜，屬於琴棋書畫式的性靈，如「茶的綠卻是一筆始於新綠的未定稿，是遇到水就能重新漾蕩出秘密來的寶藏圖，是古代翠玉的深淺有致，而今一一站在杯裡。」（張曉風）咖啡濃香放縱、野烈熱鬧，如「奶精傾入深黑如潭的咖啡，銀匙輕輕一攪，旋起一縷白紋，一幅抽象畫之後，整個潭面隨即幻化成淺棕。」適於入世的話題，或交際聊世態，或剖析哲思，在日常情趣裡自有其乾坤：

品茶

處在杯外風雨驟轉的人，正嘗試著去了解杯內另一個苦澀的風暴。（洪意惠）

泡上一壺鐵觀音，倒在釉紅的陶土杯裡，幾縷白煙像幻化的天使，香氣滿盈，喝上一口，嗯……連杯子都好香喔！（黃郁嵐）

奶茶的裙襬在杯中翻飛，迷惑了杯的雙眼。（湯菀芹）

下棋

楚、漢大軍在鴻溝兩旁擺好陣勢，隨著主人的命令而移動，歷史重回眼前，但這場戰爭已無絕對的贏家。（林芝秀）

在楚河漢界之間，沒有戰場廝殺的吶喊，只有汗水淋漓的智力大戰。不論哪個朝代，不論哪位將領，這是一場安靜的君子之戰。（洪瑋伶）

塞車

生產線的輸送帶上，一件件彩色相異的成品橫七豎八地被散置著，像是想要破金氏記錄的超長火車，被焦躁的紅綠燈操控。（黃韻香）

各式各樣的汽車在街上開起了舞會。（李佳盈）

下班時間，所有的「下」班族都開著車在路上買回家的票。（林茱瑩）

一隻張牙舞爪的龍，躺在街道上，發出心中積壓已久的怒吼。（王于杉）

繁忙的交通像是黏稠的果醬，把人的疲勞升到最高點；像蠕動的蚯蚓被卡在門縫裡，進退不得。（李資穎）

歲月是天上來的黃河，奔流到海不復還；是朝之青絲，瞬化暮雪。歲月在記憶的底片上顯影，照過紅顏也珍藏白髮，「珠鍊」串起繁複豐贍的語境，文采亦由此可見：

歲月

一片枯黃的葉子，刻著從幼苗到凋零的記錄。泛黃的日記本中，一頁頁、一字字載著熟悉記憶；佈滿灰塵的木盒裡，一張年輕時的照片，剝蝕地飄散往年的空氣。（陳彥君）

用露水裁出的衣衫，流淌幾絲纏綿；用回憶串成的珠鍊，連接幾代風華。風霜浸透，滄桑歷盡，桃花依舊笑春風，幾度朱顏紅。（黃瓊郁）

古希臘有位哲學家說過：「事物的本質，存在於事物本身。」同樣的事因切入點、觀察面不同，感受與看法便大異其趣。我們常囿於自己的單一思考，活在直線式的生活中，殊不知轉個彎，抑或是跳一步，就會看見左邊的海闊天空，右手的花團錦簇。同樣的，敘述並不是單一的，它是拋物線，是雙曲線，也可以是探測儀畫下的起起伏伏。

就如「品茶」的香味在詩的意象與畫的想像裡散發悠閒與享受、「下棋」間寓人生至理、「塞車」的畫面可以是如凝固的果凍，也可以是開舞會的華麗，所謂境由心轉，於此完全顯現作者的觀察與思維，足以化無聊為趣味。因此「紅燈」的存在

是「為使你有理由向隔壁線道的車主打聲招呼，為了你們認識而亮起。」（韓雯）

情緒篇

　　心中的感受往往抽象幽微，因此必須借助具體的物象做為比喻，加以說明描繪才能更加傳神。

　　就像《起毛球了》電影欣賞文宣所言：「我從不把衣服放進洗衣機裡，因為會起毛球。」起毛球了的心情就像是從失序理性的天秤被放到另一個失理性的角落裡，失序的不只是世界，還有愛情、死亡和偶然。心靈更喜歡各式各樣的依戀，如對於環境、人事、人生中特定的細節，因為從心靈的觀看意義與價值往往從日常生活中直接、間接的意象與記憶而來，因此就日常生活經驗去尋思一個契合而新穎的物象，讓情緒有依附的文字。如如怡安描寫宮怨、欣盈藉奇想寫耽溺於發呆之情、怡如書夢、嘉鎂寫老師以聲嘶力竭的吶喊寫失落：

　　花盆鞋，踩在青石板的道上，小小淡淡的印子，像是夜裡頸間的印記，清晨裡的夢該醒了，或許皇帝不再來。

　　小小的御花園，雪，藏在領子底下，像是眼淚一樣的往下鑽，心窩處尤其是冷，不忍擡起頭看花兒開不開，也怕見院子底的小樓，有另一班秀女，等著進宮。（賴怡安）

　　他幾乎瘋狂的愛戀上發呆的滋味，無法自拔的陷入空白，什麼都無法佔據心思的感覺令他感覺到自己存在重量。他努力保持在放空的狀態，為的是永遠可以不回現實，為了這近乎完美的狀態。一顆失去作用的大腦是和空白永遠連結的數據機，他想起了醫學院的同學，也許，他會幫他實現。（江欣盈）

　　夢裡，我感覺一絲絲意識正抽離了我，流動的光影趁隙鑽了進來。把我從地平線上，推入陰暗的空間。

　　動彈不得的軀體，生出一方方獨立的記憶，每天晚上。（陳怡如）

　　定睛一看，黑板上有無數密密麻麻的小字，從左到右，從右到左，由上至下，由下至上，無數多「真理」二字擺在眼前，以各種姿態不斷出現。老師寫到一半，陡然地轉過身來，手握粉筆在「真理」上使力，用力敲了四下，黑板上似乎凹陷了一個小洞。老師大叫：「真理！這是真理！！」電擊器一般，電擊著那已死，腐爛發臭「真理」的屍體；頭髮在飄，手指在抖，手臂在抖，腳在抖，身體在抖。我看見了，他的心，在抖！貫徹身為教師，教導未來領導者的使命，沒有「未來」，這根支柱永遠的倒了，永遠。「我還必須教什麼，必須教些什麼！」粉筆敲擊黑板的聲音越來越急，越來越大，「蠹蠹蠹蠹蠹蠹蠹」蛀蟲啃食木頭，啃食心靈深處，聲響被顯微無限倍放大，放大，放大！下課鐘聲猛烈「噹—！」響起，白色粉筆「啪！」應聲斷裂，水滴落在未乾的水窪中，細碎的粉筆觸地，世界在那瞬間轉為靜音，秒針「喀答」往前走了一格。（高嘉鎂）

　　「理智像數學，是一種組織安排，描述秩序的語言。而感情不是，它自有邏輯而卻亂七八糟，既是暴君又是聖人，它是理智描述和憑藉的對象。」（張讓〈好小的小手〉）個人心中的感受往往較為抽象，因此往往必須藉具體的物象做為比喻，來捕捉並傳達個人的心情。如「我的心靈，比如海濱，生平初度

的怒潮，已經漸次消翳，只賸有疏鬆的海砂中的偶爾的迴響，更有殘缺的貝殼，反映星月的輝芒。」（徐志摩〈北戴河海濱的幻想〉）以文學性筆法呈現海的意象，讓契合而新穎的物象傳神地表達出心情。

　　上述引文中，或直寫放空遺忘的感覺，或藉味道帶出孤獨，繼而以遠離與想家的氛圍，強調沉浸孤獨的享受。景與情、境與心交融的「一夜淪陷」中，有耽溺於夢的全然，與糾結枯萎的無眠。

頓悟篇

　　鄭愁予〈殘堡〉一詩裡，補捉歷史深鎖的夢：「百年前英雄繫馬的地方／百年前壯士磨劍的地方／這兒我黯然地卸了鞍／歷史的鎖啊沒有鑰匙／我的行囊也沒有劍／要一個鏗鏘的夢吧」。具象化的歷史，因為人的情思滲透而化為長廊、翻就風雲，往而復始的軌跡，若潮汐迭宕翻滾，屬於蘇東坡的「浪淘盡千古風流人物」，張可久的「讀書人一聲長嘆」，在學生筆下則是一面令人落淚鏡，照見滄桑無奈，一道閃爍英雄眼神的長牆，凝聚神聖的曾經。而真實的鏡裡，則被承載做自己的參悟，至於地圖，也因為斑駁歷史的墨漬而添幾許深刻的感染力：

歷史

　　史詩在牆壁上滔滔不絕地沸騰著斯拉夫民族的血淚，站在那兒，可以感受到一雙雙堅毅的眼神，倔強地只為一場壯闊光明的決戰。即使青藍的陰影披在神殿上，灰黯的雲從邊境壓來，人們仍然佇足在陽光下，沒有驚恐，沒有逃竄。這一刻，即使不是勝利的時刻，他們仍然要站在這裡。這片故土上，所

有男女、老少都是英雄！（朱品宜）

鏡子

我看著你，你看著我，你模仿我的一舉一動，已經成為我生活中揮之不去的影子。趕快長大，學會做你自己吧！（韓雯）

生命延伸出的風景，是長巷，是隧道；生命架構出的狀態，是棋局，是幻化；生命疊唱出的旋律，是戲碼，是宴席……這種種以景藉事所塑造出的形思維，不僅有著對事理人情的觀察，寄寓因應世態之道，更因遣詞造句的靈動而豐美：

生命的價值

牡丹的含苞，是為了綻放一生的雍容；蝴蝶的成蛹，是為了展現雙翅的斑爛；生命的存在，是為了長駐永久的絢爛。（王韻湘）

竹篩篩選出均勻飽滿的米粒，鍋爐蒸餾出香醇濃郁的美酒，而我們正用冒險萃取出生命中的精華。（林韻香）

天下無不散的宴席

耐人尋味的劇碼，永遠有著不可預測的結局。世間中沒有一曲唱不完的笙歌，更沒有一潭飲不盡的醇酒。（林瑞涵）

面對挫折

過河時，沒有橋樑，脫了衣服，游過去；爬山時，沒有梯子，釘上繩索，登上去。（陳彥芬）

現在才是唯一

過去是香上的一縷輕煙，奔向天際，卻留不住心裡；未來是不可預知的等待，只能期盼，卻不一定實現；現在，是最刻骨銘心的擁有，也許短暫，但卻實在。（洪瑋伶）

　　有一本書提及一個人想成為特寫作家有七個條件：應用學養的能力、喜愛寫作、對人能同情能了解、能平凡中覺察到奇妙、有能力找到特寫的題材、收集材料既徹底且精確、知曉銷路。或許我們無法也不必要讓學生個個成為作家，但給予訓練的機會、引導的方向，在手不離筆，筆不離寫的勤練之下，必然會由有話說到知道話怎麼說得好；從有感受有想法到說得巧妙動人而深刻。

拉坯成形

切磋琢磨的程序

對所踏出的每一個步履、每一轉彎的細節欣賞,並思考在書寫過程中如何看待自己?每一個腳印所踏出的帶來的改變?無論那是發自內心對人生的省思,或是在與文字相處時所帶來的心靈衝擊,熱戀文字的香味,用文字紀錄藝術家的感動,讓這一路文學之旅,成為一種享受,一種修行!

一、修整精鍊的冶金術

俄國形式主義認為文學性在於文字的特別使用,也就是「不尋常化」,因此寫作便要把各種字句形式加以不尋常化。一般而言,為打破僵化的用習慣、讓尋常字詞再現新鮮感可以下列方向試之:

(一)簡單化——要言不繁,畫龍點睛

經營文字是文學創作的基本工夫,法國小說家福樓貝爾寫作時,便特別重視所謂「精確字眼」。在文學化敘述訓練過程中,過度複雜的描繪往往形成冗詞廢字,或疊床架屋的情況,

因此一方面去蕪存菁，刪除不必要的敘述，使得文意恰到好處，另則精鍊字詞使文句在平易中有滋味，於簡單間醞含深意。

寫作便利貼

1. 刪其重，去其蕪，理其雜，整其亂。

2. 長話短說，凝聚精彩片段。

訓練學生以細膩的觀察與描繪對事物細描、白描後，進而導其化繁為簡的潑墨，如以「一盆綠竹」為著墨焦點，前後次書寫比較：

原本文句見斧鑿之跡：「如玉一般溫潤的綠，融化於視神經，形成鮮明又溫和，瀟灑又含蓄的一幅畫。」經修剪後成為如詩的韻感：「修竹千竿，盡在一方小天地。」

他如「夏天的冰淇淋」：從「涼透透的冰淇淋，熱辣辣的夏午。挖一大匙，輕含嘴裡，等待結霜的蜜液漸漸侵入四肢百骸，就像從夏天的烤爐跳進冬天的游泳池那樣冰涼透心。一口清涼的冰淇淋，就這樣把整個夏天冰凍了。」到「清涼的冰淇淋，一枝在手，走過的夏天就結凍了；甜蜜的冰淇淋，輕含一口，到過的地方就融酥了。」顯得靈巧多了（林千惠）

（二）細膩化——曲徑通幽，精雕細描

對於原本大而化之的書寫，只架出枝葉不見繁花的景致，則要求添入各種形容作為調味，感官摹寫增其韻感，變化句式

以使其靈動生趣，如「曾經，她想過她是可以在他的眼神裡泅泳，然後溺斃——在她僅有過的，那麼曇花一現的短暫歲月裡。」（張靄珠〈尹秀的一天〉）「看著你微笑著，無聲，在茫茫的雨霧從山下走來，你撐的花傘，在每一格石階一朵一朵開上來。」（林清玄〈有情十二帖〉）

　　至於空間書寫，也在擬比狀述間凸顯其姿，如「有人形容黃山雲的動態：如縷如帶，飛雲走霧，綿綿如絮，瀰漫如帷。特是黃山排雲亭，雲霧像走親戚似的，你來我往，東進西退，迴旋舒展，絹如多姿，變化無窮。」（褚士瑩〈向春天靠攏吧！〉）

寫作便利貼

1. 直句曲寫——將原句添味加料，尤著重於外觀描繪、感受敘寫、場景鋪陳、情節拓展。
2. 動靜異位——善用動詞化靜為動，善用名詞，靜裡生情意，呈畫幅。
3. 凸顯個性——善用形容詞帶出鮮明特色、獨特氣質
4. 與同學以同題較量，藉以見己失，觀其長，補其短。

　　（初刻）向日葵展開熱情雙臂，擁抱烈烈炙陽，飽吸這股熱火火的能量，在地上燒成一片花海。
　　（二拍）向日葵熾黃的花瓣燃燒成一片豔烈花海，昂首炫耀它猖狂的燦金。（陳怡如）
怡如以轉化方式賦予向日葵奔放的生命，第二次練習因加入「熾黃的花瓣燒成一片豔烈花海，昂首炫耀它猖狂的燦

金」，使得「燒成一片花海」更實際而可感可見。

> （初刻）冰冰涼涼的韓國泡菜，直往喉嚨、食道、胃，
> 燃燒刺激的辣味。
>
> （二拍）冰冰涼涼的韓國泡菜，辛辣的口感燃燒著喉
> 嚨，在食道、胃間攪拌，翻滾。
>
> （三拍）韓式泡菜劍拔弩張的紅，隨著筷子起舞，一陣
> 翻丹飛赤的氣味撲鼻而來。送入口之後，那辛辣的感覺
> 就像坐自由落體一樣，刺激極了。（陳郁青）

郁青在初次練習時已能將泡菜的觸感與流動於身體間的味寫出，然顯讀平鋪直敘，經第二次加入辛辣滋味，帶出另番風致，第三次以「自由落體」比喻口感、「翻丹飛赤」狀寫味道，十分鮮活而絕妙。

（三）折射化──實者虛之，虛者實之

字與字之間的關係並非以直線規律發展，而依其所醞釀出的空間有更活潑的意義，在其向心中投射中，因為各人經驗想像而滋生出奇特的畫面。是以文學作品中，常藉具體的事物描摹聲音，變幻而衍生出豐富的意味，如方莘〈開著門的電話亭〉：「她的笑聲是一把閃亮閃亮的銀角子，撒得滿地叮噹叮噹作響」。

或如「流雲是山巒披了又卸，卸了再披的薄紗。」（陳大為〈四個有貓的轉角〉）、「時間的倦蹄來了，駄著曠夜的問卷，給不能眠的人，垂首坐在床沿的她，像個拒答的囚者。」（簡媜〈醒石〉）「鬍子爺爺在這時銜著長煙袋走來，雙襟頭布鞋跨過由水聲裂開的兩岸，嘴裡吐一口悠閒。」（蕭白〈響在

心中的水聲〉）「這是我所見過最美麗的監牢，當風起時，整面牆壁藏著幾百對深宮院的眼睛呢。」（莊裕安〈風宮歌劇院〉）

聽得見卻摸不著看不到的音樂，最難狀寫，但如果以感覺裡的畫面、生活經驗便略能捕捉其韻。如張愛玲〈流言〉裡寫著：「我最怕凡阿林，水一般地流著，將人生緊緊把握貼戀著的一切東西都流了去了。胡琴就好得多，雖然也蒼涼，到臨了總像著北方人的『話又說回來了』，遠兜遠轉，依然回到人間。凡阿林上拉出的永遠是『絕調』，回腸九轉，太顯明地賺人眼淚，是樂器中的悲旦。」將凡阿林（小提琴）喻為流逝美好的絕調悲旦，胡琴雖蒼涼卻總有回轉的情態，使中西琴聲蘊著各自的生命情調。

又如「許多小房間，許多人丁丁冬冬彈琴，紛紛的琴音有搖落、寥落的感覺，彷彿是黎明，下著雨，天永遠亮不起來了，空空的雨點打在洋鐵棚上，空得人心裡難受。」「彈著琴，又像在幾十層樓裡的大廈裡，急急走上後樓梯，灰色水泥樓梯，黑鐵欄干，兩旁夾著灰色水泥牆壁，轉角處堆著紅洋鐵桶與冬天的沒有氣味的灰寒的垃圾。一路走上去，沒遇見一個人；在那陰風慘慘的高房子裡，只是往上走。」分別敘述聽琴與自己彈琴的感受，總歸一字都是「空」！心境事件在實虛之間迴轉。

「每一樹梅花都是一樹詩，每一首詩都銘記著梅花的精魂」、「狂風緊緊抱起一層層巨浪，惡狠狠地將它們甩到懸崖上，剎那間彷彿把這些大塊的翡翠摔成碎末，碎末既像塵霧又像細雪般漫天飛舞。」「賣花女挽起盤耳，佇立紅綠燈下，黃昏日頭曬軟了花，及她半褪的青春。」（簡媜〈浪人〉）各以視

覺上具體的語言創造新的意境，並由具象而轉象徵抽象，賦予平凡事景綿密而悠長的韻趣。

寫作便利貼

1. 以具體物創造視覺效果，表現抽象或感受。
2. 藉抽象化、象徵性形象拓展出文字的張力。

（初刻）十字路口上，紅的、綠的、灰的、黑的、白的……一輛又一輛載滿抱負與希望的交通工具飛嘯而過，交錯在這平凡的日子裡，卻碰撞出驚人的火花。

（二拍）七點半，上班的魚群，在慢板的河流中，無言地交錯而行。（徐宇麗）

（初刻）無法抑制的煩惱，不斷複製、分裂，而我只能任其擺佈。

（二拍）我的思緒是一條糾成結的細綿線，解開了一個又一個，我努力掙扎，卻越纏越緊。終於，我像蠶繭一樣被綿線完全包起來。（廖蓮吉）

實質地敘寫十字路口上繽紛色彩的汽車，不如以一幅打破窠臼的畫面，一個生動的狀寫得動人：「魚群，在慢板的河流中，無言地交錯而行。」當煩惱像有機體般不斷地分裂，繁殖時，「我像蠶繭一樣被綿線完全包起來」的形象化描寫各有其妙處。

（四）異類化──別出心裁的錯接

　　文學該是最能容許思考悠遊於無限的可能性之中，甚至於擊掌以待這樣的出奇，如此不按牌理出牌的表現吧！如馬佛爾〈致其矜持之女士〉以「我植物般的愛情」刻劃自以為是地不斷增長的情意，比起「我盲目的愛情」新鮮而令人錯愕。

　　為達「語不驚人死不休」的奇且妙，作家們莫不各騁其才，如「日子像刀削麵般的快速」（隱地〈版權頁〉）、「刺激，如一朵極快凋萎的黑花。或許你一腳才跨出舞場另一腳已踩入寂寞了。」（林耀德〈靚容〉）「生命竟然能夠安靜沉穩似蓮子的熟睡。」（蘇國書〈豔夏情節〉）全面顛覆習用的場域，於是蓮子不再是夏日補品，而與生命的安然結合，刀削麵也非地方口味，反被形容以日子，比起歲月如梭似箭，真令人眼睛為之一亮！

┌─────────────────────────
│ 寫作便利貼
│
│ 1.馳騁你大發奇想的比擬、弔詭荒唐的想像，將尋常事化為神
│ 　妙！
│ 2.伸出不同的聯想，改造不同的句式，為同一事注入不同的情思
│ 　物素描。
└─────────────────────────

　　汪孟婷將紅、黃、綠燈比為「和事佬」、十字路口「禁錮成一幅畫」也頗見創意！

　　（初刻）車輛、行人在十字路口形成一場拉鋸戰，雖有
　　　　紅、黃、綠三位和事佬，卻仍不時擦槍走火，搞得兩敗

俱傷。

（二拍）鐵紅、鋼銀、銅綠、錫白的色彩，交錯在一片灰黑的柏油路上，十字路口被禁錮成一幅後現代城市畫。（汪孟婷）

當原先所創的句子無法再激盪出靈感時，當下的心情與觀察有了變化時，何妨另起爐灶重新造意，或者變易手法，呈現想像衍生不同的向度？

以毛筆為例：

（初刻）筆桿，伴著服貼的毛，靜靜的躺著，像一隻熟睡的梅花鹿。夢中，她以華麗的舞姿，晃動美麗的毛髮，在絹白的紙上留下她到過的痕跡。於是，夢囈中的毛筆好像也輕輕的搖動了，是風……

（二拍）毛筆像酣睡的獅子，和諧、平靜、安詳，身上的鬃毛，柔順地依偎著。直到被濃墨喚醒，活蹦亂跳的鬃毛迫不及待地飛舞起來，在點畫起落之間，留下龍飛鳳舞的霸氣。（張郁嵐）

「熟睡的梅花鹿」、「酣睡的獅子」讓毛筆有了迥然不同的形象，而夢裡的唯美與醒時張牙舞爪的猛然也形成有趣的對比。至於「綠竹」、「十字路口」、「冬雨」也在不同的想像裡開展出異觀：

（初刻）嫩嫩的清綠葉子，像剛沐浴的少女。一陣頑皮的風吹來，搔搔她的癢，少女輕輕的一笑，鈴鈴的，笑彎了她的腰。

（二拍）修長的竹，一身清綠。風，像文人雅士，把竹讀成了詩騷。（林千惠）

（初刻）秋天是蕭瑟落魄的流浪漢。

（二拍）秋天是修剪草木的工人，所到之處盡為光禿，只留下枝頭上稀疏的花葉，孤伶伶地飄盪著。

（三拍）秋天以風為經落葉為緯，一針一針織成觸感綿密矜持的網，而我是一尾行走的魚，困在這脆弱卻又廣大無邊際的網中。（蔡欣倫）

當聚焦於一，作多向度的聯想時，層次性的架構一篇短文的雛型其實已就緒。如以「火車站」為標的，從現象到心情，乃至人生一段段的觀想：

（初刻）佇立在街口，望著人來人往的火車站前，離別與相會構成的街景，有歡欣、有感傷。別忘了，這只是個路過的人生。

（二拍）望著火車站前歡喜與離別畫成的街景，心中頓時像吹散的蒲公英，跟著火車一起去旅行。

（三拍）火車站前吵雜的人聲，和著我喧鬧的沉靜形成強烈對比，我思索著這是開始後的結束，還是結束後的開始？

一時間，奔馳在鐵軌上的，不是火車，而是飛躍的心。想起環繞東京灣散發優雅、自在氣質的百合海鷗號、行駛在被遺忘的路徑，荒川都電優閒的舊日情調、宮崎駿的「移動城堡」以及緩緩駛向海邊的逃學列車。火車，總有這種神奇的效力，把我載到一個屬於自己的秘密基地，讓徬徨的心有沉思的地方；使我因此邂逅各式各樣的人事物，與世界接軌。（魏如敏）

二、景色無邊——散文對照組驗收單

分別在學期初、中與末，讓學生以同題目造句，修改，雕飾，轉化，是個自我練習與比較的過程。老師盡量不介入批改甚至刻意減低建議的成分，讓學生得以有廣大而自由的空間創造自我的思考畫面，表現出屬於個性的情緒聲音。最重要的是讓學生由此見到自己的成長，感覺到筆下流露出的文字變化，進而產生書寫的信心與興味。

寫作是個人化的，私密的獨白，然而發之於文字則必須遵循某種模式間，在規範，同時在罅隙裡闖出新意。透過層層訓練，欣見他們由「初刻」的生澀、到「二拍」乃至「三拍」痕跡間，透過大量閱讀、琢磨，透過文學的抒情感受的方式，展現蒸蒸騰騰的創作面相，以文字雕塑的豐沛風景：

花的風情：

> （初刻）蘭花不開花時總伸著長長的脖子，俯視花朵下的綠葉，散發芬芳而不過於濃郁的香氣。
>
> （二拍）蘭花細長的葉和莖，像高䠷的少女，單純的香氣淡得妳嗅不著她的香氣，卻沐浴在她的靈氣之中。
>
> （廖蓮吉）

第一句的贅言與白描，在次句「妳嗅不著她的香氣，卻沐浴在她的靈氣之中。」烘托而出蘭之韻。仙人掌的秘密，則在些修改中透露出幾許心思：

> （初刻）仙人掌滿身是刺，使人不敢親近它，一伸手可有苦頭吃呢！在它綠綠的身軀中，到底藏著什麼秘密？

（二拍）綠沉沉的仙人掌以悍然的姿勢，刺向四方，然而在尖銳的外表下，其實藏著細膩的溫柔。（謝佩樺）

水聲：

（初刻）小雨兒稀疏地落下，叮叮咚咚，叮叮咚咚，敲打著屋頂。彷彿屋簷是琴，小雨點是手指，彈奏著一曲和諧的樂曲，永不休止。

（二拍）水，多麼奇妙，深夜裡，它滴滴答答地穿梭在葉叢中，渾圓的水珠撲通撲通地沁入土中，化為山谷中窸窸窣窣的細流聲、動人的瀑布樂章，最後成了白色巨浪，拍打岸邊轟然作響，形成驚心動魄的交響曲。

（三拍）你總喜歡帶我到處去聆聽水聲：去海邊聽海浪拍岸捲起千堆雪的仰天長嘯、去河邊聽流水潺潺和風颯颯的樂府小調、到山谷間聽瀑布嘩啦嘩啦流洩的豪邁節奏、坐在窗前聽雨聲淅瀝淅瀝的羌笛悲歌。

你就像水精靈，引領我走進水的世界，享受大自然的聲音。直到聽到妳的死訊，我才知道淚水滑落的聲音和心中淌血的聲音，竟是如此震撼……。

照片上的妳，帶著一抹微笑，至今我仍相信：你就是水的化身。（蔡東晴）

三次寫水聲，嘗試呈現三種不同面相，初刻是單純的狀寫聲音，二拍則藉水的流動或為滲入土中的露珠，或成傾瀉而下的瀑布，或是裂岸驚濤，聲隨之由弱漸強等現象及節奏形成變化面。三拍將水聲化成友情蘊藉的背景，水聲與血淚，情與景，懷人之念糾結其間，顯然在文學表現技巧上已突破既往，而見精進。

街的景致：

（初刻）灰姑娘的十二點鐘響，對流鶯而言不是解咒的符，而是無奈的夢魘。午夜的華西街帶著淡淡的哀愁，迴盪在一片寒冷的空氣中。是夜，是一夜不得眠的夜；是街，是一夜不得眠的街。

（二拍）詭譎的十二點鐘，粉碎了流鶯的心，灑落一地的青春，如何能找得回來？涼風，吹寒了這街，吹不走的是，一街的淒涼。是夜啊，是一夜不得眠的夜啊！是街啊，是一夜不得眠的街！

（三拍）無聲，是夜晚唯一的聲音。華西街一點一點在背地裡嚥下慾望與肉體的摩擦聲。（林孟涵）

「灰姑娘的十二點鐘響，對流鶯而言不是解咒的符，而是無奈的夢魘。」道盡華西街的夜，「詭譎的十二點鐘，粉碎了流鶯的心，灑落一地華西街的青春」更深層地寫出流鶯的滄桑，冷清孤寂在「摩擦聲」間顯得倍是痛楚。

季節片段：

（初刻）冬雨細細地，密密地，如淚珠般緩緩滑下玻璃冰冷的面龐，像是為索然無生機的大地哀悼。

（二拍）冬雨一臉陰沉，斜斜的，細密的飄落，像是織毛衣似的，為緩慢的冬天編織蕭颯。

（三刻）珍珠灰色調的冬雨織成一片霧網，像以幡召渡海移民的魂，模模糊糊間這些人彷彿生出血肉，有了故事與身世。氤氳氳氳的水氣暈染成海市蜃樓的幻影，嘈雜的街聲人影，頓以電影裡慢動作扭曲，有了停格與傳奇。

冬雨，製造出一種斷層空白，讓人得以在時空中遊盪。
（徐宇麗）

（初刻）辛亥路上的木棉前幾天還含苞，今天已經變成
一叢叢放肆的紅，大聲地告訴人們：「春天來了！」一
旁的杜鵑也不甘示弱，爭著吐出粉紅、豔紅、桃紅的喜
悅。

（二拍）辛亥路上那一排木棉，前幾天還只敢在枯枒
上，怯怯的露出一點紅。今天再看，竟已噴出一叢叢放
肆的紅，理直氣壯地告訴人們：「春天來了!」一旁的杜
鵑雖不能像木棉那樣擁著居高臨下的傲氣，卻也不甘示
弱的搶著爆出粉紅、桃紅樣的喜悅。（曾芝頤）

　　兩兩比較中顯見在原句中進行細部加強，意雖略同，卻因
添上幾筆形容，如冬雨如「織毛衣」、「三刻」中「冬雨，製造
出一種斷層空白，讓人得以在時空中遊盪」所演繹當下與過去
共置的想像，尤見於實虛間別出蹊徑的深度。木棉花的氣勢在
「噴出一叢叢放肆的紅」、「理直氣壯」中表露無遺，行人感覺
春意的微笑也在簡化中輕輕流出。

饕餮美食：

（初刻）棉花糖是童年的回憶，輕飄飄的，宛如天上的
一朵雲。

（二拍）雪白色的絨絲，一點一點地凝聚成最真實的虛
幻，溶成甜蜜的流水，流向我過去的童年──我記憶裡
的棉花糖。（林孟涵）

（初刻）紅如「血腥瑪莉」的麻辣火鍋，令人又愛又恨。

（二拍）一股濃烈刺鼻的味道傳來，喔！原來是「嗜辣族」最愛的麻辣火鍋，入口的那一刻，全身上下的毛孔都張口直想找水喝。

（三拍）麻辣火鍋以煽動慾望的紅、唯我獨尊的辣、理所當然的麻，活出氣派。肉片大腸的呻吟像歌舞團擺弄的胴體、香菇魚丸的呼喚滾滾燃燒驚濤以裂岸的萬鈞氣勢扭腰擺臀、豆腐青菜的竊笑則是幫腔作勢的啦啦隊……，各種肥美的氣味飄浮在空氣中，鼓噪原始人性，驅動著我們的唇齒。按捺不住發生超友誼關係便在咀嚼、吞嚥的儀式裡，順食道進入胃。蠕動的電流、歡樂的節奏是唯一的禮贊。（蔡欣倫）

（初刻）冬粉看起來晶瑩別透，摸起來滑嫩富有彈性，但這可不是蕭薔的皮膚，只能看而不能吃。透明的它味道清淡而不油膩，才剛進入口中，就滑到喉嚨去了。

（二拍）冬粉有高山冰河所提煉出的透明、愛玉的彈性與滑嫩，在以「最好的調味料就是不加調味料」為原則調配的湯汁裡，完成最原始的美味，最平凡的平淡。

（三刻）三毛說粉絲是春天下的第一場雨，下在高山上，被一根一根凍住了，山胞紮好了背到山下來一束一束賣了換米酒喝。我說冬粉是冬天下的第一回雨，下在枯枝上斜斜的屋頂上，頑皮的孩子以天真的心網起了它，一簍簍賣了換夢想。（廖蓮吉）

食物，是天地的禮物，品嚐美食則是幸福的儀式，在吞嚥

間所帶動的感情，藉由藝術性的意象的聯想，凸顯做味之美與入口之情。在「初刻」、「二拍」中見欣倫與蓮吉以深化的方式使原構想更精緻化，但在「三拍」中，不約而同地藉意象化圖景或故事形式來鋪陳創造，展衍出獨特的飲食趣味。

靜物情思：

靜靜的物，因為使用者觀賞者情思的介入，而有了活潑的生命，豐富的情感，那存藏在玻璃瓶裡的沙，因為友情而成為唯一，那足下的鞋，也因走過千山萬水與生命結合：

（初刻）不知道下一秒會發生什麼事，或許窗口的風鈴會告訴我吧！

（二拍）我胸口上的那串風鈴，是絕版的，世界上獨一無二的。它隨著我的意念飄盪，敲出了一首又一首震人心弦的銀白色旋律，編譜出一頁又一頁屬於我個人的心情記事。（林孟涵）

（初刻）小巧的玻璃瓶裡面放的是星砂和小貝殼，燈光下，它顯得更加晶瑩剔透，靜謐安詳。閉上眼，彷彿就能夠看見日本海灣的美，聽見海浪拍打在沙灘上的聲音……。

（二拍）玻璃瓶裡裝的是細小的星砂和乳白色碎貝殼，在燈光折射下，漾成一股橙黃，那是去年夏天日本海灣的夕陽，我在記憶的碎浪裡聽見沙灘上海浪的聲響。

（三拍）細碎碎的星砂是落入凡塵的星子，每夜當我扭開桌燈時，它若隱若現蛋黃色的光耀漸漸席捲四周，彷彿去年混合著活力、自信的夏天陽光，在腳下唰唰地作

響。沾染海韻的貝殼混合著黎明的慵懶、正午的強勢、以及日暮綿柔的笑靨閃著暈黃色調，簡單卻完美的詮釋在日本充滿愛的一切。（曾芝頤）

余光中在《逍遙遊》後記中說道：「我嘗試把中國的文字壓縮、搥扁、拉長、磨利，把它拆開又併攏，折來且疊去……」。由學生對照組中的文句，可以明顯地看到學生吸收與消化後的轉變，但或許在求好心切下，有些句子反而太繁瑣如「鵝黃色的玫瑰猶如三月枝頭圓潤飽滿的黃鸝的叫聲；淺紫的玫瑰好似輕薄蝶翼尾端顫動的一抹斑斕的紫；嫩紅的玫瑰彷彿是年輕情人的唇畔，猶帶著柔軟甜美的笑靨；紅艷艷的玫瑰像是閃電重擊枯木，瞬間燃起的一簇火光。」「風姿艷麗揚起的笑靨嬌媚的對著陽光微笑，嫩綠的枝葉微微地顫動，間猶帶著昨夜的露水。」

不過比較前後創作中的差異，非但應證修辭運用得當所渲染出的工筆，也能可見在一連串腦力激盪下的創新與改造，果真迸濺出燦爛的火花，如以「燈光便越接越長，流動成數條光與影翻滾跳躍成的溪流」勾勒十字路口。或以對話方式敘寫等待千思萬想的心情，等著時快樂的雀躍：

時間嘲笑我，在佇立等待的孤獨時候。「好吧！再等一下」，「放棄吧，不會來了！」像兩個勢均力敵的對手展開天人交戰。分針開始與我賽跑，心裡的小人不耐煩地點燃炸藥的引線，自尊心在一旁搧風點火。等待、疑慮、焦急和生氣的線團，越纏越大。（王善瑾）

一見到喜歡的人，我的雙頰頓時染上爆開的紅，就連車上

的拉環也在咀嚼著我的快樂。（張乃勻）

三、裁鍛織錦好文章

文章是句子的組合，如今，描寫技巧更純熟了，句子也寫得精緻動人多了，請學生以前段描繪造句為基礎，自定題目加上敘事佈局拓展成一篇文章。

　　當思考源頭能從全面觀察角度出發，想像與創意就能無邊無際，而不斷從生活周遭內容取材，不斷精進思想源頭，便能讓平凡的文字飛揚成自我的獨特。有人為聞到風的味道而騎單車完成政治成年禮；古巴革命之子格瓦拉讀醫學院時曾騎摩托車，展開南美五國壯遊，眼見歷歷傷痕而種下革命種子。

　　改變，源於一念，造於行動，正如這一段時日的練習，都將以碑的方式見証虔誠持續的改變，所創造的無限可能，所埋下的無數方向：

　　「秀美飛動，不束縛，不馳驟，洵神品也。」

　　彷彿盛極而衰的華宅般，月光下，碑，靜靜地沉睡。

　　光陰荏苒，物換星移，碑，見證了多少歷史交替的剎那。從刀光血影、血光飛濺到民主社會運動，從熱血到心寒，碑，冷冷地，用它的心，刻劃人世的悲歡離合。

　　從單純天真的無知，到歷盡風霜而世故。幾百年來，褪了色的文字透露出無盡辛酸歷史。說不盡的兒女情長，有兩情相

悅的繾綣，亦有滿腔熱血的抱負，碑，歷盡人生百態。相愛的男女相約遠走天涯，新婚少婦鎮日期盼夫君早日歸鄉，革命鬥士高喊口號，揮灑熱血。有細膩的絲絲柔情，也有渾厚的豪氣千雲，「漢熹平石經《周易》殘石」，冷冷地幾行字，碑，將歷史的記憶寫在它的心底。

昔日的光榮繁華，早已不在。四周不安分的翠綠，已是日漸濃密。身上的斑斑裂痕，是眼淚的結晶。幾百年，由脆弱到堅強，哭過後，仍得強做鎮定，碑，用自己的心和時間交易，換得的，是無比的辛酸。

終日雨淋日曬，與天地為伍，碑，看盡人生百態。昔日採野花的女孩，今夕早成枯骨。春去秋來，風，總是定期如時來訪；鬼魅的夜晚，獨自承受無盡的空虛，不孤獨，卻寂寞。正如韓愈《唐故相權公墓碑》，默默地，守護這片它深愛的大地，改變不了的，是無情的光陰。

碑，以沉寂冰冷的心見證時代巨變，光陰的巨輪不斷旋轉，直到世界的盡頭，捲動、吞噬……。

＊　　　＊　　　＊　　　＊　　　＊

「墓誌銘記載死者生前事跡，前有志、碑誌類——包括碑銘和墓誌銘。」

粗糙的刻痕，依稀能辨出些許字跡，那是曾經活過的證明，存在的故事，歷史的痕跡。每道刻痕都有著道不盡的懷念，和抹不去的悲傷，碑，是大人物光榮歷史的見證，字字句句都充滿了先人的尊敬和無限的緬懷。碑，跨越時光的里程，即使年老不再意氣風發，而曾為偉人的先人，那傳奇的一生，留下的是最終的印記及回憶。

碑象徵著偉人的一生，種種地豐功偉業，封禪碑、紀功碑，為的是透過碑的歌功頌德，從而透視自己的「存在」。秦始皇的《泰山刻文》、班固《封燕然山銘》，寫著己身之志向，卻又諷刺地，以短短幾行字，化為一生的所有。

　　＊　　　　＊　　　　＊　　　　＊　　　　＊

鑠王師兮征荒裔，

剿凶虐兮截海外。

夐其邈兮亙地界，

封神丘兮建隆碣，

熙帝載兮振萬世！

老人的一生，奮鬥、愛情，還有那份對故土的熱愛與執著，都在碑文上幻化為令人麻木的「忠勇」、「愛國」、「保民」……。碑是老人一生中最初也是最後的回憶，碑是老人年輕的理想，透過它，老人從中看見了自己早已逝去的少年時期。老人透過碑活在自我的世界裡，目光卻穿透碑，想起早被遺忘的，對土地的愛戀。

土地是先人的血汗結晶，而碑，卻刻著英雄的一生。刻著光榮歷史背後，任何人都將面臨的殘酷考驗——老去、死亡；刻著老人始終不斷與之對抗，卻仍未能戰勝的不變的真理——時光。

　　＊　　　　＊　　　　＊　　　　＊　　　　＊

「山不在高，有仙則名；水不在深，有龍則靈。」

碑不為有頭有臉的英雄難過，卻為一輩子奮鬥努力的市井小民流淚。終其一生，茫然追逐名利，追逐權勢，到頭來，卻仍是一無所有。碑同情沒有地位，就像稗花野草般，甫折即斷

的平民，燃盡全身氣力，用生命燃出最動人的光彩。碑為無名者流淚，因為他們是無名的存在，卻不是永恆。過去或未來，將不復存在於風所帶來的信息中。

風是存在的永恆，歲月是不變的輪迴，正有如漢隸名書《曹全碑》，雖然斷裂，卻能亙古留存。逝去的過去，將來的種種，以無悔的執著標記人世的定理。碑是早已崩毀的歷史，終將回歸，化為塵土，帶著老人和無數人的記憶，再次返回光陰的輪轉。

風，來來去去，不變的，是它送來的溫暖。悲傷的，是消失的記憶，終將不再復還。

「風格秀逸多姿，結體勻。」

如果石製的心會痛，那麼，碑，早已碎裂為……千萬片。
（余雋慧〈碑〉）

這篇文章獲得 95 景青文學獎散文優選，評審的話是：能深刻地以碑見證歷史，觀照出繁華的褪色是必然；永恆的存在也是必然。雋慧得獎感言是：如果說，文章是由繁複詞句交織而成，那麼，散文便是由華麗詞藻砌合而出。碑這篇文章取其同音意，由「ㄅㄟ」出發，寫永恆的存在，寫碑的傷痛。刻記著符號的碑，是歲月的永遠，是見證過去與現在的標的。如果說，碑是有形，那麼，文字亦然。用筆墨寫下名為文章的碑，文字為一切留下了存在的証明，華麗，也是蒼涼，我想。

對於從構思到完成，雋慧自言前前後後總共大改了三次，濃縮再延長，壓榨再提出。至於如何立意取材，如何組織脈絡的寫作過程，她是這麼說的：

寫這篇文章主要是將ㄅㄟ這個字音的兩種不同字義——悲

和碑互相融合，再分離出來的，因此雖然題為碑，文章給人的感覺卻是充滿悲傷的。

時代的里程碑和光陰的巨輪也是我想表達的，所謂碑並不只是刻有幾行碑文的石碑，人的記憶、傷痕、甚至磨過牆角而剝落的油漆，都可以說是碑的存在。「碑」，指的是在不同時空留下的段段回憶，事物的靈魂。張大春的將軍碑裡，將軍一生都活在對於過往的風光榮耀中，諷刺的是將軍在死後什麼都沒留下，只留下一面寫著榮耀的碑。

人的一生就是在短暫的生命裡燃燒自己，綻放最炫爛的火花，永恆並不是完美，因此碑的存在也就沒有其一定的必要性，活出自己才是最美，這就是我想傳達的意念。與時代相比，一切都是如此渺小，碑的存在或許可以代表自己曾經活過，但在經過千萬年，一切都顯得沒有價值，既然如此，把握當下譜出最真的自己，才是永遠。

說了那麼多，我想，或許這篇碑，也是我成長的一道證明吧！

留下名為碑的過去，前進！

四、激盪心底的漣漪

期盼的甜美，在於初發心的當刻及過程，而為師之樂趣正在於與學生一起作夢、圓夢。蘇杭的小橋流水承載悠悠歷史與行旅者的眼光，釀一種書寫的心情，烘焙出一方感動的筆墨，那麼，為自己的記憶築城鋪地，也能成就屬於自我的風景。

三個月來，我感受到文學的洗禮與浸濡。剛開始對文學只

有點興趣、有點迷惘，不過現在真正了解自己對文學要的到底是什麼。記得胡適之先生曾說過：「為學要如金字塔，要能廣大要能高。」這句話，我想這要歸功於老師的引導與殷殷期望吧！（楊璨寧）

這學期語文表達的訓練，大量的文字湧入，被咀嚼、吸收後，變成我的語言。

以前上的國文課，老師很少問我們的感想，或者讓我們自己分析作品。填鴨式的背誦並不能夠讓學生懂得欣賞文學之美，現在我們快樂地在分析文章時候，思索，學習，並且創造。

這學期，主要的是上散文，感覺上彷彿以高速狂飆，激發潛力，逼到極限的同時，暢快淋漓；又如同打火石般，思考互相撞擊，迸裂出燦亮的火花。（吳彥蒔）

文學之於我，就像朝代之於臣子，我對它有種使命感，它對我是個神聖的殿堂，吸引我汲汲探尋它無垠的奧祕。以前，我只是淺嚐文學，單純的崇拜它的偉大，不敢也不能逼視；現在，我和一群志同道合的同學，一同賞析文章、解剖作家的內心世界。因為每個切入的角度不同，所架構的立體面也各具風貌，藉此拓展了我們的思想，擴充了我們的眼界。

老師是引領我們的船長，告訴我們冒險故事的大綱，讓我們自己去完成結局。此外，藉著老師所設計的各種主題，深入散文新詩小說，品味文學作品的百轉千迴、多彩多姿。慢慢地，我不再那麼敬畏文學，敢於挑戰作者的思維，反駁作者的

觀點,而不再是單行道一味地接受。於是,每次上課都充滿不同的驚喜和期待,這真是一種享受、一種幸福啊!(莊雅筑)

　　散文在看似漫不經心的敘述背後,講求內在脈絡的整體肌理,張力的設計,「感慨遙深,婉而多諷」的筆趣。余光中在《逍遙遊》後記言:「要讓中國文字,在變化各殊的句法中,交織成一個大樂隊。」於是向詩借意境、語言出位方式使文章更具美感,如「他的手指按在一個古老的春天上。」(余光中〈山盟〉)「這是無色年代,過濾了的仇視滴在藍天洗臉的湖泊。」「春天伸手把黃昏的鴿子擁進懷裡」(楊牧〈柏克萊〉),將大量修辭技巧與豐富的聯想、創意的迴旋增加文字的觸覺、美感濃度,使散文具彈性、密度、質感,句式活潑新穎。

　　如果學生們都經歷一番散文鍊金術的學習,相信定能在借詩的意象意境中,體會文字濃縮與感動的效果,進而成為文字藝術家。而這一切都有賴老師們熱情與溫柔的結合,以高溫和寒風的焠鍊,培育出一朵朵斑斕晶瑩的花兒,醞釀出一篇篇迴腸盪氣的文字。

教學類 K101

作文即時通——從立意取材到錦字繡句

作　　　者　陳嘉英
責任編輯　吳家嘉

發 行 人　陳滿銘
總 經 理　梁錦興
總 編 輯　陳滿銘
副總編輯　張晏瑞
編 輯 所　萬卷樓圖書(股)公司
排　　版　浩瀚電腦排版(股)公司
印　　刷　百通科技股份有限公司
封面設計　耶麗米工作室

發　　行　萬卷樓圖書(股)公司
臺北市羅斯福路二段 41 號 6 樓之 3
電話　(02)23216565
傳真　(02)23218698
電郵　SERVICE@WANJUAN.COM.TW
大陸經銷
廈門外圖臺灣書店有限公司
電郵　JKB188@188.COM
香港經銷
香港聯合書刊物流有限公司
電話　(852)21502100
傳真　(852)23560735

ISBN 978-957-739-627-3
2016 年 5 月初版三刷
2008 年 10 月初版一刷
定價：新臺幣 440 元

如何購買本書：
1. 劃撥購書，請透過以下帳號
　帳號：15624015
　戶名：萬卷樓圖書股份有限公司
2. 轉帳購書，請透過以下帳戶
　合作金庫銀行 古亭分行
　戶名：萬卷樓圖書股份有限公司
　帳號：0877717092596
3. 網路購書，請透過萬卷樓網站
　網址 WWW.WANJUAN.COM.TW
大量購書，請直接聯繫，將有專人
為您服務。(02)23216565 分機 10

如有缺頁、破損或裝訂錯誤，請寄
回更換

國家圖書館出版品預行編目資料

作文即時通：從立意取材到錦字繡句
/ 陳嘉英著. -- 初版. -- 臺北市 ：萬
卷樓, 2008.04
　面；　公分
ISBN 978-957-739-627-3(平裝)
1.漢語 2.作文 3.寫作法
802.7　　　　　　　　97005294